𝒜
𝓛
𝒳
𝒜
𝓛
𝒳

X vol. 2

초판 1쇄 인쇄일 2015년 9월 18일
초판 1쇄 발행일 2015년 9월 22일

지은이 ∣ 피오렌티
펴낸이 ∣ 김기선
편집장 ∣ 김은지

펴낸곳 ∣ 와이엠북스(YMBOOKS)
출판등록 ∣ 2012년 7월 17일 (제382-2012-000021호)
주소 ∣ 서울 도봉구 노해로 379, 1005호(창동, 대성빌딩)
전화 ∣ 02)906-7768 / **팩스** ∣ 02)906-7769
E-mail ∣ ymbooks@nate.com

ISBN 979-11-322-3152-3 04810
ISBN 979-11-322-3150-9 (set)

값 9,000원

A
L
X

피오렌티 장편소설

vol.2

A
L
X

YMBOOKS ROMANCE STORY

ym
BOOKS

목차

1화. 불안 속의 평화

그 이후로 평온한 나날들이 조용히 흘러갔다. 알렉산더와 알렉시스는 여타 신혼부부와 별다른 기미 없이 안온한 나날을 보내며 서로의 존재에 점점 더 익숙해져가고 있었다. 어느덧 시간은 화살과도 같이 흘러, 여름이 지나고 가을도 절정에 다다라 있었다. 어느 날 아침, 스무 번째 생일을 며칠 앞둔 알렉시스에게 반가운 선물이 도착해 있었다. 아담한 상자의 겉면에는 이미 반쯤 짐작했던 인물의 이름이 그녀의 눈에 들어왔다.

〈친애하는 알렉시스, 스무 번째 생일을 진심으로 축하한다. 로자리(천주교 신자들이 지니고 다니는 팔찌 형태의 묵주)는 8월 15일 바르셀로나 성모승천대축일을 기념해서 내가 직접 만들었던 것이란다. 올해 크리스마스에 또 만날 수 있기를 바란다! 신의 축복이 항상 너와 네 가족에게 가득하기를⋯⋯. -이사벨 루치아〉

알렉시스가 고급스러운 선물 포장을 뜯어 열어본 카드에는 생일 축하 메시지가 담겨 있었다. 그녀는 설레는 마음으로 상자 안 내용물도 서둘러 살펴보았다. 화려한 포장지를 벗겨낸 또 다른 상자 안에는 스페인 왕실과 유럽 각국 최상류층만을 대상으로 제작되는 수제 가죽 가방이 들어 있었다. LOWELTA(로벨타)란 문양이 찍힌 백의 소재는 명품에 그다지 관심 없는 그녀의 눈에도 매우 훌륭한 재질을 과시하고 있었다.

로벨타는 1840년 스페인 마드리드에서 시작되어 160년 전통을 가진 스페인 대표 의류와 액세서리 명품으로, 가죽과 실크 소재 등 감촉에 대한 완벽을 추구하기로 정평이 나 있었다. 예부터 스페인 왕실은 물론이고 유럽의 각국 왕실에 여전히 직접 납품을 꾸준히 유지하고 있는 명품 중의 명품이었다.

하지만 알렉시스는 가방보다 이사벨 루치아가 직접 만들었다는 산호색 로자리가 더 기쁜 것 같았다. 어느새 등 뒤로 다가온 알렉산더도 그녀의 어깨 너머로 상자 속 내용물을 들여다보고 있었다.

"누가 보낸 거야?"

"이사벨 할머님. 어렸을 때부터 생일 때마다 가장 먼저 선물을 보내주시는 분이야."

심지어 알렉시스가 14살 때 런던으로 옮겨 살게 된 뒤로도, 이사벨은 한 해도 거르지 않고 매년 그녀의 생일을 기억해주었다. 게다가 올해 초 알렉시스의 결혼식 웨딩드레스를 구입해 선물한 것도 다름 아닌 그녀였다. 알렉시스가 입었던 웨딩드레스는 전 세계, 특히 유럽 신부들에게 꿈의 드레스라 불리는 프로비아(PROVIA)

웨딩 그룹의 작품 중 하나였다.

　프로비아는 1960년에 스페인, 바르셀로나에서 시작해 현재는 유럽 전역으로 진출하여 전 세계 70개국 4,200여 개의 매장을 보유하고 있는 세계 최대 규모의 웨딩 그룹이었다. 대중에 공개되기도 전 특별 제작된 2014년 프로비아 웨딩 컬렉션 중, 이사벨은 한 점을 특별히 엄선해 알렉시스에게 선물한 바 있었다. 프로비아 스페셜 컬렉션은 일반인은 고사하고, 웬만한 상류층들도 구하기 어려운 드레스였다. 그 하나하나가 단순한 드레스라기보다 하나의 작품과도 같아서, 세간에 '천으로 창작된 최고의 예술 작품'이라 불릴 정도였다.

　알렉시스는 어렸을 때부터 자신의 뿌리와 무관하게 루카와 똑같이 친손녀처럼 대해주었던 이사벨 루치아에 대해 항상 고마움을 느끼고 있었다. 헤네스 집안의 암묵적인 금기 사항이었지만, 알렉시스는 자신의 친할머니 지나 리 때문에 할아버지 페드로와 이사벨이 이혼했다는 사실을 잘 알고 있었다. 하지만 이사벨은 어차피 페드로와의 결혼이 정략혼인이었으므로 삶의 섭리에 따라 그렇게 된 것일 뿐이며 당시 스페인의 왕실 일가인 친정에 얼굴을 들 수 없었을 뿐, 아무런 미련도 아픔도 없노라고 여러 번 말한 적이 있었다. 특히 지나 리와 알렉시스의 어머니 안토니아에 대해서는 오히려 미안함마저 느낀다고 말한 적이 있었다.

　이사벨이 이혼한 뒤로도, 그런 스캔들을 일으킨 데 대한 일종의 앙갚음으로 그녀의 막강한 친정에서 페드로와 지나 리가 절대 법적으로 재혼할 수 없도록 교묘한 방해 공작을 했기 때문이었다.

결국 페드로와 지나 리가 사고사로 세상을 떠난 뒤에 뒤늦게 법적인 부부로 등록이 되어 안토니아와 알렉시스는 엄연한 헤네스가의 일원이 될 수 있었다. 하지만 이사벨은 그 일에 대해, 그들이 살아생전 법적인 부부로 인정받을 수 있었으면 좋았을 거라고 미안함을 느낀다고 했었다.

알렉시스는 오후에 그녀에게 전화해 생일 선물에 대한 인사를 전해야겠다고 마음먹었다. 잠시 혼자만의 생각에 몰두해 있던 그녀가 문득 뒤돌아봤을 때, 알렉산더는 출근했는지 이미 그 자리에 없었다.

－네가 워낙 물욕이 없어서 이 고모는 생일 때마다 뭘 해줄지 정말 고민이야. 그냥 네가 원하는 거 딱 말했으면 좋겠는데!

"그냥 생일파티 때 고모부랑 아이들 모두 데려오기만 해요. 그게 선물이니까."

－앨리, 있잖아. 부부 사이 끼어들고 싶진 않지만…….

"……그냥 말해요, 프랜 고모. 항상 그렇게 말하면서 결국은 궁금한 거 다 물어보잖아."

－어머, 어머, 내가 언제? 흥……. 그런데 알렉산더는 생일 선물 뭐 해준대? 결혼하고 첫 생일이잖아.

"모르겠어요. 아직 사흘 남았으니까……. 알아서 하겠죠."

그러고 보니 알렉시스는 새삼 궁금함이 치솟는 걸 느꼈다. 작년 이맘때, 연인 아닌 연인 같은 기묘한 관계로 서로 만나왔을 때 그는 아무것도 선물하지 않았다. 굳이 그럴 필요가 없는 관계라고 생각해서인지 원래 그런 기념일 챙기는 것에 소홀한 성격인지는 알 수 없었다. 그녀 역시 지금까지 의식하지 않고 있었으나, 프랜시스의 질문이 자신의 무의식 깊은 곳 어딘가를 건드린 것처럼, 알렉시스는 호기심이 발동해 이런저런 상상을 하기 시작했다.

알렉산더는 과연 무엇을 준비하고 있을까.

수많은 축하와 값비싼 선물들의 향연으로 가득했던 생일파티가 마침내 끝나고 귀빈들이 모두 돌아갈 때까지도 알렉산더에게는 아무런 기미도 보이지 않았다. 알렉시스가 역시 기념일에 소홀한 쪽이었나 내심 자포자기하고 아무런 기대도 하지 말자 다짐했을 때였다. 하지만 좀 너무한다 싶었다. 그는 인사치레라도 그녀에게 생일 축하한다는 말 한마디도 건네지 않았다.

"알렉시스, 페트라 아직 안 가봤지."

"페트라……? 인디애나 존스 그 페트라? 응, 아직."

"모레 오전 전용기로 갈 거야. 3, 4일 생각하고 있으니까 그렇게 알고 준비해."

알렉산더는 마치 인근의 원저에 가자고 하는 것처럼 무심한 어조로 말했다. 알렉시스는 영문을 몰라서 파티 드레스를 갈아입을 생각도 않고 그에게 물었다. 그의 어감상 저번 이스탄불 때처럼 출장 동행은 아닌 것 같았다.

"요르단 페트라에 가서 3, 4일 있겠다는 거야? 갑자기 왜?"

"……."

그는 잠깐 주저하다가 무뚝뚝한 목소리로 말을 이었다.

"네 생일 선물로 뭐가 좋을까 나름대로 많이 생각해봤는데,

어차피 네가 원하는 건 뭐든 살 수 있으니까 뭘 사주든 그다지 큰 의미는 없을 것 같았어. 그래서 네가 뭘 하고 싶을지 생각해보니 아직 가보지 않은 곳으로의 여행, 그렇게 범위가 좁혀졌지. 그래서 어디에 데려가는 게 좋을지 고민해보니까 갑자기 페트라가 떠올랐어. 내가 몇 년 전 가봤거든. 너는 혼자 가보고 싶을지 모르지만 원래 거긴 여자 혼자 위험하고 안전상 문제도 있으니까…… 며칠간 업무에서 완전히 손 뗄 수 있게 조치해놨으니까 같이 가면 돼. 우리 둘이서만. 물론 수행원 두세 명은 있겠지만."

"……."

"왜, 별로 내키지 않아?"

그녀의 무반응에 그가 조금 실망한 듯 방어적으로 물었다.

"그래서 요 며칠 계속 집에도 못 들어오고 24시간 회사에서 살았던 거야? 업무에서 완전히 손 뗄 수 있게?"

알렉시스는 자신도 모르게 어느새 그에게 바짝 다가와 있었다. 그를 올려다보는 그녀의 눈은 그 어느 때보다 빛나고 있었다.

"널 위한 여행이니까 여행에만 충실하려고."

알렉시스는 그가 아까부터 입 밖으로 내보내고 있는 말 한마디, 한마디가 너무나 마음에 들어 견딜 수 없었지만 그중에서도 한 부분은 특히 그랬다. 중독적인 멜로디처럼 계속해서 그녀의 귓가에 맴도는 한마디가 있었다.

우리 둘이서만. Just two of us.

알렉산더를 알게 되고부터, 그가 이렇게 알렉시스 자신이 원하는 것을 적중해낸 적은 신에게 맹세코 처음이었다. 그녀는 혈혈단신으로 여행을 떠나는 것을 지극히 사랑했었다. 프랜시스 고모나 다른 가족, 절친한 친구들이 아무리 동행을 요청해도 그녀는 결코 고집을 굽힌 적이 없었다. 미지의 땅에서 만나는 낯설고 새로운 것과의 조우— 그것은 온전히, 오롯이 그녀와 새로운 세계와의 은밀한 교감이어야 했다. 때로 자신 같은 여행자들을 만나 친구가 되고 여러 정보를 공유하는 것 정도는 괜찮았지만, 그 또한 온전히 혼자여야 더욱 의미가 있다고 생각하기 때문이었다.

하지만 지금은 달랐다. 정말로 함께하고 싶은 사람과 그 순간들을 함께 나누고 공감하는 것이 얼마나 행복하고 기쁠지 그녀는 종종 상상해왔다. 알렉시스는 비로소 깨달았다. 왜 지금까지 홀로 여행을 다니는 것만이 진정한 여정이라 생각해왔는지. 지금까지는 그 여정을 함께하고 싶은 그 누군가가 곁에 없었기 때문이었음을.

"알렉산더."

알렉시스는 두 팔을 활짝 벌려 그를 안았다.

"응, 별로 내키지 않아."

"……."

"별로 내키지 않아. 너무 좋아. 정말 기대되고 너무 흥분돼."

페트라도 꼭 가보고 싶은 곳이었지만, 당신과 어디든 함께 간다는 게 너무 기뻐. 둘이서만. 우리 둘이서만.

그녀는 너무 신나 어쩔 줄 모르는 어린아이처럼 뛸 듯이 기뻤다. 자신이 안고 있는 눈앞의 남자가 사랑스러워 미칠 것 같았다.

"……."

알렉산더는 잠시 멍하니 서 있다가 천천히 팔을 들어 그녀를 마주 끌어안았다. 알렉시스가 이렇게 먼저 자신을 안아준 것은 지난 2년 동안 단언컨대 처음이었다.

그 정도로 페트라에 가보고 싶었구나.

알렉산더는 코끝에 와 닿은 라일락 향기를 음미하며 그녀의 따스한 체온을 만끽했다. 요르단에서의 짧은 망중한을 위해 지난 며칠간 업무를 미리 해치우느라 잠을 거의 자지 못한 그였다. 파티 때만 해도 졸음 때문에 조금 멍해 있었지만, 갑작스러운 그녀의 행동에 알렉산더는 정신이 번쩍 드는 기분이었다. 그녀가 매일 이렇게 자신을 대해준다면 하루에 2, 3시간만 잠을 자도 얼마든지 버틸 수 있을 것 같았다.

"그렇게 좋아?"

"응. ……알렉산더."

알렉시스가 잠시 사이를 두고 뭔가 할 말이 있는 듯 입을 열었다. 알렉산더는 그녀를 이렇게 꼭 안고 있는 자세에서 대화를 나누는 게 지극히 좋았다. 그녀의 목소리가 동굴에서 메아리치듯 바로 귓가에 울려오기 때문이었다.

"말해."

"……."

하지만 그녀는 쉽사리 입을 열지 못하고 있었다.

"아냐, 아무것도……."

알렉시스는 단 한마디 진심을 지금 이 순간, 너무나도 그에게 전하고 싶었다.

알렉산더, 사랑해.

하지만 입 밖으로 튀어나오려던 순간, 그 한마디를 다시 입 안으로 삼켜버렸다. 그녀가 그 말을 내뱉는 순간, 알렉산더가 과연 어떻게 반응할지 너무나 두려웠던 것이다.

사랑? 장난해? 단지 생일 선물 마땅한 게 없어서인데…… 과잉 반응 아냐?

혹시라도 그의 입에서 이런 대답이 돌아오지는 않을까, 그가 그녀의 고백을 부담스레 느끼지는 않을까. 알렉시스는 모험을 하지 않는 쪽을 택했다. 적어도 현재의 행복한 기분을 잃고 싶지는 않았다. 무모한 고백 대신, 그녀는 화제를 다른 쪽으로 돌렸다.

"그럼 페트라에 있을 동안에는 내가 하자는 대로 다 할 거지?"

"뭐야, 그 말은…… 날 종 부리듯 하고 싶단 뜻이야?"

"종까지는 아니겠지만. 내 생일이잖아, 생일 선물."

"봐서. 나한테 어떻게 하는지 보고."

"그런 게 어딨어? 생일 당사자 하는 걸 보고 선물을 주겠다 그 말이야?"

"네가 평소에 나에게 잘했으면 이런 말도 안 하겠지."

"내가 못한 건 또 뭔데? 그런 말은 적어도 당신이 아니라 내 쪽에서 나와야 하는 거 아니야?"

홀을 정리하러 들어왔던 윌슨 부인은 고개를 설레설레 저으며 조용히 밖으로 나갔다.

한두 번 목격한 것도 아니었지만 저런 생경한 장면에는 좀처럼 적응되지 않았다. 세대 차이인가? 단순히 저 부부가 비정상이라서일까? 분위기 파악이 제대로 되어야 고용인들도 제대로 눈치껏 처신할 수 있으니, 제발 싸우든지 애정 행각을 하든지 둘 중 하나만 했으면 싶었다. 영화라도 찍는 것처럼 꼭 부둥켜안은 채 한마디도 지지 않고 이러쿵저러쿵 말싸움을 벌이는 부부의 모습에 윌슨 부인은 아무래도 뒷정리는 내일로 미루는 게 낫겠다고 결론을 내렸다.

알렉시스는 그 전날 밤까지도 노트북으로 페트라의 거대한 암석 사진을 들여다보며 설렘을 감추지 못했었다. 하지만 직접 눈으로 확인한 붉은 사암 덩어리는 세계 최고의 사진가들의 작품들보다 훨씬 더 압도적이고 신비하기 짝이 없었다. 감탄을 넘어서서 감동마저 일으키는 세계 제7대 불가사의와 유네스코 세계유산 중 하나다웠다.

영국의 시인 존 윌리엄 버건이 이 신비한 고대 도시 페트라에 대해 '영원의 절반만큼 오래된, 장밋빛 같은 붉은 도시'라 일컬었던 적이 있었다. 요르단왕국의 와디무사 마을에 자리한 페트라(Petra)는 BC 7세기부터 BC 2세기경까지 시리아와 아라비아 반도 등지에서 활약한 아랍계 유목민인 고대 나바테아인들이 사막 한가운데 붉은 바위들 틈새에 도시를 건설해 일세를 풍미했던 역사의 살아 있는 현장이었다. 깊고 협소한 거대한 골짜기 계곡으로 이루어진 페트라 특유의 지형은 스티븐 스필버그의 '인디애나 존스 – 최후의 성전(Indiana Jones and the Last Crusade)' 영화의 촬영 장소로도 그 유명세를 날린 바 있었다.

알렉시스와 알렉산더는 낙타나 말을 타기도 하고 걷기도 하면서 세계에서 가장 아름답고 신비한 사막 도시와, 바위로 만들어진 곳곳의 신전들을 구석구석 둘러보았다. 그 전날 갔었던 와디럼의 붉은 오렌지빛 사막도 아름다웠지만 역시 페트라의 광활한 비경은 따라올 수 없을 것 같았다.

알렉시스는 페트라의 장엄한 아름다움에 매료되어 잠시도 눈을 뗄 수 없었다. 바위 곳곳에 보이는 베두인 유목민의 피리 선율, 여전히 옛적 생활 방식을 고수하며 유적지 여기저기 뿔뿔이 흩어져 살고 있는 그들의 이국적인 모습에서도 뭐라 형언할 수 없는 전율을 느끼는 그녀였다. 알렉산더의 강권에, 히잡 같은 두건을 전신에 둘러쓰고 있으면서도 그녀는 마치 환경에 그대로 동화된 듯 아무런 불편함도 느낄 수가 없었다. 알렉시스는 피곤함도 잊고 날이 저물기만을 기다렸다. 해가 지면 '밤의 페트라 (Petra by Night)'라는 등불 의식이 그들을 기다리고 있기 때문이었다.

"특별히 신비할 것도 없잖아. 그냥 호롱불 수백 개 밝혀놓고 별로 재미도 없는 베두인족 옛날이야기에 전통악기 연주 좀 듣는 건데."

"호롱불이 아니라 그냥 촛불이야."

알렉산더의 감성 없는 말을 들은 척도 않고, 알렉시스는 런던으로 돌아가기 직전까지 내일도 모레도 계속해서 페트라 안에 머물겠다 결심을 굳히고 있었다. 그 둘은 다른 수십 명의 사람들 틈에서 어둠을 올올이 수놓는 촛불들 앞에 꼭 붙어 앉아 있었다. 초승달이 요염한 빛을 내뿜는 희미한 어둠 속에서, 알렉산더는 그녀의 오른손을 붙잡아 결혼반지가 자리한 약지에 뭔가 하나 더 끼워 주었다.

"이게 뭐야?"

"베두인족 여자가 만든 반지."

희미한 촛불 아래, 손으로 만든 게 분명한 가느다란 연분홍빛 반지는 페트라 곳곳에 포진해 있던 장신구 가게들의 것과는 어딘가 달랐다. 그런 표현을 쓰는 것이 미안했지만 대부분 조잡하고 유치한 장식들이 많아서 실제로 그런 장신구를 구입하는 관광객들은 극히 적었다. 하지만 그녀의 눈으로 보기에도, 약지에 끼워진 반지는 투어멀린 원석으로 제작한 게 분명해 보였다. 그리고 투어멀린은 10월이 생일인 그녀의 탄생석이었다.

"이걸 어디서 구했어? 반지도 수제 작업이 가능한지는 몰랐는데……."

"관광객 대상이 아니라 수도 암만 같은 대도시 가게들에 납품되는 용도야. 손으로 잘만 만들던데? 불로 달군 은판을 망치로 몇 번 두들기다가 또 붙이고 이리저리 갈아대다가 또 두들기고 하니까 그게 나오더라고."

"만드는 걸 직접 봤어? 언제?"

"오전에. 너 아직 자고 있을 때 호텔로 불러서 만들라고 시켰어."

"……."

"안 예뻐?"

알렉시스는 희미한 달빛 아래 자신의 반응을 물끄러미 바라보는 그의 검은 눈을 마주 보았다. 예전에 반려견이었던 비스콘티 공작이 조간신문을 입에 물고 다가와 '나 잘했지? 잘했지? 쓰다 듬어줘, 빨리 예뻐해줘'라고 은근히 기대하던 눈빛이 불현듯 떠올 랐다.

"너무 예뻐, 그런데 이걸 왜…… 그렇게까지 구했어?"

"너 이런 거 좋아하는 거 아니었어? 며칠 전에 스페인에서 생 일 선물 보낸 것 중에 손으로 만든 로자리 팔찌 있었잖아. 그걸 엄 청 마음에 들어 하는 것 같아서. 원래는 이것도 팔찌로 만들라고 했는데 팔찌는 적어도 2, 3일은 걸린다고 하길래."

"……."

아주 잠시 침묵을 지키던 알렉시스가 다시 입을 열었다.

"이런 거 좋아해, 정말 좋아해."

"다행이네."

"이렇게 예쁜 반지는 처음 봐. 평생 손에서 빼기 싫을 것 같 아."

"……."

알렉산더는 아무 말도 하지 않았다. 하지만 그 누구보다 자존 심 강하고 자존감 높은 그였다. 그가 자신의 말에 내심 만족하고 있을 거라고 알렉시스는 자신 있게 말할 수 있었다. 어둠 속에서 인파가 조금씩 흩어지고 제각기 숙소로 돌아가는 낌새를 보이자, 알렉산더는 그들도 슬슬 호텔로 돌아갈 것을 종용했다. 한 손을 꼭 맞잡고 걸어가는 동안, 둘은 어둠 속의 사막 한가운데를 걸을 뿐 별다른 말이 없었다.

하지만 알렉시스는 침묵 속의 행복이란 표현에 어울릴 듯한 기 분에 흠뻑 젖어 있었다. 그렇게 동경했던 페트라 한가운데 있어서 정말 설레었다. 게다가 다른 누구도 아닌, 알렉산더와 함께 페트라 한복판을 걷고 있다는 사실이 그녀를 더욱 기쁘고 설레게 만들고 있었다. 요르단 사막에 도착한 순간부터, 바로 곁에 있는 한 남자가 그녀의 행복감을 몇 배로 더 증대시키고 있었다.

알렉시스는 너무나 행복했다. 이렇게 충만한 환희와 행복감은 지금까지 수없이 겪었던 많은 기쁨들과 비교되지 않을 정도로 난생처음이었다. 세상에 태어나 살아 있는 순간이 이렇게 다행이고 행복한 기분을 피부로 느껴본 적은 없었다. 하지만 그녀는 마음 어딘가 한구석이 문득 불안해지는 걸 느꼈다. 이렇게 행복해도 되는 걸까. 이렇게 알렉산더와 언제까지고 행복할 수 있을까. 가슴 벅찬 현재의 소중한 순간들이 어느 순간 한 줌의 재로 소진되어버리진 않을까, 하는 아주 약간의 불안이 그녀의 가슴속을 스쳤다.

하지만 알렉시스는 이내 불안감을 떨쳐버리고 그의 손과 맞잡은 오른손에 살짝 더 힘을 주었다. 알렉산더의 기분 좋은 체온이 손 마디마디를 통해 그녀의 영혼까지 전해지는 것 같았다.

2화. 균열

"Где я нахожусь, кто Вы?(당신은 누구예요? 여기는 대체 어디예요?)"

"Вы говорите по русски?(너 러시아어 할 줄 알아?) 영국과 스페인 혼혈이라고 들었는데."

"피아노 선생님이 러시아 출신이라 조금 배웠어요."

"그래……. 또 할 줄 아는 다른 언어는 없니?"

"영어와 스페인어는 태어날 때부터 했지만, 러시아어는 조금 할 줄 알고 한국어는 약간 알아들을 수 있어요."

"한국어?"

"엄마가 한국인과 스페인 사람 사이 혼혈이었어요."

"그래……."

"아저씨, 저 여기 왜 데려온 거예요? 호세 아저씨, 저희 운전사 아저씨는 어디 있죠?"

"너…… 러시아어 발음이 정말 정확하구나. 목소리가…… 우리 딸
과 비슷해!"

"아저씨 딸은 어디에 있는데요?"

"내 고향 리스트비얀카. 지금은 입양된 가정에서 살고 있지만……
내가 꼭 다시 되찾아와 함께 살 거야. 우리 딸 제냐……!"

"아저씨…… 왜 울어요."

"…….''

"왜 계속 울기만 해요. 여기가 어디고 저는 여기 왜 데려왔는지 말
해주세요."

"며칠만 기다리면…… 너희 숙부가 데리러 올 거야. 조금만 기다
려……."

알렉시스는 늦은 오후의 햇살이 늦가을 초목을 반짝반짝 비추
는 하이드파크를 가로질러 집으로 향하고 있었다. 옥스퍼드에서
의 두 번째 중간고사를 막 마치고 오랜만에 집에 일찍 들어오는
길이었다. 집에 도착해 고용인에게서 우편물을 받아 든 그녀는 으
레 학교와 관련된 것일 거라 짐작하고 봉투를 뜯어 내용물을 확인
했다. 알 수 없는 서류 두 장이 봉투 안에 들어 있었다. 누군가의
사진 및 상세한 신상 정보가 기재되어 있는 서류와 그 사람의 직
장 명의로 된 은행 계좌 번호의 내역서였다.

"뭐지, 이건……?"

서류에는 카밀라 소콜로바란 그녀 또래의 앳된 여성의 사진과
신상이 자세히 나열되어 있었다. 폴란드나 우크라이나 쪽 태생임

이 짐작되는 사진 속 여자는 길고 풍성한 머리에 인형 같은 이목구비가, 한눈에 보기에도 굉장한 미모를 갖추고 있었다.

"클레이번 메이슨(Claybourne Mason)?"

언뜻 들어서는 무슨 업체인지 쉽사리 짐작할 수 없는 이름을 알렉시스는 잠시 들여다보았다. 클레이번 메이슨 명의로 되어 있는 은행 계좌 내역서에는 제임스 스미스라는 지극히 흔한 이름의 송금자가 여러 번 만 파운드 상당의 금액을 보낸 기록이 찍혀 있었다. 그녀가 아는 사람 중 제임스 스미스란 인물은 없었고 클레이번 메이슨이란 이름을 이리저리 검색해 봐도 아무런 정보도 확인되지 않았다. 혹시 우편물 배송오류가 아닐까 하여 봉투 겉면을 다시 확인해봤지만, 수신인 이름에는 알렉시스 리오넬 그녀의 이름이 명확하게 찍혀 있었다. 반대로 발신인란은 완전히 공백으로 되어 있었다. 그녀는 잠시 생각하다가 휴대폰을 꺼내서 어딘가로 전화를 걸었다.

"오랜만이야, 뭐 하나 알아봤으면 하는데……."

―에? 그런 거라면 오히려 내가 너에게 부탁해야 되는 거 아냐? 알렉시스 후버!(전 FBI국장 에드가 후버의 이름을 딴 농담)

"미안, 하지만 내가 조사 중이란 걸 상대편이 일절 모르게 해야 하니까."

―얼마 줄 건데?

"……전에 R 항공사 해킹 건 인터폴에 아직 신고 안 했는데."

―쳇! 악마랑 결혼하더니 마녀가 돼버렸네!

"그 전에도 그랬어, 언니에게는."

수화기 건너에서 들려오는 웃음소리를 들으며, 알렉시스는 창 너머로 천천히 메인 게이트를 넘어오는 알렉산더의 부가티 차량을 확인했다. 현관이 열리기 전에 그녀는 재빨리 우편물 서류와 봉투를 서재 안 자신만이 아는 공간에 밀어 넣었다. 그에게는 아무 말 하지 않을 생각이었다.

　-수사가 다시 원점으로 돌아왔어, 알렉산더. 그 파파라치 말인데…… 목이 졸린 채 호수에서 발견되었어. 뭐 반쯤은 예상한 대로였지만.

　"경찰 조사는 어디까지 진행됐습니까."

　-사기에 마약, 인신매매 브로커에 악질 파파라치 등등 워낙 범죄 경력을 달고 산 인간이라 적정선에서 마무리되겠지. 최근 몇 년간은 파파라치 쪽으로 꽤나 활발해서 수입도 괜찮아. 셀렙들 뒤꽁무니 쫓는 데만 주력한 것 같지만."

　"경찰과는 별개로 확인해보십시오. 당연히 그러시겠지만."

　-네~ 네~ 감히 누구 명령이신데요!

　알렉산더는 통화를 종료한 뒤에도 잠시 차 안에 앉아 있었다. 스위스 몽트뢰에 있는 누군가로부터 전송받은 사진으로 그를 협박해 거액의 돈을 갈취하려 했었던 파파라치. 하지만 불행히도 그는 돈 한 푼 뜯어내지 못하고 누군가의 손에 의해 유명을 달리하고 말았다.

　알렉산더는 현관 안에 들어서서 호주머니에 양손을 찔러 넣은 채, 한 여자가 홀의 나선형 계단을 내려오는 모습을 올려다보았다.

　"일찍 왔네요."

"그래서 싫어?"

"회사일은 제대로 하고 있는 거야?"

"뭘 물어, 주식 동향 매일 체크하면서."

"주가란 건 원래 수습 불가능한 단계까지 일이 터지고 나서 하락하잖아."

"자꾸 까불면 보안팀 풀가동시키는 수가 있어. 그럼 너 혼자 매일 야근해야 할걸?"

"난 온라인 익명 사원인데?"

"그랬지. 그럼 아예 해고시켜버리지, 뭐."

알렉산더는 무뚝뚝하게 내뱉으면서도 아내의 장난기 가득한 미소를 따스한 눈으로 바라보았다. 이렇게 서로 허물없이 농담을 주고받으며 그녀가 자신의 귀가를 반길 순간을 얼마나 기다렸는지.

물론 그녀에 대해서 완전히 마음을 놓을 수 있는 단계는 아직 아니었다. 아침에 해가 뜨고 밤에 해가 지는 절대 불변 자연의 법칙처럼, 그녀가 무슨 일이 있어도 자신을 떠나지 않고 언제까지나 자신의 곁에 있으리라 온전히 신뢰할 수 있을 정도는 아니었다. 그들 사이에 아이가 생기면 그때는 조금 더 신뢰할 수 있겠지만. 아기가 생기는 순간부터 그녀의 관심은 자연히 아기에게 쏠릴 것이 뻔했기에, 아직은 좀 더 둘만의 시간을 갖고 싶었던 마음도 반쯤은 있었다. 아기에게 그녀를 빼앗기는 상황을 어떻게 감당할 수 있을지 생각조차 하기 싫었다.

하지만 알렉산더는 자신의 더 큰 갈망에 두 손을 들 수밖에 없었다. 자신의 2세를 안고 있는 알렉시스의 모습을 상상하는 것만으로도, 가슴속 차오르는 기쁨과 희열에 입가에 절로 미소가 번졌던 것이다.

"머리…… 많이 자랐네."

그날 밤, 언제나처럼 격정적인 사랑을 나눈 후 알렉산더는 그녀의 찰랑이는 적갈색 머리칼을 장난치듯 손가락에 감아올렸다. 알렉시스는 몇 주 전 그녀가 헤어숍에 다녀온 날, 그가 자신의 짧아진 머리를 보고 불같이 화를 냈던 기억을 떠올렸다. 등 한가운데 조금 밑까지 내려오는 긴 머리에 조금 변화를 주고 싶었던 그녀는 별생각 없이 어깨까지 긴 단발로 커트를 하고 집에 돌아왔었다. 그러자 밤늦게 돌아온 알렉산더가 그녀의 짧아진 머리를 보고 대뜸 언성을 높이며 화를 냈던 것이다.

'감히 네 맘대로 잘라?'

'이건 내 머리카락이야, 당신 게 아니고. 그럼 내가 내 머리를 어떻게 하는 것까지 일일이 당신에게 허락받아야 해?'

'난 네 머리가 긴 게 좋으니까. 다음부터는 원래 길이 이하로는 절대 자르지 마! 알겠어?'

'……'

'대답 안 해?'

'머리를 발목까지 기르든, 아예 여승처럼 밀어버리든 내 자유야. 내 머리카락이니까.'

'너 정말……!'

'언제는 또 남자처럼 바짝 깎아서 집 안에만 가둬두겠다며? 도대체 어느 장단에 맞춰야 해?'

'그때는 네 멋대로 외출해서 화가 나서 해본 소리고, 앞으로는 원래 길이 이하로는 절대 짧게 하지 마.'

알렉시스는 해도 해도 너무한 그의 지배 욕구에 너무 화가 나서 며칠 동안 그를 유령처럼 대했다. 말 한마디 섞지 않고 눈도 마주치지 않던 그녀에게 먼저 두 손 두 발 다 든 것은 알렉산더 쪽이었다.

그는 단지 침대 위에 그녀의 긴 머리가 찰랑이며 사방에 퍼지는 것, 사랑을 나누는 중 그 보드라운 머리칼이 그의 살갗에 와 닿는 것, 그리고 행위가 끝난 뒤 그 긴 머리칼이 얼굴을 간질이며 잠드는 순간들이 너무 좋기 때문에 그녀의 머리칼이 길수록 좋다는 것이었다. 그래서 세상 모든 이들이 그녀에게 단발이 더 아름답다 찬사를 던진다 해도 그는 그녀의 긴 머리칼이 좋았기 때문에 본의 아니게 화를 내버렸다고 알렉시스를 열심히 달래었다.

'다시는 그렇게 소리 지르지 마.'

'머리는 다시 기를 거지?'

'……알았어.'

알렉시스는 더 이상 언쟁을 벌이기 싫어서 그냥 그러마고 대답해버렸다. 이렇게 감정 소모에 에너지를 죄다 소진하느니 차라리 헤어스타일에 변화를 주는 것 자체를 포기해버리는 게 정신 건강에 훨씬 더 도움이 될 것 같았다. 알렉산더는 그녀를 소중한 보물처럼 자신의 품으로 끌어당겨 꼬옥 감싸 안았다. 그의 따스한 온기와 숨결, 심장 뛰는 소리가 선명하게 들려왔다.

'애당초 우리가 다툴 일이 뭐가 있겠어, 네가 내 말만 잘 들으면…….'

'……'

그의 따스한 품속에서 알렉시스는 흠칫 몸이 굳어지는 걸 느꼈다. 입에서는 자기도 모르게 실소가 터져 나오고 말았다.

미쳤어. 이 남자는…… 정말로 제정신이 아니야.

그런데 애당초 내가 왜 이런 미친 남자와 이렇게 되어버렸을까. 왜 올해 안에 피임을 중단하고 그와 아기를 가질 준비를 할 것이라 결심까지 하게 된 걸까.

"너무 예뻐."

알렉산더가 붉은빛이 도는 탐스러운 갈색 머리칼 속에 얼굴을 묻자, 그녀는 다시 현실로 돌아와 조금 의아하다는 듯 물었다.

"그래도 남자들은 금발을 가장 선호하지 않아?"

"난 이 색깔이 제일 좋아."

알렉시스는 어깨 너머로 흘러내린 자신의 적갈색 머리칼을 물끄러미 들여다보다가 아까 서류에서 보았던, 긴 머리칼을 지닌 사진 속 미인이 순간 뇌리를 스쳤다. 그녀는 뭔가 생각난 듯 입 밖으로 소리 내어 말했다.

"카밀라."

"음?"

"카밀라 소콜로바."

"그게 누군데?"

"혹시 몰라?"

"그런 이름 들어본 적 없는데."

알렉산더는 사업상 셀 수 없이 수많은 사람들을 매일 만나고 스쳐가기 일쑤였다. 언젠가 그런 이름의 여자를 업무상 대면했을 수는 있지만, 그는 그래야 할 가치와 필요성이 있는 인물들만 머릿속에 간추리는 효율적인 기억력의 소유자였다.

"그 여자가 누군데?"

"……아무것도 아니야. 신경 쓰지 마."

카밀라, 카밀라 소콜로바. 알렉시스가 아무것도 아니라고 일축했는데도 그는 어쩐지 신경이 쓰여서 근래 비슷한 이름의 인물과 조우한 적이 있는지 되새김질해보았다. 그 순간 알렉산더의 뇌리에 희미한 잔상이 섬광처럼 나타났다 곧 스러져갔다. 설마, 그는 속으로 되뇌었다. 카밀라는 러시아나 우크라이나 쪽에서 흔하디흔한 여자 이름들 중 하나였다.

"알렉시스."

그의 심상치 않은 어조에, 알렉시스는 몸을 돌려 그를 올려다보았다. 잘생긴 미간이 좁혀지고 검은 눈동자엔 까닭 모를 불안함이 서려 있었다.

"뭔가 나에게 숨기고 있는 건 아니겠지."

"뭘?"

"뭐든."

"……그런 거 없어."

"뭔가 이상한 일이 있으면…… 아주 작은 것이라도 꼭 말해야 해. 알겠지?"

"알았어, 하지만 당신도 마찬가지야. 무슨 일 있으면 난 알 필요 없다고 숨기지 말고, 꼭 같이 의논해줘."

"……OK."

그는 선선히 대답했음에도 여전히 그녀에게 예의 그 파파라치

피살 사건에 대해 알려줄 생각이 없었다. 알렉시스는 지극히 독립적인 여자였다. 뭔가 자신의 주위에도 피해가 끼칠 것 같으면, 그녀는 결코 내색하지 않고 스스로의 힘으로 문제를 헤쳐가려 할 것이다. 조금은 남자에게 기대어 보호받길 바라는 유약함이 있으면 좋으련만, 고래 심줄 저리가라 할 정도의 고집은 좀처럼 꺾이는 법이 없었다.

그녀는 어느새 그의 가슴팍에 얼굴을 묻고 고른 숨소리를 내고 있었다. 알렉산더는 그녀가 좀 더 편안하게 잘 수 있도록 몸을 조금 움직이고 시트를 어깨까지 끌어 올려주었다.

그때만 해도 그는 모르고 있었다. 정상적인 부부로 조금씩 완성되어가는 듯했던 그들의 결혼이 곧 다시 내리막길로 곤두박질칠 것이라는 사실을. 조금씩 힘들게 쌓아 올린 신뢰의 벽이 일시에 허물어지고, 품 안의 여자가 예전보다 더 낯선 타인처럼 그의 앞에 마주할 미래를.

"클레이번 메이슨 측 자료는 그게 다였나? 그 계집애에게 있는 대로 다 보내."

스위스의 몽트뢰 호화 저택, 어두운 서재 겸 응접실 한가운데서는 그 어두움만큼이나 음울한 목소리가 눈앞에 선 비서를 일갈하고 있었다. 그렇게나 많은 돈과 시간을 소비하고 있는데도 왜 자신이 원하는 결과가 손에 잡히지 않는지 답답해 죽겠다는 표정이었다.

"벌써 그 말도 안 되는 결혼이 1년이 다 되어가. 올해 안에는 무슨 일이 있어도 끝장을 보게 해야겠어. 그 결혼이나 그 더러운 혼혈년 목숨, 둘 중 하나는 반드시 종료되어야 한다고!"

노기 띤 목소리의 주인공은 초조한 듯 잠시 마호가니 책상 위를 신경질적으로 톡톡 두드리다가 뭔가 생각난 듯 말했다.

"그 계집애, 예전에 로열 알버트 홀 연주회에서 중간에 나갔다고 했었지?"

보고받은 당시 입수하고 있었던 VIP 명단이나 프로그램 자료 등을 재차 열람하던 목소리의 주인공은 다시 한 번 본인의 확신을 굳혔다. 저택의 주인이 알기론, 클래식 음악에 큰 관심이 있는 알렉시스가 그런 연주회를 중간에서 포기하는 경우는 절대 없었다. 만약 본인의 추측이 맞는 경우에는 좀 더 확실한 힌트를 흘릴 필요가 있었다. 이대로 가만히 손 놓고 앉아서 그 여자가 제 발로 기어 나오길 바라느니, 그 여자의 묵은 기억을 좀 더 건드려 스스로 무덤을 파게 만들 상황으로 유도하는 게 더 빠를 것 같았다.

혼혈 계집애는 보통 사람들은 상상도 못할 만큼 매우 영리한 여자였다. 알렉산더 더 데빌과 맞먹을 만큼. 하지만 너무 똑똑해서 결국 명을 재촉하게 될 테니 오히려 잘된 일이었다. 그녀가 클레이번 메이슨 측 자료가 가진 의미를 파악해내기란 시간문제였고 곧바로 몇 가지 부스러기를 더 흩뿌려놓으면 반드시 제 발로 안전망 밖으로 걸어 나올 터였다. 저택의 주인공은 확신해 마지않았다.

―알렉시스, 만나야겠다.

"……그렇게 심각한 일이야?"

─우린 피를 나눈 가족이야. 날 믿지?

"응, 지금 작은아버지 댁으로 갈게. 거기서 봐."

알렉시스는 그녀와 함께 선의의 국제 해킹 집단 '어나니머스(Anonymous)'의 회원으로 활동하고 있는 각별한 친구이자 사촌 언니인 트리샤를 만나러 가기 위해 경호원이 대기한 차 위에 올라탔다. 그녀는 작은아버지 베네딕트 브로디의 두 딸 중 장녀로, 알렉시스가 루카, 프랜시스와 함께 심적으로 가장 의지하고 있는 일가의 한 명이었다. 뭔가 불길한 예감에 가슴이 꼭 옥죄이는 느낌을 가까스로 억누르고 그녀는 웬만한 비밀을 다 털어놓고 의논할 수 있는 언니와 오랜만에 인사를 나누었다.

"알렉시스, 나 믿지?"

그녀는 한 번도 본 적 없는 트리샤의 정색한 얼굴 앞에 조용히 고개를 끄덕였다.

"나는 딱 두 개만 말할게. 나머지는 네가 충분히 추론할 수 있을 거야. 그 전에 개인적인 것 하나만 물어봐도 될까?"

"뭔데?"

"요즘 부부 사이 어때? 단순히 외관상이 아니라 정말로 좋아 보이던데."

"……."

트리샤는 아무리 친한 사이라도 타인의 사생활에 공공연한 관심을 보이는 성격이 아니었다. 그녀의 조심스런 질문에 알렉시스는 뭔가 짚이는 것이 있어서 먼저 돌직구를 던졌다.

"혹시 알렉산더의 과거와 관련된 거야?"

"……현재도 연결되어 있지는 않겠지만, 그만두자. 어차피 전 세계 사람들이 알고 있던 과거일 거고, 과거는 과거일 뿐이야. 누가 이따위를 보냈는지는 몰라도 어차피 한때의 악의일 뿐이야."

하지만 트리샤는 그가 알렉산더와 큰 싸움을 하게 만들었던 에딘버러 학회 사진에 대해서는 전혀 모르고 있을 것이다. 알렉시스는 남편의 과거에 대해 새삼스레 알 필요도 느끼지 못했고 그런 악의성 우편물에 대해 일일이 응대할 가치도 느끼지 못했다. 하지만 사진의 전송자가 그 우편물 배송인과 동일인이라면 단순히 순간적인 악의로만 치부할 일이 될 수 없었다.

"두 가지만 말해줘. 처음에 말하기로 했던 것."

트리샤는 한번 마음먹은 것은 절대 굽히지 않는 알렉시스의 고집을 누구보다 잘 알고 있었다. 그녀도 나름대로의 생각이 있을 거라 믿고 트리샤는 잠시 뜸 들이다 군더더기 없이 딱 필요한 정보만 던졌다.

"첫째, 클레이번 메이슨은 유럽의 최상류층 고객들만 상대하는 에스코트 업체로, 극소수의 회원들만 이용하고 고객의 신변은 100퍼센트 완벽하게 보장돼. 둘째, 제임스 스미스는 알렉산더 리오넬이 거미줄처럼 여러 경로를 통해 보유하고 있는 수많은 차명 계좌 명의 중 하나야. 그리고 카밀라 소콜로바는 클레이번 메이슨 사의 직원으로 고용되어 있어. 그녀의 본명은 일리나야. 일리나 소콜로바."

트리샤가 이용한 브로디 그룹의 재력과 어나니머스 해킹 집단의 정보력이 아니었으면 아마 절대 새어 나오지 못했을 정보였다.

상류층의 사생활은 일반인들이 생각하고 추측하는 것보다 훨씬 더 추악한 면들이 많았다. 대외적으로는 동 세계 간 사랑의 완성으로 보이는 혼인들의 대부분이 실은 정략결혼인 만큼, 부부 각자의 외도는 비일비재했다.

하지만 사회적 위치와 신분상 조금이라도 해가 될 싹을 처음부터 제거하기 위해, 남녀 모두 극비리에 제공되는 에스코트 업체의 시크릿 회원으로 서비스를 이용하는 것이 암묵적으로 통용되고 있었다. 몇만 파운드의 연회비는 사실상 입막음 비용이나 다름없었고 만에 하나를 위해서 그러한 몇몇 업체는 상류층의 누군가가 반드시 소유 및 관리를 도맡았다. 클레이번 메이슨 역시 그러한 서비스 제공책의 하나일 터였다. 시간당 웬만한 샐러리맨 월급에 상당하는 금액을 기꺼이 지불할 수 있는 남자나 여자 고객 모두를 위해서, 그들에게 최상의 상품으로 안전한 섹스를 제공할 목적으로 만들어진 에이전시.

알렉시스가 어려서부터 자라온 헤네스가에서는, 그녀가 애초에 너무 어렸던지라 그런 서비스 자체에 대해 완전히 무지했다. 하지만 런던에 옮겨와 사춘기를 겪게 되면서, 그녀도 어느 정도 세상이 그렇게 동화 속 장밋빛이 아닐뿐더러 오히려 그 반대임을 인지하게 되었다.

하지만 그 뒤로도 비교적 자유롭고 오픈되어 있는 브로디가에서는 언제나 화목하고 따스한 분위기라 상류사회의 어두운 면들을 몸소 느껴본 적이 없었다. 출신 성분 때문에 그녀를 한 번도 귀여워해준 적 없는 조부도 당시에는 건강 문제로 런던에서 멀리 떨어진 휴양지에 머물고 있었다. 따라서 그녀는 단 한 번도 브로디 집안에서 정략결혼이니 부모의 외도니 하는 분위기를 느껴본 적 없었다.

"알렉산더의 차명 계좌…… 중 하나라고?"

알렉시스의 목소리가 가늘게 떨려왔다. 그녀는 순수했지만 결코 순진하진 않았다. 으레 기업에서 법적 안전망을 벗어나지 않는 한도에서 돈세탁을 할 때 차명 계좌를 이용하는 것은 흔하디흔한 일이었다.

결론은 지극히 단순했다. 다른 많은 상류층 남자들이 최상급의 여자를 제공받아 비밀리에 하룻밤의 향락을 누려왔던 것처럼, 알렉산더 역시 그렇게 해온 것뿐이다. 그러나 계좌에서 돈이 송금된 날짜는 결혼식 직전에도 한 번 더 기재되어 있었다.

날짜를 곰곰이 되짚어보니, 알렉산더가 메이필드 호텔에서 수영 중이던 그녀를 반강제로 빼내와 두 사람의 결혼을 입에 올리고 일주일 생각할 시간을 주겠다고 했던 바로 그날이었다. 처음 그녀에게 결혼하길 원한다고 말했던 바로 그날에도 송금 일시, 즉 이용 일시가 기재되어 있었다니 도저히 믿을 수가 없었다. 사진 속의 카밀라, 아니 일리나 소콜로바라는 이름의 여자는 아마도 알렉산더가 해당 에스코트 서비스를 이용할 때마다 불렀던 상대임이 명백했다.

"……."

알렉시스는 에딘버러에서 할스트롬과 함께 있던 상황을 교묘히 조작해 사진을 보냈던 인물이 눈앞의 서류 역시 보냈음을 본능적으로 알아챘다. 하지만 지금 그녀의 머릿속을 가득 메우고 있는 것은 그 사실이 아니었다.

그녀는 트리샤에게 비밀 보장을 약속받고 집으로 돌아가는 차

안에 몸을 실었다. 어떻게 돌아왔는지, 운전사에게 인사는 했는지, 현관으로 들어섰을 때 고용인들 중 누가 그녀를 맞았었는지아무것도 기억에 없었다. 2년여 전, 그들이 처음 관계를 시작하기로 합의했을 때 알렉산더가 그녀에게 했던 말들이 뇌리에 재현되고 있었다.

'둘째, 나 외의 다른 남자는 꿈도 꾸지 말 것. 다른 놈과 허튼짓할 생각은 일찌감치 버려. 내 걸 남들과 공유하는 취미는 없으니까.'

침착한 어조였지만 그의 음성엔 날이 한껏 서 있었다.

'그럼 당신은? 당신은 지금까지처럼 다른 여자들과 자유롭게지내도 되고?'

'그건 네가 알 필요 없는 일이야. 애초에 아무 의미 없는 여자들이고. 최대한 가십거리가 되지 않게 신경은 쓰겠지만.'

'……당신 입에서 나오는 말들, 귀에 제대로 들리기는 해요?'

'남자는 태생적으로 한 여자만 보지 않아. 애초에 순정이나정절 따위 지킬 수 없는 게 남자란 동물이야. 문란하니 비도덕적이니 떠들어대도 남자들은 스스로 인정할 수밖에 없어.'

그리고 그 타협 없는 대화 끝에, 알렉시스는 그녀의 의지를 강하게 관철시키려 했었다.

'섹스건, 뭐건 난 당신의 욕구를 충족시키는 수많은 여자들중 하나가 될 생각은 없어요!'

'좋아.'

그녀의 완강한 거부에, 알렉산더는 크게 양보한다는 듯 과장된몸짓으로 두 팔을 허공에 올렸다가 털썩 내려놓았다.

'도대체 여자들은 왜 그런 환상에서 허우적대는지 잘 모르겠지만…… 우리 관계가 유지되는 동안에는 오직 너에게만 충실하도록 하지. 이제 됐어?'

침실 안, 알렉시스는 한동안 멍한 눈을 하고 침대 위에 앉아 있다가 갑작스런 휴대폰 벨 소리에 현실로 되돌아왔다. 발신인은 그녀의 남편이었다. 그녀는 손가락을 움직여 통화 거부 버튼을 누르고 아예 휴대폰을 꺼버렸다. 어차피 그녀가 현재 집 안에 있다는 사실은 보고됐을 것이지만, 자신의 전화를 제때 받지 않았다는 것만으로 그는 분명 또 분노로 길길이 날뛰어댈 것이다. 하지만 지금은 상황이 완전히 달랐다. 분노로 길길이 날뛰는 건 그녀의 성향이 아니었지만 누군가 날뛰어야 한다면 그것은 알렉시스 자신이었다.

그녀는 고용인이 가져온 집 무선전화기도 손을 저어 거부했다. 애꿎은 고용인이 난처한 얼굴을 하자, 그녀는 수화기를 받아 들어 아예 전원을 꺼버렸다. 알렉시스는 고용인들 모두에게 내일 오전까지 특별휴가를 주었다. 마땅히 갈 곳이 없는 사람에게는 근처의 호텔에서 편안히 쉴 수 있게 조치를 취해주었다.

그녀는 트리샤를 만나러 가기 전, 오전에 담당의의 병원에 들러서 임신 방지용 루프를 제거했었다. 그리고 오늘 저녁 알렉산더에게 그녀도 아이를 가질 마음의 준비가 되었다고 알릴 계획이었다. 하지만 모든 것이 부질없고 그들의 미래는 물거품이 되었음을 알렉시스는 뼈저리게 절감했다. 너무 큰 충격과 절망에 빠지면 오히려 울거나 오열할 수조차 없다는 사실도 더불어 알게 되었다.

그녀는 알렉산더가 올 때까지 모든 준비를 마치고 호화로운 샹들리에 아래, 중앙 거실에 조용히 앉아 있었다.

"도대체 왜 전화를 안 받아? 집에는 왜 아무도 없고!"

"다들 휴가 보냈어."

"안전상 절대 혼자 있지 말라고 했잖아! 그리고 전화는 또 왜 안 받아?"

예상했던 대로 알렉산더가 있는 대로 언성을 높이며 닦달해댔지만 알렉시스는 그의 분노에 차분히 응대했다.

"경호원들은 집 밖에 계속 대기하고 있을 테니 상관없잖아. 전화는 받기 싫어서 안 받았어."

"뭐?"

"당신 목소리 듣기 싫어서 안 받았어. 지금도 싫지만 이야기는 해야 할 것 같아서."

말을 마치자마자 그녀는 서재 안 서랍에 두었던 우편물 서류들을 꺼내서 테이블 위에 펼쳐놓았다. 클레이번 메이슨 회사와 그의 차명 계좌가 고스란히 기재되어 있는 은행 내역서와 그가 부정하려야 할 수 없는 동유럽 미인의 사진이 그의 눈 아래 훤히 드러났다.

"지난주 익명의 우편물로 보내왔어. 에딘버러 사진 전송자와 동일인이라 짐작되는 누군가가."

"계속 도발해오는군. 그렇지 않아도 조사를 더 강화하라고 조치해뒀어."

알렉시스는 그다지 놀랍지도 않다는 표정의 남자를 의외인 듯 바라보았다.

"내가 말하고자 하는 포인트는 그게 아니야. 카밀라 소콜로바, 전혀 들어본 적 없는 여자라고 하지 않았어?"

"그렇다고 생각했는데 지금 이 사진을 보니 기억나는군. 이름은 처음부터 아예 기억도 나지 않고. 그런데 이게 어떻다는 거지?"

알렉산더는 어깨를 으쓱하며 오히려 영문을 모르겠다는 듯 알렉시스의 어이없어하는 눈길을 마주 보았다. 그는 눈앞의 상황을 파악하지 못할 정도로 어수룩하지도 않았고 일부러 모른 척 연기할 만큼 비굴한 남자도 아니었다. 그는 정말로 '그래서 뭐?'라는 표정을 짓고 있었다.

"누가 됐든 놈의 의도는 뻔하잖아. 이런 도발에 일일이 반응할 필요는 없어."

"악의성이란 건 나도 뻔히 알고 있고, 단순히 과거일 뿐이라면 이런 것에 일일이 동요하지 않아! 하지만 날짜를 잘 봐!"

마지막 송금일은 그가 메이필드 호텔 수영장에서 알렉시스를 데려와 단도직입적으로 그녀와의 결혼을 원한다고 선언했던 바로 그날이었다. 그 외, 처음 여러 번 중에서도 알렉시스와의 교제를 시작한 이후의 내역들이 있었다. 정식으로 연인 사이가 된 후에도, 알렉산더는 알렉시스를 새장 속의 새처럼 그의 틀 속에 가둬놓고, 정작 본인은 내킬 때마다 다른 여자와 쾌락을 만끽하고 있었다는 증거나 다름없어 보였다.

"결혼 전…… 관계가 유지되는 동안에는 나에게만 충실하기로, 다른 여자는 일절 없을 거라 약속하지 않았어? 다 정리하겠다고."

그가 비굴하게 무릎 꿇을 거라 기대하진 않았지만 적어도 죄책감 어린 모습으로 해명하려 노력은 할 거라 생각했던 그녀였다. 하지만 알렉산더는 유유히 팔짱을 낀 채 소파에 털썩 주저앉아 그녀의 붉게 달아오른 얼굴을 정면으로 응시하고 있었다.

"약속했던 대로 다 정리했었어. 이건 보다시피 양다리를 걸쳤다거나 그런 상황은 아니잖아?"

"뭐라고요?"

"여배우 모니카 해밀턴이나 여러 모델들은, 너와 공식적으로 교제하게 된 뒤로는 완전히 다 정리했었어. 클레이번 메이슨 일은 무의미한 임시방편이랄까…… 너 대신 잠깐 이용하려 했던 대용품이었을 뿐이야."

"대용품……?"

"그때 널 메이필드 호텔에서 데려오기 전에 잠시 만나지 않을 동안, 단 몇 번 이용했었고 그날에도 호출은 했지만 결국 아무 일도 없이 돌려보냈어. 그 이후로는 전혀 없었고 앞으로 절대 그런 일은 없을 거야. 아니…… 애초에 그런 사생활 기밀이 노출된 이상 업체가 폐쇄되도록 조치해야겠어."

그가 휴대폰을 열어 누군가에게 짧은 명령을 내리는 동안, 알렉시스는 눈앞의 상황이 도저히 믿어지지 않아 맞은편 소파에 힘없이 주저앉았다.

알렉산더 리오넬은 그녀가 애초에 생각했던 것보다 훨씬 더 미친 사람이었다. 결혼 직전 스스로도 인정했던 것처럼, 그에게는 애초에 도덕적 관념이란 게 없는 것이다. 비록 그녀에게 사랑한다 말해준 적은 없지만, 지난 2월 말 별장에서의 감금 일로 큰 갈등을 겪고 어렵게 화해하면서 많은 것이 달라졌다 생각했던 알렉시스였다. 그는 알렉시스를 좀 더 믿고 신뢰하여 그 병적인 집착과 소유욕이 조금씩 완화되도록 하겠다 스스로 다짐했었다.

안전상의 이유도 있어서 실제로 그런 경향이 느슨해지지는 않았지만, 최근 몇 달간 둘의 사이가 부쩍 가까워진 것만은 사실이었다. 다른 정상적인 부부들처럼 그녀는 알렉산더가 곁에 있을 때 항상 의식해야 했던 팽팽한 긴장감이 거의 사라진 대신, 오히려 그의 존재에 편안함을 느껴왔고 그를 좀 더 인간적으로 가깝게 느껴왔었다. 하지만 그 모든 것이 결국 모래성 위에 쌓아 올린 자신의 착각이었던 걸까. 알렉시스는 경악하는 동시에 배신감에 치를 떨었다.

그녀에겐 다른 남자와 잠시 눈 맞추고 대화를 나누는 것조차 일일이 감시하고 통제해온 주제에, 자신이 다른 여자와 버젓이 관계를 가진 건 아무 의미 없었던 거라고? 자신의 대용품일 뿐이었다고?

"직업여성이라서…… 아무 의미가 없다는 거야? 그럼 나도 앞으로 직업남성들과는 뭘 해도 괜찮다는 논리지? 들키지 않는 한."

"알렉시스."

평소 같으면 그가 길길이 날뛰고도 남을 위험한 발언이었지만, 알렉산더는 그녀의 조용한 음성에서 평소와 다른 기색을 느끼고 소파에서 일어나 천천히 다가왔다. 분노보다는 당혹감이 더 짙게 서려 있는 표정이었다. 알렉산더는 자신이 그녀의 가슴 저 밑바닥 도화선을 건드렸다는 사실을 본능적으로 깨닫고 있었다. 과거에 그가 그녀에게 얼마나 심한 짓을 했든, 그 전까지는 그 도화선에 도달한 적이 없었던 게 분명했다.

"누구와도 부적절한 관계를 갖는 일 없을 거야, 다시는. 이것 또한 과거지사일 뿐이야. 그리고 너에게 결혼을 언급한 그날, 여자를 호출하긴 했지만 손끝 하나도 대지 않았어. 아무리 나라도…… 그건 아니라는 생각에 결제는 되어 있는 채로 그냥 돌려보냈어!"

"……그 말을 내가 믿을 거라 생각해? 내가 이 우편물을 받은 업체 외에도 이런 에스코트 서비스는 얼마든지 있어. 확인이 불가능할 뿐, 다른 서비스를 이용해 결혼 후에도 계속 그랬을 가능성은 얼마든지 있다고! 누군가와 결혼을 결심한 바로 그날 이런 서비스를 이용할 정도라면, 결혼 후에도 충분히 죄책감 없이 그럴 수 있어……."

"내 말을 믿어, 알렉시스! 난 그 여자에게 손끝 하나 대지도 않았고, 결혼 후 단 한 번도 무슨 서비스고 이용한 적 따윈 없어! 맹세해!"

"애당초 당신에게는…… 도덕적인 관념이란 것 자체가 없었어. 그리고 이젠 알겠어. 당신은…… 내 생각보다 훨씬 심각한 상태야."

알렉시스는 다가오는 그의 팔을 피해 뒤로 최대한 물러섰다. 그와 손끝 하나도 닿고 싶지 않았다. 그녀의 몸이 몸살이라도 앓듯 희미하게 떨려왔다.

"알렉시스, 기억해? 결혼 전, 우리 본가를 처음 방문했다가 돌아가는 길에서 내가 말했었지. 나는 누구나 자연스레 느끼는 인간적인 감정들 중 많은 부분이 타고날 때부터 결여된 인간이라고. 그때 넌 앞으로 나아지겠다느니, 고치면 될 거라느니 그런 뻔한 얘기는 하지 않았어. 범죄가 아닌 한, 누구나 타고난 그대로 살아갈 권리가 있다고 했어. 천성 그대로 살면 된다고 했었어!"

"그럼 그걸 수용할 수 있는 다른 아내를 찾아!"

알렉시스는 피가 머리로 거꾸로 솟구치는 느낌에 대해 책으로만 접해왔었다. 작중인물이 그런 상태임을 묘사하는 표현을 볼 때마다, 그녀는 그게 어떤 느낌일지 가끔 의아했었다. 하지만 더 이상은 어떤 감정인지 궁금해할 필요가 없었다. 지금 그녀 자신이 생생하게 느끼고 있었으므로.

"다른 건 다 괜찮아. ……하지만 그런 것은 절대 포용할 수 없어. 받아들일 수 없어. 설사 당신 말대로 정말 아무 일도 없었다 해도…… 나와 결혼을 결심한 바로 그날, 다른 여자를 불러 관계할 생각을 했다는 것 자체가 난 용서가 안 돼."

그를 다른 여자와 공유하느니 차라리 둘 다 절벽 아래 떨어뜨려버리는 게 나을 것 같았다.

"그래서 앞으로는 절대 그런 일 없을 거라 약속하고 있잖아! 그때는 오랜만에 본 너를 다시 돌려보내야 했던 상황이라, 나도 마음속 유혹을 거스를 수가 없었어. 남자는 원래 그런 동물이야! 사랑 없이도 섹스가 가능하고, 아내와 그 대용품이 본능적으로 구분되는 인간들이라고! 알렉시스! 내 말 듣고 있어?"

그녀가 입술이 새파래진 채 바들바들 떨자, 알렉산더는 분노 반, 걱정 반이 섞인 얼굴로 그녀의 양팔을 붙들었다. 알렉시스는 금방이라도 눈물이 흘러내릴 것 같은 얼굴로 눈앞의 남자를 빤히 바라보았다. 그는 지금까지 그녀가 본 남자들 중 가장 아름다웠다. 여자처럼 예쁘장한 아름다움이 아니라 짙은 눈썹과 또렷한 이목구비에 날렵한 턱선, 카리스마 넘치는 동시에 우수에 젖은 깊은 눈동자에 뭐라 형용할 수 없는 수컷의 강한 섹시함이 공존하는 얼굴.

그들의 결혼이 임박했을 당시 몇몇 사람들은 말했었다. 알렉산더 리오넬 같은 남자는 여자들 쪽에서 그를 내버려두지 않으니 어차피 한 여자가 독점할 수 없다. 따라서 그 사실을 넓은 마음과 아량으로 포용할 수 있는 여자만이 그의 곁을 지킬 수 있다. 알렉시스의 입에서는 실소가 터졌다. 그게 정말 사실이라면, 그래야만 한다면 난 그의 곁에 머물 수 없어.

"알렉산더, 하나만 물을게."

그녀는 눈물을 꼭 억눌러 참고서 말을 이었다.

"르네 케네디. ……진실이 뭐야?"

2년여 전 그들이 처음 깊은 관계에 접어들기 직전, 알렉시스는 미카엘 할스트롬과 약혼하는 것처럼 행동할 만큼 알렉산더를 완강히 피했다. 그와의 관계가 더 깊어지지 않기 위해 그녀는 나름 안간힘을 다해서 노력했었다. 그중 한 가지 이유는 몇 년 전 알렉산더가 개입되었던 르네 케네디의 자살 소동 사건 때문이었다. 그 사건은, 앞으로 알렉시스 자신이 그와 더 이상 깊이 개입했다가는 불행해지고 말 것이라는 깊은 불안감을 그녀에게 안겨 주었었다.

그녀가 아직 9학년이었을 때, 영국의 타블로이드지를 근 반년 간이나 떠들썩하게 달구었던 미 부통령의 딸 르네 케네디의 자살 소동 사건은 아직까지도 알렉시스의 뇌리에 선명히 기억되어 있었다.

알렉시스는 2년 전, 알렉산더와의 첫 경험 후 르네 케네디에 대한 이야기를 상기하는 동안 이미 확신했던 것이다. 그와 가까이 하면 할수록, 그녀는 의지와 상관없이 그에게 점점 빠져들고 그의 포로가 되어버릴 게 틀림없을 것이라고. 그에게 안기면 안길수록 그에게 중독되고 길들여지고, 그리고…… 결국은 그의 사랑을 원하고 갈구하다 망가지고 말 것이라고. 그녀는 2년 전 몸서리를 치면서 떨쳐버리려 애썼던 스스로의 예감이 제발 틀리기를 바라며 그에게 재차 물었다.

"말해줘, 알렉산더. 그때…… 르네 케네디와 정말 아무 일도 없었어?"

"이미 오래전 일이야. 그 여자가 정신병원 치료를 받고 있었던 것도 사실이고. 지금 그 이야기가 도대체 왜 필요해?"

"내 직감을 말해볼게."

알렉시스는 떨리는 목소리로 그의 팔을 부여잡고 말을 이었다. 그녀의 뺨에서는 어느새 참았던 눈물이 흘러내리고 있었다.

"혼인빙자는 사실이 아닐 거야. 당신은 애초에 르네 케네디와 몇 번만 즐겨볼 생각이었는데 그 여자가 당신에게 너무 깊이 빠진 거지. 그리고…… 당신은 재미 삼아 몇 번 가벼운 만남은 가졌지만, 그녀의 신분 등을 고려해 위험한 불장난의 상대로는 받아들이지 않았어. 르네 케네디는 자신의 마음을 받아주지 않는 당신 때문에 어쩔 줄 몰라 하다가, 너무나 순진하고 어린 나머지 방황하다가 우연히 다른 상대와 일을 저지르고 준비 부족으로 덜컥 임신까지 해버렸겠지. 그냥 조용히 유산하고 미국으로 돌아갔다면 깔끔한 마무리가 되었을 텐데 그 여자는 이미 당신에게 미친 듯이 빠져버렸고 수습하기엔 너무 늦어버렸어. 그래서 당신은 배후에서 모든 것을 조종해서 결국 자신은 무고한 스토커의 희생자로 만들고 앞날이 창창했던 케네디가 딸을 정신병자로 만들어버린 거야. 다행히도 그녀와 단 한 번 관계를 가졌던 케임브리지 교수의 존재를 알게 되어, 그를 교묘히 유산된 아이의 아버지로 만들 수도 있었고."

"나는 무고한 스토커의 희생자였어! 그럼 상호 합의하에 단지 몇 번 만남을 가졌던 성인 남녀는 반드시 연인이 되어야만 하는 건가? 단지 한쪽의 의지만으로?"

"알렉산더, 내가 말하는 포인트는 그게 아니야."

그녀의 눈에서는 투명한 눈물이 재차 흘러내렸다.

"내가 절망하는 건, 당신이 그 여자…… 르네 케네디에 대해 아무런 죄책감을 느끼지 않았고……. 결국 스스로의 곤란한 상황을 최대한 영리하게 잘 수습해 오히려 자신에게 유리한 결과로 이끈 것에 만족한다는 사실이야."

알렉시스는 손등으로 눈물을 훔쳤다.

"이제야 절실히 깨달았어. 왜 당신이 '알렉산더 더 데빌(devil)'이라고 불리는지."

"알렉시스……."

알렉산더가 뭔가 말하려 했지만 그녀는 그의 시도를 저지했다.

"당분간 떨어져 있고 싶어. 브로디…… 아니, 리오넬 본가에 가 있겠어."

지금까지는 그가 아무리 완강했더라도, 알렉시스 본인이 진심으로 원했다면 그녀는 그와 어떤 싸움을 치러서라도 브로디나 리오넬가 저택이든 프랜시스 고모의 빌라든 어디든 갈 수 있었을 것이다. 그녀가 그렇게 큰 분쟁을 일으키면서까지 최대한 그러지 않았던 이유는, 알렉산더가 아무리 그녀를 힘들게 해도 그녀의 진심은 그의 곁을 떠나고 싶지 않았기 때문이다.

하지만 이제는 상황이 달라진 것 같았다. 아니, 달라져야만 했다.

"알렉시스, 제발! 내 말을 먼저 좀 들어! 너도 기억하듯이, 그때는 결혼 전이었고 그 빌어먹을 결혼이란 틀을 이용해서라도 널 손에 넣어야겠다는 생각뿐이었어! 그래서, 그때는 다른 여자를 부르는 데 아무런 죄책감도 없었어. 그때는⋯⋯ 몰랐으니까!"

"몰랐다니, 무엇을?"

"내가 널 이렇게 미치도록 사랑한다는 걸! 그때는 미처 깨닫지 못했으니까!"

"⋯⋯."

알렉시스는 초점 없는 눈으로, 절박한 얼굴로 감정이 한껏 격앙되어 있는 그를 조용히 바라보았다. 화를 낼 때 외에는, 알렉산더가 단 한 번도 감정의 동요를 이렇게나 고스란히 드러내는 걸 본 적이 없었다.

미치도록 사랑한다고, 나를. 아, 이런 식은 정말 아니었는데. 이런 식으로 그 말을 듣게 되리라곤 상상도 하지 못했었는데⋯⋯. 결혼하기 전이나 신혼여행에서, 피임을 중단하고 아기를 갖자고 제안했을 때, 나 외에 다른 여자와 아이를 가질 생각 따위 한 번도 해본 적 없다고 말했을 때- 어째서 내가 정말 그 말을 절실히 듣기를 바랐던 순간에는 말하지 않았어, 알렉산더? 왜 하필…… 이렇게 가장 비참한 순간, 내가 애초에 왜 당신을 만나게 되었을까 운명을 저주하고 싶은 이 순간 그 말을 하는 거야. 내가 당신에게서 가장 듣고 싶었던 그 단 한마디 말을, 어째서 지금 이런 순간.

"알렉시스…… 내 말을 들어봐."

하지만 그녀는 고개를 설레설레 저었다. 타이밍도 절묘하게, 바로 그 순간 프랜시스 피오렌티가 보낸 차량과 경호원들이 도착한 듯 빌라의 현관 벨 소리가 들려왔다. 알렉시스는 뺨의 눈물을 닦아내고 자리에서 일어섰다. 그녀는 다이아몬드 결혼반지와 알렉산더가 페트라에서 주었던 투어멀린 반지 모두 손가락에서 빼내어 테이블 위에 올려놓았다.

"우린 다시 원점으로 돌아왔어, 알렉산더."

알렉산더는 별거나 다름없는 선언을 내뱉은 그녀를 이 악물고 바라보았다. 밝은 청회색 눈 속에 깃든 단호함과 결단성에, 그는 이번에는 그녀가 결코 의지를 굽히지 않을 것이라는 사실을 알았다.

"신혼여행 때…… 내가 바하마에서 분명히 말했지. 절대 들키지 않게 하라고. 내가 알게 되는 순간부터 당신은 두 번 다시 나를 볼 수 없을 거라고."

"빌어먹을! 그건 결혼식 전이니 혼외 관계도 아니었어! 그리고 실제로 아무 일도 없었다는 데 내 전 재산이라도 걸겠어! 맹세한다고-!"

"식은 하나의 형식일 뿐 결혼을 결심한 순간부터는 실질적인

48

혼인 상태나 같은 거야, 알렉산더. 정말로 아무 관계가 없었다고 해도, 나와 결혼할 거라 선언해놓고서 다음 순간 호텔방에 다른 여자를 들일 수 있는 당신을…… 더는 믿을 수 없어."

알렉산더는 강한 직감을 느꼈다. 그들의 관계가 지금 이 순간, 종말을 향해 치닫고 있다는 예감이 그의 심장에 빠르게 엄습하고 있었다.

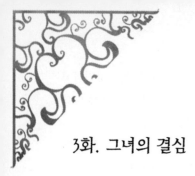

3화. 그녀의 결심

"평소보다 인원을 더 늘려! 집 밖에 나갈 때는 수시로 보고하고!"

리오넬 본사 최고층에 자리한 그의 집무실, 알렉산더는 오랜만에 찾아온 손님을 유령 취급하며 수화기 너머로 거친 명령만 토해내고 있었다. 퍼디난드 리오넬 말버러 공작은 가죽 소파에 몸을 깊숙이 묻고서, 그런 아들의 초조한 모습을 난생처음 구경하고 있었다. 아들이 전화기를 때려 부술 기세로 수화기를 내려놓은 뒤에야 그는 덤덤한 어조로 입을 열었다.

"그래도 본가에 머물겠다니 얼마나 다행인지. 아직은 이혼할 생각까진 없는가보구나. 아니지, 시집에 와 있다고 내일 당장이라도 이혼 안 한다는 법도 없지."

"시비 걸러 오셨으면 그만 돌아가시죠. 말씀드린 대로 경비는 두 배로 늘려주시고요."

"언론 나부랭이 때문에 리오넬 저택은 원래 24시간 삼엄한 경계하에 있었다. 네 처는 잘 보호받게 될 테니까 그렇게 신경 곤두세우지 않아도 돼."

"아버지."

알렉산더는 이를 갈며 응수했다. 냉혹한 시선이 칼날과도 같이, 자신과 매우 닮은 신사의 눈 안에 박혀들었다.

"제 아내의 안전 문제가 걸려 있습니다. 제 당부 새겨들어주시길 바랍니다."

"물론 네 소중한 처이기도 하지만, 내 죽마고우 악셀 브로디의 손녀에게 무슨 일이 생기게 두진 않아. 그나저나 이젠 좀 솔직하게 털어놓지 그래? 도대체 무슨 일로 별거까지 이르게 된 거냐?"

알렉시스는 리오넬 본가에는 아무 말도 하지 않은 모양이었다. 아무리 가족이라도 알렉산더의 체면과 자존심을 생각해 그의 치부를 일절 드러내지 않기로 한 것 같았다. 지극히 그녀다웠다. 문제는, 알렉산더 본인은 그까짓 일쯤 치부라고도 할 수 없는 정당한 행위일 뿐이라 생각하는 데 있었다.

알렉시스를 안을 수 없는 상황하에 그녀와 최대한 닮은 직업여성으로 욕망을 충족시키려 했을 뿐이다. 잠깐의 쾌락만을 제공하는 아무 의미 없는 행위였고, 결국 마지막에 생각을 바꿔서 여자에게 손끝 하나 대지 않고 돌려보냈다. 그 증거로 그는 그여자의 이름도 제대로 기억하지 못했다. 도대체 그게 뭐 어쨌다는 거지?

알렉시스가 그 사실을 알게 된 건 지극히 유감이었다. 하지만 그녀에게 누차 말했던 대로, 그 당시에 그는 아무런 자각이 없었다. 클레이번 메이슨 같은 서비스를 이용한다는 것 자체에 커다란 죄책감이 없었다. 그는 단지, 그런 무의미한 일에 왜 알렉시스가 그렇게나 상처를 입고 별거까지 감행해야 했는지 도무지 이해할 수가 없었다. 그 일은 어디까지나 자신이 그녀를 얼마나 사랑하고 있는지, 스스로의 마음을 온전히 깨닫기 전의 일이었다는 것에만 여전히 초점을 맞추는 그였다. 그의 놀랄 만한 사업적 통찰력은 알렉시스의 근원적인 분노와 절망에 대해서만은 아무런 힘도 발휘하지 못하고 있었다.

"저희들 문제입니다."

죽일 듯한 아들의 시선 앞에서도 노신사는 품격을 잃지 않고 유유히 방문 쪽을 향했다.

"정확히는 네 문제일 거야, 분명히. 그렇지?"

아들의 심기를 건드린 게 조금은 미안했는지, 그는 한마디를 덧붙이고 횡하니 집무실에서 자취를 감추었다.

"하이에나 놈들이 낌새를 채지 못하게, 어머니도 일부러 모셨다."

행여 가십지 기자들이 알렉시스가 리오넬 본가에만 틀어박혀 지낸다는 낌새를 채게 되면, 그들의 결혼 생활에 뭔가 문제가 생겼음을 감지하고 하이에나처럼 달려들 게 분명했다. 그런 가능성을 미연에 방지하기 위해, 일부러 스코틀랜드에 거주하는 샬럿 할머니를 본가에 모셔서 일종의 구실을 만들었다는 뜻이었다.

알렉시스와 샬럿 할머니는 누구보다 사이좋은 증조모와 손자며느리 사이로 언론에 여러 번 어필된 적이 있었다. 샬럿 할머니와 조금이라도 더 시간을 많이 보내기 위해 미세스 리오넬이 일부러 2, 3주간 본가에 머문다는 것은 누가 봐도 지극히 자연스런 모습으로 비칠 것이었다.

　알렉산더는 아버지가 방에서 나가자마자 한 팔을 크게 휘둘러 책상의 모든 것을 바닥으로 쓸어버렸다. 와장창, 하고 값비싼 장식품이며 집기들이 모조리 깨지는 소리가 집무실 안에 울려 퍼졌지만 그에게는 아무것도 눈에 들어오지 않았다. 머릿속에 떠오르는 것은 오직 한 사람뿐, 그리고 그녀가 눈물 젖은 얼굴로 속삭인 마지막 말 한마디였다.

　'우린 다시 원점으로 돌아왔어, 알렉산더.'

　알렉산더의 머릿속을 점령하고 뇌리에 달라붙어 떨쳐지지 않는 그 한마디가 그의 심장을 옥죄어왔다. 앞으로 며칠을 더 그녀의 존재 없이 흘려보내야 하는지, 그저 눈앞이 캄캄하고 가슴속이 턱 막힌 듯 답답할 뿐이었다.

　알렉시스는 리오넬가에 도착한 날부터 거의 모든 시간을 잠에만 빠져 있었다. 자신을 괴롭히는 모든 마음의 고통과 불투명한 미래에 대한 고뇌를 무의식 속에서 소멸시킬 수 있기라도 한 것처럼, 그녀는 끊임없이 쏟아지는 잠 속에 자신을 온전히 내맡겼다.

　유제니를 비롯한 리오넬가 사람들이 혹시라도 그녀의 몸에 이상은 없는지, 의사를 부르는 게 나을지 전전긍긍했지만 알렉시스는 단지 피로가 쌓였을 뿐이라는 말로 모두의 염려를 일축시켰다.

알렉시스는 무기력 상태에 빠진다는 말을 몸소 실감하고 있었다. 몸에 아무런 힘도 들어가지 않았고 어떤 복잡한 생각에도 집중할 수가 없었다. 식욕도 전혀 없었지만 유제니가 하도 강권하는 통에 매번 간신히 목으로 넘겼다. 그러고는 다시 잠에 빠져들었다. 그러다가 밤에 깨면 방음된 피아노룸으로 가서 미친 듯이 피아노를 연주해댔다. 바흐의 인벤션, 쇼팽의 발라드, 즉흥환상곡 등 닥치는 대로 치다가 탈진 상태에 이르면 방으로 돌아와 다시 잠에 빠져들었다.

그런 패턴을 반복한 지 열흘 남짓 지났을 무렵, 그녀는 자신의 무의식 속에서 과거의 잊힌 조각들을 여럿 더 주워들었다. 조각조각 모여서 맞춰진 기억의 덩어리는 조금 더 그 크기가 부풀어 있었다. 그리고 더욱 선명해져 있었다.

"아저씨, 3일 정도 지났죠? 카를로스 숙부님은…… 왜 아직도 오지 않는 거예요? 언제 여기서 나갈 수 있어요?"

"내일쯤은 연락이 올 거야. ……배고프니? 빵을 더 줄까?"

"아뇨……. 그런데 여긴 너무 조용해요. 책도 없어서…… 뭘 해야 할지 모르겠어요. 슬라브 행진곡 다시 들려주세요."

"너도 이 곡이 마음에 들어?"

"네, 차이콥스키랑 라흐마니노프 곡들은 원래 다 좋아하지만 슬라브 행진곡은 처음 알게 됐어요. 너무…… 아름다운 곡이에요."

"나도 매일같이 듣곤 하지. 이걸 들으면 고향이 생각나서……. 우리 딸도 피아노를 배운다고 들었는데, 지금은 어느 정도 잘 치는지 궁금해."

"제냐요? 몇 살이에요?"

"너보다 6살 어려. 8살이야……."

"사진 있어요?"

"좀 오래됐지만…… 아마 5살 때? 여기 봐."

"정말 예뻐요. 아저씨랑 많이 닮았어요."

"그래? 정말 그러니?"

"네, 한눈에 봐도 부녀인 줄 알겠어요. 여기 눈이랑 입가가 특히…… 아주 비슷해요."

"……."

"아저씨, 왜 또 울어요. 제냐가 그렇게 보고 싶어요?"

"……."

"언젠가는 꼭 한집에서 같이 살 수 있어요. 울지 마세요."

"넌 정말 좋은 아이구나. 얼굴처럼 마음도 정말 어여쁜 아이야. 용감하고."

"아저씨…… 솔직히 말해주세요. 절대 반항하거나 도망치지 않을게요. 아저씨, 혹시 돈이 오게 되어 있어요?"

"뭐?"

"아저씨가 돈을 받게 되면 제가 여기서 나가게 되는 거…… 맞죠?"

"……."

"저 반항하지 않아요. 도망칠 생각도 하지 않을 거고요. 사실만 말씀해주세요. 아저씨가 저에게 하는 모든 말…… 누구에게도 절대 말하지 않겠다고 약속해요."

"······미안하다."

"울지 말아요. ······처음부터 짐작하고 있었어요. 유괴범치고는 전
혀 심한 짓을 하지 않아서 다행이라 생각하곤 있었지만."

"널 꼭 집에 돌려보내줄게. 걱정 마. 돈을 받으면······ 리스트비얀
카에 있는 제냐를 데리고 다른 도시에서 조용히 살 거야. 너희 집은
엄청난 부자라고 들었단다. 세상의 모든 것을 다 사고도 남을 정도의
대부호······. 그래서 조금만 가져가서 딸과 살고 싶었어. 미안해······.
정말 미안하다······!"

"하지만 유괴는 범죄예요. 경찰에 잡히게 되면 어떻게 할 거예요?
어쩌면 제냐를 영영······ 만나지 못할지도 모르잖아요."

"흐윽······."

"울지 말아요. 돈이 도착하면 아저씨가 할 수 있는 한 최대한 빨리
달아나세요. 아저씨가 저에게 한 말은······ 절대 말하지 않을게요. 대
신, 다시는 이런 범죄를 저지르지 마세요. 제냐도 분명 슬퍼할 거예
요."

"흑······. 흐윽, 으······."

"배고파졌어요, 블린(러시아식 팬케이크) 만들어주세요."

알렉시스는 리오넬 저택에 온 이후 쭉 방치했던 휴대폰을 손에
서 내려놓았다. 간간이 들여다볼 뿐 충전할 생각 따윈 해본 적이
없어서 배터리가 거의 제로 상태에 이르러 있었다.

알렉시스는 본래의 용도보다는 바로크풍 앤티크 장식품의 역
할을 하고 있는 고풍스런 전화기에 다가가 그녀가 가장 명확히 암

기하고 있는 번호를 차례차례 돌렸다. 숫자가 새겨진 고리에 손가락을 걸고 오른쪽으로 돌릴 때마다, 고리에서는 차르륵- 흑백 고전 영화에서나 들을 법한 울림소리가 났다. 각자의 스마트폰 대신 저택의 유선 전화기를 쓰는 사람은 거의 없었다. 하지만 그가 번호를 저장해두고 있었다면 옛 방식에 더 익숙한 샬럿 할머님이라 짐작하고 전화를 받을 것이다.

알렉산더는 지난 2주 동안 하루도 거르지 않고, 하루에도 수십 번 그녀와의 통화를 시도했었다. 하지만 근 보름이 지난 뒤에야 알렉시스는 그의 간절한 요청에 작은 응답의 손짓을 보내려 하고 있었다.

-네.

"알렉산더."

-……알렉시스.

근 2주 만에 접하는 그의 음성이었다. 목소리가 어딘가 꽉 멘 것처럼 들리는 건 그녀만의 착각일 것이다. 뜻대로 상황이 흘러가지 않을 때마다 어김없이 드러내는 냉혹한 격정이 뒤이어 그의 음성에 배어 나왔기에.

-왜 이 번호로 전화했지? 휴대폰은?

"충전 중이야."

-……언제 돌아올 거지?

"내가 없어도 당신은 문제없잖아. 카밀라, 아니 일리나 소콜로바를 만나면 될 테니까."

-…….

수화기 건너편의 침묵은 소름 끼칠 정도로 무섭고 가슴 저릴 만큼 고통스러웠다. 마치 상처받은 짐승처럼 거친 숨을 몰아쉬고 자제력을 잃지 않으려 소리 없는 비명을 지르는 그의 모습이 눈에 보이는 것만 같았다.

알렉시스는 자신이 지독하게 상처받은 만큼 그에게 똑같이 돌려주고픈 생각은 없었다. 단지 그에게 알리고 싶었다. 그의 자유분방한 퇴폐성과 근본부터 결여된 도덕성에 그녀가 얼마나 깊은 상처와 절망감을 느끼고 있는지 수십 번, 아니 수백 번이라도 알리고 또 알리고 싶었다. 단지 현재의 상황을 무마하기 위해 스스로의 문란함을 시정하는 것은 아무 의미도 없었다. 그가 문제의 본질을 깨닫지 못하는 한, 그들에게 미래는 없을 것이다.

"한 달 정도 더 시간이 필요해."

-한 달?

"생각할 시간. ……혹은 회복될 시간. 한 달 뒤 내 쪽에서 연락할게. 당신이 조용히 기다려준다면 그 시기가 좀 더 앞당겨질 수도 있겠죠."

-알렉시스!

수화기 너머의 음성은 더 참지 못하고 포효를 터뜨리고 말았다.

-날 미치게 만들기로 작정했어? 한 달 동안 연락을 두절하겠다는 소리야?

"연락 두절은 아니야. 한 달간 여기서 샬럿 할머님과 안전하게 지낼 거란 걸 지금 당신에게 알려주고 있는 거니까. 당분간 학교에도 안 갈 거야."

-좋아, 그렇게 원한다면 한 달간 거기 있어. 저택 부지 밖으로는 한 발짝도 나가지 말고. 대신.

　한참 동안 숨소리 하나 내지 않고 있던 알렉산더는 억눌린 한숨을 토해내며 조건을 내걸었다.

　-하루에 최소 한 번씩 전화해서 그걸 확인해줘.

　"알렉산더, 한 달 뒤 연락하겠다는 건 순전히 나만의 시간이 필요하다는 뜻이야. 그렇게 당신과 수시로 연락하게 되면 나는 내 생각에 집중할 수 없어."

　-무슨 생각? 하루 24시간 중, 단 몇 분간의 전화 통화 때문에 생각할 시간이 부족해? 그게 말이 돼?

　"알렉산더, 한 달이야. 한 달 동안 나는 당신과 일체의 접촉 없이 당신에 대해서 최대한 생각하고 싶어. 우리 관계에 대해서."

　-……동의할 수 없어.

　"알렉산더, 한 번쯤은 생각해봐."

　그녀는 공항으로 향할 시간이 임박해오고 있음을 확인하고 빠르게 말을 이었다.

　"당신은 내가 길에서 모르는 남자와 말 한마디 섞는 것조차 견디지 못해. 그런데 당신은 나와 교제를 시작한 뒤로도 다른 여자는 없을 거라 말하고 일리나 소콜로바란 여자와 관계를 가지려고 했어. 아무런 죄책감 없이. 마지막에 마음을 바꿔서 결국 아무 일도 없었다고는 해도, 나와 결혼을 결심한 상황에서 그 여자를 불렀다는 것 자체를 나는 용납할 수가 없어. 미카엘과 그런 사진이 찍혔다는 이유만으로 나를 그렇게 별장에 홀로 감금해두고.

그건 결코 아무런 의미 없는 일이 아니야. 우리 관계 자체를 좌지우지할 정도로 너무나 큰 의미를 가진 일이야. 내가 그에 대해 얼마나 큰 상처와 충격을 받았을지 정말 상상이 안 돼? 전혀 모르겠어?"

ㅡ……한 달.

영원과도 같은 수십 초 후, 그의 갈라진 목소리가 다시 수화기 너머에서 전해졌다.

ㅡ앞으로 딱 한 달이야. 대신, 본가 저택 밖으로는 한 발짝도 나가지 마. 만일 그걸 어기면 나도 내가 무슨 짓을 할지 장담 못해……

그의 마지막 경고에 알렉시스는 차가운 전율이 전신을 훑고 가는 느낌이었다. 예전에, 그녀가 에딘버러 학회에서 미카엘과 찍힌 사진 때문에 그가 질투로 미쳐 날뛰었던 기억이 새삼 떠올랐다. 애스콧 별장에 그녀를 가둬두면서 알렉산더는 결코 으름장으로 들리지 않았던 한마디 말을 덧붙였었다.

'다음번엔 정신병원에 가둬두는 수가 있어.'

ㅡ알렉시스, 널 통제하려는 게 아니야! 내 잘못은 인정하지만 그 자료를 너에게 보낸 놈의 의도는 뻔히 알고 있잖아! 그놈이 누구든, 널 내게서 떼어놓으려는 게 목적이었고 결국 보기 좋게 성공했어. 이제 그자가 바라는 대로 넌 지금 위험에 더 잘 노출되어 있다고!

"알렉산더."

그녀는 침착을 잃지 않으려 애쓰며 말했다.

"내 안전은 내가 충분히 지킬 수 있고 당신은 더 이상 나에게 아무런 명령도, 요구도 할 수 없어. 아직 모르겠어?"

−알렉시스.

수화기 너머에서 그가 숨을 크게 들썩이는 소리가 들려왔다.

−다시 말하지만, 그때는 아무런 죄책감도 없었어. 내가 형편없는 개자식이었던 거 인정해. 하지만 그 말만은 진심이야. 그때는 정말 몰랐어. 널 이렇게 사랑하고 있다는 걸 나 스스로도 모르고 있었다고!

"⋯⋯."

길고 긴 침묵의 터널 끝에서 그녀가 차갑게 응답했다.

"당신은 사랑을 믿지 않잖아."

−⋯⋯.

"당신은 정말로 누군가를 사랑하는 게 어떤 건지 몰라, 알렉산더. 당신은 나를 사랑하는 게 아니야."

−제기랄, 알렉시스!

"나중에 이야기해, 알렉산더."

그 말을 끝으로, 통화는 중단되었다. 알렉시스는 힘없이 수화기를 제자리에 올려놓은 뒤, 자리에서 일어나 대기하고 있던 차에 올라탔다. 그녀를 배웅하는 퍼디난드 리오넬 말버러 공작에게 여러 번 당부하는 말도 잊지 않았다.

"말버러 공, 아니 아버님. 이해해주셔서 감사합니다. 샬럿 할머님이랑 다른 분들께는 인사드리고 가지 못해 죄송하다고 꼭 전해주세요."

"걱정은 접어두고 단독 행동만은 반드시 삼가라."

"네, 명심할게요."

"알렉시스."

"네?"

"네 할아버지 말이 맞다. 네가 만약 남자로 태어났다면, 넌 알렉산더 못지않은 녀석이 되었을 텐데."

"전 페미니스트는 아니지만 그건 확실히 성차별 발언인데요, 아버님?"

"미안하구나, 옛날 사람이라서-"

허물없는 마지막 인사 직후, 그녀는 철저히 보안된 세단 안에 몸을 숨기고 리오넬 저택을 빠져나갔다. 제아무리 알렉산더가 사적으로 고용한 톱클래스 경호원이라도, 이미 퍼디난드 리오넬의 사람들로 둘러싸인 저택 깊숙한 영역 안까지는 침범할 수 없었다.

등잔 밑이 어둡다는 말처럼, 그녀는 알렉산더가 철석같이 믿고 있는 리오넬가 일원 -그것도 그의 아버지- 의 협력을 받아서 그 몰래 어디론가 향하고 있었다.

퍼디난드는 이틀 전, 그의 어머니 샤를로트 리오넬, 알렉시스와 나누었던 대화를 떠올렸다.

마치 암암리에 집안의 기밀을 의논하듯, 그들이 서로 마주 보고 자리한 패밀리룸에는 기묘한 긴장감이 떠돌고 있었다. 알렉시스가 길고 긴 이야기를 하는 동안, 샬럿 할머님의 눈에는 경악의 빛이 떠올라 있었다. 노부인은 처음에는 놀라움에 휩싸인 채 묵묵히 듣고만 있다가, 알렉시스가 말을 마치자 그제야 그녀에게 가까이 다가앉아 두 손을 꼭 잡아주었다. 측은함과 안도감이 따뜻한 온기로 고스란히 전해져왔다.

"네가 14살 때 실종되었다가 무사히 찾았다는 이야기는 들었었는데, 설마 그게 유괴였을 줄이야! 퍼디난드, 넌 알고 있었니?"

"네, 어머니. 브로디 경에게서 사건의 전말을 들은 적 있습니다. 세간에는 단순한 실종이라고만 알려져 있어서 브로디 사람들 외에는 저밖에 모를 겁니다. 아, 그러고 보니."

알렉산더의 아버지 퍼디난드 리오넬 말버러 경은 뭔가를 떠올린 듯 한마디 덧붙였다.

"알렉산더도 알고 있을 겁니다. 그 녀석도 너처럼 6년 전 사건을 염두에 두고, 이 집을 수상관저 못지않은 철통 보안하에 뒀을 거다."

알렉시스는 예의 그 에딘버러 사진과 클레이번 메이슨에 대해서는 그들에게 일절 말하지 않았다. 아직까지는 두 사람에게 필요 이상의 걱정을 끼치고 싶지 않았고, 특히 후자의 경우에는 입에 담는 것조차 엄두가 나지 않았다. 아내란 존재를 곁에 두고서도 이유 막론, 죄책감 없이 다른 여자와 관계를 가질 수도 있다고 생각하는 남자가 그들의 아들이자 손자임을 굳이 알리고 싶지 않았다.

지난 열흘 동안 알렉시스는 연이은 충격으로 지난 20년의 세월 중 가장 힘든 시간을 보내고 있었다. 심지어 그녀가 최근에 알게 된 유괴 사건 사실조차, 지난 보름간의 시련에 비하면 아무것도 아니었다. 알렉시스의 인생을 송두리째 뒤흔든 타격은 알렉산더의 외도만이 아니었다.

알렉시스는 바로 어제 그녀의 이메일로 전송된 사진 파일 중 하나를 인쇄하여 그들에게 보여주었다. 두 사람에게 보여주기까지 수없이 고민하고 또 고민했지만, 퍼디난드 리오넬에게 지원을 요청하기 위해서는 다른 선택의 여지가 없었다. 그녀가 테이블 위에 올려놓은 첫 번째 사진에는 매우 독특한 건축 형태를 지닌 교회가 찍혀 있었다. 세상에서 가장 특이한 교회의 외형이라 잘 알려진 명소였다.

알렉시스는 누군가 그녀의 이메일로 사진 파일을 보냈다는 이야기는 하지 않았다. 그녀를 유괴했던 러시아 남자의 목소리와 슬라브 교향곡, 대화의 큰 흐름까지는 기억해냈지만 그 사건의 마지막 순간만은 아무리 애써도 베일 밖으로 모습을 드러내지 않았고 방금 사진으로 보여준 교회만이 아련히 떠올랐다고만 그들에게 설명했다. 마지막 부분이 생각나지 않았던 것은 사실이었지만 교회를 기억해낸 것은 이메일로 그 사진을 본 뒤였다.

"이 교회, 분명히 제 기억 속에 있어요. 단순히 사진으로 본 게 아니라 제 눈으로 직접 보고 종소리를 들었던 어렴풋한 기억……."

"그래서 여길 꼭 가봐야겠다는 거냐? 하지만 지금 와서……."

그리고 그녀가 두 사람에게 보여주지 않았던 나머지 사진들에는 프랜시스 피오렌티와 루카 지안카를로 헤네스의 얼굴이 있었다. 현재 세계 제1위의 부호인 멕시코의 멕스텔레콤 설립자 카를로 페레즈와 피오렌티 부부가 나란히 악수를 나누고 있는 모습, 루카가 바르셀로나 축구장 VIP석에서 경기를 관람하는 모습이 선명하게 찍혀 있었다. 사진을 첨부한 이메일 안에는 단 하나의 키릴문자가 들어 있었다.

〈Агнец(희생양)〉

알렉시스는 이메일에 쓰여 있던 그 러시아어 단어와 가족들의 사진은 철저히 함구하기로 결심한 상태였다. 할머님과 시아버지의 심적 평온을 위해서였다. 메일의 발신자는 사진들을 통해 그녀에게 명백한 의도를 전달하고 있었다.

'Come, or you will have your scapegoats dead instead of you.'

그녀가 오지 않으면 희생양들은 그녀 대신 죽게 될 것이라는 협박 메시지나 다름없었다.

"저는 여기 다시 가보고 싶어요. 그러면 나머지 기억들이 모두 되살아날 것 같은 확신에 가까운 예감이 들어요."

"그래서 알렉산더의 감시망…… 아니, 보호망을 피해서 여기 갈 방도를 마련해달라 이거군."

"네, 부탁드립니다, 아버님. 당시의 일을 온전히 다 기억해내 제 마음에서 확실히 갈무리해야 제가 앞으로 나아갈 수 있을 것 같아요. 이런 불미스러운 일로 폐를 끼쳐 두 분께 죄송한 마음뿐이에요. 좀 더 순탄한 인생, 평범한 여자였다면 정말 좋았을 텐데……."

"그런 말은 하지 마라. 아무리 내 아들이지만 네가 아깝다 생각하니까."

"하지만 알렉시스."

묵묵히 듣고만 있던 노부인이 마침내 입을 열었다. 나이에 비례한 관록과 나이답지 않은 기민함을 동시에 갖춘 그녀는 손자며느리의 생각에 찬동하지 않는 기색이었다.

"너는 정말 용기 있고 똑똑한 아이야. 그래도 이건 왠지 위험하게 느껴지는구나. 너를 이대로 혈혈단신 보내면 안 될 것 같은 예감이 들어. 차라리 알렉산더에게 말하고 함께 가는 건 어떻겠니? 그 녀석이 분명히 뭔가 큰 잘못을 해서 네가 여기 와 있는 건 충분히 짐작한다만…… 난 너희가 하루라도 빨리 화해했으면 한다. 설마 진심으로 헤어질 생각을 하는 건 아니겠지? 그건 절대 안 될 말이야."

"할머님."

알렉시스는 가슴속에 무거운 납덩이가 내려앉은 심정으로 조용히 입을 뗐다.

"저는 사랑이란 걸 믿지 않았어요. 어쩌다 보니 알렉산더와 결혼하게 됐지만 저도 제 마음을 잘 몰랐어요. 아무런 확신이 없었죠. 그와 사사건건 부딪치고 하루가 멀다 하고 싸우면서 진심으로 이혼을 생각한 적도 많았어요. 물론 지금도 이해할 수 없고 타협할 수 없는 것투성이예요. 하지만 알렉산더가 곁에 없을 때면 그가 미치도록 그리워요. 그의 유별난 독점욕이나 병적인 집착도 이제는, 아, 이런 일 그러진 관계도 분명 사랑의 한 형태일 거야, 결국 받아들일 수밖에 없다 그렇게 생각했죠. 이런 감정이 사랑이 아니라면 무엇인지 수없이 자문하고 고민해봤지만 역시 결론은 하나였어요."

일리나 소콜로바의 얼굴이 스쳐 지나며, 알렉시스는 뜨거운 것이 울컥 치밀어 오르는 걸 참아냈다.

"저는 알렉산더를 사랑해요. 그 사람 외에 다른 남자는 제 인생에서 생각할 수 없어요."

영영 이별할 결심을 하면서도, 알렉시스는 아이러니하게도 자신의 진심을 부정할 수 없었다. 인정하기 어려웠지만 처음 본 순간부터 그녀는 알렉산더란 남자에게 사로잡혀 있었다. 언제나 그가 강압적으로 자신을 통제하고 교묘하게 조종한다 생각해왔지만, 그녀는 결국 본인이 원해서 그의 덫 안에 스스로 걸어 들어간 것이다.

"하지만 이번 일은 제가 스스로 해결하고 싶어요. 절대로 그를 끌어들이고 싶지 않아요."

알렉시스는 자신을 향해서 시시각각 다가오는 미지의 위협, 그리고 과거의 잃어버린 기억 간의 연결 고리 안에 알렉산더를 휘말리게 하고 싶지 않았다. 그녀를 노리는 이는 이미 프랜 고모와 루카를 인질로 삼고 있었다. 지금은 아무리 알렉산더가 죽이고 싶을 만큼 미워도, 그의 존재까지 공공연히 표적으로 만들고 싶지는 않았다. 그녀가 모르는 새 알렉산더 역시 이미 표적이 되어버렸을지도 모른다. 그래서 그녀는 그의 개입 없이, 보이지 않는 적과 스스로 맞서고 싶었다.

그녀가 받은 지독한 상처, 그리고 알렉산더와의 관계에 대한 고민은 영국에 돌아온 뒤로 미루기로 했다. 지금은 정체 모를 누군가가 유도하는 대로 그곳에 가야만 했다. 잃어버린 기억에 숨겨져 있을지도 모를, 티끌만 한 단서를 얻어서 6년 전 도대체 무슨 일이 있었는지 진실을 알아내고 그녀 자신은 물론 가족 모두를 보호해야만 했다. 두렵지 않다면 거짓말이겠지만 다른 선택의 여지가 없었다.

"내일모레 크루즈로 헬싱키까지 간 다음 거기서 에어 핀란드로 갈아타라. 도착지까지는 최대한 시간을 벌어주겠지만 너도 알다시피 그 녀석…… 정보망이 워낙 만만치 않으니 네 소재를 파악하기란 시간문제일 거다."

"네, 각오할게요. 걱정할 테니까 알렉산더에게도 몇 번은 연락할 거예요. ……심려 끼쳐서 죄송해요."

"앨리."

샬럿 할머님은 그녀의 애칭을 부르며 다정하게 포옹해왔다.

"알렉스 역시 너밖에 없단다. 그 애 엄마는 알렉스가 겨우 7살일 때 지병으로 세상을 떠났어. 그 뒤로 이 할미가 그 애를 키우다시피 했지. 난 누구보다, 여기 있는 그 애 아비보다 알렉스를 잘 안다고 자부한다."

노부인은 손자가 알렉시스를 만난 뒤, 그리고 결혼에 이른 뒤 몇 번 안 되는 시간 동안 그가 얼마나 새로운 모습들을 많이 보여주었는지 새삼 머리에 떠올렸다. 피붙이 가족들에게조차 단 한 번도 보여주지 않았던 생경한 순간들이 분명 있었다.

덴마크 대사 부인 생일연회에서 그와 알렉시스가 격하게 언쟁하던 장면을 목격한 이후, 알렉산더가 그녀를 처음 본가로 데려왔을 때 샤를로트는 확신을 얻었다. 알렉산더가 알렉시스를 무심한 척 강렬하게 바라보는 눈길. 그 자신은 의식하지 못하는 것 같았지만, 그의 눈은 어딜 가나 항상 그녀에게 붙박여 떨어질 줄 몰랐다. 마치 어린아이가 엄마를 잃어버리진 않을까 노심초사하는 듯한 긴장감, 세상에서 가장 귀한 보물을 겨우 수중에 넣은 것 같은 성취감과 소유욕.

지극히 냉정하고 초연해 보이는 가면 뒤에 서려 있는 그의 복합적인 감정들을 노부인은 직감적으로 읽을 수 있었다. 그녀는 자신이 더 이상 손자에 대해 염려하지 않아도 된다는 사실을 깨달았었다.

샤를로트는 어려서부터 감정이 메마르고 타인에 대한 공감 능력이 현저히 떨어지는 손자에 대해 한시도 걱정을 떨칠 수 없었다. 세상의 모든 것을 다 손에 쥐고 있어도, 가장 근본적인 행복을 느끼며 살 수 없다면 그는 평생 불행하게 살아갈 것이기 때문이었다. 스스로가 불행한 줄 모르고 자족하며 살게 된다면 그 자체가 이미 비극일 터였다.

퍼디난드는 정략결혼을 한 데다 며느리에 대한 애정이 미처 자라기도 전에 며느리가 지병으로 죽었지만, 그녀가 남기고 간 아들 알렉산더 덕분에 인간적인 감정들을 뒤늦게 깨우친 경우에 속했다. 알렉산더의 탄생이 그의 인생에서 가장 커다란 전환점 역할을 했던 것이다. 샤를로트는 손자의 경우에는 알렉시스가 그런 역할을 하게 된 것임을 통찰할 수 있었다.

"그 애도 너를 사랑해. 아마 너보다 훨씬 더 많이. 전무 아니면 전부가 되어버리는 단순한 아이라서 방식이 버겁더라도 네가 앞으로 잘 길들이면 될 거란다."

"……네, 할머님."

그로부터 이틀 뒤 퍼디난드의 배웅을 받으며 차를 타고 떠나면서 알렉시스는 샤를로트의 당부에 대한 대답을 내심 정정했다.

아뇨, 할머님. 저는 그를 길들일 수 없어요. 저는 그가 제정신일 때 알렉산더에게 물었죠. 그리고 그는 저에게 대답했어요.

'알렉스, 날 사랑해?'

'넌 사랑 따위 믿지 않잖아. 나도 마찬가지고.'

세상 어느 남자도, 사랑하는 여자에게 그렇게 대답하진 않을 거예요. 그리고 다른 여자와 한 몸이 되는 짓 따위 절대, 절대 하지 않을 거예요.

그는 제가 진심으로 떠나려고 하자 그제야 저를 사랑한다고 말했어요. 하지만 그건 사랑이라 착각하는 다른 감정일 거예요.

사랑은 집착이나 소유욕과는 분명 그 본질이 다른 것일 테니까요.

알렉산더는 단지 저를 인형처럼 손안에 쥐고 흔들려는 것뿐이에요. 제가 그의 발밑에 기꺼이 엎드리는 다른 여자들과는 달랐으니까. 제발 사랑해달라 애걸하지 않고 제 가슴 안에서만 꼭꼭 억누른 채, 언제든 그가 돌아설 순간을 각오하고 있었으니까요.

제가 그의 사랑을 구걸하는 순간, 알렉산더는 흥미를 잃고 가차 없이 제게서 떠났을 거예요. 그래서 저는 차라리 그가 제 곁에 머물게 하는 쪽을 택했었어요. 사랑 없이는 살 수 있지만 알렉산더가 없으면 살아가지 못할 것 같았으니까.

"알렉시스, 대체 어디 있습니까?"

알렉산더는 그를 낳아준 친아버지이자 영국 여왕의 각별한 절친 중 하나인 말버러 공작을 향해서 거침없이 다가왔다. 그녀와 마지막으로 통화한 뒤, 닷새라는 시간이 흘렀다.

'생각할 시간. ……혹은 회복될 시간. 한 달 뒤 내 쪽에서 연락할게. 당신이 조용히 기다려준다면 그 시기가 좀 더 앞당겨질 수도 있겠죠.'

그가 조용히 기다려준다면 그녀가 연락해올 시기가 좀 더 앞당겨질 수 있다, 그 한마디 말에 알렉산더는 초인적인 힘을 발휘해 한 달간 지옥 같은 시간을 견디려고 했었다. 그러나 그로부터 일주일째, 알렉시스가 그의 곁을 떠난 지 3주째 되는 오늘, 리오넬 본가 저택을 지키고 있던 경호원이 그에게 연락해온 순간 그는 무언가가 잘못되고 있음을 직감했다.

"보스, 별일 아닐 수 있습니다만……."

"말해."

"피아노 소리가 일주일째 들리지 않습니다. 그전에는 매일 여러 번 들려왔습니다만."

"……뭐?"

알렉산더는 통화를 종료하고 어디론가 전화를 걸었다. 미칠 듯 심장박동이 빨라지고 숨소리가 거칠어졌지만 수화기 너머의 상대에겐 애써 그런 기색을 감추었다.

"할머니, 접니다."

−알렉스, 그래! 잘 지내고 있니?

"네, 알렉시스는 어때요?"

−잘 지내고 있어. 나와 이야기도 많이 하면서…….

"외출은 일절 삼가고 있는 거겠죠? 집 안에만 갇혀 있으면 답답할 텐데 뭘 하면서 지내고 있습니까?"

−음…… 여러 가지 한단다. 책도 읽고 컴퓨터로 무슨 일도 하는 것 같고 피아노도 치고. 앨리는 잘 지내고 있으니 너무 걱정 말아라."

"피아노…… 알렉시스는 여기서도 매일 피아노를 연주했었죠. 최근에는 쇼팽의 녹턴을 연습 중이었는데 요즘도 그런가요."

−그럼, 어제도 1시간 넘게 열심히 연습하던걸.

"……."

그는 악문 잇새로 차분한 목소리를 내려 애썼다.

"할머니, 회의가 곧 시작돼서 가봐야겠어요."

─아, 그래! 어쨌든 앨리는 여기서 아주 잘 지내고 있으니까 아무 걱정 말고 회사 일에 집중하렴.

손자와의 통화를 항상 기뻐하던 할머니였건만, 오늘은 왠지 대화를 최대한 빨리 마무리하려는 듯 샤를로트는 뭔가 개운치 않은 어조로 황급히 전화를 끊었다. 알렉산더는 집무실의 의자를 박차고 일어나 비서에게 지금 당장 본가로 갈 차를 준비하라고 명령했다. 그는 전용 엘리베이터 안에서 승강기 전체가 흔들릴 기세로 벽을 주먹으로 내리쳤다. 이럴 줄 알았다고 속으로 이를 갈며, 알렉산더는 폭풍 같은 기세로 차를 질주시켜 최단 시간 안에 저택에 도착하게 만들었다.

그게 불과 30분 전 있었던 일이었다.

"그 여자가 도대체 어디 있는지, 묻고 있잖습니까! 어디로 빼돌렸냐고요!"

저택에 도착하자마자 말버러 공작이 서재에 있음을 확인한 알렉산더는 노크도 없이 문을 부서져라 열어젖히고 거침없이 친부에게 달려들었다. 웬만한 사람들은 폭풍같이 사나운 그 기세에 압도되어 벌벌 떨겠지만, 퍼디난드 리오넬 말버러는 별 미친놈 다 보겠다는 듯 어깨만 으쓱할 뿐이었다. 그는 빼곡히 책들이 들어차 있는 한쪽 책장에서 희귀본 수집본을 막 제자리에 돌려놓고 있던 차였다.

"도대체 무슨 소린지……. 네가 철통 보안으로 24시간 감시하고 있는 거 아니었냐?"

"아버지!"

"내가 네 아버지란 걸 잊진 않았나 보지? 예의를 갖춰라, 아들."

퍼디난드는 이성을 잃고 씩씩대는 알렉산더를 지나쳐 가죽 소파에 털썩 주저앉았다. 마침 오후의 티타임을 즐기고 있었는지, 장미 향과 달콤한 냄새가 은은히 퍼지는 애프터눈 티세트가 테이블에 차려져 있었다.

"어떻게 알았는지는 몰라도 네 정보통은 워낙 출중하니까 나도 더 숨길 수는 없겠구나. 알렉시스는 6년 전 그 일에 대해 개인적인 조사를 하러 떠났다. 길어야 2주라 했고 내가 그 애에게 방해되지 않게끔 조용히 사람들을 붙였으니 안전은 염려 마라."

"뭐…… 라고 했습니까, 지금?"

알렉산더는 방금 들은 말을 도저히 믿을 수가 없어서 잠시 어안이 벙벙한 표정을 지었다. 단언컨대 그의 그런 얼굴을 본 사람은 지금까지 아무도 없었을 것이다. 한참을 망연자실 서 있던 그는 이 시점에서 분노를 터뜨려봐야 아무 소용 없을 것임을 직시하고 조용히 입을 뗐다. 하지만 완벽히 숨기기엔 감정이 너무나도 격해서, 그의 낮은 음성은 살인자가 목표물을 칼로 후벼 파기 직전의 상태 같았다.

"……어디로 갔습니까."

"알렉시스에게 2주만 시간을 줘라. 어리지만 무섭도록 명석한 아이야."

퍼디난드는 아들을 너무 깊은 시험에 들게 하고 싶지 않았다. 하지만 알렉산더가 지금 알렉시스의 행방을 알고 뒤쫓아 간다면 그녀에게 방해가 될 터였다. 퍼디난드는 타고난 날카로운 직관력에 연륜까지 합쳐져, 알렉시스가 일주일 전 그와 샤를로트 앞에서 적절한 선에서만 계획을 말했음은 대강 짐작하고 있었다. 아마 그들이 염려할까 싶어서 말을 아꼈던 것이리라. 알렉시스의 정확한 의중을 파악하긴 어려웠지만 뭔가 나름의 이유가 있어서 혈혈단신 그곳으로 갔으며 알렉산더에게 함구해줄 것을 신신당부했을 것이다.

"브로디가에서도 아무것도 모른다."

"일부러 분실신고까지 하고 여권을 새로 만들어준 겁니까?"

"그 애가 예전에 이미 만들어놨더구나."

알렉시스가 예전에 마드리드행을 강행한 뒤로 그는 그녀의 여권을 내내 보관하고 있었다. 그 여권이 그녀가 절대 그에게서 훨훨 날아갈 수 없는 철창의 열쇠가 되기라도 하듯. 하지만 그 영리한 여자는 만약을 위해서 진즉에 여권을 새로 만들어놓고 있었던 것이다. 그는 간신히 억누르고 있던 몸속의 들끓는 피가 죄다 역류하는 느낌을 맛보았다.

"똑똑한 아이니까 너무 걱정 말아라."

퍼디난드는 장미 향이 감도는 티팟의 차를 찻잔에 살짝 기울였다. 이제 겨우 첫 향을 음미했건만 그는 곧 맛도 보지 못한 채 홍차를 포기해야 했다. 콰당, 하고 테이블이 반대편으로 쓰러지는가 싶더니 국보급 장인이 만든 다기 세트가 모조리 깨지는 파열음이 서재 안에 요란하게 울렸다. 발아래 터키식 카펫 한쪽이 흘러내린 홍차로 흥건하게 젖어들어 갔다.

"예, 똑똑한 여잡니다. 너무 똑똑해서 탈이죠!"

상대가 설령 친부가 아니라 영국 여왕이라 해도 알렉산더는 충동이 이끄는 대로 눈앞의 잔해를 만드는 데 서슴지 않았을 것이다. 그만큼 그는 지금 분노의 화신 그 자체가 되어 있었다. 테이블을 냅다 뒤엎은 알렉산더는 크게 심호흡을 하며 앞머리를 거칠게 쓸어 올렸다.

아버지가 흘린 단 몇 마디 말로, 그는 모든 상황을 완벽하게 간파해냈다. 알렉시스가 어디로 갔는지, 그리고 그녀가 이메일로 일종의 협박을 받았던 사실까지는 아직 무지했지만. 일주일 전, 그 여자는 일부러 리오넬 저택의 전화기를 이용해 그에게 전화한 것이었다. 떠나기 직전, 일부러 그녀가 그의 통제하에 본가에 있는 것처럼 그를 안심시키는 연막전을 펼쳐서 시간을 벌었던 것이다.

인간은 저도 모르게 무의식적으로 마지막 잔상, 잔향이 현재까지 이어지고 있다는 착각을 하게 마련이었다. 그 누구보다 타인의 심리를 읽어내는 요령에 도통해 있던 알렉산더는 자신이 그녀에게 꼼짝없이 당했음을 알아차렸다. 본가에 묶여 있다는 것만으로 그녀를 철저히 통제하고 있다는 만용을 부리고 있었던 것이다.

알렉산더는 숨을 고르더니 휴대폰을 꺼내 인터폴의 누군가와 짧게 말을 주고받았다. 퍼디난드 아니라 설사 신의 사자가 내려와 알렉시스를 내버려두라고 명해도 그는 그 말을 귓등으로도 듣지 않을 것이다. 통화를 마친 그는 다시 아버지를 향해 살기등등한 시선을 돌렸다.

"아버지, 제정신입니까? 알렉시스를 노리는 누군가가 있는 지금, 그 여자가 제 발로 혼자 무방비 상태가 되도록 도왔다니 도저히 믿을 수가 없군요."

"내가 사람을 많이 붙였어. 베테랑들로만. 그것보다……."

퍼디난드는 별일 아니라는 듯, 발아래 난장판을 가볍게 피해서 소파에서 벗어났다. 품에서 시가를 꺼내 하나를 입에 문 채, 그는 자신보다 조금 더 큰 아들을 넌지시 마주 보았다.

"이젠 슬슬 말해봐라. 그 애 성격에 별일도 아닌 일로 별거까지 감행할 리는 없고, 도대체 무슨 일이 있었던 거야?"

퍼디난드는 결정적인 한마디를 덧붙여 철벽같은 아들을 슬슬 구슬렸다.

"혹시 또 모르지, 그럼 나도 그 애의 행선지를 알려줄지……."

퍼디난드는 시가를 피우며 아들의 매서운 눈길을 맞받았다. 격앙된 감정으로 붉게 충혈된 알렉산더의 검은 눈엔 광기마저 돌고 있었다. 그는 헝클어진 앞머리를 잠시 더 흩트리다가 들릴 듯 말 듯한 목소리로 간신히 실토했다.

"제가 결혼 직전…… 다른 여자와 한번 관계를 가지려고 했었습니다. 알렉시스가 그걸 알게 됐고…… 제가 끝까지 간 걸로 오해하고 있습니다."

"뭐라고?"

"에스코트 서비스를 단 한 번 호출했고 애당초 아무 의미도 없는 일이었습니다! 결국 마지막에 저도 이건 아니라는 생각에 아무 일 없이 돌려보냈고요. 솔직히 지금은 치 떨리게 후회하고 있……."

그는 말을 잇지 못했다. 아버지가 생전 처음으로 주먹으로 후려갈긴 아들의 얼굴 한쪽은 금세 시퍼렇게 부어올랐다. 입술 끝은 찢어져서 피가 배어 나오고 있었다. 퍼디난드는 알렉산더가 태어 난 뒤로, 심지어 그가 어렸던 시절에도 단 한 번도 그에게 손찌검을 한 적이 없었다. 한때 세상을 떠들썩하게 했던 미국 케네디 부 통령의 딸 르네 케네디의 일이 터졌을 때는 그도 아들에게 호되게 역정을 내긴 했지만 손을 댄 적은 전무후무했다. 하지만 알렉산더 는 얻어맞은 둔중한 통증과 입술 끝에서 배어나는 핏줄기에는 안중에도 없었다.

"지금 후회해봐야 무슨 소용이야, 이런 근본 없는 썩어빠진 놈 같으니."

"알려주십시오. 알렉시스…… 지금 어디에 있습니까?"

"생각해본다고 했지, 알려준다고는 안 했다."

"말버러 경."

다음 순간 보여준 알렉산더의 행동은 공작을 기겁하게 만들었 다. 너무 놀라고 뜻밖이다 못해, 아들이 완전히 다른 인격체로 변 해버린 듯한 충격이었다. 알렉산더는 아버지 앞에 두 무릎을 꿇었 다. 깨어진 찻잔의 날카로운 파편이 그의 무릎에 깔려 있었지만 그는 아픔도 느끼지 못하고 있는 것 같았다.

"제발, 단순히 그 여자에 대한 집착만이 아닙니다! 알렉시스 의 안전이 걸려 있다고요!"

퍼디난드는 한 번도 아들이 무언가를 이토록 절절히 바라고 애 타하는 것을 본 역사가 없었다.

"6년 전 그 사건과 연관 있는 걸로 추정되는 여러 가지 일들이 최근에 있었습니다. 그 여자에게 혹시 무슨 일이라도 생기면 전

살 수 없어요……. 어디 있습니까."

"그 아이에게 진심인 건 맞는 모양이군. 이렇게 후회할 거였으면 그런 쓰레기 같은 짓은 애초에 하질 말았어야지. 그 애를 사랑한다는 인식을 하면서 어떻게 그런 짓거리를……."

"그때는 그런 인식 따위 없었어요!"

알렉산더는 공작의 말을 단칼에 자르고 폭풍과도 같이 진심을 쏟아내었다.

"사랑이란 건 단지 일시적인 뇌의 착각과 환상이라고만 믿었습니다. 사람들이 육체적인 끌림을 정당화하기 위해 좋은 구실로 만들어낸 단어일 뿐이라고요. 지금도, 정확히 어떤 게 사랑인지 정확히 모릅니다. 하지만 전 그 여자 없이는 단 하루도 살 수 없을 것 같습니다. 만약 그 여자가 이 세상에 없다면 저도 존재할 이유가 없다는 감정. 그런 게 사랑이라면 전 그 여자를 사랑하는 게 맞습니다."

알렉산더는 이를 물고 가슴이 쥐어뜯기는 표정으로 말을 이었다.

"너무 사랑해서 세상에서 제일 불행하게 만들고 갈가리 찢어버리고 싶은 심정입니다. 날 이렇게도 지독하게 비참하게 만드니까! 숨도 못 쉴 정도로 날 이렇게 괴롭게 만드는 그 여자가 증오스러워 미치겠어요! 차라리 불구로 만들어 다시는 내 손에서 벗어날 수 없게 만들고 싶다고요!"

알렉산더는 스스로에 대한 증오를 눈앞의 아버지에게 쏟아붓듯 오열하며 소리 질렀다.

모니카 해밀턴, 캔디스 파올로디, 일리나 소콜로바든 누구든 알렉시스 외의 여자는 두 번 다시 허공을 떠도는 먼지 이상으로 보지 않을 것이다. 애초에 아무 의미 없는 존재들이었지만 처음부터 알렉시스에게서 온전히 채워지지 않는 무언가를 대용품 따위로 대체하려 했던 게 그의 큰 잘못이었다.

알렉산더는 지금에야 비로소 깨달았다. 자신이 그녀에게 무슨 짓을 했는지를. 알렉시스가 그를 사랑하는지 아닌지, 정확히 어떤 감정인지는 알렉산더 본인도 확신이 없었다. 그러나 다른 여자를 몇 번이고 안았고 그 행위를 버젓이 별일 아닌 것처럼 치부했던 자신의 행동이, 아내인 그녀에게 얼마나 큰 상처를 주었을지 이제야 알렉산더는 절감할 수 있었다. 그런 주제에 알렉시스가 다른 남자와 친밀하게 대화만 나눠도 그는 불같이 질투하며 그녀를 세상과 더 차단하고 분리시키려 했었다.

"나도 알려주고 싶은 마음은 굴뚝같지만, 지금 네가 가면 오히려 상황이 더 악화될 수 있다. 누차 강조했듯 그 아이는 세계 톱 클래스 전문가들에 의해 비호받고 있어. 그러니 조용히 기다려라."

"연락을 취할 방법만이라도 알려주십시오."

그의 마지막 요청에도, 퍼디난드는 더 마음 약해지지 않으려는 듯 고개를 설레설레 저었다.

"어렸을 때 그 일이 분명히 네 마음 어딘가를 뒤틀리게 했구나. 다 극복한 줄 알았더니……."

퍼디난드는 딱하다는 듯 아들을 내려다보았다.

"그 아이가 돌아오면 지금 그 마음을 전해. 말하지 않으면 모르는 것들도 있어, 특히 사람의 마음은."

"……말했지만 믿지 않아요."

그는 왜 진작, 입이 얼어붙은 것처럼 그녀에게 사랑한다 진작 말하지 않았는지 스스로의 어리석음을 통감했다. 다른 빌어먹을 말은 다 했어도 왜 사랑한다, 단 한마디는 좀 더 일찍 하지 않았을까. 그는 자신의 심장이 쥐어뜯기는 아픔과 함께, 이미 너무 늦어버렸다는 사실을 깨달아야 했다.

"왜 이제야……."

알렉산더는 스스로를 힐난하듯 쉰 목소리로 내뱉었다.

나는 그녀에게 다른 말은 다 해도, 사랑한다 한마디는 결코 할 수 없었어요, 아버지. 그녀가 사랑을 믿지 않는 여자라고 속단하고 있었으니까. 내가 다른 남자들과는 다르니까. 사랑해달라 애걸하지 않고 내 가슴 안에서만 꼭꼭 억누른 채, 언제든 그녀에게서 돌아설 수 있는 척 태연함을 가장하고 있어야 내 옆에 있을 거라 생각했습니다.

내가 그녀에게 무릎 꿇고 사랑을 구걸하는 순간, 알렉시스는 사랑에 대한 두려움으로 가차 없이 내게서 날아갈 거라 믿었어요. 그래서 난 차라리 지독하게 속박하고 괴롭힐망정 제 곁에 머물게 하는 쪽을 택했던 겁니다.

사랑 없이는 살 수 있지만 알렉시스가 없으면 살아가지 못할 것 같았으니까.

알렉산더는 여전히 무릎을 꿇은 채 한 손을 들어 오른쪽 관자놀이를 거칠게 문질렀다. 망치로 두들겨 맞은 것처럼 욱신욱신한 두통이 멈추질 않았다. 희미한 과거의 저주가 그의 귓가에 슬며시 내려앉아 떨어지지 않았다.

'알렉산더, 너는 아무도 사랑해서는 안 돼. 넌 악마니까. 네가 사랑하게 된 이가 누구든 넌 반드시 그 여자를 불행하게 만들고 말 거야.'

4화. 레이캬비크, 수색

　알렉시스는 퍼디난드 리오넬이 조치를 취해준 덕분에 별다른 제재 없이 크루즈를 타고 북해를 넘어 핀란드의 헬싱키, 반타 공항에 도착했다. 1시간 남짓 후 그녀는 섬나라로 향하는 다른 비행기 안에 몸을 실을 예정이었다. 알렉시스는 심란한 마음과 함께 푹 눌러쓰고 있던 비니 모자를 잠시 벗었다. 일부러 멀리 돌고 돌아 목적지로 향하는 까닭은 단 하나였다. 알렉산더의 추적을 피하기 위한 방편이었다. 알렉시스는 어나니머스(Anonymous) 그룹의 친구가 구해다 준, 추적 불가능한 임시 휴대폰으로 프랜시스에게 문자를 하나 보냈다.

　[고모, 이번 달까진 리오넬 본가 안에서만 지낼 거니까 연락이 안 되어도 걱정하지 말아요. 그리고 부탁이 있는데, 알렉산더 주변을 잘 살펴주세요. 요즘 사업상 위협받는 일이 있어요. 답장은

못 받으니 보내지 마세요.]

알렉시스는 스스로의 모순된 행동에 대해 조소를 흘렸다. 어떻게 한 사람에 대해서 이렇게나 증오와 염려가 공존할 수 있을까? 하지만 지금은 그 답에 대해 고민할 여유가 없었다. 혹시 정체 모를 그자가 알렉산더에게도 어떤 해를 가하진 않을지 누구도 장담할 수 없는 상황이었기에, 그녀는 그의 신변도 평소보다 더 엄중히 보호되길 원했다.

"알렉…… 시스?"

금발의 푸른 눈을 가진 남자는 비행기 일등석에 깜박하고 두고 온 지갑을 가지고 라운지로 나오다 군중 속에 섞인 누군가의 모습을 발견했다. 긴 금발 머리에 선글라스를 끼고 있었지만, 여자가 걸친 재킷은 분명 알렉시스가 기성복 제품을 그의 여동생 엠마의 스타일대로 직접 뜯어고쳐 만든 옷이었다. 그녀가 알렉산더 리오넬과 결혼하기 전, 아방가르드라고밖에 표현할 수 없는 특이한 여밈에다 컬러풀한 색으로 물들인 재킷은 알렉시스가 자기 것과 비슷하게 뜯어고쳐 엠마에게 선물한 옷과 동일한 것이었다. 애초에 저런 화려한 옷은 평소 알렉시스가 즐겨 입는 스타일과는 한참 거리가 멀었다. 하지만 옷뿐이라면 단지 비슷한 제품이 있겠거니 했겠지만, 남자는 그녀 특유의 몸짓을 알아보지 못할 리가 없었다.

한 손으로 머리칼을 쓸어 올리는 몸짓은 어느 여자나 비슷해 보일 것이다. 하지만 언제나 알렉시스를 유심히 봐왔던 그의 눈에 그녀의 동작만은 확연히 달라 보였다. 그녀는 항상 생각에 잠겨 있을 때, 머리칼을 쓸어 올린 뒤 한참 붙잡고 있다가 머리칼

한 움큼을 손가락 사이에 꼬아서 늘어뜨리곤 했다. 커피숍 앞에서 차례를 기다리는 동안에도, 금발의 여자는 그가 알던 알렉시스와 정확히 똑같은 몸짓과 분위기를 보이고 있었다. 남자는 설렘과 의혹이 반반씩 섞인 심정으로 여자의 등 뒤로 천천히 다가갔다.

"실례합니다, 혹시 알렉……."

"……!"

남자는 말을 잇지 못하고 대신 한순간 호흡을 멈췄다. 그가 손을 뻗으려는 순간, 여자가 갑자기 계산대 옆 셸프 바에 있던 식사용 나이프를 움켜쥐고 그에게 들이댔던 것이다. 계산대의 직원들과 옆에 서 있던 사람들 중 몇몇이 비명을 지르자, 여자는 얼른 나이프를 내려놓고 본인도 당황한 척 해명했다.

"아, 저는 치한이나 소매치기인 줄 알았어요! 모두 죄송합니다. ……친구였네요!"

겸연쩍은 웃음을 지으며, 알렉시스는 눈앞의 남자에게 다가가 허물없이 큰 소리로 말했다.

"미키! 여기서 만날 줄은 몰랐는데? 난 영락없이 소매치기인 줄 알았지 뭐야─ 예전에 한 번 공항에서 지갑이랑 여권을 다 날린 적이 있어서."

여자는 자신에게 집중된 군중의 이목을 최대한 돌리고자 수습하기 바빴다. 하지만 그녀의 진의를 알 리 없는 사람들은 곧 제각기 갈 길을 가고 하던 일로 시선을 돌리기 시작했다. 한참 동안 평소와는 달리 큰 소리로 호들갑을 떨던 그녀는 남자의 귀에 조용히 속삭였다.

"미카엘, 조용히 이쪽으로 와."

평소의 침착한 목소리에, 미카엘 할스트롬은 어안이 벙벙한 얼굴을 하고서 그녀가 이끄는 방향으로 속절없이 잰걸음을 옮겼다. 곧 그녀는 우악스럽게 잡았던 그의 팔을 놓고서 아무도 보지 않는 복도 한 귀퉁이로 몸을 숨겼다.

"미카엘, 날 어떻게 알아봤어? 그렇게 금방 알아볼 정도야? 기껏 힘들게 염색했는데……."

"아…… 나도 설마 하긴 했었어. 하지만 워낙 옛날부터 널 알고 지냈으니까……."

다짜고짜 시작된 알렉시스의 다그침에, 그는 당혹스런 얼굴로 말을 조금 더듬었다. 그거야 널 항상 봐왔으니까. 지난 8년이란 시간 동안 너의 작은 몸짓, 얼굴 표정 하나하나와 미세하게 달라지는 눈빛, 그 모든 것들을 눈에 넣어왔으니까. 머리 염색 정도로 널 알아보지 못할 리가 없잖아? 하지만 그는 그 모든 속내를 한마디도 토해내지 못했다.

"그나저나 스파이 놀이도 아니고, 도대체 여기서 뭘 하고 있는 거야? 염색까지 하고서……."

알렉시스는 거짓말에 결코 능숙하지 못했다. 임기응변과 선의의 거짓말엔 어느 정도 센스가 있는 그녀였지만, 미카엘은 그녀와 오랫동안 순수한 친구 사이로 알고 지낸 사이였다. 새삼 그녀의 뇌리에, 결혼 전 덴마크 대사부인 생일연회에서 그에게 본의 아니게 드러냈던 수치스런 정황이 떠올라 그녀는 얼굴을 붉혔다. 알렉산더의 의도하에, 그와의 정사 장면을 미카엘이 듣게 되었던 수치심, 그 뒤로도 메이필드 호텔 수영장, 에딘버러 국제

학회에서 그녀와 마주쳤던 일 등이 파노라마처럼 머릿속을 스쳐 가고 있었다. 그런 일들이 아니더라도 미카엘에게는 아무것도 털어놓을 수 없을 터였다. 알렉산더는 모르고 있겠지만, 그리고 앞으로도 모를 수 있지만 이렇게 미카엘과 단둘이 대면하고 있다는 것만으로도 그는 불같이 화를 내고 길길이 날뛸 것이 뻔했다.

"사정이 있어. 너무 복잡해서…… 설명하긴 어려워. 미안."

"……그래."

"그런데 넌 여긴 무슨 일이야? 전용기는 어쩌고?"

"난 전용기 잘 안 타니까. 아직 본격적으로 아버지를 돕고 있는 것도 아니고…… 아이슬란드에서 S사 영화 로케 중인데 현장 한번 보려고."

전 세계 방방곡곡으로 영화를 배급하며 막대한 수익을 올리고 있는 S사는 할스트롬 그룹 소유로, 미카엘은 예전부터 미디어 쪽 분야에 특히 관심을 기울이고 있었다.

"아, 아이슬란드……."

"그런데 리오넬…… 남편은 같이 온 게 아니야?"

하필이면 같은 목적지로 가다니.

알렉시스가 낭패감을 맛볼 동안 미카엘은 에딘버러 학회 사진 건으로 자신을 살기등등하게 위협했던 알렉산더 리오넬의 모습을 새삼 떠올리고 있었다. 그가 별명처럼 악마 같은 인간이자 가장 영향력 있는 재계의 거물임은 익히 알고 있었다. 하지만 그와 가장 마지막으로 대면했던 이후, 미카엘은 알렉산더 리오넬이 자신의 아내에 대해 얼마나 강한 소유욕을 가지고 속박하고 있는지 새삼 깨달은 바 있었다. 그가 느끼기로는, 리오넬의 방식이 결코 바람직해 보이지는 않았지만 한 가지만은 분명히 알 수 있었다.

알렉산더 리오넬이 그 나름의 방식으로 알렉시스에 대한 애정을 주체하지 못하고 있다는 사실.

"아, 나 혼자지만…… 혼자는 아니야. 하지만 남편은 같이 오지 않았어. 사업일로 바빠서."

"……."

혼자지만 혼자가 아니라니, 무슨 말인지 오리무중이었지만 미카엘은 더 묻지 않았다. 알렉시스가 바닥에 내려놓았던 스포츠백을 다시 들어 올리며 그에게 작별을 고했기 때문이다.

"이만 가봐야겠어. 비행시간이 다 되어서."

"아, 그래……. 다음에 봐."

그녀가 서두르는 바람에, 행선지도 미처 묻지 못한 미카엘은 그녀의 뒷모습을 망연자실 바라보았다. 미카엘은 퍼디난드 리오넬의 지시 아래 그녀를 눈에 띄지 않게 비호하고 있는 경호원들의 존재를 알 턱이 없었다. 그는 알렉시스가 저렇게 변장까지 하고 혼자 여행하고 있는 이유는 무엇일지, 혹시 안전상 문제는 없을지 홀로 염려하며 서 있었다. 곧 3시간 뒤 다시 그녀와 기묘한 방법으로 재회하게 되리라곤 상상도 하지 못한 채.

3시간 남짓한 시간이 흐른 뒤, 비행기는 북해를 건너서 점점 높이를 낮추기 시작했다. 곧 지리적으로 북유럽에 속하지만 여타 북유럽과는 다른 나라의 수도 공항이 그녀의 눈에 들어오고 있었다. 트롤(Troll : 북유럽신화와 스칸디나비아, 스코틀랜드

전설 속 괴물. 아이슬란드의 대표적인 신화적 괴물)을 비롯한 각종 신화와 신비로운 미개척 지형들로 잘 알려진 아름다운 북구의 나라. 알렉시스는 불과 얼음의 섬나라 아이슬란드의 수도, 레이캬비크(Reykjavik)의 땅 위에 내려서서 흐린 하늘을 굽어보았다.

스위스, 몽트뢰 호숫가를 거닐고 있던 검은 그림자는 자신의 다리에 감겨와 애교 있는 울음소리를 내는 도둑고양이를 내려다보았다. 땅거미가 내려앉은 호숫가 주변에는 그림자와 수행원 외에 다른 이는 아무도 눈에 띄지 않았다. 그림자의 주인공은 귀찮은 듯 도둑고양이를 발로 떼어내더니 손에 들고 있던 지팡이로 가엾은 동물의 머리통을 힘껏 가격했다. 한 번으로 끝나지 않고 여러 번 허공을 내리치는 지팡이의 끄트머리는 어느새 검붉은 피로 물들었고, 자지러질 듯 귀를 찢는 울음소리에 이어 곧 무언가 터지는 소리가 호숫가의 적막 속에 울려 퍼졌다.

"더러운 길짐승……."

그림자는 고양이 털이 여기저기 묻은 옷 부분을 장갑 낀 손으로 신경질적으로 탁탁 털었다. 웬만한 샐러리맨 연봉을 호가하는 값비싼 옷이라서가 아니라, 근본도 모르는 천한 도둑고양이가 감히 고귀한 자신에게 손을 댄 것 자체가 불쾌하기 이를 데 없었다. 뒤따라오던 수행원이 가엾은 동물의 잔해를 처리하는 동안, 그림자는 숲 쪽에서 슬그머니 모습을 드러낸 누군가에게 시선을 돌렸다. 그림자가 기다리고 있던 반가운 소식을 물어다 줄 충실한 끄나풀이었다. 등 뒤의 수행원도 듣지 못할 만큼, 둘은 호숫가 뒤편의 저택으로 향하며 조용히 이야기를 나누었다. 고양이 털이 묻은 수만 달러짜리 장갑은 이미 쓰레기로 버려진 뒤였다.

"그래? 드디어 그 계집이 미끼를 덥석 물었군."

"네, 이제 어떻게 할까요?"

"애들을 보내. 최대한 빨리, 조용히 처리해."

"알겠습니다."

"아이슬란드는 최적의 나라야. 쥐도 새도 모르게 누구 묻어 버리기에는……. 미개척지가 워낙 많아서 용암재가 덮인 암석 지형, 빙하 아래, 뭣하면 화산 분화구 속에 던져버려도 되고. 심지어 차에 시체를 싣고 가다가 숲 아무 데나 버려놓아도 괜찮아. 제일 좋은 건 대서양이나 노르웨이해 고래들에게 던져주는 거지."

"……."

"이번엔 제대로 처리해. 그 계집애 남편이 나서기 전에."

"명심하겠습니다."

그림자는 길 건너 이웃 저택의 주인이자 몽트뢰 시의원 가족과 마주친 순간, 온화한 얼굴로 재빨리 표정을 변화시켰다. 그림자의 주인공은 조금 전까지 작은 도둑고양이를 무참히 때려죽인 손으로 시의원과 악수를 나누고 사랑스럽다는 눈으로 아이들을 바라보았다. 그림자는 아프리카 어린이 구호 활동 모금을 위해서 최근에는 NGO기구들과 어떤 활동을 개시했는지 품위 있게 설명하기 시작했다.

"케이티."

"아, 루카! 오랜만이다."

"응, 잘 지냈지? 그런데…… 혹시 알렉시스 요즘 어떻게 지내는지 소식 듣고 있어?"

"어? 요즘 리오넬 본가에서 지내는 거 같던데? 할머님이 반년 만에 스코틀랜드에서 오셔서 다음 주까지든가, 그다음 주였나, 시댁에서 지내기로 했다는 거 같았어."

"아, 그렇구나. 요즘 통 연락이 뜸하고 휴대폰도 불통된 것 같아서 걱정했거든."

케이티와 좀 더 여러 가지 대화를 나눈 루카는 휴대폰을 내려놓고 자못 걱정스런 표정을 지었다. 왠지 불길한 예감이 그의 뇌리를 스쳤다. 마드리드에서 런던으로 온 지 일주일이 지났고, 연락이 두절되자 이메일까지 보냈건만, 사촌 누이에게서는 아직 아무런 기별도 오지 않고 있었다. 혹시 알렉산더 리오넬과 무슨 일이 있는 건 아닌가 싶었지만, 리오넬 개자식에게 직접 연락하긴 죽기보다 싫은 그였다.

"그러게, 그 악마 같은 자식과 애초에 결혼해선 안 되는 거였는데……."

루카는 페라리 운전석에 앉아서 손톱만 잘근잘근 씹다가 누군가 창유리를 톡톡 두드리는 소리에 고개를 들었다. 어둠 속에 서 있는 바깥의 인물을 확인한 순간, 그의 호박색 눈동자엔 이채의 빛이 어렸다. 곧이어 남자가 조수석 문을 열고 차 안에 자리 잡기 무섭게, 루카에게 다가가 열렬히 입을 맞추기 시작했다. 헤네스 그룹의 차남 루카 지안카를로 헤네스가 동성애자라는 사실은 집안사람들 중에서도 극소수만이 알고 있었다. 그의 성적 취향을 세간에 드러내지 않기 위해, 헤네스가가 언론을 매수하고 뒷수습을 위해 쏟아부은 돈은 천문학적 액수를 넘긴 지 오래였다.

알렉시스는 중국의 가명 도메인을 한 바퀴 돌고서야 그녀에게 도착한 이메일을 열고 잠시 생각에 잠겼다. 그녀는 지금 시내행 버스가 도착하길 기다리는 동안 공항 라운지에서 노트북을 열어 어나니머스 친구가 보내온 여러 가지 정보들을 확인하던 중이었다. 그중 가장 먼저 클릭한 이메일의 발신인은 알렉산더의 아버지였다.

〈알렉시스, 그 녀석이 마침내 네가 없어진 걸 알고 집에 들이닥쳐 한바탕 소란을 피웠다. 네가 신신당부한 대로 행선지는 알리지 않았지만 저놈이 더 미쳐 날뛰기 전에 네가 직접 생존 확인은 시켜주는 게 좋을 것 같구나. 무슨 일이 있으면 휴대폰 단축 번호 1, 2번 눌러라. 그럼.〉

공연히 소란을 피우게 만들어 리오넬 본가에 죄스러운 마음이 들었다. 하지만 알렉산더의 상태에 대한 염려가 더욱 앞서는 건 어쩔 수 없었다. 알렉시스는 버스가 오려면 10분 정도 더 남았음을 확인하고 누군가의 이메일 주소를 창에 신속히 입력했다. 일단 아이슬란드에 있는 동안은, 그의 존재를 철저히 무시하려 했지만 그녀는 자신이 도저히 그럴 수 없다는 걸 알았다. 한 문장을 쓰다가 지우기를 여러 번 반복하다, 버스의 존재를 창밖에서 확인한 알렉시스는 결국 전송 버튼을 눌러버린 뒤 노트북을 닫았다.

알렉산더는 미친 야수처럼 날뛰던 게 거짓말이었던 것처럼 다시 집무실로 돌아와 인터폴의 연락을 초조한 마음으로 기다리고 있었다. 본가에서 너무 광분한 나머지 눈앞이 흐릿해지는 걸 느낀 그는 제대로 정신을 가다듬기 위해 세면대로 다가가 얼굴을 씻어 냈다. 양손으로 세면대를 짚고 선 그는 거울 속에 비치는 자신의 형편없는 몰골을 빤히 들여다보았다. 이마를 덮은 머리칼에서 흘러내리는 투명한 액체가 물인지 눈물인지 스스로도 분간할 수 없었다. 결재할 서류들이 산더미 같았지만, 그는 도저히 거기에 집중할 수가 없어서 리오넬 일원 중 가장 믿을 수 있는 한 사람을 호출했다.

"알렉스, 너 얼굴 어떻게 된 거냐?"

"말버러 경에게 맞았어."

"뭐? 큰아버지한테? 대체 무슨 일로?"

"더 묻지 말고 이거나 처리해줘. 두바이 건은 다 끝났으니까 앞으로 2주간은 형이 알아서 다 마무리해."

"세상에, 해가 서쪽에서 뜨겠군. 갑자기 장기 휴가라도 가는 거냐? 몸에 무슨 문제라도 있어?"

알렉산더는 바깥의 비서를 불러 마치 잡상인 내보내듯 사촌 형을 방 밖으로 밀어내게 만들고 다시 혼자 남았다. 열어놓은 노트북에서 이메일 알람이 울렸지만 그는 거들떠보지 않다가, 인터폴에서 뭔가 보내왔을지 모른다는 생각이 들어 무심히 이메일에 눈길을 던졌다. 낯선 이메일 주소가 발신인란에 있었고 제목에는 단

한 단어만이 쓰여 있었다.

〈알렉스〉

그의 이름, 정확히는 애칭이었다. 알렉산더는 불현듯 떠오르는 예감에 주저 않고 이메일을 클릭했다.

〈알렉스, 난 무사히 잘 있고 2주 후엔 런던으로 돌아갈 거야. 당신이 얼마나 화났는지 짐작은 되지만 나도 어쩔 수 없어. 이건 내가 스스로 풀어야 할 문제야. 너무 걱정하지 마. 우리 문제는 런던으로 돌아간 뒤에 생각해볼게. 지금은 단지 혼란스러울 뿐이라 아무 결정도 하지 못하겠어. 어떤 면에서든 아내로서 당신을 만족시키지 못했기 때문에 결국 내가 동기를 제공한 당사자인가, 내가 결국 초래한 건가 하는 혼란. 만약 그렇지 않다면, 당신은 어느 누구와 정착하든 한 여자에게 만족하지 못하는 남자이기 때문인 건가. 아무리 생각해봐도 어느 쪽인지 모르겠어. 둘 다일 수도 있겠지만. 어느 쪽이든 내게 절망적인 건 마찬가지야. 그래서 지금은 아무것도 말할 수 없어.〉

이메일을 읽어 내리는 시선이 아래로 내려갈수록, 알렉산더는 심장이 멈출 듯 덜컥 내려앉는 충격을 느꼈다.

〈어쩌면 여기서 멈추는 게 우리 둘을 위해 현명한 선택일지도 몰라. 애초에 당신은 왜 나와 결혼한 거야? 나는 항상 그 이유를 알고 싶었어. ……한 달 뒤에 연락할게. - 알렉시스〉

알렉산더는 자신이 지금 눈앞의 글을 제대로 읽고 있는지 믿을 수 없었다. 몇 번이고 그녀의 이메일이 맞는지, 혹시 누군가 그녀인 척 거짓 메일을 쓴 것은 아닌지 살펴보았다. 하지만 정말로 알렉시스가 보낸 내용임을 그의 직감은 부정할 수 없었다. 그가 아는 알렉시스의 글이 분명했다.

이메일의 한마디, 한마디가 알렉산더의 심장을 아프도록 후벼파고 있었다. 그녀를 영원히 잃을지도 모른다는 생각에 그의 가슴은 걷잡을 수 없이 무너지기 시작했다. 자신을 진심으로 떠날 수도 있다 생각하는 것만으로도 그는 숨을 쉴 수 없었다. 그 정도로 그녀의 마음이 자신에게서 멀어졌다 생각하자, 알렉산더는 눈앞이 실제로 캄캄해지는 깊은 절망감이 어떤 것인지 절감하고 있었다.

어떤 면에서든 알렉시스가 아내로서 그를 만족시키지 못했던 적은 단 한 번도 없었다. 그녀가 그의 통제하에 있지 않을 때, 그에게 불안을 안겨줄 때 외에는. 그가 어느 누구와 결혼했든 한 여자에게 만족하지 못하는 난봉꾼일 수는 있었다. 그러나 자신이 가장 원하고 갈망해왔던 알렉시스와 결혼을 앞둔 이상, 그가 어떻게 그녀 아닌 다른 여자에게도 동시에 만족을 얻으려 했겠는가. 둘 중 어느 쪽도 아니었다. 단지, 그가 지독하게 어리석었을 뿐이었다. 어리석고 형편없는 호색한일 뿐이었다.

"이런 bloody asshole……!"

그의 팔 동작 하나에, 노트북이 대리석 바닥 위로 떨어져 요란한 파열음을 내며 산산조각 분해되고 말았다. 눈앞의 것들을 모조리 아래로 쳐내버린 알렉산더는 일어선 채 두 팔을 책상 위에 짚고 고개를 숙였다.

제발…… 알렉시스! 제발 날 놓지 마…….

죽일 듯이 미워하고 증오해도 좋으니 제발 옆에만 있어달라고 알렉산더는 되뇌고 또 되뇌었다. 그녀가 그를 사랑할 수 없다면 사랑 없이 그냥 자신의 곁에 있어주기만을 바라고 또 바랐다. 사랑 없인 살 수 있어도 알렉시스 네가 없으면 살 수 없다고, 알렉산더는 소리 없이 울부짖고 절규하고 있었다.

책상을 주먹으로 몇 번이고 내리치던 그는 초인적인 힘을 발휘해 이성적으로 생각하려 애썼다. 제대로 된 사고 회로와 판단력이 분노와 절망으로 흐려지지 않기 위해 그는 이 악물고 버티다가 결국 휴대폰을 꺼내어 어딘가 전화를 걸었다. 휴대폰을 쥔 왼손 손가락들이 말을 듣지 않아서 오른손으로 바꿔 잡아야 했다. 마호가니 원목 책상의 견고함을 버티지 못한 손가락 어딘가가 부러진 것 같았다. 으스러진 손등에선 피가 철철 흘러넘치고 있었지만 알렉산더는 개의치 않았다. 고통조차 느끼지 못하고 있는 것 같았다.

"모사드."

―야, 내 이름 모사드 아니라고 했잖아!

"라파엘 블레츠 레핀스키."

―……어, 그래.

"지금 당장 알파팀 몇 명 호출해. 보수는 원하는 대로 주겠다."

―알파? 스페츠나츠의 알파?

"지금 당장."

알렉산더는 으르렁거리는 신음과 함께 통화 종료 버튼을 눌렀다. 곧이어 비서에게 사내 의료팀을 호출하라 명한 그는 미간을 잔뜩 좁히고 혀를 찼다. 왼손잡이가 하필 왼손을 못 쓰게 되어 성가시다는 표정이 역력했다. 하지만 두 다리는 멀쩡하니 무시무시한 스페츠나츠 요원들 앞에서도 기가 꺾일 염려는 없어서 다행이었다. 아무리 높은 보수를 주더라도 그들은 그들보다 약한 고용주에게 톡톡히 갑 노릇을 하는 자들이었다. 힘의 법칙만이 지배하는 정글 속 야수 그 자체와 같았다. 야수들의 기를 눌러 그의 명령을 최대한 신속히, 그리고 정확히 이행하게 하기 위해서는 알렉산더 자신은 야수 그 이상이 되어야 했다. 미세스 리오넬을 최대한 빨리, 그리고 안전한 상태로 찾아내지 못하면 그는 기필코 용병들을 살려두지 않을 셈이었다. 어차피 알렉시스가 없으면 자신은 살아갈 수 없으니 그 어떤 악마나 괴물이 되어도 상관없었다.

"아니……. 아이는 잠들었어. 정말 천사 같은 아이야. 제냐가 생각나서…… 차마 죽일 수 없었어. 그래서 계획을 바꿨어. 그 애 숙부 카를로스 헤네스에서 50만 유로를 받고 아이를 넘겨주기로. 가엾기도 하지. 상상할 수 있는 가장 잔인한 방법으로 죽이라니…… 어떻게 저 어린애를, 씨앗을……."

"……아저씨?"

"너! 자고 있는 게 아니었니? 여보세요? 나중에 다시 통화해!"

"지금 그게 무슨 말이에요? 유괴가 아니라…… 누군가 절 죽이라고 시킨 거였어요?"

"……."

"그리고 씨앗? 그건 도대체 무슨 뜻이에요?"

"얘야……."

"방금 한 말들은 도대체 뭐죠? 가장 잔인한 방법으로 저를 죽이라고 누군가가 아저씨에게 시켰고, 아저씨는 그 대가로 돈을 받기로 했다는 얘기인가요?"

"……!"

알렉시스는 시내버스 안에서 잠시 눈을 붙였다가 소스라치게 놀라서 깨어나고 말았다. 꿈에서 나타난 이상한 영상들 때문에 기겁한 나머지, 혹시 이상한 소리라도 낼까 싶어 손으로 자신의 입을 막았다.

방금 머릿속에 펼쳐지고 있던 그 광경은 도대체 뭐였을까? 안개처럼 흐릿하기는 해도, 분명히 과거에 실제로 일어났던 기억의 잔상이 틀림없었다. 제냐라는 이름의 어린 딸 이야기만 나오면 오열하던 러시아 남자는 자신에게 손끝 하나 대지 않았다. 방 안에 갇힌 그녀에게 슬라브 교향곡을 들려주고 자기가 왜 제냐와 함께 살 수 없게 되었는지, 자신이 과거에 얼마나 끔찍한 짓들을 했는지, 하지만 제냐라는 딸이 생긴 뒤로 개과천선하고 열심히 살려고 노력했지만 조직이 그를 가만두지 않았다는 등 많은 이야기를 들려주곤 했다. 그것은 분명히, 알렉산더가 말했던 6년 전 그 사건의 잔상들이 틀림없었다.

그는 도대체 왜 그녀를 그곳에 데려갔으며 거기는 어디였을까? 사진으로 보았던 차가운 우윳빛 벽돌로 된 교회 건물 앞에 서면 나머지 기억들이 모두 수면 위로 올라오게 될까?

알렉시스는 비니 모자를 깊이 눌러쓰고 끝없는 화산 지대만이 눈에 한가득 들어오는 창밖 풍경을 바라보았다.

스페츠나츠(Войска специального назначения)
는 러시아 소속 대테러 특수부대로, 구 소비에트연방과 미국 사이
의 냉전 시대가 종결된 이후로는 인간 헌터 집단이라 불리던 그
위용이 많이 꺾인 편이었다. 하지만 그중에서도 최정예 부대와 브
레인들은 러시아 마피아로 흘러가거나 국가기관 및 국제기업 보
안팀 등에서 천문학적 연봉을 받으며 암암리에 활약하고 있었다.
알렉산더의 눈앞에 있는 세 명 중, 한가운데 자리한 남자 역시 후
자의 경우였다. 본인은 단지 연로해져 그런 것뿐이다, 라고 강력
하게 주장하고 있었지만, 그가 자진 사임을 노린 좌천 대상에 이
름이 올라 어쩔 수 없이 은퇴하게 된 것은 아는 사람들은 다 알고
있는 기정사실이었다.

"여, 리오넬. 스페츠나츠 알파 톱 중의 톱들이다. 한 명은 전
역, 둘은 현역."

이스라엘 특수부대인 모사드 출신 라파엘 블레츠 레핀스키는
자신보다 대여섯은 더 어린 장신의 남자에게, 세 명의 위협적인
남자들을 대질시켰다. 30대 중후반의 나이로 보이는 두 명의 남
자, 50대로 보이는 무시무시한 인상의 남자가 알렉산더 리오넬의
앞에 위압적인 자세로 버티고 서 있었다.

그가 알기로 50대 남자의 이름은 드미트리 코스마초크. 1985년
베이루트 주재 소련 외교관 인질 사건 때 인질범들의 가족들을 모
조리 납치해 몸 일부를 절단하고 그것을 인질범 모두에게 보내준
사건의 지휘자로, 은퇴 후에도 스페츠나츠의 살아 있는 전설로 불
리고 있었다. 그 당시 코스마초크는 '인질을 풀어줄 때까지 너희
가족 사지를 하나씩 절단해 소포로 보내주마!'라고 폭탄선언을 던

져서 결국 러시아 외교관은 무사히 풀려났다고 할 정도로 그의 냉혹함은 악명을 떨친 바 있었다.

그래서 알렉산더는 그가 매우 마음에 들었다. 그는 과거에 알렉시스를 노렸고, 앞으로도 노릴 자들 모두 코스마초크의 손에 사지가 하나씩 절단되게 만들 작정이었다. 필요하다면 절단은 알렉산더 자신의 손으로 직접 해도 상관없었지만.

"어차피 서로 알고 있을 테니 소개는 생략합시다."

알렉산더는 악명 높은 특수부대 출신 앞에서도 전혀 주눅 들지 않고 당당히 말했다.

"팔짱 풀고 똑바로들 서시죠?"

니들이 날고 기는 세계 최고 용병이래 봤자 내가 던져주는 돈다발 때문에 여기까지 기어온 거 아니냐, 돈 벌고 싶으면 고개 처박고 무릎 꿇어! 라고 말하는 듯한 그의 서슬 퍼런 눈빛에 세 명의 요원은 조금 놀란 기색이었다. 스페츠나츠는 알파, 베가, MVD, GRU 등 여러 부대로 나뉘어 있었고 그중 알파는 가장 뛰어난 선두 부대로 잘 알려져 있었다. 알파팀 세 명은 서로 눈치를 보다가 천천히 팔짱을 풀고 차렷 자세로 똑바로 섰다.

"필요한 세부 사항은 이 친구에게서 다 들었을 겁니다. 첫째, 지금부터 타깃의 정확한 위치를 일주일 안에 찾아내 확보합니다. 퍼디난드 리오넬 말버러의 휴대폰을 도청하거나 어떤 방법으로든 뒤를 캐는 게 가장 확실하고 빠를 겁니다. 둘째, 동일한 기간 안에 모사드가 이미 알아낸 정보를 바탕으로, 6년 전 일을 꾸민 그자들 숨통을 조여서 뭔가 반응이 나오도록 유도합니다. 이해됐습니까?"

"알겠습니다."

아주 잠시 틈을 두다가 코스마초크는 보스, 하고 덧붙였다.

"타깃들은 모사드가 다 파악해뒀으니 어려울 건 없겠죠. 이 정도는 스페츠나츠 알파에게 어린애 장난 정도일 거라 믿습니다."

"우리 셋만으로는 시간이 부족할 것 같습니다. 지원을 받아도 되겠습니까?"

"그러시죠, 그럼 일이 제대로 진행될 거라 기대해보겠습니다. 모사드와 스페츠나츠 알파 중 어느 쪽이 더 나은지 한번 지켜보겠습니다."

"야! 내 이름은 모사드가 아니라니까!"

알렉산더는 라파엘 블레츠 리핀스키의 항의를 개 짖는 소리처럼 무시한 채, 오만하기 짝이 없는 얼굴로 톡톡히 갑질을 끝내고 인사 한마디 없이 뒤돌아 회의실을 나섰다. 그러나 하늘을 찌르던 거만함과 냉철한 위용은 다시 집무실로 들어가 혼자되기 무섭게 자취를 감추었다.

"알렉시스……. 앨리."

그는 책상에 앉아 한 손으로 이마를 짚었다. 몰라보게 수척해진 얼굴이 날카로운 턱선을 한층 도드라지게 만들었다. 잠을 제대로 자지 못해서인지 안색은 파리했지만 눈빛만은 어느 때보다 더 또렷했다.

"도대체 어디 있는 거야……."

〈어쩌면 여기서 멈추는 게 우리 둘을 위해 현명한 선택일지도 몰라. 애초에 당신은 왜 나와 결혼한 거야? 나는 항상 그 이유를

알고 싶었어. ……2주 뒤에 연락할게. - 알렉시스〉

알렉시스, 어서 빨리 모습을 드러내줘. 내 앞에 무사히 나타나. 그럼 그 이유를 말해줄게. 몇 번이고 말하겠어, 왜 너와 결혼했는지.

그는 그녀의 안위가 걱정되어 미칠 것만 같았다. 극도의 긴장과 불안감 속에서도, 아버지 퍼디난드가 현재 별다른 낌새 없이 런던 본가에 있다는 사실에 위안을 얻어야 했다. 그의 아버지에게 별 기색이 없다는 것은, 그녀가 어디 있든 아직은 아무런 사고도 없다는 의미가 되기 때문이었다. 알렉산더는 무엇보다, 알파팀이 그의 아버지를 통해 알렉시스의 행방을 하루빨리 파악하길 절실하게 원했다. 그녀가 심지어 남극 한가운데 있다고 해도 그는 지체 없이 달려갈 작정이었다.

'사랑? 뇌의 신경전달물질 도파민의 분비 현상으로 최대 3년까지만 유효한 신기루 같은 감정이란 과학적 근거가 이미 있어.'

언젠가 모니카 해밀턴이 그에게, 누군가를 진심으로 사랑해본 적이 없는지 물었을 때 알렉산더 자신이 비웃듯 내뱉었던 대답이었다. 그러던 그가 지금 이렇게 미쳐가고 있었다. 다른 것도 아닌, 사랑 때문에. 사랑 때문에 목매는 남자들을 세상 무엇보다 벌레만도 못하게 여기고 경멸하던 알렉산더 리오넬이 사랑이란 감정에 세상 누구보다 깊이, 강렬히 사로잡혀 이렇게 나락으로 떨어지게 될 줄 그 누가 상상이나 했겠는가.

알렉시스가 시내버스를 타고 레이캬비크 중심가에 내려섰을 때는, 이미 붉은 낙조가 북구 하늘을 온통 뒤덮고 있었다. 거리에는 사람 그림자 하나 찾아보기 힘들었다. 아이슬란드는 본래 국토 면적 대비 인구밀도가 낮았던 데다. 2000년대 초반 연이은 경제 불황으로 인구의 역이동을 한차례 겪어 인구수는 급격히 감소해 있었다. 아기자기한 상점들이 즐비하게 늘어선 조그만 다운타운 중심가에서 고개를 든 순간, 알렉시스는 짧게 숨을 토했다. 커다란 우윳빛 건물의 첨탑이 그녀의 눈 안으로 가득 들어왔다. 고층 건물이 극히 드문 다운타운 안에서 어디를 가나 그 첨탑은 여행자들에게 일종의 나침반이 되어준다고 들은 적이 있었다.

알렉시스는 눈에 띄는 호텔에 곧바로 체크인을 하고 짐을 맡긴 다음, 마치 최면에라도 걸린 사람처럼 천천히 새하얀 건물을 향해 앞으로 나아갔다. 건물이 가까워질수록 일반 주택가들도 풍경이 달라져 인적이 극히 드물어진 거리가 계속 이어지고 있었다. 간혹 그녀 곁을 스쳐 지나는 차들만이 있을 뿐, 사람은커녕 도둑고양이 한 마리도 보이지 않는 정적 속을 그녀는 걷고 또 걸었다. 아직도 퍼디난드 리오넬의 경호원들이 어디선가 그녀를 지켜보고 있을까?

알렉시스는 15층 정도 높이의 웅장한 교회 건물을 올려다보았다. 할그림스키르캬(Hallgrimskirkja : 할그림 교회)는 아이슬란드 제2의 도시 아쿠레이리 교회와 함께, 모든 여행자가 반드시 가봐야 할 명소 중 하나였다. 교회 건물은 매우 특이한 모양으로 중심가 한복판에 떡하니 자리 잡고 위용을 뽐내고 있었다. 예전에 미국의 KKK(Ku Klux Klan : 인종차별주의 단체) 지도자들이 머리에 둘러썼던 하얀 두건과도 같은 모양이라, 어찌 보면 조금 무섭기도 했다.

하지만 교회라는 사실 때문인지 어딘가 성스러운 분위기가 감도는 것은 부정할 수 없었다. 분명히 이 건물을 본 기억이 어렴풋이 있었다. 하지만 어디서 언제, 어떤 연유로 보게 되었는지 여부는 전혀 되새길 수 없었다.

"자…… 여기 왔어. 이제 뭐든 해보시지."

알렉시스는 담담하게 중얼거리며 쓴웃음을 지었다. 정체불명의 누군가가 익명의 이메일을 통해 보내온 할그립스키르캬 교회의 전경, 그리고 러시아어로 협박 문구가 새겨진 가족들의 사진. 알렉시스는 그 무언의 유도에 이끌려 여기까지 오게 된 것이다. 그녀는 교회 문 앞으로 다가가 을씨년스러운 밤공기 아래서 조용히 생각했다.

지금 만약 누군가 건물 뒤에서 나타나 그녀의 등에 칼을 꽂기라도 한다면? 목을 단숨에 긋거나 특수 소음기가 장착된 총을 쏘아 자신을 단번에 해치운다면?

알렉시스는 그다지 두렵지 않은 자신을 발견하고 의외라 생각했다. 이제 겨우 20살, 결코 오래 산 인생은 아니었다. 하지만 그녀는 삶 자체에 그리 큰 미련이 없었던 것 같았다. 지금 당장 죽는다고 해도 딱히 슬프거나 원통하진 않을 것 같았다. 프랜시스 고모나 루카, 그 외 가족들을 생각하면 슬프지만 어차피 모든 사람은 언젠가는 죽는다. 남겨진 사람들은 애통함에 가슴 절어하겠지만 그들도 언젠가 자신의 차례가 돌아올 날만을 향해서 막연한 동질감을 느낄 것이다. 어려서부터, 기억도 못하는 부모님이 불의의 사고로 돌아가셨다는 사실을 듣고 자라온 탓인지, 본래 성향인지 알렉시스는 옛날부터 삶에 큰 애착이 없었다. 그래서인지 사랑도 믿지 않았다. 삶과 사랑…… 이 두 가지 존재처럼 유한한 것들이 또 있을까?

"알렉산더……."

하지만 이제 그녀에겐 사랑하는 존재가 하나 생겨버렸다.

그녀가 여기서 죽기라도 한다면, 그는 과연 어떻게 느낄까? 조금은 슬퍼해줄까? 그가 지금까지 그래왔듯이, 잠시 애도의 시간을 가졌다가 이내 다른 여자들에게 이리저리 옮겨 다니며 평생을 자유로이 살아가게 될까?

지금 이 순간, 알렉시스는 그가 너무나도 그리웠다. 알렉산더의 모든 표정들을 차례대로 보고 싶었다. 미간을 좁히고 입술 한쪽을 비틀어 웃는 조소. 분노를 터뜨리기 직전 한쪽 눈썹을 추켜올리는 얼굴. 어딘가 다른 세계에 있는 것처럼 자신만의 생각에 빠져 있는 무표정. 냉혹한 그림자가 드리워진 거만한 얼굴. 뺨이라도 한 대 날리고 싶은 오만불손한 표정. 잠들 때의 길고 긴 속눈썹. 조각 같은 입체미가 돋보이는 콧날과 날렵한 턱선에, 어쩌다 가끔 피아노를 칠 때의 그 손가락은 얼마나 길고 아름다운지. 그의 격렬한 손길과 따스한 온기. 어느덧 알렉시스의 눈에서는 자기도 모르는 새, 눈물이 뺨을 적시며 흘러내리고 있었다.

알렉산더. 아니야, 난 아직 죽고 싶지 않아. 사랑한단 말도 전하지 못하고 이렇게 어이없이, 이유도 모르고 죽을 수는 없어.

잠시 후 교회 문을 열고 들어간 알렉시스의 눈앞에 너무 작지도 않고 크지도 않은 깨끗한 예배당이 펼쳐져 있었다. 몇몇 지역 주민들이 조용히 기도를 올리고 있었다. 그들을 방해하고 싶지 않아 그녀는 조용히 예배당을 나와서 입장료를 지불한 뒤, 엘리베이터를 타고 최상층 버튼을 눌렀다. 이렇게 고색창연한 교회 건물에 최신식 엘리베이터가 있다니, 전혀 어울리지 않는 조합이었다. 하지만 해마다 늘어나는 관광객들이 교회 첨탑 창을 통해 한눈에 들여다보이는 레이캬비크 시내 전경을 보길 원했기에, 레이캬비크 시에서도 적정선의 투자를 하여 더욱 큰 관광 수익을 올리는 편을 택했으리라.

철컹- 소리를 내며 엘리베이터 문이 열렸다. 문 앞에 내려선 알렉시스는 나선계단을 한 층 더 올라가 철문을 열고 전망대 쪽으로 다가갔다. 전망대 위에는 그녀뿐 아니라 관광객으로 보이는 몇몇 일행들이 무리지어 서 있는 것이 보였다. 알렉시스는 그들과 일정한 거리를 유지한 채 창 너머로 주의를 돌렸다. 창문을 통해 레이캬비크의 고요한 밤 풍경이 고스란히 내려다보였다. 저 멀리 칠흑처럼 펼쳐진 바다가 마치 그녀의 심정을 대변하는 것 같았다.

잠시 후 주변의 관광객들이 하나둘씩 자리를 떠나자, 알렉시스 역시 더 늦기 전에 호텔로 돌아가기 위해 전망대에서 발을 내렸다. 그 순간 꽝음과 함께 문이 철컹, 닫히는 소리가 나더니 아까까지 열려 있던 철창문이 꼭 맞물려 있는 것이 눈에 들어왔다. 그리고 나선형 계단을 황급히 내려가는 누군가의 발소리 역시 들려왔다. 알렉시스는 눈이 휘둥그레져 철창문을 부여잡았지만 이미 자물쇠는 견고히 잠겨 있었다.

그녀는 팔목의 시계를 확인했다. 교회 문이 닫히기까지는 앞으로 5분도 남지 않은 상황이었다. 알렉시스는 싸늘한 한기에 몸을 떨었다. 누군가에 의해 습격받기 전에, 하룻밤 사이 이 차가운 돌벽 안에서 꽁꽁 얼어 죽을 것만 같았다. 위급 상황이었기에, 그녀는 잠시 망설이다 퍼디난드 리오넬이 마련해준 휴대폰을 꺼내 들었다. 어딘가에 있을 리오넬가 경호원을 부르기 위해 단축 번호 1번을 막 누르려 할 찰나였다.

검은 슈트를 입은 남자 한 명이 서둘러 계단 위로 뛰어와 철창문을 열어주었다. 경호원들 중 하나인가 보다 짐작한 알렉시스가 그에게 감사의 말을 전하려 다가갈 때였다. 머리가 깨질 듯한 둔탁한 소리와 함께, 한 남자가 경호원의 목을 뒤에서 조르고 제압하려 애쓰고 있었다. 다음 순간 일어난 불과 10여 분 정도의 일은 지금까지 알렉시스가 생전 처음 접하는 위기의 순간이었다. 그동안 액션 영화 속에서나 봐왔던 광경이 그녀를 주인공으로 눈앞에 펼쳐지고 있었다.

알렉시스는 법에 저촉되지 않을 정도의 호신용 무기들을 고심하다 의외로 쓰임새가 좋은 접이식 카드나이프를 아이슬란드에 도착한 이후부터 내내 지니고 있었다. 평소 자신의 운동감각이 좋지도, 나쁘지도 않다고 생각한 그녀였지만, 사람은 누구나 목숨이 경각에 달리게 되면 엄청난 방어력을 발휘하게 된다는 말이 사실인 모양이었다.

알렉시스는 손가락을 튕겨 올려 카드나이프의 칼날을 밖으로 노출시켰다. 어설프게 찔렀다간 금세 그녀가 역공격을 받게 될 게 뻔했다. 그렇다고 목이나 급소를 진심으로 공격해 누군가의 생명을 앗아갈 수도 없다고 생각하는 그녀였다. 단 한 번도 사람을 해쳐본 적 없는 알렉시스는 그 짧은 순간에도 스스로의 방어와 상대방의 안위를 동시에 염려하고 있었다.

다리를 노려야겠다, 판단한 찰나, 갑자기 펑— 하는 소리가 나더니 전망대의 조명이 완전히 나가버려서 어느새 칠흑 같은 어둠이 내려앉고 말았다. 경호원과 괴한이 서로 엎치락뒤치락하는 동안 둘 중 누군가 돌벽에 부딪치는 바람에 그쪽에 설치되어 있던 전원이 나가버린 모양이었다. 바깥 야경의 불빛이 전망대 창을 통해 들어오기에는 건물이 너무 높았다.

"……어둠."

알렉시스는 간신히 실루엣만 분간할 수 있는 어둠 속에서 희미하게 떨었다. 한 손에 카드나이프를 든 채, 그녀는 그 자리에 얼어붙어 미동조차 할 수 없었다. 아득한 기억 저편, 러시아 남자의 음성이 그녀의 한쪽 머릿속에 메아리치고 있었다.

'50만 유로…… 씨앗…… 가엾은 아이…… 죽여야 했지만…… 차마 그럴 수 없어서 살려둔 아이…….'

그때, 철창문이 부서지는 소리가 요란하게 울리며 경호원 복장을 한 남자가 검은 그림자에 눌려 피를 토하는 장면이 어둠 속에서 희미한 윤곽을 드러내었다. 곧이어 쾅— 내려치는 굉음과 함께 경호원은 기절한 듯 고개를 모로 하고 더 이상 움직이지 않았다. 검은 그림자는 거칠게 숨을 몰아쉬고 미동도 못한 채 우두커니 서 있는 그녀에게 조금씩 다가왔다. 알렉시스는 머리 한편으로 이제 자신이 죽을 시간임을 예감하면서도, 갑자기 밀려든 기억의 충격에 꼼짝도 할 수 없었다. 그래도 최후의 저항만은 해보리라 다짐

한 그녀는 떨리는 손을 들어 점차 다가오는 그림자를 향해 나이프를 치켜들었다.

"알렉시스!"

그 순간, 안개같이 뿌옇던 머릿속이 순식간에 걷히며, 그녀는 다시 현실로 돌아올 수 있었다. 귀에 익은 음성이었다. 경호원을 쓰러뜨린 정체불명의 남자는 그녀도 너무나 잘 아는 사람이었다.

"미카…… 엘?"

"괜찮아? 어디 다친 데는 없어?"

그녀를 이리저리 살피는 미카엘의 눈이 휘둥그레져 있었다. 전혀 예상치 않은 곳에서 미카엘과 재회한 놀라움도 잠시, 그녀는 어째서 미카엘이 자신의 경호원과 육박전을 벌이고 그를 쓰러뜨렸는지에 생각이 미쳤다. 그녀가 경계심을 풀지 않고 그에게서 한 발짝씩 뒤로 천천히 물러나자, 그제야 미카엘은 다급히 해명하기 시작했다.

"저 남자, 죽지는 않았어. 저놈은 네 일행이 아니야! 널 노리고 있던 자야!"

그의 해명을 입증해주듯 곧이어 철창 아래 나선계단을 부리나케 치닫는 여러 명의 구둣발 소리가 울렸다. 알렉시스가 한 번도 제대로 대면한 적 없는 퍼디난드 리오넬 산하 경호원 네 명이 그녀 앞에 모습을 드러내었다. 이미 어둠에 익숙해진 그녀는 조용히 철창 아래 쓰러져 있는 검은 정장 차림의 남자를 가리켰다.

"경호원 중 한 명이 맞나요?"

"아닙니다, 여기는 저희가 처리하겠습니다."

"미카엘…… 여긴 어떻게 알았어?"

알렉시스는 미칠 듯이 뛰는 심장을 가라앉히려 애쓰면서 눈앞의 친숙한 얼굴을 주목했다. 불과 반나절도 안 되어 다시 만난 얼굴이었다.

"렌터카를 가지고 지나가는데 네가 이 교회 앞에 서 있는 게 보였어. 반가운 마음에 차를 세우고 바로 따라왔지. 네가 엘리베이터를 타고 올라가는 것까진 봤는데 아까 그 남자가 누군가랑 통화하면서 널 따라 엘리베이터에 뒤따라 타더라고. 그때 그 남자가 전화로 말하는 걸 듣고 본능적으로 알았어. 그놈이 널 해치러 뒤쫓아 가고 있다는 걸……."

'네, 보스. 표적은 전망대로 가고 있습니다. ……관광객으로 위장한 저희 측근이 막다른 골목을 만들어줄 겁니다. ……네, 사고사 처리하겠습니다.'

미카엘은 남자를 뒤쫓아 곧바로 반대편의 비상용 엘리베이터에 올랐다고 말을 이었다. 그가 엘리베이터에서 내리자마자 누군가 검은 그림자가 쏜살같이 비상용 계단으로 사라졌고, 예의 그 경호원 복장의 남자가 나선형 계단을 향해 전망대로 올라오고 있었다고 전말을 털어놓았다.

"……고마워, 미카엘."

"……."

더 길게 말하지 않아도, 그는 알렉시스가 무엇에 대한 감사를 표시하는지 뚜렷이 이해했다. 갑작스런 미카엘의 도움이 아니었다면, 그녀는 이미 죽은 목숨이 되었을지도 몰랐다. 아니, 틀림없이 죽었을 것이다. 호신용 카드나이프 하나뿐인 20살의 여자가, 잘 훈련된 암살범 앞에서 도대체 뭘 할 수 있었겠는가. 경호원 두 명이 기절한 남자를 처리하는 동안, 나머지 셋은 그들을 엄호하며 일단 교회 밖으로 나가기로 했다.

그들이 엘리베이터를 타고 내려오는 도중 알렉시스가 다리에 힘이 풀렸는지 휘청, 하고 쓰러지려는 것을 미카엘이 재빨리 붙잡아주었다. 습격당할 뻔했던 순간이 그제야 실감이 난 모양이었다. 경호원들이 교회 바깥에 대기하고 있던 검은 차량으로 이끄는 순간, 알렉시스는 요원들 중 리더로 추정되는 남자를 향해 결연히 선언했다. 똑 부러지는 말투였지만 목소리는 희미하게 떨리고 있었다.

"여러분을 못 믿어서는 아니지만…… 지금은 아군과 적군을 전혀 구별할 수 없는 상황 같아요. 저는 지금부터 제 친구와 동행하겠습니다. 일주일 뒤 다시 연락하고 레이캬비크에 돌아오겠다고 말버러 경에게 전해주세요."

알렉시스의 단호한 통보에 검은 슈트 차림의 남자들은 잠시 주춤했지만 쉽사리 물러서지 않았다.

"이분은……!"

리더격의 요원은 잠시 버티다가 마침내 그녀 옆에 선 남자의 정체를 알아본 눈치였다. 재계와 정계 고위 인사 및 상류층 자제들을 항시 접하는 그들이 에릭손 할스트롬의 아들에 대해서 무지할 리 만무했다. 건장한 남자들은 마지못해 미카엘의 차 앞에서 조금씩 물러섰다. 연유야 어찌 됐든, 암살자가 경호팀의 한 명인 것처럼 위장해서 클라이언트를 위기에 몰아넣었다는 상황에 그들은 책임을 회피할 수 없을 터였다.

"도대체 어떻게 했길래 경호팀인 것처럼 위장해서 접근한 거지?"

"사고사 처리됐지만 클라이언트는 우연히 만난 조력자와 몸을 피하는 바람에 놓쳤습니다. 죄송합니다."

"조력자?"

"예, 경께서도 잘 아시는 분입니다. 신상 파일을 보내겠습니다."

"할스트롬? 에릭손의 아들?"

퍼디난드 리오넬은 경호팀이 전송한 사진 속, 눈에 익은 청년의 얼굴을 뚫어지게 바라보았다.

"할스트롬…… 예전에 그 애와 약혼 얘기가 오간 친구인데 말이지."

"클라이언트는 현재 아군과 적군의 구별이 되지 않을 것 같으니 당분간 수행원들 없이 미카엘 할스트롬 씨와 동행하겠으며, 일주일 안에 연락하고 레이캬비크로 돌아오겠다고 합니다."

"할스트롬이야 믿을 수 있는 친구지만, 좀 미묘하게 됐군. 그래도 그 친구가 나름 보호자 역할을 해주겠지만, 다행이라고 해야 할지 어떨지……."

퍼디난드는 씁쓸한 듯 말끝을 흐렸다. 알렉시스를 생각하면 든든하다 싶었지만 아들을 생각하면 갑자기 나타난 할스트롬가의 아들이 반가울 리 만무했다. 알렉산더가 이 사실을 알게 되면 몇 배로 날뛰다 과부하로 졸도하거나 심장 쇼크사 할지도 모르는 일이었다. 하지만 할스트롬 주니어가 그 아이 목숨을 구하는 데 일등 공신 역할을 했다니 감사한 일임에는 틀림없었다. 할스트롬 인터내셔널은 전 유럽에 깊이 뿌리를 둔 강대 기업이자 스웨덴 왕실과도 혈맥이 이어진 로열패밀리였다. 유럽 안에서 리오넬가와 그 영향력이 맞먹을 정도로 파워가 있는 곳이니만큼, 그의 아버지 에릭슨 할스트롬이 아들의 안전을 그냥 방치해둘 리는 없었다. 장담컨대, 미카엘이 의식하지 못하는 동안 항상 그의 뒤를 지키는 경호원들이 있을 것이다.

"어쨌든 클라이언트는 보호해야 할 대상인데 놓치다니, 프로답지 못하군. 행방이 파악되는 대로 잘 엄호해. 끄나풀 뒤처리는 문제없이 잘하고. 아이슬란드는 워낙 치안이 좋은 나라라서 경찰들이 할 일이 없단 말이지. 행여나 꼬리 잡히지 않게 조심해."

"알겠습니다."

"앨리……!"

꿈에서 깨어난 알렉산더의 전신은 땀에 푹 젖어 있었다. 그는 전용기 좌석에서 상반신을 일으켜 주위를 살폈다. 땀으로 흐트러진 앞머리를 거칠게 쓸어 넘기는 그에게, 대기하고 있던 비서가 소리 없이 다가와 말을 걸었다.

"괜찮으십니까, 보스."

"……."

알렉산더는 대꾸 없이 팔걸이 옆에 있던 생수를 들이켰다. 눈짓 한 번 주지 않았지만, 비서는 오랜 경험으로 그를 가만히 내버려두어야 한다는 걸 깨닫고 조용히 제자리로 돌아갔다. 최근 그는 눈에 띄게 수척해져 있었다. 제대로 먹지도 자지도 못하는 상황인 만큼 당연한 결과일지도 몰랐다. 알렉시스와 크게 다투었던 어느 날의 순간이 꿈에서 현실로 이어져 그의 머릿속을 어지럽혔다.

1년이 채 안 되는 그들의 결혼 생활 동안, 위기라면 위기라 할 큰 분쟁이 두 번 있었다. 한 번은 에딘버러 학회, 두 번째는 그녀가 그가 출장 중인 동안 아무 말 없이 마드리드의 헤네스 저택에 가 있던 일주일간의 부재 때문이었다. 그때도 화해 아닌 화해의 과정을 거쳐 그 직후 이스탄불로 함께 가게 되었지만, 알렉산더는 그 당시 알렉시스가 무언가를 숨기고 있다는 생각에 어딘가 개운치 않은 느낌이었었다. 그는 왜인지 알렉시스가 무단으로 스페인 마드리드에 다녀왔던 4개월 전, 그 당시에 대한 기억을 멈출 수 없었다. 그녀가 마드리드에 누구의 도움으로, 어떻게 가게 되었는지 아무것도 알아낼 수 없었던 사실 역시 자꾸 마음에 걸렸다.

그때 그녀는 마드리드에 왜 갔던 걸까. 무엇을 보호하기 위해서 그에게 끝까지 입을 다물고 있었던 것일까.

5화. 회상 : 과거의 야수

4개월 전, 스페인 마드리드.

"어느 차에 타면 되는지만 말해. 구경거리 되고 싶지 않으니까."

"현명한 선택이야, 미세스 알렉시스 리오넬."

그는 그녀가 감정에만 치우친 어리석은 보통 여자가 아니라는 사실을 익히 파악하고 있었다. 장신의 남자는 그녀의 한 팔을 잡고 검은 세단 쪽으로 자연스레 이끌었다.

멀리서 지나가던 행인의 눈에는, 눈에 확 뜨일 정도로 화려한 부유층 커플이 사이좋게 어디론가 가기 위해 차를 타려 하는 모습으로밖에 보이지 않았을 것이다. 그러나 여자는 밀려오는 저릿한 통증에 저도 모르게 미간을 좁혔다. 남자의 손가락이 블라우스 속 팔뚝을 사정없이 파고들어, 쇠사슬로 조이는 것만 같았다. 남자는 그의 감정을 표현하기 위해 구태여 소리를 지를 필요가 없었다. 경호원들 앞에서 꼴사납게 그녀의 멱살을 잡고 흔들 필요도 없었다. 보통 부부처럼 그녀의 팔을 자연스레 잡은 것만으로도 충분했다. 마음만 먹으면 그녀의 팔을 당장에라도 부러뜨릴 수 있는 악력은 그가 지금 얼마나 분노에 사로잡혀 있는지 알기에 충분했다. 그러나 그 조용한 폭력은 알렉시스에게 모든 걸 알려주지는 않았다.

남자의 머리와 가슴을 가득 채운 감정은 분노뿐 아니라 순수한 환희와 안도감도 함께였다. 지구 반 바퀴를 돌아서 아내의 안위를 확인한 안도감, 그리고 지구 끝까지라도 추격해서 그가 가장 아끼는 소유물을 되찾은 환희.

"부러뜨릴 거 아니면 이제 놔줘."

앞좌석 운전자와 완전히 차단되는 매직미러가 끝까지 닫힌 뒤, 알렉시스는 포커페이스를 풀고 그에게 잡힌 팔을 뿌리치려 애썼다. 이미 바로 옆에 죄수처럼 앉혀졌고 옆 도어는 견고히 록이 걸려 옴짝달싹할 수 없는 상황인데도 그는 그녀를 구속한 손길을 거둘 의도가 전혀 없어 보였다.

"순순히 따라갈 생각이라고 했잖아. 어차피 도망갈 수도 없는 상황인데!"

잡힌 팔을 빼내려 안간힘을 쓰면 쓸수록 그의 악력은 더 강해질 뿐이었다.

"알렉산더!"

그녀의 날카로운 목소리에 알렉산더도 그제야 포커페이스를 벗고 강렬한 적의를 숨김없이 내보였다.

"어떤 상황에서든."

그는 짧게 숨을 들이쉬었다 내뱉었다.

"다시 널 믿느니 내가 리오넬이란 성을 갈겠어."

그는 팔을 잡고 있던 손을 아래로 옮겨 그녀의 가느다란 팔목을 부서질 듯 움켜쥐었다. 깊이를 알 수 없는 적갈색 눈동자에 살기 어린 분노가 가득했다. 법적으로 어엿이 미세스 리오넬, 그의 부인으로 명시되어 있는 눈앞의 여자를 뼈째 집어삼킬 기세로 그는 이를 악물고 낮게 으르렁거렸다. 그의 거친 숨결은 마치 포획을 놓친 맹수의 그것 같았다.

"목을 분질러버리고 싶은 걸 간신히 참고 있으니까…… 지금은 입 다물고 조용히 있어. 머지않아 이 순간이 얼마나 평온했는지 떠올리게 될 테니까."

말이 끝나기가 무섭게 그는 으스러져라 잡고 있던 그녀의 팔목이 마치 더러운 오물이나 되는 양 매몰차게 내쳐버렸다.

"항상 느끼지만 당신은 완력을 쓰는 것 외에는 방법이 없는 것 같아. 강압적인 게 아니면 설득 자체가 안 돼?"

그의 노골적인 협박 앞에 그녀는 침착한 분노로 응대했다. 차분하고 지적인 음성 뒤로 신랄한 비난이 역력했다.

"설득?"

그의 입가 한쪽이 비웃듯 일그러졌다.

"그걸 지금 말이라고 해? 애당초 너에게는 이성적인 설득이나 논리 자체가 먹히지 않으니까 완력 외에는 방법이 없는 거야."

"당신 말에 무조건 복종해야 논리적으로 옳은 거고, 복종하지 않으면 잘못된 거니까 완력을 쓸 수밖에 없다는 거야? 그 자체가 얼마나 비논리적인지 세상 사람들 모두가 알 거……."

강한 손이 다시 다가와 그녀의 턱을 세게 움켜잡고 들어 올려서 알렉시스는 말을 끝낼 수 없었다. 얼마나 세게 잡았는지 어금니가 아플 지경이었다.

"세상 사람들과 관계없이, 처음부터 그게 이 결혼의 전제 조건 중 하나였어. 네가 그걸 수시로 잊으려고 하니까 이런 사태도 생긴 거고. ……앞으로 생길 일 또한. 에딘버러 일 이후로 네가 또 이렇게 단독 행동할 줄은 상상도 못 했어. 난 최대한 널 인격적으로 대해주려고 했어. 약속을 깬 건 너야."

그는 그녀가 영어를 이해하지 못하는 사람인 양, 한 자 한 자 또박또박 힘주어 말했다.

"하지만 안심해. 네가 아무리 잊으려고 해도 그걸 잊지는 못할 거야. 네가 망각할 때마다 난 그 사실을 더 명확히 되새겨줄 테니까."

조금 전 팔목을 뿌리친 것처럼 그는 알렉시스를 거칠게 뒤로 밀치고 잇새로 마지막 통보를 내뱉었다.

"지금부터 한마디도 하지 마. 네 목소리가 한 번만 더 들리면…… 여기서 차 세우고 내 맘대로 할 거니까. 저번처럼."

경험상 그가 정말 그렇게 할 것이란 걸 알렉시스는 명백히 알았다. 전에도 차로 이동 중 격렬한 말다툼이 있었을 때 그는 운전사를 내리게 하고 차 안에서 그녀를 강제로 안았다. 그녀가 누구의 소유인지, 누가 우월한 위치에 있는지 명확히 일깨우는 수단 중 하나로써. 자신에 대한 반항의 벌로써, 그는 성이 찰 때까지 그녀의 몸을 탐했고 의지와는 반대로 그의 손길에 반응해버리는 그녀를 비웃었었다. 그에게 있어 그녀와의 섹스는 사랑의 행위가 아니라 본능적인 욕망을 분출하고 동물적인 소유욕을 확인하는 것에 지나지 않았다.

　"……."

　알렉시스는 앞을 향해 똑바로 자세를 고쳐 앉고 침묵을 유지했다. 그에게 잡혔던 턱과 팔목 모두 욱신거렸다. 굴복할 수밖에 없는 모멸감과 아픔에 눈물이 나오려는 것을 그녀는 이 악물고 참았다. 옆자리의 무자비한 남자를 의식하지 않으려 애써 평온을 가장했지만, 아늑한 차 안에서도 전신이 희미하게 떨려왔다.

　다음 상황은 충분히 예상되었다. 헤네스 저택에서 마드리드 국제공항까지는 이제 단 몇 분, 공항 부지 내에서 그의 전용기로 옮겨 탄 뒤 3시간 뒤에는 런던 교외의 본가에 도착해 있을 것이다. 그러나 그녀의 남편이 정확히 어떤 액션을 취할 것인지는 예상할 수 없었다. 그의 통제에서 벗어나 단 일주일간 친지들 옆에 있었던 대가로 알렉시스는 어떤 응징을 받게 될지, 그녀의 잔혹한 남편이 이 이상 더 어떻게 자유를 속박할지 예측이 불가능했다.

　그러나 한 가지는 확실했다. 그는 역시 변하지 않을 것이고 그녀 역시 변하지 않을 것이란 것. 그녀는 그가 두려운 동시에 그녀 자신이 더욱 두려웠다. 알렉시스는 그 두려움으로부터 조금이라도 벗어나기 위해 창백한 시선을 창밖으로 돌렸다. 그가 그녀를 향해 보이는 무서운 집착과 집념은 오직 한 가지 때문임을 모르지 않았다. 그녀가 그에게 무릎 꿇고 사랑을 구걸하지 않는 데서 오는 스릴, 그 이상도 그 이하도 아니며 섹스는 부가적인 여흥이니 최대한 즐기는 것뿐이었다. 그는 애초에 왜 그녀가 마드리드로 말도 없이 날아간 것인지, 그 근본적인 이유에 대해서는 일절 관심이 없는 것 같았다.

"반타 공항까지 앞으로 30분 남았습니다, 보스."

"주식은?"

"지시하신 대로 처리되었습니다."

보스의 작은 손짓에 비서는 충실히 조종석 쪽 캐빈으로 물러나 자취를 감췄다. 알렉산더는 방금 전 그의 품에 조용히 쓰러진 알렉시스를 플라이베드 위에 똑바로 눕힌 뒤 꼼꼼히 담요를 여몄다. 알렉시스는 비행 중일 때 항상 스파클링 워터를 즐겨 마셨다. 그래서 그녀를 위해 미리 준비된 스파클링 워터에 인체에 전혀 영향이 없을 만큼의 소량의 수면제를 넣었다. 어째서 런던으로 곧바로 가는 게 아닌지, 헬싱키 반타 공항 부지에 착륙하는 즉시 시끄러워질 것이 뻔했기에 그는 불필요한 에너지 소모는 피하고 싶었다. 잠시 재우는 것만이 최선이었다.

그가 지시한 대로 헤네스 그룹 주식의 상당 부분을 매입했다는 비서의 말에, 알렉산더는 아까까지 눈앞의 여자를 향해 화산처럼 끓어오르던 분노가 서서히 가라앉는 걸 느꼈다. 대신 그의 두뇌는 빠르게 회전하기 시작했다. 항상 그랬던 것처럼, 예측 불가능한 것에 대한 대응과 사전 방어를 위한 철두철미한 전략과 통제를 위해서.

"……"

그는 가늘고 고운 선을 그리는 여자의 뺨을 손등으로 부드럽게 쓸었다. 언젠가 매스컴이 21세기 가장 글로벌한 아름다움이니 뭐니 떠들썩하게 보도했던 것처럼, 여러 가지 민족성이 결합된 독특한 아름다움 그리고 멘사 회원 중 하나인 탁월한 두뇌와 타의 추종을 불허하는 해킹 능력. 그리고 전 세계 유수 IT 업계 중 단연 톱 중의 톱 리오넬 그룹의 젊은 총수 알렉산더 리오넬이 아무리 손안에 움켜잡으려 해도 모래알처럼 잡히지 않는 애증의 대상. 지난 일주일간 미친 듯이 추적해 겨우 다시 손에 넣은 그의 소유물.

─도대체 왜 지금 포루보에 있는 거죠? 도대체 그 인간 속셈이 뭐냐고!

알렉산더는 최신 휴대폰을 귀에서 살짝 떼어놓았다. 포루보 별장의 여비서 말레나 블롬비크와 통화 중이던 휴대폰 너머로, 좀처럼 타인 앞에서 큰 소리를 내지 않는 알렉시스의 히스테릭한 목소리가 고스란히 울려왔다.

말레나는 통화를 잠시 보류해야 할지, 안주인이 보스와 직접 통화하도록 휴대폰을 그녀에게 넘겨주어야 할지 난감했다. 보스에게서 헬싱키에 사업상 며칠 머무르며 몇 가지 일 처리를 해야 한다는 전달 사항을 안주인에게 알려주는 와중, 마침 보스에게서 전화가 걸려왔고 그에게서 걸려온 전화는 절대적이라 받지 않을 수 없었던 것이다.

"……가서 직접 설명해줄 테니 기다리라고 해."

알렉산더는 주저 없이 휴대폰을 내려놓고 푹신한 카시트 뒤로 등을 묻었다. 잠든 그녀를 포루보 별장에 데려다놓고 헬싱키 지사 타워에 잠시 들렀다가 귀가하는 차 안이었다.

역시 알렉시스는 그가 알고 있는 여자, 아니 남녀노소를 불문하여 가장 똑똑한 사람이었다. 성향상 사업적 관심과 야심이 전무할 뿐, 그녀가 진심으로 마음을 먹으면 아마 그와 대등한 적수가 될 수 있는 극소수의 인물들 중 하나일 것이었다. 몇 가지 처리할 일은 런던 본사에서도 얼마든지 가능한 일이었고, 그녀는 지금 막연하나마 그에게 다른 목적이 있다는 것을 직감적으로 확신하고 있는 것이다. 가출에 대한 응징으로 감금하고 싶으면 오히려 홈그라운드인 런던이 낫다. 굳이 마드리드에서 오는 길에 헬싱키에 들러 여기에 그녀를 격리시킬 이유가 없었던 것이다.

포루보는 헬싱키 근교, 아름다운 호수로 유명한 평화로운 휴양지였다. 그림 같고 비현실적인 비경이 호수와 숲을 배경으로 끝없이 펼쳐져 있었지만 아직은 관광객의 손을 타지 않아, 전 세계 상류층 중 극소수만이 호화로운 별장을 보유하고 조용히 휴가를 보내다 가는 곳이었다. 사업이나 여타 세상사에서 얻는 노블레스 클래스 나름의 스트레스를 풀고 마음의 힐링을 얻기 위해 오는 곳이었으나, 누군가에게는 한시라도 빨리 탈출하고픈 최고급 감옥이 되어 있었다.

밤이면 호화 별장 곳곳에서 흘러나온 불빛이 천연의 아름다운 자연과 어우러져 사람들은 한결 더 낭만적인 포루보를 만끽했지만 그 역시 모두에게 해당되지는 않는 듯했다. 한가을의 포근한 밤공기가 흐르는 언덕 위, 포루보 호수가 가장 잘 내려다보이는 테라스 안쪽 화려한 거실에서는 얼음장 같은 냉기만이 흐르고 있었다.

"뭘 위해서 이렇게 시간을 끌고 있는지는 몰라도…… 한 가지는 확실히 말해줄게, 알렉산더. 동의 없이 수면제를 먹이는 건 엄연한 범죄야."

"그럼 법적 증거 확보해서 신고해. 그럴 수 있을지 의문이지만."

그는 이를 갈 듯이 험악하게 말했다.

"그럼 이야기를 한번 들어볼까."

육중한 가죽 소파에 몸을 묻고 오만하게 다리를 꼬고 앉은 그는 그녀에게 냉혹한 시선을 향했다. 그녀는 그를 철저히 무시한 채 테라스 너머 호수에만 눈길을 주고 있었다. 전신을 헐렁하게 감싼 보랏빛 홈드레스는 섹시함과는 완전히 거리가 멀었다. 그러나 그녀가 그의 곁에서 숨 쉬고 있다는 사실 하나만으로도 그는 일주일 동안 억눌러왔던 욕망이 서서히 머리를 드는 것을 느꼈다. 저 박시한 옷 안에 얼마나 근사한 몸이 숨겨져 있는지 알렉산더는 너무나 잘 알고 있었다.

"어차피 다 알고 있으면서 무슨 말이야. 이미 일주일간 내 행보에 대해 낱낱이 보고받았을 텐데."

심지어 마을 상점에서 장을 볼 때 상점 남자와 얼마나 오래, 어떻게, 자주 이야기를 나눴는지까지 조사했을 것이다. 그녀를 향한 그의 집착과 집요함, 애정 없는 의처증은 세상의 상식선을 뛰어넘는 것이었다. 이렇게 기괴하게 뒤틀어진 비정상적인 관계를 정확히 정의 내릴 수 있는 단어는 세상 어느 언어에도 없을 것이다.

"런던에서 위장 신분으로 파리까지, 그건 알겠는데 거기서 어떻게 마드리드까지 비행기로 갈 수 있었지? 배와는 달리 항공편은 보안이 철저해서 해킹으로도 불가능했을 텐데."

그녀가 아주 희미하게 동요하는 것을 그는 놓치지 않았다.

"그게 지금 왜 중요해? 난 당신이 바라는 대로 여기 끌려왔고, 다시는 그렇게 자유로워질 기회도 없을 텐데."

그 말대로, 그는 두 번 다시 같은 실수를 반복하지 않을 것이다. 그녀를 한순간도 놓아주지 않을 것이고 실낱같은 틈도 원천 봉쇄하여 더 견고한 감옥에 꽁꽁 가둘 것이었다. 그렇다고 그녀에 대한 모든 것을 알아야 한다는 그의 집요함이 이쯤에서 쉽게 물러날 것 같지는 않았다.

"물론 그렇지. 그걸 알면 굳이 숨길 이유는 없잖아? 어떤 방법을 썼는지는 몰라도, 어차피 다시 그 루트를 이용할 가능성은 제로가 될 테니까."

"알렉산더."

그녀는 소파에서 몸을 일으켜 그를 향해 똑바로 섰다. 타는 듯 물결치는 적갈색 머리칼이 신경질적으로 옆으로 흔들렸다. 화가 나서 정색할 때 알렉시스의 얼굴에는 20세의 앳된 나이를 뛰어넘는 싸늘한 성숙함이 깃들곤 했다. 그가 그녀를 처음 만났던 17세 때도 그건 마찬가지였다. 사립학교 교복을 입은 17세의 알렉시스는 지극히 아름답고 사랑스럽고 순수하면서도 그를 볼 때만은 감정이 메말라버린 얼음 여왕 같은 표정을 짓곤 했다.

"날 그냥 내버려둬. 무슨 속셈으로 지금 핀란드에 있는지는 몰라도 어차피 내겐 아무 선택권이 없잖아? 음료에 몰래 약까지 타면서 결국은 당신 원하는 대로 다 되니까."

"누구의 도움으로, 어떻게 마드리드까지 갔는지 말해. 그리고 그 빌어먹을 헤네스가에는 도대체 왜 간 거야?"

"인터넷과 휴대폰만은 쓰게 해줘. 런던에서 휴대폰 가져온 거 아니까 돌려줘."

"말해, 먼저."

"……됐어. 필요 없어. 어차피 런던에서 새로 구할 수 있으니까."

"말, 해!"

알렉산더는 돌아서서 침실로 가려던 그녀의 팔을 낚아채 벽으로 밀어붙였다. 도망치지 못하게 두 손이 그녀의 양팔을 거머쥐었고 한쪽 무릎을 그녀의 두 다리 사이에 넣어 꼼짝할 수 없게 벽에 단단히 고정시켰다.

"봐주는 것도 한계가 있어."

내내 억눌러왔던 그의 분노가 폭발 직전임을 알았지만, 그녀는 끝까지 버틸 생각이었다. 어차피 오늘 그가 자신을 오랜만에 가질 거라 각오하고 있던 터였다. 그는 만족할 때까지 난폭하고 격렬하게 그녀의 몸 안에서 자신의 소유욕을 확인하리라. 노기 충천한 표정인데도 알렉산더의 잘생긴 얼굴에는 아직 일그러진 선 하나 없었다. 단지 눈빛만으로 그녀를 죽여버릴 수도 있을 것처럼 거친 숨을 고르며 알렉시스의 담담한 시선을 맞받아치고 있었다.

"나는 최대한 평화적으로 넘기려 하고 있어. 널 잡는 순간 보상받으려 생각했던 것들…… 그중 단 하나도 실행에 옮기지 않으려고 내가 지금 얼마나 노력하고 있는지 알기나 해? 에딘버러 일 이후에 내가 약속한 것, 널 다시는 어딘가에 가두고 함부로 하지 않겠다는 그 약속을 지키기 위해 내가 지금 얼마나 자제하고 있는지……."

"그럼 마지막까지 쿨하게, 조용히 넘겨. 나도 조용히 있을 테니까. 당신이 지금까지 나에게 한 짓들 중 법에 저촉되는 게 얼마나 많은지 알기나 해?"

점점 냉정을 잃고 일그러져가는 표정에도, 그의 조각 같은 얼굴은 너무나 완벽했다. 그는 전형적인 앵글로색슨족의 이상적인 유전자가 흐르는 외모의 소유자였다. 영국 귀족의 혈통을 과시하는 거만함과 남성성, 타고난 기품과 냉정한 성품이 동시에 공존해 있었다. 그녀는 몇 번이나 생각하곤 했었다. 그가 중세에 태어나지 않은 게 얼마나 다행인지! 그는 블러디 메리 버금가는 잔혹한 군주가 되어 존경과 공포의 대상으로 전 대륙을 피로 물들였을 것이다.

"그렇게 꽁꽁 숨기는 이유가 도대체 뭐지? 누굴 보호하려고 애쓰는 건지 궁금해 참을 수가 없어."

"어나니머스 친구가 도와줬어. 불법적인 행위니 인적 사항을 노출시키고 싶지 않아."

"이름을 말해. 정말 당신 친구라면 건드릴 생각 없어. 사실 확인만 할 거야."

"……그냥 조용히 넘어가, 알렉산더."

"……."

그는 알렉시스에게 다가가 그녀의 얼굴을 부드럽게 잡고 입술을 그녀의 것으로 가져갔다. 깃털처럼 부드럽게 스치는 그 기묘한 감각에, 알렉시스는 탄식과도 같은 가느다란 신음을 토했지만 그를 밀어내진 않았다. 그녀의 무저항을 확인한 알렉산더는 망설이지 않고 다음 행동으로 돌입했다.

얇은 천이 종잇장처럼 찢기는 소리가 공기를 갈랐다. 알렉산더는 그녀의 홈드레스를 가차 없이 찢어발기고 너덜너덜 붙어 있는 천 조각마저 모두 떨궈버린 뒤 실오라기 하나 없이 벗은 몸을 어깨 위로 훌쩍 안아 올렸다. 알렉시스가 미처 정신을 차리기도 전에, 그는 그녀를 침대 위 보드라운 양털 깔개 위에 거칠게 내던졌다.

"웃……!"

알렉시스는 그의 고조된 분노가 성욕으로 이어졌고 지난 며칠간 억눌러왔던 욕망을 먼저 해소하려는 의도를 눈치챘다. 하지만 그녀는 굳이 그를 제지하려 하지 않았다. 알렉산더는 그녀의 눈부신 알몸에서 한순간도 눈을 떼지 않고 자신의 거추장스런 옷들을 훌훌 벗어 던졌다. 그에겐 더 이상 한 줌의 인내심도 남아 있지 않은 듯했다. 흐트러진 긴 머리를 쓸어 올리며 똑바로 몸을 일으키려는 그녀를 그의 떡 벌어진 어깨가 가로막았다.

"핫, 응……!"

오랜만에 그녀의 체온 전체를 느끼려는 듯, 그는 우람한 두 팔로 그녀의 상체를 꽉 둘러 감았다. 그녀의 전신은 위압적인 그의 몸 아래 깔려, 알렉산더와 완전히 겹친 상태가 되었다. 그녀의 풍만한 가슴이 털로 덮인 단단한 흉부와 맞닿았고 숨을 쉴 때마다 분홍빛 젖꼭지가 그의 것과 비벼져서 단단히 서는 것이 느껴졌다. 굵고 단단한 욕망은 이미 뜨겁게 달아올라 그녀의 매끄러운 아랫배와 음부 사이를 반복해서 마찰하고 있었다.

그의 뜨거운 혀는 그녀의 도톰한 입술을 물고 핥으며 희롱하다 거침없이 입 안으로 들어가 모든 것을 장악하려 했다. 가지런한 치열과 보들보들한 점막, 그녀의 혀까지 모두 지배적인 움직임으로 구속하고 복종시키려 했다. 맞닿은 입술과 입가가 순식간에 타액으로 흥건해졌지만 그의 혀는 멈출 줄을 몰랐다. 공격적인 혀의 움직임은 그녀의 혀를 감싸고 옭아매고 빨아 당기며 끝없이 절정을 탐했다.

"하아, 하아……."

알렉시스가 숨이 가빠 콜록거릴 때에야 그는 마지못해 그녀의 혀를 놓아주었다. 이번에는 타액으로 번들거리는 입술로 그녀의 하얀 목덜미와 쇄골을 훑다가 점점 아래로, 그리고 탄력 있게 부풀어 오른 복숭앗빛 젖가슴으로 옮겨갔다. 보드랍고 매끄러운 가슴살의 감촉을 잠시 즐기던 그의 입술과 혀는 젖꼭지가 빨갛게 부풀어 오를 때까지 쪽쪽 빨고 잡아당기며 고문했고, 그녀가 아픈 신음을 거듭하자 손바닥을 쫙 펼쳐서 양쪽 가슴을 터질 듯이 애무하고 희롱해댔다.

그는 첫 섹스부터 그녀의 가슴에 강한 집착을 보였다. 그의 커다란 손안에 딱 맞게 탄탄하게 부풀어 오른 감촉과 완벽한 둥근 원을 그리는 아름다운 가슴선에 항상 강렬한 소유욕을 표출하곤 했었다.

"아아, 앗…… 웅! 웅!"

쫙 펼친 손바닥 중심으로 젖꼭지를 누르고 천천히 원을 그리자 유두는 더욱 꼿꼿이 흥분해 일어섰다. 그가 엄지로 가볍게 유두 끝을 튕기자 그녀는 허리를 튕겨 올리며 높은 신음을 올렸다. 그녀가 자신의 손길 아래 어디를 어떻게 공략당하면 느끼는지 그는 너무나 잘 알고 있었다.

알렉시스는 아직 삽입하기도 전에 쾌락에 달뜬 무방비한 얼굴을 하고 있었다. 평소의 얼음 같고 도도한 모습과는 너무나 다른 얼굴이었다. 평소에도 이런 얼굴을 해준다면, 그를 다정하게 받아들여준다면 그도 이렇게까지 가혹하진 않을 텐데. 그녀를 이렇듯 숨 막히게 가두고 구속하고 통제하고 번번이 날개를 꺾으려 들지는 않으리라.

그녀의 안쪽이 이미 촉촉이 젖어들다 못해 흘러넘치는 것을 혀와 손끝으로 확인한 그는 단단한 불기둥처럼 솟아오른 남성을 한 손에 쥐고 뜨겁게 달아오른 동굴 입구에 갖다 대었다. 터럭 한 올 없는 매끈한 질 입구에 검붉은 귀두 끝을 장난치듯 밀어넣었다 빼냈다 반복하자, 그녀는 허리를 뒤틀며 항의 어린 신음을 흘렸다. 알렉산더의 입가에 비틀린 웃음이 번졌다. 그 못지않게 그녀의 숨결도 거칠었고 청회색 눈동자도 욕망으로 흐려져 있었다.

그는 뜨겁게 솟은 분신을 조금 더 위로 가져가 봉긋 솟은 한 쪽 젖가슴에 문질러댔다. 손가락 대신, 촉촉이 젖은 귀두를 가슴 끝에 대고 원을 그리며 짓누르자 그의 타액에 번들거리던 유두가 한층 더 붉게 물들어갔다. 다른 한 손도 쉼 없이 나머지 가슴을 반죽

하듯 거칠게 주물렀다.

"아……! 제발!"

그녀가 입술을 꽉 깨물며 어금니 잇새로 호소하자 그는 젖가슴을 거머쥔 손에 더 힘을 주었다.

"빌어봐."

"……."

"애원해, 빨리 사랑해달라고."

그의 노련한 두 손이 그녀의 배꼽 아래로 내려가 가냘픈 허리를 움켜잡았다. 살 속을 갈고리처럼 사정없이 파고드는 그의 악력에 그녀는 허리를 뒤틀어 그의 손에서 벗어나려 했지만 아무 소용 없었다. 그의 입술이 그녀의 군살 없는 허리를 맴돌다 배꼽에 닿는가 싶더니 뜨거운 혀가 그 안을 비집고 샅샅이 훑어댔다.

"아, 핫……!"

그녀가 자유로운 두 팔을 휘저어 몸부림치자 그는 거뜬히 한 손안에 두 팔목을 잡아 쥐고 그녀를 침대 깊이 찍어 눌렀다. 다른 한 손으로는 잔뜩 성이 난 분신을 잡고 입구에 감질나게 마찰시켰다.

"……해! 빨리 해버려! 당신 원하는 대로 하라고!"

"나만 원하는 거야? 정말 그래?"

알렉시스의 흐린 눈동자에 격한 분노가 남미 특유의 폭발할 것 같은 정열과 뒤섞여 튀어 올랐다.

"그래, 나도 원해! 일주일 동안 당신과 못 해서 죽을 거 같았어! 이제 됐어?"

잔뜩 약이 올라 이죽거리는 알렉시스의 새된 음성은 곧 고통스런 외마디 비명으로 바뀌었다. 그는 그녀의 탄탄한 둔부를 들어 올리고 단 한 번의 몸짓으로 그의 분신을 뜨거운 동굴 속에 깊이 묻었다. 허리를 힘껏 쳐올리자, 끝까지 깊이 들어간 살기둥 끝이 자궁 속을 힘차게 박았다.

오랜만에 삽입된 이물감과 크기에 적응할 수 있도록, 그는 잠시 그대로 있다가 천천히 허리를 후퇴해 단단히 발기한 그의 것을 동굴 밖으로 빼냈다가 다시 전진했다. 굵고 뜨거운 살덩이가 천천히 속살을 젖히고 밀려오자 그녀는 숨을 크게 들이켰다 내쉬었다. 따스한 질 안의 속살들이 환영하듯 그의 살기둥을 꼭 조이며 달라붙자 알렉산더는 환희로 전신을 떨었다.

그는 태곳적부터 남자의 본능이 행하던 단순한 동작을 힘차게 반복했다. 그의 남성성이 허락하는 최대한의 힘으로, 허리와 엉덩이를 거세게 움직여 두꺼운 물건이 그녀의 몸 안팎을 격렬히 오가게 했다. 그녀의 두 팔이 공중을 휘젓다 그의 어깨에 닿자, 그는 목 안쪽에서 맹수처럼 으르렁거리며 두 팔을 그녀의 흐트러진 머리 위로 잡아 올렸다.

"핫–!"

남자의 상체와 함께 단단한 살기둥이 앞으로 쏠리면서 몸속을 더 강하게 박아대자 알렉시스는 교성을 지르며 몸을 활처럼 휘었다. 쾌감으로 눈물이 그렁그렁 차오른 얼굴을 보고, 알렉산더는 그녀의 두 다리를 들어 올려 어깨 위로 걸쳤다. 다리를 올리자 그의 물건이 좀 더 침입하기 쉬운 위치가 되었다. 그는 거의 수직으로 허리를 세우고 굵은 남성을 다시 한 번 그녀의 몸 안에 거칠게 밀어 넣었다. 그는 이제 남아 있던 자제력을 모두 벗어 던지고 본능이 시키는 대로만 움직이고 있었다. 그의 강력한 분신은 꽉 조이는 속살을 꿋꿋이 헤집고 애액의 파도 속에 밀려왔다 밀려가길 끝없이 반복했다.

"아아앗-!"

뜨겁고 단단한, 묵직한 분신이 다시 몸 안을 꿰뚫고 들어와 가득 채우자 알렉시스는 자지러질 것만 같았다. 알렉산더의 욕망이 몸속에서 난폭하게 방망이질 칠 때마다 입에서는 규칙적인 리듬으로 탄식이 새어나왔다. 소유욕에 불타는 그의 몸짓이 점점 더 격하고 빨라지자 그녀의 머릿속도 점차 하얗게 물들어갔다.

애액으로 흠뻑 젖은 속살이 그의 남성과 맞물려 앞뒤로 마찰하며 철퍽이는 소리, 음낭이 허벅지 안쪽에 세차게 부딪쳐오는 소리, 알렉산더의 거친 호흡, 그리고 그녀 자신의 달뜬 신음. 몸속 깊이 사정없이 찔러오는 그의 몸에 정복되며 알렉시스는 이미 자기 자신을 잃은 지 오래였다. 허리를 더 세게, 더 빠르게 움직이며 알렉산더는 본능적으로 절정이 눈앞에 있음을 알았다. 한 번만 더, 이제 단 한 번의 일격이면……!

"아! 아, 앗!"

동시에 절정에 이른 둘은 너 나 할 것 없이 환희의 신음을 내질렀다. 그는 망설임 없이 뜨거운 절정을 그녀의 몸속 깊이 쏟아내었다. 투명한 액체가 한데 얽힌 두 쌍의 다리 사이를 타고 흘러 시트를 흥건히 적셨다. 마지막 한 방울마저 죄다 그녀의 몸속에 묻겠다는 듯, 그는 한 번 더 힘을 준 뒤 그녀의 몸 밖으로 빠져나왔다. 반쯤 의식을 잃은 그녀를 등 뒤에서 안고 누운 그는, 그녀가 수 초 후 정신이 들어 몸을 뒤틀어도 쉽사리 놓아주지 않았다.

"넌 정말로……."

그녀의 정수리에 턱을 묻은 채 그는 잠긴 목소리로 물었다.

"내게서 벗어날 수 있을 거라 믿었어? 진심으로?"

"……난 분명히 메모 남겼어. 중대한 가족사로 딱 일주일만 시간이 필요하다고."

"일방적인 통보였어. 내가 말했잖아, 사전에 충분히 서로 얘기하고 경호원만 대동한다면 어디든 자유롭게 보내주겠다고. 중대한 가족사가 도대체 뭐였는지 말해봐."

"당신도 항상 일방적이잖아. 내가 에딘버러 학회에 다녀온 뒤 당신은 바로 여권부터 압수해갔어. 이번엔 피치 못할 사정이 있었으니까 그냥 조용히 넘어가줘."

"……지옥 같았어. 생각보다 수색이 오래 걸려 불안하고 걱정돼서 미칠 것 같았어."

"어차피 일주일 뒤에 아무 문제없이 돌아왔을 거야. 당신은 하늘이 무너질까 항상 걱정하는 사람이야."

"아직 그 사진 건이 완전히 해결되지 않은 거 너도 알잖아. 그래서 한 달이든 몇 달이든 마드리드든 어디든, 내가 널 어디든 혈혈단신 보낼 수 없는 거…… 이해 못하겠어?"

"그런 식으로 자기 합리화하지 마. 내가 한 지붕 아래 있는 동안에도 당신의 통제 중독은 변함없잖아."

"……그래서 앞으로 또 탈출하겠다?"

"아니, 당신이 나에게 관심 없어지는 날까지는 그러지 않을 게. 어차피 당신은 한 여자로 만족하지 못하니까 언젠가는 스스로 날 자유롭게 내버려두겠지."

"그럴 리 없겠지만, 설령 다른 여자가 생긴다 해도 넌 곁에 둘 거야. 절대 안 놔줘. 넌 내 소유물이니까!"

그녀의 둔부에 닿아 있던 그의 욕망이 다시 뜨겁게 일어서는 게 느껴졌다. 결코 굴하는 법이 없는 그녀의 말대꾸에 분노가 치민 듯, 알렉산더는 등 뒤에서 그녀의 가슴을 양팔로 껴안고 바짝 끌어당겼다.

"언제까지 이 결혼을 부인할 거지? 언제쯤에나 사실을 똑바로 직시할 거야?"

그의 품속에서 벗어나려 몸부림치는 그녀의 의사를 철저히 무시한 채, 그는 잘 벼려진 단도처럼 단단히 일어선 남성을 뒤에서 힘껏 박아 넣었다.

"넌 날 이길 수 없어."

"읏……!"

화풀이처럼 강제로 안기는 건 싫었다. 알렉시스는 마구 발버둥 쳤지만 그는 언제나처럼 그녀의 거부를 묵살하고 자신의 의지를 관철시켰다. 그녀의 등에 몸을 바짝 밀착시켜 누운 채, 알렉산더는 허리에 힘껏 힘을 주고 세차게 튕겨 올렸다.

"읏, 아, 하아-"

욕정에 사로잡힌 그의 분신이, 방금 전 욕망이 토해낸 잔재에도 불구하고 몸속 여린 속살을 다시 한 번 난폭하게 헤집었다. 알렉시스는 억눌린 신음을 토해냈다. 누가 지배자인지 똑똑히 일깨워주려는 듯, 알렉산더는 젖가슴을 감싸 쥐고 있던 손으로 그녀의 양팔을 등 뒤로 당겨 잡았다. 포로처럼 양팔이 뒤로 결박된 채, 그녀의 완벽한 알몸은 그가 등 뒤에서 사납게 허리를 튕기는 대로 물속 수초처럼 이리저리 흔들렸다.

"알렉시스, 넌…… 내 거야, 하아……."

그는 이번에는 일부러 절정까지 오래 시간을 끌었다. 성난 분신이 뜨겁게 달궈진 인두처럼 그녀의 몸속을 끊임없이, 집요하게 두드려댔다. 멈출 줄 모르는 거센 방망이질에 그녀는 어느 순간 기절할 뻔하다가도 온전히 정신을 놓을 수도 없었다. 그녀의 신음이 잦아드는가 싶으면, 그가 피스톤질에 더욱 박차를 가했기 때문이었다. 그가 움켜쥔 그녀의 군살 없는 허리, 탄탄한 엉덩이엔 난폭한 손아귀 힘으로 붉디붉은 멍이 들어 있었다.

마침내 절정이 찾아들어 그가 그녀를 해방시켰을 때, 그녀는 진이 빠져 고개를 치켜들 기력조차 남아 있지 않았다. 귓가에 와 닿은 낮은 으르렁거림을 끝으로, 그녀는 깊은 잠에 빠져들었다.

"아직 진행 중입니다. 측근에 의하면 저가 항공사이다 보니 상대적으로 웹 보안이 취약한 점을 노려서 제한적 해킹을 걸었고 그사이에 탑승 기록을 삭제한 것 같다고 합니다. 출입국관리부에서 웹 보안 역시 연쇄적으로 해킹되었던 것 같습니다. 아무리 철통 보안이라 해도 오류가 없는 기계는 존재하지 않으니까요."

"분명히 제2의 인물이 있었겠군. 스스로가 체크인, 탑승, 체크아웃 과정을 거치는 동안 기록을 삭제해나갈 수는 없으니까 외부에서 누군가 타이밍을 딱 맞춰서 보안에 접속했겠지."

"말씀대로입니다. 아직 외부에는 알려지지 않았지만 해당 W 항공사는 최근 메이저 L항공사 라인에 합병될 예정입니다."

L사는 거미줄처럼 촘촘히 사업망을 치고 있는 할스트롬 그룹 계열이었다.

역시 미카엘 할스트롬, 그 녀석이 도와준 건가?

아직은 무엇도 명확하지 않았다. 이번 일에는 단순히 어떤 경로로 달아났는지 알아내는 것 이상의, 석연치 않은 뭔가가 있었다. 아무리 그녀가 함구해도 그가 재량껏 알아내면 그만이다. 항상 그래왔다.

"그리고,"

본디 온기 없는 그의 음성이 그 어느 때보다 더 냉랭했다.

"이름이 뭐였지? 그 모델은 이제 접근 금지시켜. 성가시게 굴지 못하게 적정선에서 처리해."

비서는 보스가 이름을 명확히 말하지 않았는데도, 톱모델 스테파니 칼로타에게 제재를 가해야 한다는 사실을 머릿속에 기억해 두었다.

마드리드에서 런던으로 끌려오듯 돌아오기가 무섭게, 다음 날 알렉시스는 알렉산더와 베를린의 F1 그랑프리 행사에 참석해야 했다. 당일 저녁 돌아오는 전용기를 10분간 기다리면서 그녀는 여성 경호원과 함께 공항 일반 라운지의 카페에 앉아 뉴스를 검색하고 있었다. 알렉산더 옆에 있다가는 또 한바탕 싸울 것 같아서 최대한 같이 있는 시간을 줄이고 싶었다.

〈브란젤리나 부부, 1시간에 20만 달러 상당의 지구 대기권 공

중비행 상품 예약〉

알렉시스는 연합 뉴스 구석에 자리한 기사 한 구절에 눈길을 주었다. 현재 개발 중인 해킹 프로그램 완성이 예정되는 수년 후, 그녀 역시 참여해보고 싶은 상품 중 하나였다. 지구상 모든 오지와 미개척지를 다 접수한 뒤 손을 뻗을 정복지가 우주밖에 더 있겠는가. 지구 밖까지 닿아보면 비로소 그녀가 태어나고 존재하는 의미를 이해할 수 있을 것 같았다. 평온한 눈길로 다음 장을 넘기던 알렉시스의 눈이 한순간 흐려졌다.

〈품절남 알렉산더 리오넬과 톱모델 미스 칼로타, 설마 아직도 진행 중?〉

그녀가 마드리드에 잠시 머물 동안 열렸던 아말피 해변 상류층 자선 바자회, 그 사진들 중 그녀의 남편과 빅토리아 시크릿 모델로 한창 활동 중인 스테파니 칼로타가 딱 붙어서 있는 장면이 그녀의 시선을 사로잡았다. 엄밀히 말하면, 아르마니 정장으로 격식을 갖춘 그녀의 남편은 무심한 표정으로 누군가와 악수를 하고 있었고 칼로타는 누드와 별반 다름없는 비키니 차림으로 그의 한쪽 팔에 매달려 있는 모습이었다. 터질 듯 팽팽한 가슴과 엉덩이 중심만 겨우 가린 비키니에 짙은 화장, 요염하기 그지없는 표정을 짓고 있는 톱모델은 누가 봐도 남자에게 정신없이 빠져 있었다. 완전히 넋을 잃은 것 같았다.

'덤벼오는 여자들을 굳이 막지는 않았어. 때가 되면 보내곤 했지만.'

예전에 알렉산더가 가볍게 던졌던 말처럼, 그가 진심으로 막고자 했으면 이런 일도 없었을 것이다. 알렉시스는 조용히 이를 악물었다. 그랬다면, 칼로타가 아직까지 그의 주위에 얼쩡거리지도 않을뿐더러 이런 사진이 버젓이 공공연하게 노출되는 일도 없었을 것이다. 그가 칼로타와 아직도 진행 중일 거라는 생각은 들지 않았다. 그는 결혼 전, 혼외 관계는 완벽히 정리하겠다며 그녀에게 장담한 바 있었다. 설령 그가 약속을 지키지 않고 있다 해도, 적어도 이렇게 세간에 외도를 공공연히 드러낼 만큼 어리석지는 않았다. 칼로타란 모델은 혼자서 헛물켜고 있는 게 분명했다. 하지만 그 역시, 절대 틈을 보이지 않았어야 했다. 적어도 이런 사진은 찍히지 않도록 허술하지 않게 처신했어야 한다. 아무리 나쁜 옛 습관은 버렸어도, 역시 근본적인 개념은 뿌리 깊이 잔재해 있는 걸까.

'지옥 같았어. 생각보다 수색이 훨씬 오래 걸려 불안하고 걱정돼서 미칠 것 같았어.'

'언제까지 이 결혼을 부인할 거지? 언제쯤에나 사실을 똑바로 직시할 거야?'

지난 밤 그녀를 미친 듯 탐하며 그가 내뱉었던 말들이 알렉시스의 뇌리를 빠르게 스쳐갔다.

이 결혼을 정말 아무것도 아닌 걸로 만들고 있는 건 바로 당신이야, 알렉산더 리오넬.

그는 언제까지 원 없이 하렘을 거느리는 술탄놀음에 빠져 있을 셈일까.

"미세스 리오넬, 런던행 전용기가 도착했습니다. 회장님이 기다리고 계십니다."

"왜 그렇게 조용하지?"

한 쌍의 젊은 부부는 아늑한 전용기 안에 대각선으로 앉아 한동안 말없이 서로의 일에만 집중하고 있었다. 노트북으로 몇 가지 일을 처리하고 잠시 한숨 돌리려던 남자는 그제야 아내에게 이목을 집중했다. 그녀가 어느새 자리를 멀찍이 옮겨, 창가 너머 솜사탕 덩어리 같은 구름을 주시하고 있는 것도 이제야 알아차린 듯했다. 알렉시스는 도도한 무표정 아래 뭔가 깊은 생각에 잠겨 있었고 그게 무엇인지 알렉산더는 짐작조차 가지 않았다.

그녀는 도무지 속을 알 수 없고 종잡을 수 없었던 그의 증조부고 조지 리오넬 말버러보다 더한 타입이었다. 어린 나이일 때부터 사람을 다스리는 처세법에 체스까지 포함해 철저히 후계자 교육을 받아왔던 알렉산더는 산전수전 다 겪은 장사꾼 못지않게 상대방의 심리를 간파하는 데 발군의 능력이 있었다. 그럼에도 알렉시스 브로디, 아니 알렉시스 리오넬이라는 단 한 명의 여자는 아직도 그에게 미지의 땅과도 같았다.

"뭘 그렇게 생각하는지 묻잖아."

"……."

그에게 차가운 시선을 힐끔 던진 알렉시스는 대꾸 없이 커다란 이어폰을 꺼내 양쪽 귀를 덮었다. 너 따위 놈과 말 섞을 생각 없어, 마치 그렇게 선언하는 듯한 태도에 알렉산더의 눈에는 점점 험악한 빛이 떠올랐다.

"무슨 짓이야!"

창가로 다시 시선을 주던 그녀는 귀에서 이어폰을 낚아채는 무례한 손길에 매섭게 쏘아붙였다. 알렉산더는 미니 테이블을 사이에 두고 다시 그녀의 정면에 앉아 있었다.

"날 무시하지 말라는 첫 번째 경고."

"이 전용기에는 조용히 음악을 들을 권리 자체가 없어?"

그녀가 이어폰으로 음악을 듣든, 수면을 취하든, 인터넷으로 뭔가를 검색하든 그건 문제가 아니었다. 이번처럼 허락 없이 그의 영향권 밖에 있는 것, 단 하나만 제외하고 그녀가 하고 싶은 것을 강제로 못 하게 하거나 하고 싶지 않은 것을 억지로 시키는 것은 결코 그가 바라는 바가 아니었다. 단지 그녀가 하찮은 벌레 보듯 경멸하는 시선을 자신에게 던졌던 것에 화가 났을 뿐이었다.

"그럴 권리 이전에, 전용기 주인의 질문에 대답을 하는 게 예의겠지?"

"내가 무슨 생각을 하는지."

그녀의 밝은 청회색 동공에 선명한 거부의 감정이 피어올랐다.

"전용기 주인은 알 필요 없어. 이제 대답이 됐지? 아니면 기꺼이 내릴 테니 어디서든 임시 착륙시켜줘."

한껏 비꼴 대로 비꼬는 알렉시스의 냉소에 그는 한쪽 눈썹을 추켜올렸다.

"……대체 뭐가 문제지?"

비행기에 올라탈 때부터 뭔가 심기가 불편하다는 건 눈치챘지만, 항상 그랬듯이 그녀의 의중과 상관없는 이동 스케줄 때문일 거라고만 생각했었다. 그도 베를린에 모처럼 며칠 느긋하게 있고 싶었지만 이제 슬슬 알렉시스와 런던 본가를 방문할 때가 되었기에 당일 밤 비행을 결정한 것이었다. 그러나 갑자기 영국으로 돌아가는 것과 별개로, 그녀는 뭔가 다른 이유로 매우 화가 나 있는 것 같았다. 공항에 도착하기 전까지도 화기애애하진 않았지만 지금처럼 싸늘한 분위기를 조성하진 않았었다. 공항에 온 뒤 뭔가가 알렉시스를 단단히 화나게 한 것이 분명했다. 하지만 그 이유가 대체 무엇인지 짐작도 안 되고 그렇다고 그녀가 순순히 대답할 리도 없으니 알렉산더는 그저 답답할 뿐이었다.

"이유가 뭔지 말해."

당장이라도 발톱을 세우고 달려들 것 같은 암고양이처럼 화가 난 이유.

그 의미를 이해했음에도, 알렉시스는 다시 한 번 멸시의 눈길을 그에게 던지고 테이블에 던져진 이어폰을 다시 집어 들었다. 그 순간 그녀의 손에 들린 이어폰이 바닥에 난폭하게 내팽개쳐지고 미니테이블은 거칠게 쓰러지고 말았다. 테이블 위에 놓여 있던 글라스가 요란한 소리를 내며 떨어졌지만 깨지지는 않았다.

"리오넬 회장님, 괜찮으십니까?"

캐빈 쪽에 대기하고 있던 경호원들이 그 소리를 들었는지 두꺼운 커튼 너머로 황급히 상황을 확인해왔다.

"아무 일도 아냐."

한마디로 경호원들의 움직임을 일축한 그는 알렉시스에게 성큼 다가서서 얼굴을 바짝 마주해왔다.

"후회하게 만들어주겠어, 이 이상 나에게 대들면."

그녀의 귀에 한 글자 한 글자 또렷이 각인시키려는 듯, 알렉산더는 이를 악물고 천천히 뱉었다. 그러나 그 서슬 퍼런 으름장 앞에서 그녀는 일말의 동요도 보이지 않았다.

"……."

대답 대신, 알렉시스는 좌석 옆에 두었던 물 잔을 조용히 들어올렸다. 촤악– 그리고 가볍게 손목을 튕겨서 글라스의 물을 눈앞의 조각 같은 얼굴에 퍼부었다. 한 치의 망설임도 없이 재빠른 동작이었다.

"……커튼이 있어서 다행인 줄 알아."

커튼 너머 경호원들이 하늘 같은 보스의 모멸스런 장면을 보지 못해 다행인 줄로 알라는 의미였다.

알렉시스는 화가 나서 미칠 것만 같았다. 알렉산더가 왕처럼 거만하게 앉아 있는 전용기에 올라타는 순간부터, 그녀는 살의에 불타 그의 멱살을 잡아 비행 중인 상태에서 지상으로 밀어버리고 싶었다. 간신히 화를 억누르며 런던에 도착한 뒤 그를 어떻게 엿먹일지를 포함하여 향후 계획을 궁리하는 데 집중하려 했건만, 그는 정말이지 잠시도 그녀를 평화롭게 내버려두질 않았다. 노트북에 고개를 박고 양손을 초스피드로 놀리는 그의 존재, 그와 한 공간에서 숨 쉬고 있고 그의 숨결과 체취를 바로 옆에서 느낄 수 있다는 사실 자체가 알렉시스의 예민한 신경을 잘근잘근 갉아먹고 있던 참이었다.

"……."

알렉산더는 아무 감정도 드러내지 않은 얼굴로, 목까지 흘러내리는 투명한 물줄기를 손수건으로 조용히 훔쳤다. 일순 무표정해

보였지만 그의 짙은 눈썹이 격노로 가늘게 떨리고 있다는 걸 그녀는 알았다.

자, 대들었다. 어떻게 후회하게 만들어줄 건데?

고용인들 앞에서의 체면을 중시하는 그가 설마 여기서 몸싸움을 벌이거나 강제로 안을 수는 없을 터였다. 물세례에 대한 응징은 런던에 도착한 뒤에나 가능하겠지만, 그녀에겐 그걸 미리 각오하고 걱정할 마음의 여유가 없었다. 알렉시스 자신의 분노가 너무 커서 차후 상황은 안중에도 없었다.

"이제 어떻게 하실 작정이신지요? 이번엔 어디로 끌고 가서 벌을 주실 거예요? 햄스테드 본가? 애스콧 빌라? 아니면 제3의 다른 장소?"

"……착륙까지 기다릴 필요가 뭐 있지."

그녀의 빈정거림 못지않게, 그의 어조에는 여유가 넘쳤다. 말이 끝나기가 무섭게, 알렉산더는 그녀를 억지로 일으켜 세워 머리채를 손아귀에 잡아끌고 좌석 뒷문을 힘껏 열어젖혔다. 그녀가 지금까지 수하물 칸으로만 알고 있었던 공간이었다. 문 안쪽에는 임시 거처와도 같이, 메인 객실보다는 작은 공간 안에 베드와 협탁이 세팅되어 있었다. 가끔 그가 경호원들에게까지 보안을 유지해야 하는 통화나 기내 회의를 할 때 이용하는 또 다른 공간이었다. 등 뒤로 문이 자동으로 둔탁하게 닫히는 소리가 들렸다.

"고용인들 귀는 신경 쓸 필요 없어, 달링. 아주 잘 제작된 방음 도어니까."

잔인하게 내뱉은 알렉산더는 더러운 쓰레기라도 내던지는 양 그녀를 침대 위로 거칠게 내던졌다. 그녀가 몸을 일으키자마자 다시 쓰러뜨리고 그 위에 올라타 상의, 하의 가릴 것 없이 그녀의 몸에 걸쳐 있는 것은 마구잡이로 찢어 내렸다.

"놔–! 이거 놔!"

아무 소용 없음을 알면서도 알렉시스는 죽을힘을 다해 저항했다. 그의 손과 팔을 힘껏 할퀴고 쥐어뜯고 물어뜯고, 발로는 그의 허리와 다리 쪽을 정신없이 발길질해댔다. 그녀의 입에서는 할렘 빈민가에서나 들을 법한 욕설과 저주가 거침없이 흘러나왔다. 물리적으로 그를 당해낼 수 없다는 걸 알면서도, 알렉시스는 이번만큼은 순순히 당해주기 싫었다. 그에 대한 분노가 전신을 지배하다 못해 머릿속이 터져버릴 것만 같았다.

그는 항상 이런 식이었다. 넌 나를 절대 이길 수 없다고, 평소 입버릇같이 해대는 오만한 장담을 입증하는 것 같았다. 그는 항상 이렇게, 그녀보다 한발 더 빨리, 좀 더 높은 곳에서 유리한 위치를 선점하고 그녀를 발아래 쓰러뜨리려 했다.

"다시는 함부로 하지 않겠다고 약속했잖아!"

"기브 앤 테이크야! 네가 감히 날 그따위로 취급하는데 내가 널 여왕처럼 모시길 바라?"

"당신은 그따위로 취급돼도 마땅해!"

"……지독한 계집 같으니."

분노와 성욕이 마치 하나로 이어진 듯, 알렉산더는 그녀의 두 다리를 활짝 열고 동굴 입구를 본격적으로 공격해왔다.

그는 그녀의 동굴 입구에 얼굴을 묻고서 뜨거운 혀와 입술로 민감한 부분들을 한껏 희롱하기 시작했다. 곧이어 훨씬 더 두꺼운 것을 넣기 위한 준비 단계로, 손가락 두 개, 곧이어 세 개가 따스한 동굴 속을 밀고 들어와 빠르게 왕복하기 시작했다. 손가락을 꽉 조이는 익숙한 쾌감에, 단단히 솟아오른 남성이 꿈틀 움직였다. 빨리 그 부드러운 속살 안을 뚫고 들어가 사납게 날뛰고 싶다고 울부짖는 것만 같았다.

"……앗, 하, 아웃……!"

격한 언쟁을 벌이던 조금 전의 모습과는 달리, 알렉시스의 동굴 속은 이미 흠뻑 젖어서, 그의 손가락과 음란한 마찰음을 빚어내며 손가락을 꽉 조여대고 있었다. 빨리 더 크고 두꺼운 것이 들어와 안쪽 깊이, 힘껏 박히길 원한다고 울부짖는 것만 같았다. 그녀의 다짐과는 상관없이, 그녀의 몸과 마음은 그를 격렬히 원했다. 항상 그랬다.

"……."

스스로를 향한 모멸감에, 뺨을 타고 흘러내린 눈물이 베갯잇을 흠뻑 적셔왔다. 그러나 지금 그녀를 사로잡은 분노는, 그에 대해 끝없이 이어져왔던 거부감과 모멸감보다 방금 전 공항에서 보았던 신문의 사진 한 장에 연유하고 있었다. 칼로타란 모델과도 분명 이 전용기를 타고 이 침대에서 한데 뒹굴었겠지. 두 사람이 하나로 얽힌 장면이 뇌리에 떠오르자, 알렉시스는 쾌락으로 하얗게 물들어가던 의식이 다시 현실로 돌아오는 걸 느꼈다. 뜨겁던 몸속도 거짓말같이 차가워지고 있었다.

"알렉산더, 여기서 더 계속하면……."

"……."

그는 흥분으로 붉게 달아오른 얼굴을 한 채 잠시 동작을 멈췄다. 단단히 곤두선 남성을 한 손에 잡은 채, 그녀의 말이 이어지길 기다렸다. 삽입 직전, 그녀의 몸이 무슨 이유에선지 갑자기 경직된 것도 느꼈다. 반항하든 안 하든 강제로 안으려는 의지에는 변함없었지만, 알렉시스의 몸은 그에게 정복되길 명백히 바라고 있었던 상태였었다. 그러나 뭔가가 잘못되었다는 생각에 그의 본능은 잠시 삽입을 늦추고 있었다.

"런던에 도착하는 즉시 변호사를 부를 거야. 브로디 그룹 법률담당 미스터 필 그랜트."

"뭐?"

"여기서는 싫어. 계속 머리에 떠올라서…… 죽어도 싫어! 여기서는!"

알렉시스는 울음을 터뜨리며 고개를 세차게 저었다. 알렉산더는 가까스로 거친 숨을 고르며 입을 열었다.

"떠오른다니, 도대체 뭐가."

"……."

"말을 해, 알렉시스."

그녀가 입술을 깨물고 침묵을 고수하자 그는 그녀의 헝클어진 머리칼을 쓸어 올리며 재차 물었다. 결코 달콤한 음성은 아니었지만 아까처럼 노기에 가득 차 있지는 않았다.

"여기서도 했겠지, 스테파니 칼로타랑……. 싫어. 더럽고 불쾌해."

"……."

"이 손 풀어줘, 빨리."

어제 그가 신문 가십란을 보고 비서에게 처리하라고 했던 천박

한 금발의 존재가 그의 뇌리에 떠올랐다. 알렉시스가 아까 공항 라운지에서 어제 날짜의 보도 기사를 본 모양이었다. 알렉산더는 말없이 그녀의 양 손목을 결박한 스커트 자락을 풀어냈다. 그런 뒤 그녀의 눈물을 혀로 핥아내고 붉게 물든 입술에 입을 맞췄다. 평소의 거친 키스와는 달리, 믿을 수 없을 만치 너무나도 부드러운 입맞춤이었다.

"싫다고 했잖아! 그만해-!"

그가 삽입을 강행할 움직임을 보이자 알렉시스는 그를 밀어내며 격렬히 저항할 태세를 보였다. 그녀가 그를 다시 때리고 할퀴려들자, 알렉산더는 양 손목을 꽉 잡고 그녀를 달래려 애썼다.

"알렉시스, 난 여기서 그 여자와 아무것도 안 했어."

"……."

"내 말 믿어. 애초에 여기서뿐 아니라 그 여자와 잔 적이 없어. 이 전용기에 여자를 태운 사실 자체가 없고. 어제 해당 언론사와 기자에게 정식으로 법적 조치를 취했어. 자선 바자회에서 난 누군가와 인사 중이었어. 그때 그 여자가 갑자기 매달렸고 그 빌어먹을 기자는 일부러 오해 살 만한 사진을 찍은 거야."

"……."

"믿어. 싫든 좋든 난 지금 널 가질 거야, 무조건. 하지만 네 오해는 풀고 싶어."

알렉산더는 눈물 자국으로 얼룩진 그녀의 양 뺨을 손으로 부드럽게 감싸고 입을 맞췄다. 열정적인 키스가 이어지고 그녀의 전신을 감싸는 그의 애무는 그 어느 때보다 부드럽고 사랑에 넘쳤다.

어째서일까. 알렉시스의 온몸은 그의 손길에 녹아내리고 깨기 싫은 달콤한 꿈에 빠져 있는 듯 몽롱함에 젖어들었다. 강제로 자신의 욕망을 채울 거라 생각했지만, 그는 굳이 자신의 결백을 주장하고 그녀가 믿을 것을 강하게 채근했다. 이건 그 나름의 결벽증일까, 거짓으로 위장한 최소한의 배려일까.

"아— 앗! 하……."

이내, 커다란 그의 것이 애액으로 넘실거리는 몸속 깊이 밀려왔다. 미끄러지듯 빠르게 들어온 남성은 가뜩이나 좁은 질 속에서 더욱 팽창해, 여린 속살과 점막을 사정없이 압박해왔다. 뒤로 후퇴했다 다시 들어와 자리 잡은 욕망은 철벅철벅 소리를 내면서 앞뒤로 서서히 움직였다. 천천히 움직이는 대신, 한 번 앞으로 찔러 올릴 때마다 그 강도가 너무 거세어 침대가 부서질 듯 크게 요동쳤다.

"아! 아! 핫! 아—!"

그가 허리를 위로 밀어붙일 때마다 그녀의 입에서는 새된 비명이 한 음절씩 흘러나왔다. 두 남녀의 가쁜 숨소리, 맞물린 살갗 아래 그녀의 허벅지 안쪽에 퍽, 퍽 부딪치는 둔탁한 소리가 규칙적으로 공기 중에 음란하게 얽혔다. 움직임 사이사이 그녀의 우아한 목선과 쇄골, 겨드랑이와 그 안쪽 보드라운 살, 군살 하나 없이 탄탄한 아랫배와 허리선, 둥근 젖가슴에 애정을 표현하는 것도 잊지 않았다.

그는 특히 그녀의 완벽한 가슴이 미쳐버릴 만큼 좋았다. 그의 커다란 손바닥 한가득 꽉 들어맞는 연분홍빛 풍만한 젖가슴, 젖꼭지는 그의 혀와 손길 아래 때로는 살구색으로, 때로는 붉게 물들어 그의 달아오른 남성을 한껏 흥분시키곤 했다. 공식 석상에서 남자들이 그녀의 가슴을 찬탄의 눈길로 훔쳐볼 때마다, 그는 놈들의 눈알을 죄다 뽑아버리고 싶었다.

알렉산더는 거세게 허리를 움직이는 동시에, 소유욕에 불타는 손길로 그녀의 젖가슴을 한참이나 괴롭혀댔다. 잠시 후 그가 뒤로 몸을 젖히자 아직 터질 듯 팽창해 있는 남성이 애액에 흠뻑 젖어 그녀의 몸속에서 스르륵 빠져나왔다. 알렉산더는 그녀의 몸을 뒤집어 엉덩이를 뾰족하게 세운 자세로 그녀를 엎드리게 했다.

"그대로 있어."

언제나와 같은 명령조였지만 그는 그녀의 등과 엉덩이가 만나는 둔덕, 탄력 있게 솟은 양쪽 엉덩이에 부드럽게 키스했다. 그의 입맞춤에 엉덩이가 붉게 물드는 걸 그는 만족스런 눈으로 보다가 단단한 남성을 엉덩이 사이 붉은 속살 안으로 밀어 넣었다. 처음보다 한결 더 격한 삽입에, 그녀는 숨을 훅 들이마시고 억눌린 신음을 토해내었다.

"읏…… 아, 아!"

굵직한 욕망의 기둥이 수직으로 곧게, 깊이 몸 안으로 들어오자 알렉시스는 고통스런 쾌감에 몸부림쳤다. 숨을 쉬기 힘들 정도로 아픈 동시에, 몸속을 찔러오는 남성의 모양과 혈관의 떨림까지 온몸으로 느껴지는 쾌감에 머릿속이 새하얗게 물들어갔다. 어느새 내장을 짓누르는 듯했던 고통은 점차 옅어지고 그의 남성이 몸속을 가르고 가장 깊은 내벽을 꾹꾹 도장 찍듯 부딪혀오는 쾌락만이 생생했다. 알렉산더의 짐승 같은 으르렁거림이 그녀의 귓가에

꿈결처럼 들려왔다.

"아, 알렉시스…… 미칠 것 같아……!"

정말 미치도록 좋았다. 질 안의 속살이 불끈 솟은 남성 위에 흡착하듯 쫙 달라붙고 있었다. 그는 쾌감에 사로잡혀 연신 신음을 내뱉었다. 최대한 부드럽게 하려던 처음 의도와는 달리, 알렉산더는 어느새 그 자신이 욕망의 노예가 되어버린 듯 정신없이 그녀를 몰아치고 있었다. 그의 허리가 자아내는 관능적인 리듬은 멈출 줄을 몰랐다. 그녀 몸속 깊이, 바삐 오가는 움직임은 끝없이 계속되었다. 마침내, 절정을 향해 질주하던 그는 이 악물고 이성의 마지막 끈을 놓아버렸다. 뜨거운 사정액의 파도가 그녀의 몸속 깊이 들어간 뒤로도, 그는 한참 동안 그녀의 몸에서 자신을 빼내지 않았다.

"알렉시스……."

"……."

강렬한 절정에의 환희에, 그녀는 이미 정신을 놓은 상태였다. 시계를 보니 아직 런던까지는 1시간 남짓 남아 있었다. 격렬히 사랑을 나눈 뒤의 짧은 오수를 즐기기엔 충분한 시간이었다. 그는 쌔근쌔근 아기처럼 잠든 아내를 등 뒤에서 꼭 끌어안았다. 지금까지 그녀와 수없이 가졌던 절정 중 단 한 번도 만족스럽지 못한 적은 없었다. 방금 전의 절정 역시, 그가 그녀와 함께 나누었던 최상의 환희들 중 하나였다. 몸과 마음을 온전히 충족시킨 것 같은, 다른 어느 여자와도 경험하지 못했던 특별함이 있었다.

알렉산더는 당장이라도 그녀를 깨워서 묻고 싶은 게 있었지만, 아기 같은 평온한 숨소리를 들으니 그럴 수도 없었다. 그는 묻고 싶었다. 칼로타인지 칼리타인지 정확히 이름도 기억 못하는 그 모델의 존재가 알렉시스에게 어떤 의미였는지. 자신이 그 모델과 여기 이 침대에서 뒹굴었을 거라 오해했던 것 자체엔 무리가 없었다. 실제로 결혼 전후 언론에선 모니카 해밀턴과 그 모델을 나란히 도마 위에 올리며 가십거리로 떠들어대었다. 알렉시스도 그 기사들 중 하나를 통해 그들의 관계를 의심하고 오해하고 있었던 것 같았다. 그러나 그 오해가 왜 그녀를 그토록 화나게 했는지, 그는 묻고 싶은 마음에 답답해 미칠 것만 같았다.

'여기서는 싫어. 계속 머리에 떠올라서…… 죽어도 싫어! 여기서는!'

'여기서 했겠지, 스테파니 칼로타랑……. 싫어. 더럽고 불쾌해.'

그녀의 입에서 그런 말이 나오다니 그는 아직도 믿을 수 없었다. 그리고 그 말을 들었을 때 그가 얼마나 기뻤는지 스스로도 놀랄 정도였다. 하늘을 날아오를 듯 기쁘고 그녀가 사랑스러워 주체할 수 없을 지경이었다.

"말해봐."

곤히 잠들어 대답 없는 그녀의 귓가에 대고 그는 조용히 속삭였다. 정신이 들면 그녀는 또 평소의 얼음 여왕 알렉시스로 돌아가버릴 테고, 그는 대답을 들을 수 없을 게 뻔했다. 설마 누구나 자연스레 유추하게 될, 바로 그 이유가 맞는 걸까?

질투. 그녀는 정말 그 모델과 자신의 관계를 질투한 걸까? 다른 여자들처럼, 사랑에 빠진 모든 여자들과 다를 바 없이…….

그는 어느새 어둑해진 구름 속 하늘을 바라보았다. 내일부터는 또 치열하게 싸우고 사랑을 나누고 또 서로를 잡아 뜯을 듯이 싸우는 똑같은 패턴이 또 되풀이될 것인지, 만약 그렇다면 도대체 이 애증의 악순환은 언제까지 계속되어야 할지 그는 알고 싶었다. 하지만 만약 그가 오늘 느낀 것이 맞다면, 그가 바라는 결말이 조금은 더 빨리 다가올지 모른다고 그는 희망을 품었다.

현재, 런던.

알렉산더 자신은 항상 그런 식이었다. 그 당시엔 그녀에 대한 마음이 사랑의 일그러진 형태임을 의식하지 못하고 있었다. 그녀가 순순히 자기에게 빠져들지 않는다는 초조함에, 그는 언제나 강제로 그녀를 탐하고 통제하고 가두지 못해 안달 나 있었다. 어째서 좀 더 솔직히 다가가지 못했을까. 넘칠 듯한 애정을 왜 그런 식으로만 표현하고 폭주했을까.

그는 법의 보호선을 넘지 않는 이상, 자신의 이익과 만족만을 추구하며 철저히 비도덕적이고 비윤리적으로 살아왔다. 타고난 능력과 리오넬 그룹 젊은 총수라는 철옹성 같은 배경을 업고서, 그가 자본주의 하늘 아래 가질 수 없는 것은 아무것도 없었다. 알렉시스 역시 순순히 손안에 들어오지 않자 그는 누구도 상상할 수 없는 비열하고 잔혹한 방법들을 써서 그녀를 자기 것으로 만들고, 그녀의 몸과 마음을 서슴없이 유린해왔다. 끝없는 집착과 삐뚤어진 소유욕에 가득 찬 나머지, 자신의 만행에 대해 스스로도 자각하지 못했던 시간들이었다. 마음이 없는 섹스는 무의미하다는 궤변을 내세워 결혼 후에도 다른 여자를 안으려는 추악한 행위까지 저질렀다. 그로 인해 알렉시스에게 더할 수 없는 깊은 상처를 주었다.

알렉산더는 뒤늦은 깨달음과 후회에 가슴이 미어질 것 같았다. 그러지 말았어야 했다. 서서히 진실한 마음을 보여주어 그녀의 신뢰를 천천히, 조금씩 얻었어야만 했다. 그랬다면 그들에게 이런 상황은 닥치지 않았을 것이다. 알렉시스의 목숨이 위험할 수 있는 이런 상황에서, 그녀의 행방조차 모른 채 이렇게 심장이 바짝바짝 타들어가는 고문은 당하지 않았을 것이다. 다시 시간을 되돌릴 수만 있다면, 그는 악마에게 영혼이라도 팔 수 있을 것 같았다.

만약 알렉시스에게 무슨 일이라도 생긴다면……!

알렉산더는 스스로에게 몇 번이고 장담할 수 있었다. 그는 단 하루도 살 수 없을 것이다. 사랑 없이는 목숨을 부지해도 알렉시스 없이는 단 한순간도 살아 있을 의미가 없었다. 그래서 지금은 알렉시스의 안전이 무엇보다 최우선이었다. 알렉산더는 그녀가 파리에서 마드리드로 갈 수 있었던 경로와 배후가 왜인지 자꾸 마음에 걸렸다. 어쩐지 6년 전 당시의 사건, 그리고 현재의 상황과 보이지 않는 어떤 실로 연결되어 있다는 느낌이 들었다.

"이런 멍청한…… 왜 그 생각을 못했지!"

그 순간 알렉산더의 뇌리를 퍼뜩 스쳐가는 것이 있었다. 전용기였다. 당시 어느 항공사나 공항에서도 그녀의 탑승 기록이 조회되지 않았던 이유는 단 하나밖에 없었다. 누군가의 전용기를 이용한 것이다. 알렉산더는 급히 비서에게 연락해, 당시 파리에서 마드리드행 운항을 통보한 모든 전용기와 각 소유주에 대해 곧바로 조사에 착수할 것을 지시했다. 개인이 소유한 전용기라도 기본적인 운항 허가와 출입국 허가는 필수 요건이었다. 그때 마드리드 공항 근처에 착륙지 신고가 된 전용기의 리스트를 확인하면, 그중 한 명은 분명 알렉시스와 연관된 인물이리라.

알렉산더는 뭔가 손에 잡힐 듯, 잡히지 않는 희미한 단서의 자락 끝을 움켜쥔 기분이었다.

6화. 너를 찾아서

"애야……."

"방금 한 말들은 도대체 뭐죠? 가장 잔인한 방법으로 저를 죽이라고, 누군가가 아저씨에게 시켰고 아저씨는 그 대가로 돈을 받기로 했다는 얘기인가요?"

황급히 전화를 끊어버린 빅토르 드카첸코는 눈앞의 소녀를 차마 똑바로 바라보지 못하고 고개를 떨궜다. 보면 볼수록 소녀의 청회색 눈동자는 그의 딸 제냐와 꼭 닮아 있었다.

"아저씨, 모든 것을 말해주세요!"

소녀가 충격을 받을까 싶어서 빅토르는 이 모든 상황을 만들어낸 장본인에 대해 감히 말할 수가 없었다. 그는 잠시 입술에 잔경련을 일으키다 자신이 소녀의 집요한 추궁을 견디지 못할 것임을 깨달았다. 그는 의뢰인에 대해서는 선의의 거짓말을 하기로 마음먹었다.

"누가 이 일을 시켰는지는 나도 모른단다. 하지만…… 난 내 딸 제냐가 자꾸 생각나서 차마 널 해칠 수가 없었어."

빅토르는 의뢰인의 정체만 제외하고 모든 것을 털어놓았다. 어차피 소녀는 어설프게 속여 넘길 수 있는 어수룩한 아이가 아니었다.

"처음에 널 시베리아 예카테린부르크로 데려왔었어. 하지만 차마…… 원래 계획대론 할 수가 없어서 널 여기로 데려왔어. 여기는 아이슬란드야."

"아이슬란드? ……레이캬비크인가요?"

"그래."

잃어버린 기억의 베일은 그녀가 생각했던 것보다 훨씬 더 빨리, 명료히 그 실체를 드러내고 있었다.

알렉시스는 갑자기 밀려드는 기억의 편린들에 머리를 감싸 쥐고 비명을 질러댔다. 잠시 선잠에 빠졌다 악몽으로 가위에 눌린 사람처럼, 알렉시스는 렌터카 운전석 옆 좌석에서 발작과도 같은 움직임을 보였다. 하지만 머릿속은 하얀 백지처럼 이미 기억의 조각들은 어디론가 사라진 상태였다. 머리가 깨질 것 같은 극심한 두통에 알렉시스는 전신을 바들바들 떨면서 고통을 호소할 뿐이었다.

"알렉시스! 왜 그래? 앨리!"

미카엘은 난생처음 보는 그녀의 공황 상태에 급하게 핸들을 꺾어서 도로 가장자리에 차를 세웠다. 그는 품속의 그녀를 꼭 끌어안고 그녀의 몸이 떨림을 멈출 때까지 다독여주었다. 아까 할그림스키르캬 교회에서의 습격 사건으로 정신적 충격이 아직 채 가시지 않은 것 같았다. 부디 후유증이 생기지 않기만을 바랄 뿐이었다.

　미카엘은 자세한 상황은 전혀 몰랐지만, 아까 일로 알렉시스가 어떤 위험에 처해 있다는 사실만은 짐작할 수 있었다. 그녀는 공항 커피숍에서부터, 뭔가를 숨기려 하는 것처럼 이상한 낌새를 보이고 있었다. 그리고 아까 그녀를 노렸던 괴한과 검은 슈트 차림의 경호원 한 무리. 미카엘 자신과 단둘이서만 동행하겠다는 말이 그녀의 입에서 떨어지는 순간부터, 그는 자신의 개인적인 일은 모두 미루기로 이미 작정한 상태였다. 단순히 경호원 무리를 떼어내기 위한 구실이었을 수 있지만, 미카엘은 이대로 알렉시스를 내버려둘 수 없었다. 어떤 의미로든, 그녀가 자신을 필요로 하고 있었다.

　미카엘은 맞닿은 온기와 떨림을 통해 그녀의 절박함을 생생히 느낄 수 있었다. 아무리 용감하고 똑똑한 여자라고 해도 이제 겨우 20살에 불과한 그녀였다. 미카엘은 알렉시스가 조금 진정되면 자세한 상황을 들어보고, 그녀에게 최대한 도움이 되어줄 수 있게끔 지원해줄 생각이었다.

　"이제 괜찮아?"

　"……."

　적막만이 흐르고 한참 뒤, 알렉시스의 떨림이 잦아들자 그는 조심스레 물었다. 알렉시스는 그제야 자신이 미카엘의 품 안에 있다는 걸 깨닫고 그에게서 몸을 떼어 조금 뒤로 물러나 앉았다.

　"괜찮아……. 악몽을 꿨어. 여기는 어디야?"

　"글쎄…… 지도를 좀 봐야 할 것 같아. 거기서부터 무작정 달려왔거든."

불빛이라곤 하늘 위의 총총한 별뿐인, 암흑과도 같은 2차선 도로 옆 언덕배기에서 잔진한 물소리가 들렸다. 아이슬란드 국토 어디서나 흔하게 접할 수 있는 작은 폭포가 멀지 않은 곳에 있는 것 같았다.

아이슬란드는 지열을 이용해 전기를 끌어 쓰는 만큼, 에너지는 풍족한 데 비해 불필요한 전원은 거의 없었다. 그래서인지 일단 해가 떨어지면 레이캬비크나 아쿠레이리 같은 대도시를 제외하고는 태초의 어둠 속에 있는 것 같은 분위기를 자아내고 있었다. 레이캬비크에서 해안선을 따라 곧장 동쪽 아래로 내려왔으니 아마도 조금 더 가면 해안 마을 비크(Vik)가 나올 것 같았다.

"비크엔 숙소들이 있을 테니까 조금만 더 가자. 괜찮겠어?"

하지만 알렉시스는 고개를 설레설레 저었다.

"아니, 미카엘. 여기까지야."

그녀는 오랜 친구를 자신의 일에 휘말리게 하고 싶지 않았다. 혼자서는 역부족임을 알았지만 더 이상 그의 감정을 이용하고 싶지 않았다.

"미카엘, 아까 그건 경호원들을 따돌리려고 즉흥적으로 한 말이야. 날 구해줘서 정말 고마워. 아무리 감사를 표시해도 부족할 정도란 거 알아. 그래서 널 더 끌어들이고 싶지 않아. 난 괜찮으니까 이제 여기서 헤어지자……."

"말도 안 돼! 아까 그걸 목격하고도 널 혼자 가게 내버려두라고? 아까 네 말처럼, 난 네가 무사히 런던에 돌아갈 때까지 여기서 너랑 동행할 거야!"

"하지만 원래 여기서의 네 일정이 있잖아. ……난 더 이상 폐 끼치고 싶지 않아."

"어차피 영화 로케 현장 살펴보는 거였어. 내가 안 간다고 해서 촬영에 지장 있는 것도 아니야."

"하지만 나 때문에 너도 하마터면 큰일 날 뻔했잖아! 내 생명의 은인이라 감사한 마음은 말로 다 표현할 수 없지만…… 아무 관련 없는 네게 더 이상은 피해를 주고 싶지 않아."

"앨리, 뭐라고 말해도 난 절대로 너만 혼자 두고 못 가. 네가 런던으로 무사히 돌아갈 때까진 난 네 옆에 있을 거야."

"……."

미카엘의 단호한 선언에 알렉시스는 더 이상 아무 말도 할 수 없었다. 그는 항상 온화하고 주장이 강하지 않은 편이었지만, 어쩌다 한 번 결심을 굳히면 그 무엇에도 고집을 꺾지 않았다. 알렉시스는 반쯤 체념한 채 카시트에 몸을 묻었다. 레이캬비크의 호텔에 캐리어를 두고 와 어차피 그녀의 수중에 있는 것은 신용카드와 약간의 현금, 작은 손가방 안의 기본 용품들뿐이었다. 신용카드는 퍼디난드 리오넬이 마련해준 것이었지만, 혹시라도 알렉산더에게 추적되지 않을까 싶어서 꼭 필요한 비상시가 아니면 절대 쓰지 않을 생각이었다.

"미카엘."

"응."

"이 은혜는 꼭 갚을게."

"그래. 런던에 가면 차용증서 보낼게."

벌꿀색 눈에 장난기가 스치고 지나갔다. 그의 웃음은 칠흑과도 같은 아이슬란드의 어둠 속을 환히 밝혔다.

너의 사랑을 받게 될 여자는 세상에서 가장 행복할 거야, 미카.

알렉시스는 새삼 속으로 되뇌며 창밖의 컴컴한 하늘을 올려다보았다.

미카엘, 널 사랑하게 되었다면 어땠을까.

하지만 사람의 마음이란 건 정말 의지와는 상관없이 목적지를 정하게 되어 있다.

세간에 회자되는 별칭 '더 데빌(The devil)'처럼 악마 같은 알렉산더 리오넬. 자신은 애초에 왜 그런 남자에게 끌려서 강압적으로 연인이 되었다가 결혼까지 이르게 되었을까. 알고 보니 그녀도 단순히 나쁜 남자에게 끌리는 부류의 여자였기 때문에? 그건 아니라고 단언할 수 있었다. 지난 3년 가까운 시간 동안, 알렉산더를 사랑한다고 절감했던 순간들 중에 그가 악마처럼 행동했던 적은 단 한 번도 없었다. 그가 악마처럼 행동할 땐 죽이고 싶을 정도로 미웠지만, 결국은 자신도 모르게 그를 향해 커져왔던 애정이 그 증오를 이겨버린 것이다.

"다 온 것 같은데? 비수기라 숙소가 바로 있길 바라지만, 일단 제일 먼저 보이는 곳으로 가자."

미카엘의 말이 그녀의 상념을 깨뜨리고 다시금 현실로 돌아오게 했다.

그들은 비크(Vik)라는 조그만 해안 마을에 이르러 있었다. 드문드문 불빛이 비치는 비크는 태곳적 자연의 모습을 고스란히 간직

하고 있는 고즈넉한 마을이었다. 어차피 그들이 평소에 묵곤 하는 최하 5성급 호텔 정도의 숙박지는 없는 곳이라, 미카엘은 차에서 말한 것처럼 가장 먼저 눈에 띄는 펜션 스타일의 건물로 그녀를 이끌었다. 신화의 나라답게 신들과 요정이 머물다 갈 법한 검은 바위 레이니스드란가르(Reynisdrangar : 아이슬란드 비크 마을의 손가락 모양 거대암석)가 달도 없는 어두운 하늘 저 멀리 눈 안에 들어왔다.

"미카엘 할스트롬이 타깃 옆을 좀처럼 떠나지 않아 접근이 수월치 않습니다. 어떻게 할까요? 그 역시 타깃과 함께……."

"아니, 섣불리 둘 중 하나만 살아남았다가는 더 골치 아파져. 미카엘 할스트롬도 그리 만만한 상대는 아니야. 나름 후계자 훈련을 받아서 웬만한 육탄전도 잘 버텨낼 거야."

"그럼 기약 없이, 할스트롬과 헤어져 혼자 있게 될 때까지 기다리는 게 낫겠습니까?"

"선택의 여지가 없지. 내가 보기엔 그 계집이 런던으로 돌아올 때가 최적의 기회야."

"알겠습니다."

"리오넬 2세는?"

"별다른 움직임은 포착되지 않았습니다. 하지만 워낙 은밀하고 용의주도해 실제로 뭔가를 꾸미고 있다 해도 파악이 용이하진 않습니다."

속삭임에 가까운 두 사람의 대화를 가로막은 것은 또 다른 고용인, 그리고 뒤에서 들려오는 익숙한 발걸음 소리였다.

"오셨습니다."

발소리의 주인공이 테라스에 이르기 직전, 명령하는 쪽은 공손한 자세로 서 있는 다른 그림자에게 눈짓으로 짧게 명했다. 눈치 빠른 그림자는 곧 시야에서 완전히 사라졌다. 명령하던 그림자는 자리에서 일어나 발소리의 주인공을 반가이 맞이했다. 아직 숨 쉬고 살아갈 유일한 이유, 세상에서 가장 사랑하는 존재를 향해서, 그림자는 이전까지와는 완전히 다른 사람처럼 변모했다. 누가 봐도 온화하고 기품 넘치는 미소가 그림자의 얼굴을 가득 채웠다.

"이제 슬슬 알려줄 때가 된 것 같은데―"

나른한 몸을 쭉 펴고 기지개를 켜던 말버러 공작은 런던 도심 한가운데 앞뒤가 차들로 꽉꽉 막혀 있는 창 너머를 지루한 듯 바라보았다. 감정 없는 눈이었지만 내심 마음이 심란했다. 방금 리오넬 본사 맨 꼭대기층 집무실에 들러, 흡사 기절한 것처럼 소파에 쓰러져 자고 있는 아들의 모습을 일견한 뒤 그의 마음은 꽤나 약해져 있었다.

'저렇게 계시다 정말 큰일 날 것 같습니다. 집무실 밖으로 한 발짝도 나가지 않으시고 아무것도 드시지 않습니다.'

아들이 스페츠나츠와 모사드 인맥들을 총동원해 알렉시스의 행방을 수색하고 있다는 것은 익히 알고 있었다. 아무래도 그가 자신 앞에 무릎 꿇고 애원했던 것은 그럴싸한 연기도 아니고 순간의 감정에 휩쓸린 충동적인 행동도 아니었던 모양이었다.

"네가 드디어 임자를 만났구나, 아들."

노신사는 퇴근 시간 러시아워를 만나 부쩍 혼잡해진 런던 다운타운 풍경에서 눈을 떼고 운전석의 비서에게로 시선을 돌렸다.

"애들에게 연락해서 '아이슬란드 키워드'를 슬쩍 흘리라고 말해라. 습격 사건이나 현재 동행인의 신상까지 모두."

"알겠습니다, 보스."

아들은 그 이후로 단 한 번도 자신을 찾지 않았다. 한 번쯤은 더 쳐들어와서 애비 멱살을 잡거나 발 앞에 엎드려 통곡할 줄 알았건만, 그는 좀 먼 길을 돌아가더라도 자신의 힘으로 찾아내는 쪽을 택한 것 같았다. 좋은 징조였다. 브로디가 돌연변이가 -그녀의 조부 악셀 브로디가 처음에 손녀를 지칭했던 표현이었다- 도무지 답이 없던 그의 아들 알렉산더를 천천히, 그러나 확실히 변화시키고 있었다.

이틀이란 시간이 바람처럼 흘러갔다. 영화 '인터스텔라', '월터의 상상은 현실이 된다' 등의 수많은 작품들의 배경이 된 아이슬란드답게, 조그만 해안 마을 비크(Vik) 역시 드래곤이 주인공으로 나왔던 애니메이션의 배경지로 잘 알려져 있었다. 흑색의 고운 모래가 살포시 내려앉은 비크의 해변에선 노을마저 어둑어둑 먹빛을 띠고 있었다. 수평선 저편부터 조금씩 다가오던 감청색과 흑빛 섞인 노을은 이내 빠른 속도로 하늘을 장악해갔다.

"그래서…… 조금씩 퍼즐의 조각들이 맞춰지려 하고 있어."

"결국 직접적인 설명은 하나도 해주지 않는구나. 그렇게 애매

모호한 말만 계속하고…….”

"미안해, 지금은 아무것도 말할 수 없어. 나중에…… 아주 나중에 일이 해결되면 그때 꼭 이 모든 은혜 갚을게. 약속해."

미카엘은 대답 없이 잠잠히 있다가, 어둠 속에서 더 또렷이 윤곽 잡힌 레이니스드란가르를 멀리 가리켜 보였다.

손가락 갈퀴 모양의 암석은 신비함과 위용 모두 갖추고 바다 위에 우뚝 서 있었다. 그 자체만으로 신화의 한 장면 같았다. 미카엘은 조금 더 침묵을 지키다 입을 열었다. 장난기 하나 없이 진지한 음색이었다.

"알렉시스, 이런 상황에 이런 말을 하는 건 반칙인 거 알아."

그녀가 하필 자신의 도움을 받고 있는 상황에서 할 법한 말은 아니라고 스스로를 질책하는 것 같았다.

"알렉시스, 난 널 사랑해. 아주 오래전부터 사랑해왔어."

"미카엘."

"잠깐, 내 말 끝까지 들어줘. 너도 이미 예전에 내 감정 눈치챘을 거야. 내가 리오넬의 등장으로 잠시 혼란스러워할 사이, 넌 어느새 그와 연인이 되고 결혼에까지 이르게 되었지. 그래서 난 그저 무기력한 나 자신만 확인할 뿐 아무것도 할 수 없었어."

미카엘은 일부러 담담함을 유지하려 건조한 목소리로 말을 이었다.

"네가 어떤 결혼 생활을 해왔는지 정확히는 몰라도, 네가 리오넬과 함께 여기 오지 않았다는 건…… 난 많은 걸 의미한다고 생각해. 그 남자의 무서울 정도의 집착…… 그게 사랑의 다른 형태인지 단순한 소유욕일 뿐인지는 나도 정의 내릴 수 없어. 하지만 네가 행복하지 않다는 것만은 분명해."

미카엘은 그녀 쪽을 돌아보았다. 달도 뜨지 않은 캄캄한 해변의 하늘 아래에서도 알렉시스의 옆얼굴은 선명한 윤곽을 드러내 보였다.

"알렉시스, 난 네가 현명한 결정을 하길 바라. 그래서 행복해지길 원해."

"미안해, 미카엘."

아주 오랜 시간이 흐른 것 같은 수 초 뒤, 알렉시스는 검은 파도에서 시선을 떼지 않고 말했다.

"저기 저 레이니스드란가르는 트롤의 손이래. 낮에는 손을 바닷속에 담그고 있다가 사람들이 모두 자고 있는 밤에 나머지 손을 다 들어 올려 마을로 슬그머니 들어온다지. 그래서 밤에 자지 않고 배회하는 아이들을 그 큰 손으로 들어 올려 데려갔다고 하는데, 이건 왠지 신화라기보다 일부러 만들어진 이야기 같아. 옛날이 마을의 부모들이 잠자지 않고 보채는 아이들에게 겁을 주기 위해 만들어진 거지. 알다시피 트롤은 신화상 가장 끔찍한 괴물이니까. 그런데 나는."

알렉시스의 음성이 조금씩 잠겨들었다.

"알렉산더가 설령 트롤보다 더 끔찍한 괴물이라 해도…… 나는 그를 떠나지 못할 것 같아."

"……."

그들 주위에는 사람의 그림자 하나 없이 고요한 정적만이 언제까지고 흐르고 있었다. 밀려갔다 다시 밀려오는 검은 해안의 파도 소리만이 간헐적으로 그 정적을 깨뜨릴 뿐이었다.

"알렉시스, 난 언제까지나 그 자리에 있을게. 이게 내가 전하고 싶은 단 한마디야. 네가 혹시 날 필요로 하면…… 나는 언제나 그 자리에 있을 거야. 그 한 가지만 기억하고 있으면 돼."

"미카엘, 넌 정말 최고의 남자야. 그리고……."

알렉시스는 우는 것도, 웃는 것도 아닌 묘한 표정으로 웃었다.

"최고의 친구야."

"……."

"유치하게 들릴 수도 있지만 난 알렉산더…… 그에게서 뭔가 운명적인 걸 느껴. 강하게 이어진 운명 같은 것. 그래서 그를 떠날 수 없을 것 같아."

하지만 나는 그를 떠날 거야.

알렉시스는 그 뒤의 말은 차마 소리 내어 말하지 못했다. 혹시라도 미카엘에게 실낱같은 희망을 쥐여주면 안 되었기에. 그건 미카엘에게 최악의 짓을 저지르는 것이나 다름없었기 때문이었다. 그녀가 알렉산더를 떠나도, 미카엘의 제안을 받아들일 수는 없었다. 그는 오래전이나 지금이나 그녀의 좋은 친구였다. 그들이 살아 있는 동안에는 그렇게 구축된 관계가 변할 가능성은 없었다.

"감기 걸리겠다. 들어가자."

미카엘은 아무 일도 없었던 것처럼 밝은 목소리로 자리를 훌훌 털고 일어섰다. 그의 뒤를 따라 호텔로 향하는 중, 알렉시스는 이제 미카엘을 보내야 할 때임을 알았다. 내일 날이 밝으면 그를 더 이상 자신의 위험으로 끌어들이지 말고 그의 세상으로 돌려보내야 한다고 그녀는 속으로 다짐했다.

"누가 이 일을 시켰는지는 나도 모른단다. 하지만…… 난 내 딸 제냐가 자꾸 생각나서 차마 널 해칠 수가 없었어."

빅토르는 의뢰인의 정체만 제외하고 모든 것을 털어놓았다. 어차피 소녀는 어설프게 속여 넘길 수 있는 어수룩한 아이가 아니었다.

"처음에 널 시베리아 예카테린부르크로 데려왔어. 하지만 차마…… 원래 계획대론 할 수가 없어서 널 여기로 데려왔어. 여기는 아이슬란드야."

"아이슬란드? ……레이캬비크인가요?"

"그래."

소녀는 나머지 상황을 파악하려 두뇌를 바르게 회전시켰다. 그녀가 마지막으로 기억하고 있는 것은 마드리드 국제학교 동기들과 러시아 모스크바 붉은 광장을 거닐고 있을 때였다. 마드리드 국제 아카데미는 러시아 모스크바 국립대학과 결연을 맺고 있었고, 그들은 대학교 견학 및 세미나를 마치고 붉은 광장에 삼삼오오 모여 사진을 찍고 이리저리 주위를 둘러보고 있던 차였다.

그녀가 잠시 일행으로부터 떨어져 화장실을 이용하러 광장의 굼 백화점 안에 들어서려 할 때였다. 백화점 후문 쪽 거의 인적 없는 곳에 세워져 있던 차에서 한 남자가 다가와 그녀에게 쪽지를 내밀었다. 길을 물으려고 하는 것 같아서, 러시아어를 조금 할 수 있었던 알렉시스가 무심결에 다가갔을 때였다. 남자는 그녀가 가까이 다가오자

마자 차 안으로 밀어 넣고 곧바로 뭔가 약품이 묻어 있는 손수건을 입가에 가져다 대었다. 그 남자가 바로 지금 눈앞에 있는 빅토르 드 카첸코였다. 거기까지가 알렉시스가 기억하는 전부였다.

"그래서…… 의뢰인을 속이고 여기로 절 데려와서 카를로스 삼촌과 협상 중인 거다, 이 말인가요?"

"그렇단다. 카를로스 헤네스…… 네 숙부에게 50만 유로만 준비해주면 널 여기서 가장 가까운 런던의 브로디 본가로 돌려보내주기로 했단다."

아이슬란드 레이캬비크에서 런던은 불과 3시간 정도의 비행시간밖에 소요되지 않았다.

"세뇨르 헤네스는 내일 돈을 송금해주기로 했어."

빅토르와 의뢰인 사이에는 으레 그렇듯 중개인 혹은 대리인이 있어서 공식적으로는 빅토르 드카첸코가 의뢰인을 알 수 없게 되어 있었다. 의뢰인 쪽도 본인의 신상이 보호되고 있다 믿을 것이다. 하지만 빅토르는 암흑세계의 경험을 통해, 누구도 신뢰하지 못한다는 전제하에 항상 의뢰인의 신상을 확보해두곤 했다. 이번에도 예외는 아니었다. 오랜 범죄 생활에서 터득한 직감상, 빅토르는 의뢰인이 완전 범죄를 위해 결국 자신 또한 살려두지 않을 것 같다는 강한 예감을 느꼈다. 게다가 러시아에 두고 온 딸 제냐가 자꾸만 생각나게 만드는 영국 소녀를 죽이고 싶지 않았다. 하지만 그에게는 일확천금이 필요해 이 마지막 의뢰를 맡지 않을 수 없었다.

배신자나 조직을 떠나려는 자에게는 잔인한 숙청이 기다릴 뿐이었다. 범죄 조직에서 발을 빼내 딸 제냐와 완전히 새로운 인생을 살기 위해서는 신분 세탁 자금, 그리고 어느 정도의 정착 자금이 절실히 필요했던 것이다. 물론 범죄는 범죄일 뿐이며 미성년자 납치는 그 죄질이 가장 악랄하다 간주되어 빅토르는 죄책감에 감히 소녀의 눈을 마주할 수조차 없었다.

하지만 그는 지금 딸 제냐의 이름을 걸고 굳건히 결심한 터였다. 어떤 일이 있어도 눈앞의 영국 소녀를 손끝 하나 다치게 하지 않고 무사히 보내주겠다고. 그래서 카를로스 헤네스에게서 거액의 돈을 받고 소녀를 런던의 외가로 돌려보내주고자 한 것이라고 빅토르는 러시아어와 영어를 섞어서 떠듬떠듬 말했다.

"누군지는 몰라도, 그 의뢰인은 아저씨를 절대 가만두지 않을 거에요."

"각오하고 있어. 하지만 너에게 솔직히 말하자면…… 어쩐지 그 의뢰인은 결과와 상관없이 나도 해칠 것 같은 예감이 들어. 완전범죄를 위해서……."

"아저씨가 빠져나간다 해도 아저씨 가족을 대신 노릴지도 몰라요. 혹시…… 딸 제냐가 위험에 빠질지도 모른다는 생각은 해보셨어요?"

"물론 했지……. 하지만 그 아이는 괜찮을 거야. 애초에 제냐를 입양 보낼 때 여러 경로를 거쳐서 고아원 이전의 그 아이 출신 기록을 삭제해놓았어. 그리고 입양 부모가 직위가 아주 높지는 않아도 집안 대대로 경찰이니까 어느 정도 안전은 보장될 거야."

다분히 모험적이긴 했지만 어차피 의뢰인이 시키는 대로 해도 죽고, 어겨도 죽는다면 차라리 나름대로 생존 방법을 찾는 게 훨씬 나을 거라 판단한 그였다. 따라서 빅토르는 오랜 바다 생활을 통해 터득한 자신의 직감을 한번 믿어보기로 결심했다. 그리고 말로는 설명할 수 없었지만 어쩐지 눈앞의 소녀를 반드시 살려야 한다는 운명적인 느낌이 강하게 그를 사로잡고 있었다. 소녀의 어여쁜 얼굴 위로 자꾸만 제냐의 어릴 적 모습이 떠오르는 것은 단지 그의 상상일 뿐일까? 빅토르가 의뢰인의 정체만 제외하고 소녀에게 모든 것을 털어놨을 때였다. 소녀의 음성에는 나이와 맞지 않는 한기가 담겨 있었다.

"그러니까 원래는 저를 시베리아 예카테린부르크로 데려와 의뢰인이 시키는 대로 저를 죽이려고 했지만 마음을 바꾸어 절 레이캬비크로 대신 데려와 외삼촌과 협상해 돈을 받고 저를 풀어주기로 한 거군요."

"……그렇단다."

"여기는 어디죠?"

"레이캬비크 항구 선착장 근처……. 지하 창고를 개조한 곳이야."

빛 한 줄기 들어오지 않게 창문을 천으로 가리고 못을 박아둔 것을 제외하면 창고는 그럭저럭 간이침실용으로 잘 개조되어 있었다. 침대와 탁자, 창문 없는 화장실 등 며칠을 지내기에 필요한 것은 다 있었지만 조심스러운 빅토르의 손에 의해 조금이라도 무기가 될 수 있는 것들은 죄다 치워진 상태였다.

"그럼 그다음 부분 계속 말해주세요. 저를 가장 잔인한 방법으로 죽이라고 했다는 말 다음에 씨앗, 이란 말은 무슨 뜻이에요? 둘러댈 생각 하지 마세요. 그 정도 러시아어는 충분히 알아들을 수 있어요."

"얘야……."

"그럼 아저씨는 마음을 바꾸기 전, 도대체 절 어떤 가장 잔인한 방법으로 죽이려고 한 거죠? 총살은 너무 쉬운 방법이니까 의뢰인이 만족하지 못할 테고, 강간? 화형? 사지 절단? 한번 말해보세요!"

소녀는 격앙된 감정과 분노에 휩싸여 나이답지 않은 위압감을 전신에서 내뿜고 있었다. 가늘고 고운 목소리도 점차 거칠고 공격적으로 변해갔다.

"아저씨가 절 그렇게 죽이지 않아줘서 제가 고마워할 줄 아셨어요? 결국 아저씨나, 그 의뢰인이나 저에게는 똑같은 인간이에요! 정말 아저씨가 딸 제냐에게 떳떳한 아빠이고 싶었다면, 돈 같은 건 생각하지 말고 저를 바로 풀어줬어야 해요! 아저씨 양심도 그렇게 말하고 있지 않나요? 딸 제냐가 나중에라도 이 사실을 알게 되면 과연 뭐라고 할까요? 아빠를 어떤 눈으로 보게 될까요?"

"……."

소녀의 노호에, 빅토르는 잠시 얼빠진 표정을 짓다가 고개만 푹 수그렸다. 아직 어린 소녀였지만 아이의 말에 어디 하나 반박할 구석이 없었기 때문이었다. 게다가 딸 제냐를 생각하면, 사실은 이런 부도덕한 범죄를 통해서 거금을 마련해 그 아이를 데려오더라도 결국 딸 앞에 떳떳하지 못할 것이다.

"내일 원하는 대로 송금 확인될 때까지 저에게 아무 말도 걸지 말고 내버려두세요."

소녀의 냉정한 말투에 빅토르는 조용히 자리에서 일어나 바깥으로 나갔다. 소녀가 좋아하는 슬라브 교향곡의 낡아빠진 테이프 플레이어는 그대로 둔 채였다.

"알렉시스……."

날이 밝았는데도 알렉시스가 식당에 나타나지 않자, 미카엘은 호텔의 주인을 불러 그녀의 방문을 조심스레 열어볼 것을 요청했다. 처음에는 단순히 늦잠을 자고 있는 거라 생각했지만, 좀 더 가까이 침대로 다가간 그는 그녀가 온통 땀에 젖어 있다는 걸 발견했다. 어느 모로 보나 몸살인 것 같았다. 호텔 측에 요청해 비상 약품과 뜨거운 레몬차를 요청한 미카엘은 간신히 그녀에게 약을 먹이고 그녀가 편안한 잠에 빠질 때까지 내내 지켜보았다.

침대 머리맡을 지키고 있던 그는, 알렉시스가 의자에 올려둔 휴대폰이 계속해서 울리자 혹시 급한 전화는 아닐까 싶어서 화면을 들여다보았다. 발신인 표시는 떠 있지 않았다. 잠시 망설이다 그는 방 한구석으로 이동해 조심스럽게 전화를 받았다.

"……여보세요, 알렉시스 리오넬의 전화입니다. 그녀는 지금……."

―너.

어디선가 들어본 굵은 저음이 미카엘의 말을 단박에 잘랐다.

―넌 누구야? ……할스트롬?

그는 수화기 건너편의 음성이 누구인지 금세 알아차렸다.

"미스터 리오넬, 알렉시스는 지금 몸이 좋지 않아서 약 먹고 자고 있……."

―깨워!

"내내 앓다가 방금 잠들었어! 정말 알렉시스를 사랑한다면, 제발 한 번쯤은 그녀를 위해 뭐가 최선인지 생각 좀 하시지?"

―…….

복도로 나와 통화하던 미카엘은 저도 모르게 언성을 높이고 말았다. 연적의 대상임은 차치하고라도, 제발 이쪽의 사정도 배려해주었으면 하는 답답함에 화가 치밀어 올랐던 것이다.

—지금 거기 어디지?

침묵 뒤 조금 누그러진 그의 물음에, 미카엘은 잠시 머뭇거리다 결국 말해주기로 했다. 어차피 지금 통화하고 있는 이상 위치 추적을 통해서 알아낼 것은 시간 문제였기 때문이었다.

"레이캬비크 힐튼 호텔."

그의 대답과 동시에, 전화는 일방적으로 끊겼다. 무례하기 짝이 없는 태도였지만 상대가 알렉산더 리오넬이니만큼 썩 놀랍지는 않았다. 미카엘은 그가 전용기든 뭐든 수단 방법을 가리지 않고 이곳으로 날아올 것임을 예감할 수 있었다. 앞으로 4시간 내지 5시간 후, 그는 알렉시스가 잠든 이 객실 문턱에 당도할 것이다.

"미카엘……?"

알렉시스의 가느다란 목소리에 미카엘은 고개 들어 그녀가 깨어난 걸 확인하고 곧바로 시계를 확인했다. 리오넬과 통화한 뒤로부터 3시간이 지나 있었다.

"몸은 어때? 좀 나아졌어?"

"응, 머리가 훨씬 개운해졌어. 네가 구해준 약이 효과가 있었나 봐……."

미카엘은 상체를 일으켜 앉는 그녀에게 레몬차를 건네며, 3시간 전 알렉산더와의 통화 내용을 그녀에게 알려주었다. 물론 그와 설왕설래한 부분은 굳이 그녀가 알 필요 없다 생각되어, 짐작건대 그가 이쪽으로 오고 있으며 앞으로 1시간 남짓 후에는 여기 도착할 것이라고만 말했다.

"다른 말은 없었어?"

"다른 말……? 그냥 여기 위치만 확인하고 바로 끊었어."

"너에게 뭔가…… 심하게 말하거나 하진 않았어?"

"아니."

알렉시스는 조금 놀란 것 같았지만 더는 묻지 않았다. 그녀는 침대에서 몸을 일으켜 미카엘에게 말했다.

"어딘가에 잠복하고 있을 경호원을 부를 테니 너는 이제 원래 일정대로 해, 미카엘. 그리고……."

그녀는 미카엘의 양손을 꼭 잡았다. 그의 심성처럼 따뜻한 온기가 고스란히 전해져왔다.

"미카엘, 이 모든 것, 어떤 식으로든 반드시 보답할게. 내 생명의 은인인 것까지…… 절대 잊지 않을게."

"그래. ……잊지 말아줘."

미카엘의 푸른 눈엔 희비가 교차되고 있었다. 알렉시스 본인은 미처 자각하지 못한 것 같았지만, 알렉산더 리오넬이 여기로 오는 중이라는 말을 듣는 순간부터 그녀의 눈빛은 여러 가지 감정들로 생생해져 있었다. 기쁨과 반가움, 설렘, 그리고 그리움. 미카엘은 가슴 아픈 동시에 조금은 안도하고 있는 자신을 발견했다. 알렉시스가 남편을 진심으로 사랑하는 듯해서, 그가 염려했던 것처럼 불행한 것 같진 않아서 다행이라 생각했다. 알렉시스의 행복, 그것이 미카엘의 최우선적 관심이었다.

─보스, 코스마초크입니다. 찾아냈습니다.

"결과는?"

-일치합니다.

"좋아, 난 KEF로 가고 있다. 몽트뢰를 좀 더 지켜봐."

-알겠습니다.

앞으로 20분 후 알렉산더의 전용기는 아이슬란드의 수도 레이캬비크, 케플라빅(KEF) 국제공항 부지에 도착할 예정이었다.

알렉산더는 서서히 착륙을 준비하는 전용기 차창 너머, 아이슬란드 섬에 면한 발틱해의 푸르디푸른 파도를 내려다보았다. 지금 생각해보면 그는 알렉시스에게 무수히 상처를 입혀왔다. 그가 결혼 전 과거에 남용했었던 문란함의 잔재가 결혼 후에도 채 씻겨지지 않았고, 알렉시스와 교제할 동안에도 에스코트 서비스의 여자를 그녀 대신이라 생각해 가끔씩 안고는 했었다. 심지어 알렉시스에게 결혼을 일방적으로 통보한 날에도, 그녀가 호텔방을 나서기 무섭게 그 직업여성을 불러 관계를 가지려 했던 그였다.

알렉시스와 닮은 긴 갈색 머리카락, 비슷한 체형이었지만 얼굴 생김새는 당연히 달랐기에 그 일리나란 여자의 눈을 가리고 능욕하듯 즐기려 했었다. 왜 그랬을까. 그는 분명 알렉시스밖에 눈에 들어오지 않았고 비정상일 정도로 그녀에게 미쳐 있었다. 그러나 그의 윤리와 도덕성은 심각할 정도로 결여되고 뿌리부터 뒤틀려 있었고, 그 결과 어쩌면 이제 알렉시스 없이 남은 인생을 살아 있는 시체로 살아가야 할지도 몰랐다.

알렉산더는 아이슬란드에서 그녀가 무사함을 확인할 수만 있다면 신에게 더 바랄 것이 없을 것 같았다. 그는 만약 그녀가 아직도 자신을 떠날 생각을 하고 있다면 어떻게 해서든, 무릎을 꿇고 애걸하는 한이 있더라도 알렉시스를 설득할 생각이었다. 매 순간 순간마다 그는 그녀의 마음을 돌려놓기 위해 수단 방법을 가리지 않을 결심을 굳히고 있었다.

7화. 재회, 다시 사랑하자

'죽어버릴 거야! 네 눈앞에서 저 아래로 뛰어내려 죽어버릴 거라고!'

'······죽어요.'

'뭐라고······?'

'당신에겐 자살 같은 나약한 행위가 더없이 어울립니다. 뛰어내려요.'

'네가! 네가 나를 타락시켰어! 이 악마······! 날 타락시킨 악마! 넌 누구도 진정으로 사랑할 수 없는 괴물이야! 넌 악마야······. 아무도 사랑하지 마······! 그게 누구든 네가 사랑하게 된 여자를 불행하게 만들고 말 테니까!'

알렉산더는 고개를 저었다. 16년 전 자신을 향해 저주처럼 다가왔던 말들을 그는 뇌리에서 떨쳐내려 애썼다.

아냐, 당신이 틀렸어. 난 단 한 명을 찾았어. 그리고 절대 그 여자를 불행하게 만들지 않을 거야. 세상 모두를 적으로 돌리는 한이 있어도, 난 그 여자를 지켜낼 거야. 반드시.

푸른 바람이 아담한 도시 한가운데 우뚝 선 예배당 꼭대기를 훑고 지나갔다. 북미식도, 완전한 스칸디나비아식도 아닌 독특한 외형의 할그림스키르캬 교회 앞 작은 광장은 아직 10월인데도 냉한 공기와 따스한 가을 햇빛이 한데 어우러져 정확한 기온을 가늠하기 어려웠다.

평일 대낮임에도 한 나라의 수도라기엔 인파가 거의 없어 광장의 적막한 분위기가 이방인들에게는 더욱 묘하게 느껴졌다. 어쩌면 이렇게 사람 그림자 하나 찾아볼 수 없이 을씨년스러운 동시에 평화롭고 고요한지, 국토에 비해 극히 적은 인구 때문이리라. 그래서 여자 한 사람 찾기가 오히려 더 어려웠을 것이다.

"알렉시스."

여자가 반사적으로 고개를 돌린 순간, 강렬한 늦가을 햇빛 아래 블루 그레이의 독특한 눈이 반대편에 선 남자의 차디찬 시선과 마주했다. 조금 야윈 듯했지만 여자의 단정한 이목구비는 마지막 모습 때와 달라진 것이 없었다.

블루 그레이의 눈동자 때문인지 짙은 금발로 염색한 긴 머리칼이 지극히 자연스러워 보였다. 아이러니하게도, 원래의 붉은빛도는 갈색머리로 있을 때는 일부러 렌즈를 낀 것으로 오해받을 때가 많았다. 유럽과 라틴, 동양의 피가 골고루 섞인 그녀의 얼굴이야말로 21세기의 글로벌 하이패션의 아이콘이라고 미디어는 잘도 떠들어댔었지, 남자는 그의 머리와 가슴속을 가득 채운 단 한 가지 감정을 일체 내색하지 않은 채, 국적과 혈통이 모두 모호한 여자의 얼굴을 뚫어지게 주시했다.

단 한순간도 그의 눈은 그녀에게서 떨어지지 않았다. 그는 여자의 갸름한 얼굴에 놀라움과 두려움, 아주 조금의 감탄, 체념, 그리고…… 알 수 없는 이채의 빛이 차례차례 스치고 지나가는 것을 표정 없이 바라보았다. 장신의 남자가 입술 한쪽에 조소하듯 물고 있던 쿠바산 시가는 그의 발아래 떨어져 천천히 짓밟혔다. 쿠바산 중에서도 수도 아바나에서 가장 고가인 제품으로, 상류층에게만 허용되는 사치품이었다. 최고급 시가를 가차 없이 짓뭉개는 남자의 구두 역시 비슷한 레벨의 밀라노 수제 피혁으로 감싸여 있었다.

무심하게 시가를 떨어뜨리는 간단한 손짓부터 그녀를 향해 천천히, 큰 보폭으로 다가오는 남자의 몸짓에는 조금의 군더더기나 경박함도 찾아볼 수 없었다. 최소한의 동작만으로 본인의 의사를 명확히 전하는 절제와 초연함이 전신에 깃들어 있었다. 문명 생활에의 적응을 위해 고도로 잘 훈련된 한 마리의 맹수와도 같았다.

언젠가는, 이라고 항상 예상은 했었지만 그는 생각보다 훨씬 빨랐다. 아무리 죽을힘을 다해 애써도 역시 그는 그녀의 머리 위에 있는 것일까.

"……."

이름이 불린 앳된 얼굴의 여자는 그의 접근을 침착한 시선으로 바라보았다. 그의 발아래 짓밟히는 시가를 볼 때만 블루 그레이의 눈빛이 살짝 흔들렸었다. 시가의 운명이 마치 그녀 자신의 운명이 될 것만 같은 기묘한 느낌이 들어서였다. 교회당을 에워싼 작은 원형 광장은 이미 검은 정장 차림의 남자들 몇으로 사방이 막혀 있었고 그 뒤로 두 대의 검은 세단, 한 대의 밴이 서 있었다. 달아날 생각을 한다는 것 자체가 불가능한 상황이었다. 그리고 알렉시스는 타고난 성격 자체가 매우 현실적이고 실리적인 여자였다. 남자의 은은한 시가 향이 공기 중에 느껴질 만큼 그가 가까이 왔을 때, 그녀는 터져버릴 것 같은 심장 소리를 최대한 다스리며 나직이 말했다.

"알렉산더."

"앨리."

조금씩 위협적으로 다가오던 그는 어느새 그녀의 바로 앞까지 다가와 있었다. 그리고…… 알렉시스는 그가 한 손을 들어 올리자 본능적으로 움찔 옆으로 몸을 비키려 했다. 하지만 곧이어 그녀는 그의 넓고 따스한 품 안에 꽉 안겨 있는 자신을 발견하고 놀라움을 금치 못했다.

"앨리."

그는 다른 말은 일절 하지 않고 단지 자신의 이름만 한 번 더 되뇌었다. 이름만 불렀을 뿐인데 어쩐지 기이했다. 이상하게도 너무나 슬프고 아련한 그 느낌에, 알렉시스도 본능에 따라 두 팔을 그의 등에 둘렀다. 마치 보통의 연인들이 오랜 이별 뒤에 서로를 조우하는 애틋함이 그 둘 사이에 있었다.

"아프다고 들었는데 왜 나와 있어?"

"왜 이렇게 말랐어? 어디 아팠어?"

두 사람의 말이 동시에 허공에서 얽혔다. 하지만 알렉산더가
한 박자 더 빨랐다. 그는 뒤로 물러나 근 한 달 만에 보는 알렉
시스의 얼굴과 몸 여기저기를 면밀히 살피며, 분명히 몸살로 누
워 있다 들었는데 왜 밖에 나와 있는지 나무라듯 힐난해대었
다.

"약 먹고 한숨 자니까 훨씬 나아졌어. 당신이 올 거라고 미카
엘이 말해줬거든. 그래서 일단 당신을 피해서 혼자 런던으로 갈
까, 그냥 여기서 만나는 게 나을까, 어떻게 해야 할까 이 앞에서
고민하던 중 당신이 온 거야."

"할스트롬은? 너 혼자야?"

"당신이 도착하고 바로 나갔어. 미카엘은 내 생명의 은인이
야. ……어떻게 둘이 있게 됐는지는 문제 삼지 마."

"……알아."

문제 삼지 말아야 한다는 걸 안다는 건지, 그동안의 정황을 다
보고받아 알고 있다는 건지 정확히 어느 쪽인지는 몰랐지만 알렉
시스는 한 가지만은 확실히 알 수 있었다. 알렉산더는 더 이상 미
카엘의 존재에 대해 예전처럼 과잉 반응을 보이지 않았다. 알렉시
스의 무사함을 확인하는 것에만 집중하고 있어서거나 그의 마음
에서 더 이상 그럴 필요가 없다고 느껴서, 혹은 둘 다일 수 있었
다.

알렉시스 역시 눈앞의 남자 외에 다른 것은 전혀 머리에 들어
오지 않았다. 어째서 그가 이렇게 수척해 보이는지, 혹시 아팠거
나 그녀의 일과 관련해 그에게 무슨 불미스런 일이라도 있지는 않
았는지 알렉시스는 묻고 싶은 게 산더미처럼 많았다. 그가 아직도

믿고 절대로 용서할 수 없는 것은 사실이었지만, 그의 안위가 걱정되는 것도 부인할 수 없는 사실이었다.

알렉산더는 그녀의 몸을 더 바짝 끌어당겨 찬바람에 급속히 차가워진 양 뺨을 자신의 커다란 손바닥으로 덮었다.

"위험하니까 그렇게 단독 행동 하지 말라고 했는데. 넌 정말 지독히도 내 말을 안 들어."

"……독립적이라고 해줘."

여기 온 것만이 완전히 어리석은 일만은 아니라고 항변하려다, 어차피 앞으로 시간은 많을 거란 생각에 알렉시스는 입을 다물었다. 곧 경호원이 알렉시스의 짐을 가지고 나오자 그들은 차에 올라타 곧바로 레이캬비크 국제공항 부지에 대기해 있는 전용기에 올랐다.

런던까지 4시간, 두 사람이 대화를 나눌 시간은 충분했지만 둘 다 좀처럼 입을 떼지 않고 있었다. 다만 서로의 존재를 확인하려는 듯, 좌석에 나란히 꼭 붙어 앉아 있을 뿐이었다. 원래 알렉산더는 친절히 구구절절 설명해주는 성격이 아닌 데다, 어차피 그간의 정황은 다 파악하고 있을 것 같았다. 알렉시스는 마치 3주가 아니라 1년을 떨어져 있었던 것처럼 지금 그와 함께 있다는 사실이 어쩐지 실감 나지 않았다. 그와 결혼한 이후로 거의 떨어져 지내본 적 없기 때문일지도 몰랐다. 알렉시스는 먼저 운을 떼었다.

"왜 이렇게 말랐어?"

"몰라서 물어?"

너 때문인 걸 정말 몰라서 묻느냐는 의미를 그는 살벌한 눈빛 하나로 모두 표현하고 있었다. 알렉산더 본인의 능력으로 찾아낸 것일 수도 있지만, 어쩌면 아들이 염려된 퍼디난드 리오넬이 이제 슬슬 알려줘도 되겠다 싶어서 은근슬쩍 임시 휴대폰 번호를 흘린 것일 수도 있었다. 그녀는 할 말이 너무 많으면 오히려 아무 말도 못하게 된다는 글귀를 예전에 책에서 읽었을 땐 이해를 못했었지만 이제는 그것이 무슨 의미인지 알 것 같았다. 그리고 사랑과 증오가 결국 일직선상에 있다는 것 또한. 그의 과거를 잊고 용서할 수는 없었다. 그러나 그와는 별개로, 알렉산더를 향한 마음은 오히려 이전보다 더 깊고 단단해져 있었다.

그게 어떻게 가능한지 뭐라 설명은 할 수 없었지만 알렉산더가 어디 잘못되지 않았으면 하는 간절한 바람, 그리고 단지 그를 바라보기만 해도 저 깊은 곳에서 환희가 샘솟듯 흘러나오는 감정은 미움과 나란히 공존했다.

"알렉시스."

"알렉산더."

아까처럼 둘은 동시에 입을 열었다. 알렉산더는 이번에도 자신이 리드하길 원했다.

"내가 먼저 말할게, 알렉산더."

"아니, 내가 먼저. 더 이상의 단독 행동은 일체 금지야. 절대 안 돼. 네가 레이캬비크에서 피습당할 뻔했던 건 대략 알고 있어. 모든 배후는 철저히 조사 중이니까 너는 이제 절대 나서지 마."

이제야 그녀가 알고 있던 알렉산더 리오넬이 돌아온 것 같았다. 독단에 독선, 일방통행 명령에 익숙한 어조. 한 치의 이의도 허용하지 않는 단호함.

"많은 것들이 기억났어. 마지막 몇 조각만 더 잡으면 모든 걸 알 수 있을 것 같아. 내가 알고 싶은, 내가 꼭 알아야만 하는 진실이 드러날 것 같은…… 그런 느낌이 들어."

그녀는 알렉산더에게 본인이 기억하고 있는 부분들을 상세히 들려주었다. 마지막 화재 대피 순간, 러시아인 드카첸코는 뭔가 아주 중요한 정보를 알려주었고 그게 무엇인지 아직은 수면 위로 떠오르지 않았지만 그녀를 해치라고 명령했던 사람의 정체와 직결된 것임이 분명했다. 예전에 알렉산더가 들려준 바에 따르면 당시 자신을 납치했던 러시아인은 화재로 사망해 시신도 간신히 찾아볼 수 있었다고 했다. 반면 알렉시스 자신은 감금되어 있던 상태였는데 어떻게 상처 하나 없이 무사히 건물 밖에서 발견되었는지 여부도 수수께끼로 남아 있었다.

"마지막 그 부분이…… 잡힐 듯하면서 잡히지 않고 모래알처럼 손가락 사이로 계속 빠져나가는 느낌이야. 어떻게 하면 기억을 되살릴 수 있을까. 충격요법이라도 해야 할까. 다시 한 번 나 자신이 미끼가 되도록 유도한다든지……."

"그러기만 해."

알렉산더는 당장에라도 달려들어 물어뜯을 기세로 위협을 가했다. 한마디만 더 했다가는 스스로 미끼가 되기 전에 그의 손에 어떻게 될 것만 같았다.

"최면요법도 있지만 난 최면에 전혀 걸리지 않는 타입이야. 아, 예전엔 그랬는데 지금은 달라졌을 수도 있어."

"제발."

알렉산더는 그녀의 한 손을 감싸고 있던 손에 힘을 주었다.

"아무것도 하지 말고 가만히 있어. 네가 나서지 않아도 다 알아서 하고 있으니까 잠자코 숨만 쉬고 있으라고!"

"이건 내 일이야, 알렉산더. 지금 난 진지해."

"네 멋대로 해. 내가 심장 발작으로 죽는 거 보고 싶으면."

"……."

그녀가 더 이상 그를 자극하지 않으려 잠자코 있으려니, 알렉산더가 다시 말문을 열었다.

"모든 게 해결될 때까지 단독으로 행동하지 말고 나와 함께 있어. 네가 보낸 이메일의 내용대로……."

그는 별로 떠올리고 싶지 않은 기억인 듯 잠깐 인상을 썼다가 이어서 말했다.

"좀 더 생각할 시간이 필요하다면 그렇게 해. 아직은 우리 문제를 이야기할 때가 아니란 것도 알아. 하지만 안전상 지금은 내 옆에 있어."

"하지만 그건 공평하지 않아. 이런 상황에서 당신을 이용하는 건……."

"난 아직 네 남편이야. 넌 알렉시스 리오넬이고."

그는 더 이상의 이의가 용납되지 않을 단호한 어조로 그녀의 반박을 봉쇄했다. 알렉시스는 더 이상 그의 말을 거슬러봤자 언쟁으로 격화될 거란 짐작에 침묵을 택했다. 하지만 마음속으로는 런던에 도착하자마자 브로디 본가로 가리라 결심을 굳힌 상태였다. 그의 곁에 있고 싶은 마음은 그녀 자신이 더욱 간절했지만 이런 애매한 상황에서는 그를 이용한다는 생각이 들어 알렉산더의 도움을 당연한 듯 받고 싶지 않았다. 그리고 무엇보다 자신 때문에 그에게 무슨 일이 생길지도 모른다는 염려가 항시 가슴속을 납덩이처럼 무겁게 짓누르고 있었다.

"알렉산더."

알렉시스는 바로 옆에 밀착된 그의 온기를 느끼며 담담히 말했다.

"로마의 여인, 읽어본 적 있어?"

"알베르토 모라비아(Alberto Moravia : 이탈리아의 대표적인 문호 중 하나)? 그게 왜."

"거기서 이런 대목이 나와. 자신이 태어난 이유, 자신이 세상에 존재하는 그 자체를 증오하고 싫어하는 누군가가 있는 삶은 어떠할까요."

알렉시스는 그와 맞잡은 손을 내려다보았다. 갑자기 등골을 서늘하게 만드는 생각에, 그의 온기가 전달해주는 따스함이 감사히 여겨졌다.

"내게도 그런 누군가가 있는 것 같아. 그 사람은 대체 누굴까? 왜…… 대체 무슨 이유로 내 존재 자체를 견딜 수 없어 하는 걸까."

"그런 생각 하지 마. 그럴 필요도, 가치도 없어."

알렉산더는 혀를 차면서 그의 어깨로 알렉시스를 끌어당겨 안았다.

"나는 그 대목을 읽으면서 그 일인칭 화자가 너무 측은했던 기억이 나. 하지만 난…… 내 자신이 측은하지 않아. 내 존재를 견딜 수 없어서 괴로워하는 상대편이 알고 보면 정말 가엾은 거 아닐까. 난 반드시 그 사람을 찾아내 말하고 싶어. 내가 그 사람의 마음에 일으킨 불행의 시초가 무엇인지는 몰라도 이제 그만 떨쳐 내고 자유로워졌으면 좋겠다고.”

죽음 자체는 두렵지 않았다. 어차피 사람은 언제고 죽기 마련이다 생각하고 삶에 대한 애착을 절실히 느껴본 적은 없었다. 하지만 지금은 달랐다. 자신 외의 소중한 존재가 생겼기에 아직은 죽고 싶지 않았다. 따라서 그녀는 앞으로는 자신이 태어난 권리를 전력으로 주장할 것이고, 결국 상대방은 그녀가 계속해서 살아 있다는 사실에 언제까지고 고통을 받아야 할 테니 궁극적인 해결의 실마리는 상대가 어떻게 개심하는가 여부에 달려 있는 것이나 같았다.

“나는 계속 내 인생을 살아갈 거니까.”

알렉시스는 자신이 살아갈 가장 큰 이유가 되어버린 눈앞의 남자와 시선을 맞췄다. 종국에 그를 떠나야 한다 해도 그가 살아 있는 동안에는 같은 하늘 아래 함께 존재하길 원했다. 그의 눈에 일렁이는 무언가를 얼핏 본 알렉시스는 자신의 얼굴로 천천히 내려오는 그의 입술을 피하지 않았다. 그녀는 세상에서 가장 미운 동시에, 가장 사랑스러운 남자에게 더 가까이 다가가 그의 체취를 확인했다. 그냥 얼굴을 보는 것만으로도, 그의 온기를 곁에서 느끼고 손을 맞잡고 있는 것만으로도 좋았다. 하지만 곁에 있으면 있을수록 더 많은 것을 원하고 갈구하게 되는 것은 어쩔 수 없는 모양이었다.

그의 까끌까끌한 혀 돌기가 그녀의 보드라운 입술을 훑어 내리다 그의 치아가 도톰한 아랫입술을 살짝 깨물었다. 그 짜릿한 충격에 그녀가 움찔 뒤로 물러나자, 알렉산더는 그녀가 도망가지 못하게 양어깨를 잡고 본격적으로 입 안을 공략하기 시작했다. 그의 혀가 거침없이 알렉시스의 입 안으로 들어와 능숙하게 치열을 훑으며 상대방의 혀를 열렬하게 탐색해댔다. 오랜만에 접하는 공격적인 혀 놀림을 피해서 그녀는 자신도 모르게 혀를 목구멍 안쪽으로 말아 올렸지만 아무 소용 없었다. 그의 혀는 목 안쪽을 집어삼킬 기세로 집요하게 다가와 그녀의 작은 혀를 휘감아 그 감촉을 즐겼다.

누군가의 혀가 자신의 혀를 이렇듯 격렬하게 맛보고 타액을 공유하는 움직임이 어째서 이렇게 말로 표현할 수 없을 만큼 황홀한 것인지 알 수 없었다. 단지, 멈추고 싶지 않을 만큼 엄청난 쾌감과 환희를 자아낸다는 사실만이 분명할 뿐이었다. 키스라는 행위는 무언중에 상대편의 많은 면모를 드러내는 에로틱한 행위의 본산지였다. 알렉산더와의 키스는 언제나 그녀의 머릿속을 한순간에 백지로 만들고 온몸의 세포 하나하나가 깨어나는 듯한 전율을 일으키곤 했다.

다른 사람과의 키스도 이럴까? 알렉산더의 혀에 자신의 것이 송두리째 점령되는 와중에도, 그녀는 그렇지 않을 거라 단언할 수 있었다. 숨 막혀 죽겠다 생각될 때쯤에야 그는 입술을 뗐다. 알렉시스는 터질 듯 붉게 달아오른 얼굴을 들어 욕망으로 흐려진 그의 눈을 바라보았다. 경호팀은 캐빈 안쪽에 있었고 그가 부르기 전에는 절대 좌석 쪽으로 오지 않을 터였다. 좌석 뒤편에, 적절한 방음장치가 되어 있는 프라이빗 공간도 있었다.

하지만 알렉산더는 지금까지 그래왔던 것과는 달리, 본능을 곧바로 실천에 옮기지 않고 가만히 앉아 있었다. 숨길 수 없는 욕망으로 어두워진 눈을 어두운 차창 밖으로 돌린 채, 그는 그녀의 몸에서 적당히 떨어져 앉았다. 그녀가 의아한 듯 옆으로 다가가자, 그는 그 이상 접근하지 말라는 뜻을 분명히 했다.

"가까이 오지 마! 지금…… 엄청나게 참고 있으니까."

굳이 말하지 않아도 그가 초인적인 인내력을 발휘해 본능을 자제하고 있다는 걸 한눈에 알 수 있었다. 이전에는 단 한 번도 볼 수 없던 모습이었다.

"뭘?"

알렉시스는 그의 말을 무시하고 가까이 다가앉아 그녀를 일부러 외면하고 있는 그의 얼굴을 자신 쪽으로 돌렸다.

"뭘 그렇게 엄청나게 참고 있는데?"

"도착까지 이제 얼마 안 남았고…… 일단 시작하면 멈출 수 없을 것 같아서."

그는 자신의 뺨에 와 닿은 알렉시스의 손을 으스러져라 꽉 잡았다.

"하지만 네가 괜찮다면, 굳이 참을 생각 없어."

"아하."

알렉시스는 터질 것 같은 웃음을 간신히 억누르고 그의 한쪽 뺨을 쓸어내렸다. 꺼끌꺼끌한 턱의 감촉을 잠시 확인하던 그녀의 손은 점점 아래로 내려가 굵은 울대로, 목선으로, 하얀 셔츠의 가슴팍에 닿았다. 얇은 옷 너머로 탄탄한 근육이 그대로 느껴졌다. 그리고 미칠 듯이 뛰고 있는 그의 심장 맥박 역시.

"정말 내가 알던 알렉산더 리오넬 맞아? 당신이 이렇게 자제할 수 있을 줄은 꿈에도 몰랐어……."

"일단 할 수 있게 되면, 일주일은 걸을 수도 없게 마음껏 할 거야."

그의 으르렁거림에 알렉시스는 설핏 웃었다. 역시 그의 타고난 본성과 와일드한 기질은 그대로였다. 알렉시스는 딱 한 번만 그를 도발해보기로 했다.

"일리나 소콜로바는? 그 여자가 그립지는 않았어?"

"……."

그의 숨결이 분노로 들썩이며 한결 더 거칠어졌다.

"무슨 대답을 원해?"

"진실."

"지난 3주간 매일매일, 24시간 너만 생각하느라 잠도 제대로 못 잤어. 내가 죽일 놈인 건 알지만, 이렇게 무사한 거 확인할 때까지 제대로 숨도 못 쉬고 있었던 사람에게 꼭 그렇게 말해야겠어? 그래야 직성이 풀려?"

그는 알렉시스의 얼굴을 양 손바닥으로 붙잡고 그녀의 청회색 눈을 집어삼킬 기세로 노려보았다. 하지만 그녀는 더 이상 그가 두렵지 않았다. 그가 진심으로 그녀에게 화를 내고 있는 게 아니란 것도 알았다. 그는 스스로에게 화를 내고 있었다.

"죽일 놈…… 맞잖아."

"……."

"내가 말한 거 아니야. 당신이 방금 자기 입으로……."

갑자기 공격해오는 그의 입술에 그녀는 말을 끝맺지 못했다.

두 번째 키스는 조금 덜 자제하고, 더 격렬했으며, 덜 부드러웠지만 한결 더 거칠었다. 그리고 지독하게 열렬하고 달콤했다. 알렉산더의 단단한 두 팔이 등 뒤로 둘러져 숨도 못 쉴 정도로 그녀의 몸을 바짝 끌어당겼다. 알렉시스는 질식해 죽을 것 같아 그의 다부진 어깨를 움켜잡았다. 그는 밭은 숨을 내뱉으며 그녀의 입술을 놓아주었다.

"……못 참겠어."

"그렇게 인내심이 없어?"

"너 때문이잖아! 내가 더 이상 가까이 오지 말라고 했는데."

"……."

알렉시스가 들여다본 그의 눈에서는 걷잡을 수 없는 욕망과 그녀를 향한 무언의 애원이 섬광처럼 춤추고 있었다. 눈 깜짝할 새 그가 자신을 들어 올려 전용기 후미의 프라이빗 공간에 데리고 가는 동안, 알렉시스는 그녀의 심장도 미친 듯이 뛰고 있다는 걸 알았다.

사랑한다는 말은 서로 한마디도 주고받지 않았다. 그러나 그 말을 대신하고도 남을 다른 수차례의 표현들이 그들 사이에 오갔다. 그들은 사실 아주 예전부터 그래왔었다. 서로 의식하고 있지 못했을 뿐.

"앗, 아……! 흑!"

강하고 다부진 어깨가 알렉시스의 가느다란 어깨를 누르고 단단한 가슴의 근육이 탄탄하면서도 보드라운 젖가슴을 덮었다. 그의 허리가 그녀의 몸을 세차게 위로 밀어 올리자, 뜨겁게 달아오른 남성이 단 한 번의 일격으로 중심부를 꿰뚫고 돌진해왔다. 그의 분신이 그녀의 몸속 깊은 곳 끝까지 와 닿다가 뒤로 물러났다. 그리고 다시 한 번 천천히 속살을 밀고 들어왔다.

알렉시스는 둔중한 아픔에 신음을 흘리며 그의 팔뚝을 꽉 움켜쥐었다. 아무리 젖어 있었다 해도, 오랜만에 들어온 이물감에 질 내벽은 좀 더 적응할 시간이 필요한 것 같았다. 그녀의 손톱이 알렉산더의 팔에 파고들어 깊이 박혔지만, 그는 아랑곳하지 않았다. 오래 참았던 만큼, 아무리 천천히 부드럽게 하려 해도 그 안의 짐승이 말을 듣지 않고 있었다. 알렉산더는 다시 한 번 빠르게 삽입한 뒤 본능이 이끄는 대로 몸을 맡겼다. 힘껏 밀려왔다 뒤로 살짝 빠지고 곧이어 다시 세차게 박아오는 그의 욕망에, 알렉시스의 몸은 무방비로 흔들릴 수밖에 없었다.

"아…… 좀 천천…… 히! 알렉……. 흑!"

그녀가 헐떡임 속에서 애원했지만 그의 귀에는 들리지 않는 것 같았다. 오히려 더 빠르게, 더 강하게 밀어붙이기를 반복했다. 어쩌면 좀 더 애원하는 소리를 듣고 싶어 더 거칠게 하는지도 몰랐다. 한동안 격렬하게 그녀의 몸속을 오가던 그는 알렉시스의 허리를 붙잡고 일으켜 흰 목덜미와 쇄골에 입을 맞췄다. 그의 입술이 점점 내려가는 듯하더니 리드미컬하게 위아래로 흔들리는 젖가슴에 이르렀다. 그는 그녀의 등 뒤로 두 팔을 두르고 탄력 있게 솟아오른 젖가슴 한가운데 돌기를 입술로 눌렀다. 그녀가 신음을 내지르며 허리를 튕겼지만 허리에 단단히 둘러진 그의 팔을 뿌리칠 힘은 없었다.

그의 뜨거운 입술이 돌기를 슬슬 쓸다가 입 안에 넣고 혀로 굴렸다. 길고 뜨거운 혀의 까끌까끌한 감촉이 맛을 보듯 젖꼭지를 핥고 빨기를 계속하다 이로 살짝 깨물어댔다. 그녀의 손톱이 피가 날 정도로 그의 허리를 파고들었다. 오히려 그에 자극받은 듯, 알렉산더는 터질 듯 팽팽하게 부풀어 오른 유두를 입 안에 머금고 다른 한 손으로는 다른 쪽 가슴의 유두를 비틀어 잡아당겼다. 알렉시스가 아픔을 호소하며 그의 팔을 할퀴어댈 때까지 그는 달콤한 고문을 멈추지 않았다.

그녀의 가슴을 성이 찰 때까지 탐한 그는 알렉시스의 한쪽 다리를 들어 올려 어깨 위에 걸쳤다. 지금까지는 시작에 불과했다는 듯, 본격적으로 그녀의 몸을 정복할 생각인 것 같았다. 알렉시스는 시간이 별로 없으니 너무 오래 끌지 말라고 말하려 했지만, 그는 그럴 틈도 주지 않고 그녀의 몸 안으로 들어와 여린 속살을 거칠게 쓸어 올렸다 내리길 반복했다. 강하게 밀착되어 휘감겨오는 질 내벽이 그의 남성을 바짝 조이며 그를 더욱 흥분시키고 있었다. 그의 단단한 욕망은 깊이, 더 깊이 그녀의 몸속을 휘젓고 유영했다.

그가 잠깐 움직임을 멈추고 결합된 부위로 손을 더듬어 그녀의 가장 예민한 꽃봉오리를 애무하자, 알렉시스는 한결 강렬한 쾌감의 전율에 이 악물고 신음을 토해냈다. 그러다 번뜩 그녀의 머리에 스쳐가는 것이 있었다.

"알렉…… 알렉스, 잠깐만."

그가 다시 허리를 움직일 기세를 보이자 알렉시스는 황급히 그의 손목을 잡았다.

"잠깐만……. 중요해, 그동안 잊고 있었어……!"

"……뭘?"

갑자기 저지당했을망정, 그는 절대 몸을 빼지는 않았다. 여전히 그녀의 몸속에 욕망을 묻은 채, 그는 그녀가 무슨 말을 할지 긴장하고 있었다.

"그날…… 내가 리오넬 본가로 옮겼던 날, 그날 오전에 담당의를 찾아가서 루프를 제거했었어."

"뭐?"

"그리고 당신에게 바로 말하려 했는데…… 그 일이 있어서 그 뒤로는 쭉 잊고 있었어."

자신도 아기를 가질 마음의 준비가 되면, 임신 방지용 루프를 제거하고 알렉산더에게 알리기로 이미 서로 간에 합의한 바 있었다. 그러나 병원에 다녀온 뒤 그녀는 사촌 트리샤를 통해 클레이번 메이슨, 그리고 일리나 소콜로바의 일을 알게 되고 그를 격하게 추궁한 뒤 리오넬 본가로 떠나버렸다. 그 이후로는, 알렉산더와의 관계와 그녀를 노리는 정체불명의 인물에 대해서만 생각하느라 그 사실은 까맣게 잊고 있었던 것이다.

"그래서…… 임신할 가능성이 있어, 지금."

"……."

알렉산더가 잠시 침묵을 지키자, 이번엔 그녀가 긴장한 채 그의 반응을 기다리고 있었다. 하지만 그는 대답 대신 몸을 굽혀 알렉시스의 입술을 다시 한 번 강렬히 탐했다. 혀와 타액이 어지럽게 뒤섞이는 외설스런 소리들에 이어, 그는 입을 떼고 짧게 내뱉었다.

"바라는 바야."

"아앗……. 핫! 좀, 천천히……."

그 말과 동시에, 그가 야수처럼 다시 움직임을 재개하자 그녀는 좀 천천히 하라고 항의했지만 알렉산더는 절대 말을 듣지 않았다. 오히려 기필코 임신시키고 말겠다는 의지에 불타는 것 같았다. 그는 그녀의 몸 안으로 더 세게, 더 깊이 들어가 알렉시스가 기어이 혼절할 지경에까지 힘껏 몰아치고 있었다.

사랑해, 그 무엇보다. 세상의 그 누구보다 더.

그의 온몸의 세포가 말하고 있었다. 그에게 필요한 건 단 두 가지였다. 알렉시스, 그리고 그녀의 사랑. 그중 단 하나만 택해야 한다면 자신을 사랑하는 알렉시스, 그 하나였다. 만에 하나 자신이 그녀를 사랑하는 것만큼 그녀는 자신을 사랑하지 않는다 해도 좋았다. 사랑 없이는 살아도 알렉시스 없이는 살 수 없으니까. 그녀가 곁에 있기만 하면 아무리 오랜 시간과 수고가 걸리더라도 결국 자신을 사랑하게 만들 희망이 있으니까. 알렉산더의 마지막 일격에, 알렉시스 역시 비명을 내지르며 그와 함께 절정을 맞았다.

마음이 하나가 된 섹스는 단순한 몸의 결합에 그치지 않았다. 사랑을 나눈다는 표현에 걸맞게, 원초적인 쾌락과 일시적인 환희를 뛰어넘는 그 이상의 것이 있었다. 사람의 영혼이 느낄 수 있는 최고의 행복과 충만감이 그 너머에 있었다. 그가 뜨거운 욕망을 토해내고 난 다음, 몇 분 지나지 않아서 전용기는 런던 히드로 공항 부지에 도착했다.

좌석으로 돌아와 내릴 준비를 한 상태에서도, 알렉시스는 잔뜩 붉어진 얼굴에 기진맥진해 있는 반면 알렉산더는 피로가 싹 가신 듯 개운한 표정으로 대조를 이루고 있었다. 알렉시스는 조금 전의 열정적인 모습은 온데간데없이 어느새 싸늘한 표정으로 돌아와 있었다. 알렉산더 역시 평소와 같은 무표정이었지만, 어딘가 굉장히 즐거운 기색이 역력히 드러나 있었다. 그녀는 시종일관 옆의 남자를 따가운 눈총으로 노려보았다.

"다리에 힘이 풀려서 도저히 못 걷겠어. 그러게, 적당히 하라고 했는데……."

"무슨 소리야, 하도 적당히 하라고 해서 한 번밖에 안 했는데."

"두 번만 했다가는 공항 응급 구조대 불러야 했겠어."

그녀의 신랄한 비난에, 그는 어깨만 한 번 으쓱이고 캐빈 안에 있을 비서에게 전화해 리오넬 본가로 차를 대기시켜 놓을 것을 명했다. 당연히 그녀를 데려갈 생각인 모양이었다. 알렉시스는 공항에서 내리자마자 브로디 본가로 돌아가기로 했던 초반의 결심이 어느새 허물어지고 있음을 알았다. 하지만 그녀는 흔들리지 않기로 굳게 마음을 다잡았다.

"알렉산더, 회사는…… 요즘 어떻게 하고 있어?"

"요즘은 해링턴 형이 잘 관리하고 있어. 물론 최종 체크는 내가 항상 하지만."

세부적인 사항들까지 일일이 체크하고 조목조목 따졌던 그는 요즘 중차대한 결재를 제외한 다른 것들은 모두 해링턴에게 미루거나 잠정 보류해두고 있는 상태였다. 알렉산더가 잠깐 손을 놓는다고 한들 기업에는 실금 같은 타격도 없을 것이다. 하지만 그는 예전에 자신이 그렇게나 혐오하고 경멸했던 부류이자 세상에서 가장 한심한 머저리가 되어 있다는 사실을 인정하지 않을 수 없었다. 사랑 때문에, 한낱 여자 때문에 단 1초도 비즈니스를 소홀히 하거나 눈앞의 일에 집중하지 못하는 이들을 도저히 이해할 수 없었던 알렉산더 더 데빌이었다. 하지만 그는 더 이상 그때와 동일한 사람이 아니었다.

"알렉산더, 브로디 본가로 데려다줘."

"여기까지 와서 또 한바탕 싸워야겠어?"

"브로디 저택도 충분히 안전해."

"리오넬 쪽이 더 안전해. 내가 있으니까, 스페츠도."

"스페츠? 설마…… 그 스페츠나츠?"

"개인적인 연줄이야."

"R. B. L.? 라파엘 블레츠 레핀스키?"

"네가 그를 어떻게 알아?"

"그도 어나니머스(Anonymous)니까."

"……."

"한 번도 개인적으로 만난 적은 없어."

"……."

"지금 방금 기분 나빴다가 다시 안심했지?"

"아무튼 스페츠나츠 최정예도 있으니까 리오넬가에서 지내도록 해. 수단 방법 안 가리고 널 데려갈 거니까 아무리 저항해도 소용없어."

"방금 레핀스키에게 질투한 건 인정하는 거야?"

"……조용히 안 해?"

그들이 여타 평범한 연인처럼 옥신각신 대화할 동안, 어느새 전용기는 공항 부지에 도착해 있었고 마치 그 둘의 귀향을 환영하듯 소복하게 첫눈이 내리고 있었다. 2014년 11월의 첫날, 런던에 내리는 첫눈이었다. 아무리 기상이변이 잦은 요즘이라지만, 너무 이른 눈이었다.

알렉산더는 알렉시스의 코트 깃을 단단히 여미고 그녀를 부축해 전용기에서 내려섰다. 초저녁 어둑한 하늘에서 조용히, 천천히 쏟아지는 눈은 마치 작게 뭉쳐진 설탕 덩어리 같았다. 알렉시스가 짧은 감탄을 내뱉고 곁의 키 큰 남자에게 무언가 말하려고 했을 때였다.

탕—!

히드로 공항 옆 드넓은 부지 한편, 날카로운 총탄 소리가 그 평화로운 정적 속에 울려 퍼졌다. 그리고 새하얗게 뒤덮인 눈 위로 붉고 선명한 무언가가 방울방울 떨어져 내리기 시작했다. 죽음을 암시하는 붉은 점의 정체는 흰 눈 위에 아름답고 선명하게 도장을 하나씩 새겨나가고 있었다. 너무나 순식간에 일어난 일이라, 총탄에 이어 무시무시한 정적이 잠시 부지 안을 뒤덮었다. 수 초 뒤 누군가의 찢어지는 듯한 절규, 그리고 그제야 웅성이며 소리치는 비서와 경호원 일대, 공항 관계자들의 소란스런 소리가 그야말로 아수라장을 방불케 했다.

소복한 하얀 눈 위에 내려앉던 붉은 점은 삽시간에 웅덩이를 이루었고, 누군가의 그림자가 그 위를 뒤덮고 차디찬 눈 위에서 한결 더 차갑게 식어가고 있었다.

"으앙—! 엄마, 엄마……!"

정적을 찢는 듯한 아이의 울음소리에, 좌중은 조금 동요하다 아이가 엄마 품에 안기며 울음을 그치고 나서야 엄숙한 분위기로 되돌아갔다. 주위를 아무리 둘러봐도 온통 검은색 일색이라, 어린 아이의 눈에 꽤나 무서운 장면으로 보인 모양이었다.

눈이 채 녹지 않은 초록색 잔디 너머, 눈부시게 아름다운 화환이 올라간 하얀 관이 보였다. 바로 귓가에서 울려대는 교회의 종소리가 묵직하게 차디찬 겨울의 공기 중에 울려 퍼졌다. 곧이어 관이 흰 눈과 초록을 들어낸 검은 흙 아래 묻히고 그 자리의 모두가 고인에게 마지막 인사를, 신께 경외의 기도를 속삭였을 때였다.

눈인사를 보내는 한 남자의 푸른 눈동자가 여자의 것과 하나로 얽혔다. 미카엘 할스트롬. 영국 정재계의 내로라하는 집안이 한자리에 모인 근엄한 장례식인지라, 그가 지금 이 자리에 있다 해도 하등 놀라울 것은 없었다. 여자는 그에게 보일 듯 말 듯 까딱 고개를 끄덕이고 적당한 간격을 유지한 채, 등 뒤를 굳건히 버티고 있는 보디가드들 중 한 명에게 고개를 돌렸다. 이제 그만 돌아가겠다는 무언의 표시였다.

여자는 추위를 피해 꽁꽁 싸맨 목도리를 풀고 검은 챙 모자를 벗었다. 완공된 지 얼마 되지 않은 초현대식 고급 펜트하우스 빌라의 비상 엘리베이터는 빌라의 주인과 그 가족만이 전용으로 이용할 수 있었다. 빌라 안팎의 삼엄한 경비를 뚫고 경호원 한 명과 엘리베이터에 올라탄 여자는 잠시 후 22층에서 문이 열리자 천천히 한 발짝씩 걸음을 옮겼다.

실내로 들어선 그녀는 목도리에 이어 검은색 캐시미어 코트까지 벗고 드넓은 메인 침실에 들어섰다. 그곳은 벽 전체가 온통 은색 유리로 되어 있어, 창 너머로 런던 중심가가 훤히 내려다보이는 최고의 입지를 자랑하고 있었다. 창밖으로 언뜻언뜻 보이는 낮은 건물들 지붕에는 아직 눈이 소복하게 쌓인 채 그대로였다. 고용인 둘이 문밖에서 다가와 코트를 받아 들고 사라진 다음에야 여자는 조용히 입을 떼었다.

"다녀왔어."

"장례식은 어땠어?"

"……편안히 가신 것 같아. 호상이었어. 96살까지 건강하게 살다 조용히 눈을 감으셨으니까."

여자는 건너편의 상대에게 다가와 그 앞에 앉았다.

"몸은 어때?"

"안 좋아."

"안 좋아? 어떻게? 의사를 부를까?"

"아니, 의사는 필요 없어."

남자는 침대에서 억지로 상반신을 일으켜 앉았다.

"필요한 건 아내뿐이야."

"여기……."

여자는 아직 바깥공기의 한기가 설핏 남아 있는 손으로 남자의 뺨을 감쌌다.

"있잖아, 당신 눈앞에."

"그렇게 가지 말라고 했는데……. 넌 정말 지독하게 내 말을 안 들어. 처음부터 그랬지만."

"나랑 가장 친한 케이티의 할아버님 장례식인데 어떻게 안

가. 미스 톰슨 외 경호원을 세 명이나 데리고 갔었어. 위험할 건 아무것도 없었다고."

"그럼 그땐 경호원이 없어서 네가 죽을 뻔했어? 경호원 수백 명이 있어도 절대 방심할 수 없다는 걸 아직도 모르겠어?"

알렉산더의 거친 어조에, 알렉시스는 더 이상 그를 자극하지 않기로 마음먹었다. 그의 말에 동의해서가 아니라 혹시라도 붕대 속 상처에 지장이 있을까 봐 걱정되었다. 그녀가 침묵을 지키자 그는 스스로 화를 다스리려는 듯 크게 심호흡을 한 번 하고 조용히 명령했다.

"이리 와."

그녀는 침대 가장자리에 더 가까이 걸터앉았다.

"더 가까이."

알렉시스는 아예 침대 위로 올라가 그의 옆에 붙어 앉았다. 행여나 붕대로 두껍게 감싸인 그의 복부를 건드릴까 봐 조심하는 것은 잊지 않았다. 알렉산더는 그녀의 어깨에 한 팔을 둘러 더 바짝 끌어당겼다.

그의 감각은 알렉시스만의 익숙한 체취와 따스한 온기를 확인하고 있었다. 그녀가 눈앞에 이렇게 멀쩡히 숨 쉬고 있다니 실로 기적과도 같았다. 알렉산더와 알렉시스 둘 다 한 달 전, 악몽 같았던 순간을 생생히 기억하고 있었다. 런던 히드로 공항에 도착해 전용기에서 내렸을 때의 순간은 지금도 그들의 뇌리에 선명히 각인되어 있었다.

그들이 여타 평범한 연인처럼 옥신각신 대화할 동안, 어느새 전용기는 공항 부지에 도착해 있었고 마치 그 둘의 귀향을 환영하듯 소복하게 첫눈이 내리고 있었다. 2014년 11월의 첫날, 런던에 내리는 첫눈이었다. 아무리 기상이변이 잦은 요즘이라지만 너무 이른 눈이었다. 알렉산더는 알렉시스의 코트 깃을 단단히 여미고 그녀를 부축해 전용기 위에 내려섰다. 초저녁 어둑한 하늘에서 조용히, 천천히 쏟아지는 눈은 마치 작게 뭉쳐진 설탕 덩어리 같았다. 알렉시스가 짧은 감탄을 내뱉고 곁의 키 큰 남자에게 무언가 말하려고 했을 때였다.

탕-!

히드로 공항 옆 드넓은 부지 한편, 날카로운 총탄 소리가 그 평화로운 정적 속에 울려 퍼졌다. 빗나간 총신은 어딘가 알 수 없는 곳에 가서 박혔다. 다음 순간 알렉산더의 몸은 본능이 시키는 그대로 따르고 있었다. 그는 1초도 채 되지 않는 그 찰나에 알렉시스를 감싸 안았다.

탕-!

또 한 발의 총탄, 그리고 새하얗게 뒤덮인 눈 위로 붉고 선명한 무언가가 방울방울 떨어져 내리기 시작했다. 죽음을 암시하는 붉은 점의 정체는 흰 눈 위에 아름답고 선명하게 도장을 하나씩 새기고 있었다. 너무나 순식간에 일어난 일이라 총탄에 이은 무시무시한 정적이 부지 안을 잠시 뒤덮었다.

수 초 뒤 누군가의 찢어지는 듯한 절규, 그리고 그제야 웅성이며 소리치는 비서와 경호원 일대, 공항 관계자들의 소란스런 소리가 그야말로 아수라장을 방불케 했다. 소복한 하얀 눈 위에 내려앉던 붉은 점은 삽시간에 웅덩이를 이루었고, 누군가의 그림자가 그 위를 뒤덮고 차디찬 눈 위에서 한결 더 차갑게 식어가고 있었다.

"알렉……. 알렉산더! 알렉스!"

탕-!

그의 회색 코트 앞부분, 오른쪽 복부가 피로 낭자해 있었다. 알렉시스가 숨넘어갈 듯 눈 위에 쓰러진 그에게 가까이 다가가는 순간, 또 한 번의 총탄 소리가 모두의 고막을 찢을 듯이 울려 퍼졌다. 세 번째 일격은 여자의 심장 쪽을 노린 게 틀림없었다. 알렉시스가 가슴에 둔중한 충격을 느끼고 그 자리에 주저앉은 순간, 눈 위에 엎드려 있던 알렉산더는 점점 흐려져가는 눈을 하고서도 이 악물고 그녀에게 다가가려 하고 있었다.

탕-! 탕!

네 번째, 다섯 번째 총탄은 공항 부지에서 대기하고 있다 달려온 스페츠나츠 출신 요원들의 총에서 발사되었다. 알렉산더 리오넬에게 개인적으로 고용된 요원들은 첫 두 발은 허를 찔렸지만 그 후로는 프로답게 신속히 대처했다. 그들의 엄호사격은 맹렬히 이어졌고, 먼 발치에서 리오넬 부부를 공격했던 저격자는 마침내 한 다리와 한 팔을 맞은 채 그 자리에 쓰러지고 말았다. 최정예 요원 드미트리 코스마초크의 교묘한 사격 솜씨였다. 저격자가 자칫해서 죽기라도 할 경우, 그 배후를 알 수 없을 거라 판단한 방편이었다.

알렉시스는 자신이 가슴에 총을 맞았으리라 생각했다. 하지만 윈드브레이커 재킷 안주머니에는 퍼디난드 리오넬이 마련해주었던 휴대폰 단말기 액정이 수많은 파편으로 조각나 방패 역할을 해주고 있었다. 액정 화면은 완전히 금이 가버렸지만 온전히 깨지진 않았다. 단말기에서 눈을 돌린 그녀는 어느새 경호원들에 의해 전용기 안으로 다시 들어가 있었다. 전용기가 다시 이륙할 태세를 갖추며, 알렉산더의 피로 얼룩진 몸이 보디가드들에 의해 병원으로 이송되려 하고 있었다.

그녀의 재킷을 벗기는 경호원들이 다른 곳에 혹 부상은 없는지 여기저기 살피고 있는 중에도, 알렉시스는 말을 더듬으며 알렉산더에게 다가가려 애썼다. 사람이 너무 충격적인 상황에 직면하면 패닉 상태에 빠질망정, 울음은 나오지 않는다는 말을 실감하는 순간이었다. 그는 이미 정신을 잃은 상태인 데다 안색에서 핏기가 빠르게 사라지고 있었다. 알렉시스는 그에게 다가가려 했지만, 경호원들의 제지로 그를 눈앞에 둔 채 손끝 하나 댈 수 없었다.

"미세스 리오넬! 흔들리면 출혈이 더 심해질 수 있습니다! 곧 병원에 착륙할 테니 잠시만 그대로 있어주십시오!"

보디가드 중 한 명의 고함에, 알렉시스는 그 자리에 스르르 주저앉아 얼어붙은 듯 점점 창백해지는 알렉산더의 시체 같은 얼굴만 뚫어져라 바라보았다. 미처 의식하지 못하고 있는 사이, 그녀의 뺨으로 한 줄기 눈물이 흘러내리고 있었다. 알렉시스는 공황 상태에 빠지면서도 저도 모르게 모든 정황을 파노라마처럼 머릿속에 고스란히 재현시켰다.

그녀가 뭔가 말하려 고개를 돌린 순간, 알렉산더가 몸을 앞으로 내밀었고 그 순간 첫 번째 총탄은 어디론가 빗나갔다. 타깃이 아닌 자가 갑자기 조준점 안에 들어오자 순간적으로 당황한 저격수가 0.1초의 순간 조금 빗나간 곳으로 총신을 돌린 것이다. 그리고 그녀를 막아선 알렉산더가 알렉시스 대신 두 번째 일격을 맞고 쓰러졌다. 마지막으로 세 번째 공격은 그녀를 향했지만 안쪽에 넣어둔 휴대폰 덕분에 무사할 수 있었다. 처음부터 끝까지, 총알의 타깃은 알렉시스 자신임에 의심할 나위가 없었다.

알렉시스는 엄청난 두려움에 온몸을 사시나무 떨 듯 떨었다. 자신이 타깃이었다는 사실 때문도, 비록 무사할망정 가슴팍을 때렸던 둔중한 총격의 충격 때문도 아니었다. 그녀 대신 알렉산더가 죽을지도 모른다는 사실이 알렉시스의 심장을 미친 듯 뛰게 하고 있었다. 섬뜩한 한기가 그녀의 몸속, 세포 하나하나에 빠르게 스며들었다.

"무서워⋯⋯. 무서워!"

"괜찮습니다, 미세스 리오넬. 저격수의 신병은 확보했다고 방금 연락이⋯⋯."

"무서워! 알렉스가⋯⋯ 그가 죽을까 봐 무서워! 무섭다고⋯⋯!"

"⋯⋯."

고용인들 앞에서 단 한 번도 언성을 높인 적이 없었던 그녀였다. 알렉시스의 포효와도 같은 고함에, 좌중은 물을 끼얹은 듯 조용해졌다. 그사이 전용기는 병원에서 가장 가까운 부지에 착륙했고 곧바로 대기하고 있던 응급차에 실려 알렉산더는 곧바로 수술실로 옮겨졌다.

알렉시스는 파랗게 질린 얼굴로 시종일관 바들바들 떨고 있으면서도 혹시 수혈이 필요하진 않은지, 그녀도 그와 같은 AB형임을 주장하며 수술이 끝날 때까지 문밖에 대기하고 있을 것을 완강히 고집했다. 그녀 역시 절대안정이 필요하다고 경호원과 의료진이 아무리 설득하고 달래도 알렉시스는 끄덕도 하지 않았다.

제발, 제발이라는 말만 입술 위에 달싹거리며 아무리 오랜 시간이 걸릴지라도 수술이 끝날 때까지 밖에 있겠다는 의지를 꺾으려 들지 않았다. 하지만 정신적 충격을 이길 수 없었던지, 알렉시스는 금세 정신을 잃고 수술실 밖 복도에 쓰러지고 말았다.

그것이 불과 한 달 전 벌어졌던 참극이었다. 응급수술은 노련한 의료진의 지휘하에 성공적으로 끝났고 알렉산더의 복부 총상은 회복기 중반에 접어들고 있었다. 그의 타고난 체력 덕분인지, 강인한 정신력 때문인지 혹은 둘 다인지 알렉산더는 순조로운 회복과 빠른 차도를 보이는 중이었다. 언제나 곁을 지키고 있는 알렉시스의 극진한 간호 덕도 분명 클 것이다.

"앞으로는 밖에 절대 나가지 마. 내가 붕대 풀기 전까지는."

"……."

"대답 안 해?"

"배 안 고파? 저녁은 뭐가 좋을까……."

"말 돌리지 마."

알렉시스는 고개를 들어 그의 아랫입술에 자신의 입술을 갖다 대었다. 도톰한 윤곽선을 따라 그의 아랫입술을 쓸던 그녀의 입술은 꺼끌꺼끌한 턱으로, 목덜미에 희미하게 돋아난 핏줄로 천천히 옮겨가고 있었다. 그의 숨결이 점점 거칠어지더니 알렉산더는 목 깊은 곳에서 으르렁거리는 짐승 같은 소리를 냈다.

"……지금 뭐 하는 거야."

그의 음성에서 위험신호를 감지한 그녀는 이제 멈춰야 할 때라는 걸 직감하고 천천히 입술을 뗐다. 아직 채 아물기도 전에 복부의 꿰맨 곳이 터지기라도 하면 큰일이었다.

"미안."

알렉시스는 복부의 붕대를 자극하지 않으려 조심하면서 그에게서 조금 물러나 앉았다.

"이다음은 완전히 회복된 뒤로 미룰게."

"너……!"

"억울하면 빨리 나으면 되잖아."

알렉시스가 침대에서 물러나려고 몸을 일으킨 순간 그가 그녀의 팔목을 잡았다. 환자라고는 믿어지지 않을 만큼 강한 힘이었다.

"잠깐만 앉아봐."

그녀를 다시 주저앉힌 그의 눈은 어느 때보다 진지한 동시에 매서웠다.

"한 가지만 약속해. 절대로 단독 행동 하지 않겠다고. 코스마초크가 거의 일을 마무리 짓고 있어. 이제 배후가 드러나는 건 시간문제야. 그러니까 내가 어느 정도 움직일 수 있을 때까지 제발 가만히 있어, 알겠지?"

"응."

알렉시스는 아주 길게 느껴지는 잠시간의 침묵 뒤에 답했다. 알렉산더는 미간을 살짝 좁히고 탐색하듯 그녀의 눈을 들여다보았다. 마지못해 대답한다는 느낌이 석연치 않았지만, 긍정적인 대답을 믿는 것 외에 달리 그가 할 수 있는 일은 없었다.

"그리고 또 하나……."

그의 목소리에 어려 있던 한기가 누그러져 있었다.

"우리 이야기야, 알렉시스."

그가 무슨 이야기를 꺼내려고 하는지 알렉시스는 금세 알 수 있었다. 그녀는 알렉산더가 그의 말을 먼저 끝내기를 묵묵히 기다렸다.

"몇 번을 사죄해도 용서받을 수 없다는 거 알아. 이런 상황을 악용하고 싶지도 않고."

그가 그녀 대신 총을 맞아 죽을 뻔했을지도 모를 현재의 상황을 뜻하는 것이었다.

"알렉시스, 내 모든 걸 걸고 맹세할게. 다시는 너에게 상처 주지 않아."

그의 커다란 양손이 그녀의 귀와 목덜미가 시작되는 지점을 따뜻하게 감싸 잡았다.

"너에 대한 지나친 집착, 소유욕은 나도 당장 하루아침에 고칠 수는 없어. 어쩌면 평생 고치지 못할지도 몰라. 하지만……."

그의 목소리는 아주 희미하게, 가늘게 떨리고 있었다.

"다른 여자 따위 아무도 눈에 들어오지 않고 내겐 이제 아무 의미 없어. 내가 너에게 얼마나 큰 상처를 주었는지 지금은 절절히…… 뼛속 깊이 알고 있고 다시는 그런 일 없을 거야. 서비스 업체의 여자와 실제로 아무런 관계가 없었다는 사실도 믿어주길 바라. 그 외에도 네가 싫어하는 일은 하지 않으려 최대한 노력할 거라고 약속해."

"알렉산더."

알렉시스는 오랜 시간 동안 참아왔던 화두를 던지기로 결심했다. 그가 먼저 이야기를 꺼낼 때까지 기다리려 했지만 이제는 그 이야기를 그에게서 직접 들을 때가 된 것 같았다.

"14살 때 무슨 일이 있었는지 궁금해. ……당신이 윤리적으로 무감각하게 된 것에 그 일이 어떤 영향을 끼치진 않았는지 알고 싶어."

그의 얼굴이 일순간 경직된 것을 느낀 그녀는 조용히 덧붙였다.

"얘기하고 싶지 않으면 하지 않아도 돼."

"아니, 말할 수 있어."

알렉산더는 의식 너머에 꽁꽁 봉인해두었던 당시의 기억을 현실로 환기시켰다. 불과 14살의 소년이 겪은 것이라고는 그 누구도 상상할 수 없었던 일이었다. 그는 마른침을 삼키고 아직도 생생히 기억하고 있는 한 여자의 이름을 입에 올려보았다. 레나 드 파르보아. 알렉시스가 자신의 14살 사건의 윤곽에 대해 누구에게 들었는지, 어떻게 알게 되었는지 궁금하지 않은 것은 아니었다. 하지만 지금은 그게 핵심이 아니었다.

"……."

사람들의 웅성거림 속에서, 14살의 앳된 소년은 뭔가에 홀린 듯 창밖에서 시선을 떼지 못했다. 검고 깊은 한 쌍의 눈이 로코코양식의 테라스 위로 한순간 솟구쳐 오르다 아래로 낙하하는 새하얀 레이스 프릴을 담고 있었다. 언젠가 라플란드 밤하늘에서 보았던 형형색색의 오로라처럼, 빛의 기둥 형태로 계단을 이룬 듯한 레이스 천 조각이 허공에서 쫙 펼쳐져 날갯짓을 하다가 이내 시야에서 사라지고 말았다. 그리고 곧이어 사람들의 찢어지는 외마디 비명 소리, 한층 더해진 주변의 소음이 소년의 귓가에 화살처럼 날아와 박혔다.

소년은 저도 모르게, 방금까지 무시무시한 힘으로 압박당하고 있던 목덜미로 한 손을 가져갔다. 아직도 누군가의 온기가 고스란히 남아 있었다. 3분 전, 20대 후반으로 보이는 38살의 레나 드 파르보아는 14살 소년의 목을 힘껏 조르고 있었다. 여자는 연령상 소년의 어머니뻘 되는 나이였지만 아직 어린 그에게 처음으로 여자를 알려준 첫 번째 대상이었다. 벌써 20년 가까운 세월이 흘렀음에도 아직 프렌치 시크라 일컬어지는 그녀의 아름다움은 데뷔 때와 별반 달라진 게 없었다.

프랑스의 배우이자 모델 출신인 레나는 14살 소년에게 처음에는 숭고한 모성의 마음으로 다가갔었다. 그러나 배덕하고 퇴폐적인 눈으로 소년을 담게 되었고 급기야 부적절한 욕망의 대상으로 손을 내밀게 되었다.

"너는 악마야……!"

"……."

"날 타락시킨 악마!"

콰당, 소리와 함께 문이 벌컥 열렸다. 곧이어 여러 명의 장정들과 런던 경시청 소속의 남자들이 가냘픈 소년의 목에서 여배우의 손을 강제로 떼어내고 수갑을 꺼내어 손목을 결박하려 했다. 몸부림치던 여자는 자유로운 다리로 활짝 열려진 창밖으로 달려가더니 곧바로 테라스 아래로 떨어져 내렸다. 너무 눈 깜짝할 새 일어난 일이라, 그 자리의 누구도 미처 그녀의 낙하를 막을 재간이 없었다.

"……."

알렉산더는 모든 것을 빠짐없이 지켜보고 있었다. 그녀가 창밖으로 질주해 하늘로 날아오르는 순간을. 시폰 블라우스 자락이 소슬한 바람결에 하늘거리며 나비처럼 짧게 살랑이다 곧 시야에서 멀어지는 것을. 그는 아직 여자의 손마디가 느껴지는 목 언저리를 자신도 모르게 어루만지고 있었다. 미약한 여자의 힘이라곤 믿겨지지 않을 만큼, 강하고 집요한 악력이었다. 방 안에 있던 사람들 대부분이 구급차를 부르고 아래층으로 내려가는 소동 속에, 몇몇 사람들은 그를 둘러싸고 보호와 도움의 손길을 내미느라 바빴다. 그의 아버지 및 다른 가족들도 곧 도착할 것이란 누군가의 외침도 먹먹한 귓가로 들려오고 있었다.

"세상에……. 완전히 미친 여자야!"

"원래 병력이 있었던 게지. 겉으로는 멀쩡하니 누가 짐작이나 했겠어."

전통적인 이튼스쿨의 교복인 검은색 연미복을 입은 채, 소년은 천천히 자리에서 일어났다. 아까까지 목을 조르고 있던 악력 때문인지 목구멍 안쪽에 통증이 일어서 콜록, 하고 기침을 내뱉었다. 일제히 자신에게 달려와 부축하고 몸 상태를 살피는 사람들을, 그는 무감정한 눈으로 천천히 훑어보았다.

소년은 아주 어릴 때부터 문제가 생기면 스스로와 주변을 분리시켜 상황을 냉철하게 관망하는 습관이 있었다. 기억도 나지 않는 아기 시절에 어머니는 사고로 돌아가신 뒤였기에, 그는 본능적으로 스스로의 정서를 방어하고 감정을 절제하는 훈련을 자의 반, 타의 반으로 익혀왔기 때문이었다.

괴물은 사라졌다. 그를 끊임없이 괴롭히던 괴물은 이제 사라지고 없었다. 소년은 지그시 눈을 감고 괴물에게서 풀려난 해방감을 가슴 속 깊이 맛보았다. 하지만 마지막으로 그의 귓가에 내려앉았던 한마디 저주가 언제까지고 떨쳐지지 않을 것 같았다.

"넌 악마야……. 아무도 사랑하지 마……! 불행하게 만들고 말 테니까!"

8화. 회상 : 과거의 악마

16년 전, 런던.

그가 처음 레나 드 파르보아를 만난 것은 리오넬 저택의 분수 옆 정원에서였다. 소년은 주중 내내 학교 기숙사에 머물다 토요일 오전에야 본가로 막 돌아온 참이었다. 6월 말 초여름 햇빛에 눈이 부신 듯, 그는 미간을 잔뜩 찌푸리고 푸른 잔디 너머 껑충하니 키가 큰 여성을 먼발치에서 건너다보았다.

과한 화려함 없이도 부유한 신분이 한눈에 드러나는 여자는 길고 탐스러운 블론드에 타이트한 화이트 실크 원피스를 입고 서 있었다. 14살의 나이치고 소년 역시 170센티미터 정도의 큰 키였지만 여자는 예전에 모델 출신이었는지 높은 하이힐에 힘입어 그보다 7, 8센티미터는 더 커 보였다. 일견 20대 후반으로 보였지만 소년은 또래에 비해 관찰력이 매우 뛰어난 편이었다. 여자의 깊이 있는 음성과 몸짓, 전체적인 분위기로 미루어 볼 때, 적어도 30대 중반은 될 것이라 짐작되었다. 집사와 담화를 나누고 있던 여자는 그제야 소년의 존재를 눈치챈 듯, 그에게 주저 없이 다가와 한 손을 내밀어 보였다.

"알렉산더? 나는 레나. 네 아버지의 친구이자 당분간 너의 프랑스어 튜터(tutor : 개인교사)."

프랑스어 억양이 자연스레 녹아들어 있는 그녀의 음성은 달콤하기 그지없었다. 독이 든 초콜릿처럼. 그리고 소년을 굽어보는 푸른 눈동자와 은은한 샤넬 향은 그보다 더 달콤했다.

프랑스와 전 유럽의 한 시절을 풍미했고 지금도 전설적인 아이콘으로 간간이 활동하고 있는 레나 드 파르보아는 일개 학생의 프랑스어 가정교사가 될 정도의 신분도, 상황도 결코 아니었다. 여자는 아버지와의 오랜 친분을 강조했지만 소년은 어렴풋이 짐작하고 있었다. 실제로 알고 지낸 사이는 그녀의 말처럼 오래되었을 수 있지만, 레나 드 파르보아는 아버지 퍼디난드 리오넬과 현재진행 중이거나 그 직전의 애매한 관계임이 틀림없었다.

어려서 어머니가 사고로 죽은 뒤, 아버지는 단 한 번도 재혼에 대해 언급하거나 재혼의 가능성이 예상될 만큼 진지하게 만나왔던 여성이 없었다. 아버지는 애초에 여자 자체에 대해 그다지 큰 관심이 없는 것 같았다. 상대와의 합의하에 플라토닉과 건전한 성관계 사이를 오가는 것 같았지만 결코 적정선을 넘지는 않았다. 소년의 생모와는 집안 간의 정략혼인이었다는 사실도 익히 알고 있었다. 아버지는 예전에 무심하게 지나가듯 말한 적이 있었다.

'네 어머니가 아니었다면 난 어쩌면 바티칸에 귀의해 신부가 됐을지도.'

아버지는 그가 아주 어린 시절부터 후계자로서의 훈육에 철저하고 엄격했지만 아들에 대한 깊은 애정을 굳이 숨기지는 않았다. 업무상 집에 거의 붙어 있지 못하는 그였지만, 하나밖에 없는 아들에 대한 부성애는 여타 평범한 가정의 아버지와 다를 바 없었다. 너무 유별나지도 않았지만 그렇다고 결코 평균 이하도 아니었다. 레나 드 파르보아란 여자가 리오넬 저택 내 게스트하우스 별관에 머물게 된 첫날, 퍼디난드는 아들에게 한 통의 전화만 걸어왔다. 그는 인도의 뉴델리에 사업차 장기간 체류하고 있었다.

-아들, 내 친구니까 적당히 예의 바르게…… 프랑스어도 기본은 배워놓는 게 유리하니까.

"얼마나 여기 머물 계획입니까?"

-3, 4개월?

"아버지 친구분이라 오히려 더 불편합니다. 상주하는 것도요."

-어차피 본가엔 사람들이 많고 마담 파르보아는 별채에서만 머물 거니까 신경 쓰지 않아도 돼.

"아버지는 여기 언제 오시는데요."

-적어도 넉 달은 더 있어야 할 것 같은데. 길면 반년?

"도대체 무슨 생각으로, 저 같은 예민한 나이의 청소년에게 저런 여자를 붙여놓는 겁니까."

-엉뚱한 상상은 금물이야. 마담 파르보아에게 너란 존재는 갓난아기에 불과할 테니.

레나 드 파르보아는 이제 마흔이 가까운 나이임에도 그 미모는 여전했다. 그야말로 독보적인 신비함을 발하는 외모의 소유자였다. 주말에 단 2시간의 수업이었지만, 저택 부지 안에 머무는 동안 그들은 의외로 마주칠 일이 소소히 많았다. 별채에서 독립적으로 머물겠다 먼저 자청한 것은 레나였지만 리오넬 본가에는 소년의 일가친척이 거의 다 모여 살다시피 했고 손님들도 끊이지 않았기 때문에 그녀는 자의 반 타의 반으로 주말 만찬을 매번 본가에서 함께하곤 했다.

전 세계를 풍미했고 지금도 여전히 아름다운 여배우와 한자리에 함께하길 꺼리는 사람은 남녀노소 단 한 명도 없었다. 비록 중퇴였지만 프랑스 소르본느 대학 출신이기도 한 그녀는 미모와 지성, 세련된 유머와 화술을 갖추고 있어서 모두가 금세 레나에게 매료되었다. 소년 역시 예외는 아니었다.

소년은 이미 열넷의 나이에 170센티미터가 훌쩍 넘는 장신의 체격, 나이보다 훨씬 성숙해 보이는 차가운 매력과 카리스마, 그리고 영국의 실권을 쥐고 있다 해도 과언이 아닌 리오넬 말버러 공작 가문이자 리오넬사의 차기 후계자로서 모든 이의 질시와 흠모를 한 몸에 받고 있었다.

그는 집에서나 학교인 이튼스쿨에서나 거의 말이 없었고 고독을 즐겼지만 스스로 외톨이를 자처하진 않았다. 그 역시 후계자 교육의 일환인지, 그의 타고난 천성인지, 소년은 또래 동기들을 교묘하게 자신의 절대적인 편으로 만드는 탁월한 재주가 있었다. 언성을 높이고 완력으로 제압하거나 우월한 배경을 내세우지 않고도, 어느샌가 소년은 전 학년, 나아가 어느샌가 소년은 학년 전체, 나아가 모든 또래 학생들 사이에서 조용한 리더가 되어 있었다. 그렇다고 동기들을 선동해 교사들에게 반항하는 부류의 학생도 아니었다. 운동과 학업 모두에서 타의 추종을 불허하는 실력을 보이며 그는 그저 묵묵히, 누군가 시비 걸거나 귀찮게 하지 않을 정도로만 자신의 입지를 조용히 굳혀갈 뿐이었다.

'Eton College, Boys Entrance'라는 명패처럼 학교에는 여학생이 없었다. 하지만 외부인의 출입이 허용된 교내 부지 및 근처 템스 강가와 윈저 주위에는 명문 사립 여학교 교복 차림을 한 여학생들의 행렬이 항시 끊이지 않았다. 관광객들이야 이튼스쿨의 명성을 익히 알고 멀리서나마 연미복 입은 지적인 미소년들을 보기 위해 항상 근방을 배회하기 마련이었다. 하지만 영국 여학생들 대부분의 관심은 오직 단 한 명이었다.

소년은 집요하고 끊임없는 구애와 애정 공세에 아무런 반응도 보이지 않았다. 혹자들은 그가 일부러 무관심과 무반응으로 여심을 더 자극하고 있는 것이라 했지만, 소년은 정말로 그 모든 게 귀찮았다. 그도 아름답고 섹시한 여성들을 보면 눈이 즐겁고 몸이 흥분되는 것은 부정하지 않았지만 세상에는 그보다 훨씬 더 스릴 있고 흥미로운 일들이 비일비재했다.

천운일 것이다. 막강한 권력과 부를 거느린 리오넬사의 미래를 짊어진 후계자가 그 무엇보다 약육강식의 비즈니스 세계에 가장 깊이 매료된 것은. 소년은 어릴 때부터 돈의 힘을 본능적으로 깨달아왔다. 권력은 결국 돈이 있는 곳에 모이게 되므로, 자본주의의 모든 파워의 근원은 첫째도 돈, 둘째도 돈, 셋째도 돈인 것이다.

소년은 가문에서, 그리고 학교에서 배우는 모든 지식과 요령들을 스펀지처럼 맹렬히 빨아들였다. 그는 하나를 가르치면 스스로 다른 하나를 터득해 시너지 효과를 내는 무서운 능력의 소유자였다. 하늘 아래 불가능한 게 없었던 그는 거듭되는 승승장구 속에서도 아주 가끔은 무료함을 느꼈다. 빨리 성인이 되어 좀 더 많은 것을 해보기를 매 순간 갈구하고 꿈꾸는 그였다.

또래의 풋내 나는 여자애들은 여자구실도 제대로 못할 것 같은 유치한 어린애들뿐이었다. 그러던 중, 그는 레나 드 파르보아를 만나게 되었다. 생모가 살아 있었다면 거의 비슷한 연령대일 만큼 훨씬 어른이었지만, 레나는 그가 지금까지 보아온 그 어느 성인 여자와도 달랐다.

"왜 여기 머물고 있습니까? 아시겠지만, 저에겐 굳이 튜터가 필요 없습니다. 프랑스어 기본 정도는 독학으로 얼마든지 가능하고요."

그녀가 리오넬 저택에 머물게 된 지 세 번째 주말에 소년은 억양 없이 물었다. 공손한 예의범절로 무장되어 있는 태도였지만 그의 눈에는 온기 없는 회의감만 가득했다. 다른 목적이 있는지 묻는 것과 다름없는 눈길이었다.

"설마 내가 여기에 있는 게 싫어서는 아니겠지? 그렇게 믿고 싶은데……"

"아버지와는 진전이 없습니까?"

여자의 달콤한 웃음에 소년은 조금 더 돌직구를 날려보기로 했다.

"훗……."

레나는 펼쳐져 있던 두꺼운 책을 탁 덮고 그 위에 팔꿈치를 얹었다. 『티보가의 사람들(Les Thibault)』이란 제목과 저자 로제 마르탱 뒤 가르란 이름이 표지에 박혀 있었다. 가느다란 팔목에 비스듬히 걸쳐진 에르메스 팔찌의 다이아몬드가 창 너머 스며드는 햇빛에 반사되어 투명한 빛을 발하고 있었다. 여자는 천생 여자, 그 자체였다. 당차고 강한 면보다는 금방이라도 부서질 것 같이 연약한 몸과 마음 모두를 소유한 인물이었다.

"그렇게까지 직설적으로 물으니 숨길 수 없겠네. 그래, 나는 네 아버지를 좋아해. 하지만 공작님은 날 친구로 대해주실 뿐이야. 우린 내 전남편과의 친분으로 만났지만 그 사람과의 의리 때문은 아니고, 단지 누군가와 깊은 관계가 되는 것 자체에 관심이 없는 것 같아."

의외로 여자는 자존심 상할 이야기를 스스럼없이 꺼냈다. 물결 치는 황금색 머리칼을 어깨 뒤로 넘기면서 그녀는 의미심장한 미소를 던졌다.

"하지만 여기서 지내고 있는 것은 일종의 휴식이야. 자세한 건 말할 수 없지만…… 몸이 좀 아파. 정확히는 이쪽이지만."

레나는 손가락으로 머리 쪽을 가리켜 보였다. 그때가 첫 순간이었다. 소년이 단순히 여성으로서 그녀에게 매료된 차원을 넘어서서 레나 드 파르보아란 여자에게 처음으로 순수한 호기심을 느낀 것은. 비극의 첫 출발점이라고도 할 수 있었다.

"그 여자, 대체 머리 어디가 이상한 겁니까? 정신병자와는 가까이 지내고 싶지 않은데요."

누구나 그렇지 않겠냐는 듯 소년은 어깨를 으쓱하며 매력적인 중년 남성 앞쪽의 체스판을 날카롭게 노려보았다. 영화배우 출신이자 최근 감독으로 데뷔한 남자는 레나 드 파르보아와 예전에 몇 작품에서 상대역으로 함께한 적이 있었다.

그는 수가 잘 풀리지 않는 듯, 한 손으로 백발이 드문드문 섞인 은발을 마구 헝클더니 혀를 쯧 찼다.

"말조심해, 이 녀석. 정신병자 정도는 아냐. 전남편이 안겨준 신경쇠약과 불안 증세."

케네스 브래넌은 드디어 갈 곳을 결정한 듯 체스의 말을 집어 들었다.

"안 그래도 연약한 멘탈인데 불행한 결혼 생활로 더 유리같이 금이 가버렸지……. 아버지 손님으로 깍듯이 잘 대해라."

"관계 의존증."

"뭐?"

알렉산더는 한 손으로 턱을 짚고 케네스 브래넌 쪽 체스판의 움직임을 면밀히 주시하고 있었다. 말을 잇는 동안에도 그의 시선은 체스판에 시종일관 붙박여 있었다.

"관계 의존증 하나 추가하세요. 장담컨대 그 증상도 있습니다."

작년 전남편과의 파경 이후 여러 소소한 가십들, 그리고 지금은 그의 아버지. 레나 드 파르보아는 누군가 애정의 대상이 없으면 안 되는 부류의 여자임이 틀림없었다. 그리고 일단 그 대상이 정해지면 지극히 위험해져버린다. 지독한 흑백논리와 집착으로 애정의 대상을 보이지 않는 사슬로 숨 막히게 옭아매야 정작 그 자신은 숨 쉴 수 있는 나약하기 짝이 없는 여자.

저택의 지하 시어터룸, 희미한 어둠 속에서 여자는 잘생긴 그의 이목구비를 천천히 손으로 더듬더니 조각같이 깎아내린 턱선을 깃털 같은 동작으로 훑어 내렸다. 어릴 때부터 발레를 해와서인지, 여자의 동작은 손가락 하나하나 우아하고 섬세하기 이를 데 없었다. 레나 드 파르보아가 리오넬 저택 부지에 온 지 그로부터 두어 달, 서른여덟의 아름다운 여자는 14살 소년의 첫 여자가 되려 하고 있었다.

"어차피 한 달 뒤엔 파리의 저택 수리가 끝나서 돌아가게 될 거야. 네 아버지에게도 더 이상 기대 품지 않기로 했어."

"이건 프랑스에서도 불법입니다."

레나가 그의 이튼스쿨 조끼를 벗기고 바지의 버클에 손을 가져가자 소년은 움찔 뒤로 물러나며 그녀의 팔목을 잡았다. 14살 소년의 것이라고는 믿기 어려운 강한 악력이었다. 그의 긴 속눈썹 아래 검은 눈은 형언하기 어려운 여러 가지 감정들을 담고 있었다. 당혹감, 놀라움, 혼돈, 아주 약간의 수치, 그리고 희미한 욕망이 서려 있었다. 이마 아래로 흐트러진 검은 머리칼, 그 아래 자리한 단정하고 높은 콧날. 분명 건장한 체격은 성인 남자를 방불케 했지만, 앳된 얼굴이나 분위기는 아직 10대 소년의 그것이었다.

하지만 그 복잡한 감정들이 섬광처럼 타오르는 강렬한 눈동자는 물리적인 나이를 훨씬 뛰어넘고 있었다. 그는 선택된 인간이었다. 모든 것을 손에 다 쥔 채로, 단지 시선 하나만으로도 발밑에 모두를 무릎 꿇리게 할 수 있는 수컷의 강렬한 야성미마저 신에게서 선사받은 소년이었다.

"작은 추억을 만드는 것뿐이야……."

여자는 그의 귓가에 달콤한 숨결을 불어넣었다.

"아무도 사랑하지 마. 너에겐 타고난 살인 능력이 있어. 여자들의 마음을 갈가리 찢고 부수는 능력. ……특별한 한 여자를 만들지 마. 넌 그 여자를 반드시 불행하게 만들 거니까."

여자는 쉰 목소리로 속삭이면서 소년에게 은근한 몸짓으로 가까이 다가섰다. 저항도, 순응도 아닌 기묘한 눈으로 여자를 노려보던 그는 그녀에게 한 팔을 뻗어 더 이상의 동작을 저지했다. 명백한 거부의 몸짓이었다. 소년이 여인의 어깨를 살짝 밀치며 뒤로 한 걸음 물러섰다. 그제야 그의 명확한 거부 의사를 알아챈 레나는 노련한 손길을 거두고 천천히 몸을 일으켰다.

"……아직 어린애는 어린애구나. 결국 피부의 접촉에 불과한 것을, 그렇게 큰 의미를 부여할 필요가 뭐가 있지."

"그런 어린애와 위험한 불장난을 하려는 자기 자신의 모습을 한번 보시죠. ……아버지에게 알려지면 곧바로 여기서 나가야 할 겁니다."

"그 사람에게 말할 생각이니?"

레나는 아무렇지 않은 얼굴로 당당히 소년을 마주 보았다. 입가에는 엷은 미소마저 띤 채, 티끌만큼의 수치심이나 후회감도 엿보이지 않는 태도였다.

"글쎄요, 어떻게 할까요?"

"네 마음 가는 대로 해. 그럴 경우, 아쉽게도 오늘 밤이 우리의 마지막 만남이 되겠지."

여자가 도도하게 고개를 홱 돌려 그에게서 멀어지려 할 때였다. 소년은 잠시 머뭇거리다 방 밖으로 나가려는 여자를 불러 세웠다.

"기다려요."

"……."

"아버지를 사랑하고 있는 게 아니었나요?"

"……당연하지. 퍼디난드 리오넬은 내가 아는 가장 최고의 남자야. 어떻게 해서든 그를 내 남자로 만들고 싶어."

"그런데 왜, 아들인 내게 이럴 수 있는 거죠? 난 지금까지 당신이 날 모성애 같은 감정으로 대하는 줄로 알았습니다. 순전히 내 착각이었던 건가요?"

"……."

잠시 소년을 멍하니 바라보던 미모의 여인은 박장대소를 터뜨렸다. 이렇게 재미있는 일은 난생처음이라는 듯, 레나는 한참 동안 깔깔 소리 높여 웃음을 터뜨렸다. 잠시 후 레나 드 파르보아는 웃음을 거두고 일그러진 미소를 입가에 띄웠다. 소년은 한 번 더 물었다.

"당신은 혹시, 가질 수 없는 것에 대한 소유욕을 사랑이라 착각하고 있는 건 아닙니까?"

"잘 들어, 리오넬 주니어. 사랑과 소유욕은 애당초 분리될 수 없어. 그리고 세상에 단 하나뿐인 사랑, 이런 것도 존재하지 않아. 일부일처제란 것처럼 인간 본성에 반하는, 위선적이고 무의미한 제도는 없어!"

소년을 향한 레나의 차갑던 눈에는 다시금 온기가 서려 있었다. 마치, 말귀를 못 알아듣는 학생을 초인적인 인내심으로 끝까지 깨우쳐주려는 교사와도 같은 눈이었다.

"모성애의 마음으로 널 대한 적도 없어. 난 수술로 자궁에 문제가 생기기 이전부터, 처음부터 모성애 같은 감정 따위 없었던 여자니까. 난 널 동일한 인격으로 대했어. 남자와 여자, 동등한 존재로. 널 시시한 발아래 어린애로 본 적은 단 한 번도 없다는 뜻이야. 알겠니?"

"……."

레나는 소년의 대답을 기다리지도 않고, 보무도 당당하게 방 밖으로 걸어 나갔다. 죄책감도, 수치심도 없는 그 당당함에 오히려 소년 쪽에서 당혹감을 느낄 정도였다.

14살, 세상을 발치에 놓을 야망만이 가득하던 소년은 처음 쾌락에 눈 뜨게 되기 직전, 기괴하게 뒤틀린 애정의 형태부터 접하게 되었다. 그가 그때, 하필 레나 드 파르보아란 여자를 알게 된 것은 예정된 비극의 발단이었다. 퍼디난드 리오넬 말버러는 치명적인 우를 범하고 말았다. 그는 자신의 하나뿐인 아들을, 시한폭탄을 안고 있던 여자 곁에 방치하지 말았어야 했다. 절대로.

지하실에서의 그 일 이후로도, 서른여덟의 여자와 14살 소년의 기묘한 교류는 한동안 지속되었다. 단, 누군가에게 발각될 가능성을 피하기 위해 리오넬 저택 안에서는 최대한의 형식적인 접촉만 유지하게끔 상호 간의 암묵적인 합의가 있었다.

마주 앉아 저녁을 먹거나 드라이브를 하는 단순한 소일거리만으로도, 그들은 전혀 지루함을 느끼지 않았다. 레나는 단순한 육체적 유혹과는 다른 차원의 방식으로 소년의 마음을 사로잡는 과정에 있었다. 그녀가 놀랄 만큼 왕성한 그의 지적 욕구와 호기심을 채워주는 동안, 둘 사이의 묘한 공감대는 빠르게 싹 틔워가고 있었다.

소년은 네브스키 대로를 향해 와자지껄 몰려가는 한 무리의 학생들과 인솔 교사들 틈에서 빠져나와 방금까지 머물렀던 예르미타시 미술관을 향해 발길을 돌렸다. 개별 행동은 절대 용납되지 않는 것이 방침이었지만 소년이 아버지의 친구인 러시아 상트페테르부르크 대학교의 학장을 통해 인솔 교사들을 회유했기에 가능한 일이었다. 쇼핑보다는 세계 제3대 미술관인 예르미타시를 조금 더 견학하고픈 희망은 소년 정도의 모범적인 학생이 충분히 제안할 법도 한 일이었다.

소년은 한때 예카테리나 대제의 겨울 궁전이었던 화려하기 그지없는 미술관으로 다시 들어가 18세기 이탈리아관 입구 앞에 섰다. 예상했던 대로 큰 키의 여자가 그의 옆에 살짝 다가섰다. 신체적 접촉은 없었지만 웅장한 내부에서 주고받는 두 사람의 눈길은 결코 범상한 것이 아니었다. 길고 탐스러운 블론드 머리를 단정하게 땋아 올려 커다란 챙 모자 아래 감춘 여인은 한눈에 보기에도 성숙하고 고혹적인 분위기를 자아내고 있었다. 여자는 소년을 자연스레 어떤 작품 앞으로 이끌어 화두를 던졌다. 그녀는 미술에도 조예가 깊어 웬만한 큐레이터 정도의 지식을 두루 갖추고 있었다.

"언젠가 말했지? 18세기 알레고리 기법(Allegory : 주인공의 주변 인물과 사물들을 통해서 주제를 풍자적으로 보여주는 것을 의미)."

작품을 편당 1분씩만 관람해도 총 8년이 걸린다는, 방대한 양의 작품들을 소장한 미술관 안에서 그녀는 소년에게 특히 보여주고 싶은 작품이 있다고 했었다. 18세기 이탈리아 화가들의 명화와 걸 작들이 전시된 방 안에는 그리스 로마신화에 관한 여러 가지 미덕 이 표현된 다양한 인물화들로 즐비했다. 그중에서 그녀는 폼페오 바토니란 이름의 이탈리아 화가의 작품을 가리켜 보였다.

〈Hercules at the Crossroads(헤라클레스의 선택)

(by Batoni, Pompeo)

Oil on canvas. 245x172 cm. Italy. 1765

Hermitage(예르미타시)〉

예르미타시 미술관은 벽에 걸린 작품들은 관람객들과의 거리 가 매우 가까운 편이었다. 소년은 벽 중앙에 걸려 있는 커다란 유 화를 물끄러미 바라보았다.

그림 한가운데에는 신화의 인물 헤라클레스가 비스듬히 앉아 있었고 양옆으로 두 여신이 각각 다른 자세로 그의 주의를 끌고 있었다. 원래 신화에는 쾌락과 미덕이란 이름의 두 님프였지만 작 품에서는 작가의 의도에 따라 비너스 여신과 아테나 여신으로 대 체된 설정이었다.

헤라클레스가 비스듬히 상반신을 기대고 앉아 있는 쪽에는 비너스 여신이 그에게 향기로운 장미꽃을 내밀며 유혹하고 있었다. 쾌락을 상징하는 여신답게, 흐트러진 옷 사이로 봉긋이 솟은 가슴은 성적 쾌락을 의미했다. 반면 헤라클레스의 시선을 사로잡고 그 앞에 서 있는 아테나는 미덕을 상징하는 여신답게 지극히 위엄 있고 절제된 분위기를 자아내고 있었다. 아테나 여신의 오른손 끝은 몽둥이를 가리키고 있었는데 이 몽둥이 끝에 보이는 사자의 머리는 '네메아의 사자'로, 헤라클레스는 이 사자를 잡은 이후로 사자 가죽을 쓰고 다니게 된다. 그 위에는 머리가 일곱 개 달린 히드라 독사가 보였는데 이것은 한번 물리면 누구나 예외 없이 죽는다 알려진 괴물이었다. 또한 아테나 여신의 오른쪽으로는 머리 셋 달린 지옥의 문지기, 케르베로스가 보였다.

헤라클레스는 사자, 히드라, 케르베로스, 이 모든 괴물들과 싸워야 하는 숙명을 지니고 있었다. 이는 신화에서 언급된 헤라클레스의 열두 가지 과업 중 세 가지를 의미했다. 결국 그림은 헤라클레스 앞에 두 여신이 나타나 두 가지 운명의 선택지 중 하나를 택함에 따라 그의 운명이 완전히 달라짐을 암시하는 메시지를 던지고 있었다.

"하지만 여기를 잘 봐. 비너스 여신의 오른손도 무언가를 가리키고 있어."

소년은 여자가 가리키는 방향대로, 관능적인 여신의 오른손 끝이 요염하게 향한 대상을 바라보았다. 그것 역시 몽둥이였지만 아테나 여신이 가리키고 있던 몽둥이와는 어딘가 달랐다. 몽둥이 외에도 헤라클레스의 다리 옆에는 악기, 책, 시들어빠진 과일이 있었다.

"이 몽둥이는 고난과 고생을 의미해. 그럼 여기 악기, 책, 과일은 무엇을 상징하는지 알겠니?"

"당시에 여흥을 위한 도구들이었으니까 결국 쾌락을 상징하는 것이겠죠."

"맞아. 악기는 인간의 감각을, 책은 지식의 무한함을, 시든 과일은 허무를 상징하는 물체로 표현된 거야. 즉, 헤라클레스가 비너스 여신을 선택하면 쾌락으로 즐거운 나날을 보낼지언정 결국 고난의 굴레로 떨어져 허무한 삶을 마감하게 된다는 거지."

"하지만 아테나 여신을 선택하면 여신의 왼손이 가리키는 산꼭대기 신전으로, 즉 신의 반열에 오르게 된다는 의미네요. 이미 헤라클레스는 아테나를 선택했고요."

"……."

여자는 아직 어린 나이에 비해 놀라운 통찰력을 보여주는 소년에게 조용히 미소 지어 보였다. 헤라클레스의 벗은 몸은 언뜻 보기에 비너스 여신 쪽으로 기울고 있는 것 같았지만, 그의 시선은 이미 아테나 여신을 향해 붙박여 있었다. 쾌락을 추구하다가 허무로 끝날 것인가, 온갖 고난을 겪지만 결국은 영광을 얻을 것인가— 작품의 알레고리가 던지는 테마는 그것이었다.

"네 해석이 정확해. 하지만 헤라클레스는 신이었어."

여자의 눈빛이 일순 서늘해졌다.

"신이기에 후일의 영광을 위해서 아테나를 택한 거야. 하지만 한낱 나약한 인간은 비너스를 택하기 마련이지. 어차피 유한한 인생, 누구나 죽음을 맞는, 끝은 똑같은 일생."

레나 드 파르보아가 소년을 지그시 바라보는 눈에는 확연한 욕망, 그리고 소년이 미처 깨닫지 못했던 기묘한 감정이 배어 있었다.

"우리는 한낱 약한 인간들이야. 우리는…… 본능이 시키는 대로 할 뿐이야."

여자는 가까이에 아무도 없는 것을 확인하고 긴 팔을 뻗어 소년의 한 손을 잡았다. 그리고 아직 덜 성숙한 손가락 틈새로 자신의 길고 하얀 손가락을 바짝 끼워 넣었다.

"……"

그 상태로 여자의 엄지손가락이 그의 손바닥 한가운데를 은밀히, 천천히 훑어 내렸다. 소년은 미간을 살짝 찡그리고 귓불이 점점 붉게 달아오르는 걸 느꼈다. 이제 막 사춘기에 접어든 건강한 소년은 지극히 자연스러운 신체적 변화 앞에 무방비 상태였다.

그는 자신보다 훨씬 성숙하고 노련한 여자의 손길에 이끌리지 않고 강하게 뿌리쳤다. 그녀는 번번이 이런 식이었다. 지성적인 멘터로 다시 돌아가는가 싶으면 어느새 다시 여자의 눈으로 그에게 다가오려 했다. 소년은 뭔가에 쫓기듯이 미술관을 서둘러 빠져나왔다.

그가 며칠 뒤 학교 급우들과 다시 런던으로 돌아왔을 때, 레나는 그와 러시아에서 만난 적이 없는 것처럼 태연하게 굴었다. 평소처럼 적당히 선을 두고 아버지의 친구, 그 이상도 그 이하도 아닌 손님으로 돌아와 있었다.

하지만 그것은 소년의 착각일 뿐이었다. 그가 아무도 없을 거라 생각한 지하 시어터엔 이미 레나가 먼저 와 있었다. 불도 켜지 않고 어둠침침한 곳에서 옛날 유럽 영화로 보이는 흑백 화면만이 명멸하고 있었다. 소년이 다시 돌아서서 계단으로 올라가려 할 때, 레나는 달뜬 신음을 내어 그를 붙잡아세웠다.

"알렉스."

소년의 애칭을 그녀가 입에 올린 순간, 그는 발걸음을 멈추고 어둠 속에 빛나는 여인의 눈을 물끄러미 들여다보았다. 여인은 그의 눈앞에서 허리와 둔부를 스스로 움직이고 있었다. 나이가 믿기지 않을 만큼 탐스러운 엉덩이가 관능적인 선을 그리며 앞뒤로, 아래위로 격하게 출렁였다. 여자가 긴 금발과 가느다란 허리를 뒤로 한껏 젖히며, 내밀한 입구에 닿은 손가락의 움직임을 더욱 빨리했다. 그녀는 소년이 들어서기 전부터 스스로의 쾌락에 몰두해 있었다.

"하앗……!"

레나는 한 손으로 자신의 출렁이는 가슴 한쪽을 움켜잡고 허리를 위아래로 리드미컬하게 움직였다. 그동안에도, 여인의 두 눈은 한시도 소년의 눈에서 떠나지 않고 있었다. 먼저 시선을 돌린 것은 소년이었다. 그는 더 이상, 사회 통념상 지극히 비정상적인 여인의 모습에 응해줄 생각이 없었다.

소년은 황급히 계단으로 올라가 문을 소리 나게 닫아버렸다. 그는 불쾌함보다는, 뭔가 불길한 예감을 느꼈다. 레나는 정신적인 멘터와 그를 유혹하려는 두 가지 얼굴을 하고, 그 사이에서 위험한 줄다리기를 하고 있었다. 소년은 극심한 혼란 속에서도, 그녀가 그에게 숨김없이 드러내 보이는 퇴폐성에는 확실히 종지부를 찍어야 한다고 생각했다. 빠르든 늦든 그들의 이상한 관계에 종말

을 고해야 할 때였다. 그리고 그 종말의 순간은 소년의 예상보다
조금 더 빨랐다.

소년이 그 장면을 목격한 것은 그로부터 며칠 뒤였다.

레나 드 파르보아도 알렉산더가 그녀를 최대한 피하려 한다는
사실을 눈치챘는지, 아예 런던 교외의 값비싼 빌라를 빌려서 파리
에 돌아가기 전까지 머물기로 결정한 것 같았다. 며칠째, 소년은
여인의 모습을 단 한 번도 본 적이 없었다.

그가 예정보다 금요일 수업이 일찍 파해 일찌감치 집으로 가던
길이었다. 골목 모퉁이 카페에서 소년은 한 여자와 남자가 열렬히
키스를 나누고 있는 장면을 스치듯 목격했다. 선글라스에 화려한
스카프를 머리에 두르고 있던 여자는 얼핏 보기에는 여느 상류층
부인과 다를 바 없었다. 하지만 소년의 예리한 눈길을 피해 가진
못했다.

그가 잠시 길에서 망연자실 시간을 보내고 있다 본가로 발길을
돌린 뒤 3시간이 지난 뒤였다. 그의 아버지를 사랑한다 하면서도
아들인 그를 남자로 대하는 것도 부족해, 이제는 전남편과 대낮에
노골적인 상황을 연출하고 있다니 어린 그의 상식에도 전혀 이해
가 되지 않았다. 역시 여인은 언젠가 스스로 말했던 것처럼, 일부
일처제를 철저히 믿지 않는 영혼을 가진 건가 싶었다. 소년이 잡
념을 떨치기 위해 피아노 앞에 앉아 하이든의 소나타를 막 연주하
려 했을 때였다.

"전화 왔어요. 프랑스어 선생님, 미스 파르보아."

그를 소리 높여 부르는 고용인 중 한 명의 목소리에, 소년은 잠

시 머뭇거리다 피아노룸 밖으로 나섰다. 적당히 피해봤자 그냥 물러설 성격의 여자는 아니었다. 이유를 명확히 알려줘야 그녀도 그쯤에서 멈출 것이다.

"무슨 일이시죠? 아까는 전남편과 좋은 시간을 보내고 있는 것도 목격했습니다만……."

자크 드 벨카라. 레나 드 파르보아의 전남편이자 프랑스 와인 사업가의 얼굴은 소년에게도 이미 알려져 있었다. 레나는 한참 동안 말이 없다가 클랙슨만 요란하게 울렸다.

–들리지? 지금 게이트 앞에 있어. 할 말이 있으니 잠시 내 빌라로 와줘.

"듣고 싶지 않습니다. 미스 파르보아의 집에 가야 할 이유도 없고요."

–아무리 그래도 아버지의 절친으로 한 지붕 아래 있던 사이인데 이렇게 불손하게 굴어도 괜찮은 걸까? 아버지는 아무것도 모르시는데…….

"……."

–그럼 내가 저택에 들어가 얘기할까?

"끊겠습니다, 기다려요."

30분도 채 안 되어 그들은 그녀의 화려한 빌라 안에 있었다. 소년은 거실 한가운데 서서 여인과 대치 상태에 있었다.

"도대체 할 말이란 게 뭔가요."

"나도 아까 길에서 네 뒷모습을 봤어. 부탁이 있어서. 아버지에겐 나와 자크 모습에 대해 말하지 않아줬으면 해서."

"······지금 농담합니까? 내가 그런 걸 굳이 아버지께 전할 이유는 없죠. 아버지도 스스로의 판단으로, 조만간 당신의 실체를 알게 될 겁니다."

잠시 히스테릭하게 웃던 그녀는 갑자기 웃음을 딱 멈추고 그를 놀리듯 말했다.

"몸의 연결 따위는 누구와도 가능해. 프랑스에는 꽉 막힌 영국인들이 절대 이해할 수 없는 속담 하나가 있지. 배꼽 아래 일에 대해서는 논하지 말라."

"···결국 당신은 그런 여자였군요. 그러면서도 내 아버지와는 어떤 식으로든 엮이길 원하고."

나이답지 않게 신랄한 그의 어조에, 여인은 얼굴을 일그러뜨리며 말을 이었다.

"애초에 왜 사람들이 허구한 날 사랑 타령만 해대는지 아니? 영화든 드라마든 소설이든 노래든 모든 것은 사랑을 남발하고 지겹게도 사랑만을 갈구하고 있어. 왜 그런지 아니?"

레나 드 파르보아는 차가운 소년의 눈을 깔보는 시선으로 일견했다.

"사랑 따윈 애초에 없기 때문이야. 어디에도, 그 누구에게도. 사랑 자체가 손에 넣을 수 없는 신기루니까, 사람들은 그렇게 사랑을 갈구하는 거야! 절대 손에 넣지 못하는 존재니까 더더욱! 네 아버지를 이렇게 원하는 이유도, 그가 내게 곁을 주지 않기 때문이지. 너 역시 마찬가지고!"

"결국 아버지를 갖고 놀았단 말이군요, 처음부터. 나 역시 덤으로 끼워볼까 생각하면서,"

"처음부터 모르고 있었다니 믿기지가 않아. 몸만 성인이지, 역시 아직 어린애구나?"

레나가 비웃듯 말을 끝내기가 무섭게, 소년은 곧바로 문을 박차고 나가려 했다. 하지만 그는 그럴 수 없었다. 소년이 현관 쪽 로비로 걸어가는 순간, 방 안에서 누군가 벌거벗은 모습으로 나오고 있었다. 커다란 근육질의 몸을 소유한 잘생긴 젊은 남자는 유럽계의 생김새를 가지고 있었다. 레나는 기다렸다는 듯이, 그에게 몸을 딱 밀착시켜 뭔가 야릇한 분위기를 조성하고 있었다. 레나와 정체불명의 남자, 둘 모두의 시선은 약속이나 한 듯 일제히 소년을 향하고 있었다. 소년은 그녀의 의도를 단박에 알아차렸다. 여인은 스스로 절정에 오르는 모습을 보이는 것보다 한 단계 더 나아가, 다른 남자와 정사를 갖는 장면을 소년의 눈앞에 보여서 그를 본격적으로 도발하려 하고 있었다.

"……."

소년의 냉랭한 침묵에, 여자는 그의 속내를 읽기라도 한 듯 살짝 입을 열어 속삭였다. 조금 전까지 차분하던 어조와는 달리, 여자는 가늘게 숨을 헐떡이고 있었다. 남자가 커다란 손을 놀려 이미 벌거벗은 그녀의 나신 구석구석을 애무하기 시작했다. 남자는 사전에 고객의 취향대로 주문을 받은 듯, 그녀를 소파에 쓰러뜨리고 본격적으로 그 위에 올라탔다.

"……에스코트 서비스에서 불렀어. 어딘가, 하아……. 너와 닮은 남자를 골랐지. 흐응, 아아……."

레나는 관객이 있다는 스릴감과, 몸속을 빠르게 잠식해가는 쾌감의 전율이 뒤섞인 표정을 내내 짓고 있었다. 그 폭풍과도 같은 순간들 속에서도, 그녀를 가장 흥분케 하는 것은 단연 소년의 찌르는 듯한 시선이었다. 허공에 얽힌 둘의 시선에서는 뭐라 형용할 수 없는 기묘한 전율이 일고 있었다. 소년의 동공이 알 수 없는 감정으로 점차 붉게 물들어가는 동안, 여인의 눈은 주체할 수 없는 열락과 쾌감으로 흐려져갔다.

소년은 가차 없이 몸을 돌려 문밖으로 나섰다. 누군가의 정사 장면을 지켜볼 이유 따윈 어디에도 없었다.

그 시간 이후로는, 그녀가 그의 저택에 아무리 전화하고 연락 요망을 전달해도 아무런 답변이 돌아오지 않았다. 다음 날 레나드 파르보아는 자신과의 프랑스어 교습을 이쯤에서 완전히 종료하고 싶다는 소년의 메모를 빌라 우편함에서 발견했다.

"윽……!"

소년의 억눌린 신음에, 대기실에 있던 교사와 학생들이 서둘러 달려와 그를 에워쌌다. 구급약 상자를 빨리 가져오고 당장 구급차를 부르라는 고함들이, 지독한 통증 속에서도 그의 귀를 먹먹하게 덮쳐오고 있었다. 응급조치로 손수건에 손바닥을 눌러 지혈하려 했지만, 붉은 피가 흰 천을 흥건하게 적시며 바닥으로 방울방울 떨어져 내리는 걸 막기엔 역부족이었다.

"어떻게 된 거야?"

"……."

소년이 통증 때문인지 이를 악물고 침묵만 지키자, 옆에 서 있던 소년이 대신해서 지도교사를 향해 상황을 빠르게 설명했다.

"타월 포켓 속에 손을 넣었더니 그 안에 유리 조각들이 잔뜩 들어 있었어요! 리오넬은 연주 전에 뜨거운 타월 포켓에 손가락 풀어놓는 습관이 있는데……."

좌중의 모두가 심상치 않은 시선을 서로 교환할 찰나, 누군가가 차를 대기시켜놓았다고 소년을 신속히 병원으로 옮길 것을 권했다. 이튼스쿨 대강당 교내 음악회는 자연스레 중단되었고 모두가 고대하던 소년의 비창 소나타(Sonate fur Klavier No. 8 'Pathetique' Op.13)와 근교의 사립 여학교 메리 스튜어트에서 초청한 여학생과의 듀엣곡 모차르트 피아노 소나타 KV. 358은 결국 그 자리의 누구도 감상해보지 못한 채 끝나고 말았다.

다행히 신경을 다칠 정도는 아니라서 붕대를 풀고 나면 괜찮을 거라는 의사의 진단이 내려졌다. 소년은 치료를 받은 뒤 그에게 들이닥친 경찰과 이튼스쿨 관계자 몇 명의 방문을 받았다. 곧바로 집에 가서 휴식을 취할 수 있게 할 테니, 타월 속에 유리조각들을 쓸어 넣은 범인이 누군지 혹시 짚이는 인물이 있으면 그것만 말해 달라는 경찰의 질문이 이어졌다. 그러나 소년은 무표정한 얼굴로 조용히 고개만 저을 뿐이었다.

"없습니다. 충동적인 장난이었겠죠."

"말도 안 돼! 잘못하다 신경이라도 다쳤다면 평생 오른손을 못 쓰게 될 수도 있었어. 이건 엄연한 범죄야."

"도대체 누가 이런 악의적인 짓을……. 리오넬, 짐작 가는 사람이 정말 아무도 없는가?"

"없습니다."

이만 본가로 가보겠다는 그의 요청에, 경찰과 학교 관계자는 더 묻지 못하고 리오넬가 운전사가 소년을 데려가도록 뒤로 물러나주었다. 소년은 어디론가 전화해 대강당 대기실 한 귀퉁이가 CCTV 사각지대임을 확인했다. 결국 범인은 알 수 없다는 소리였다. 하지만 상관없었다. 물리적인 증거만 확보할 수 없었을 뿐, 소년은 이미 범인의 정체를 확신하고 있었다. 오늘 발표회에서 선보일 모차르트 듀엣 곡을 위해, 소년은 최근 몇 주간 윈저의 또 다른 사립명문교 메리 스튜어트 컬리지의 켈리 리암슨과 정기적으로 연습을 해오고 있었다. 영국 대법관의 딸 켈리 리암슨과는 단순한 집안 친구일 뿐이었지만 적어도 한 여자는 그렇게 생각하고 있지 않았다.

'또 그 애와 만난다고? 사흘 전에도 만나서 연습했잖아?'

'그건 당신과 아무 상관없는 일입니다. 마담 파르보아는 제 프랑스어 튜터이자 아버지의 지인일 뿐이에요.'

'네 또래 여자아이를 만나니까 확실히 다르니? 그 애와 잔 거야?'

'……'

'말해봐! 그 애랑 잤어? 역시 나같이 나이 든 여자보다는 또래 여자가 더 좋았니?'

'그만하죠.'

'아니, 대답을 꼭 들어야겠어.'

'이제 그만하죠. ……이젠 완전히 연락을 끊고 서로 보지 않는 게 좋을 것 같군요.'

'뭐라고……?'

'지난 반년 동안 당신은 아버지의 손님 그 이상으로 저에게 계속 접근해왔습니다. 당신도 이성적으로 생각해보면 이런 장난,

더 이상 지속할 수 없다는 걸 인정하겠죠.'

그는 이미 한 달 전, 그녀와 전 남편과의 만남을 목격한 뒤 완전히 연락을 두절할 의사를 명확히 밝혔다. 하지만 여자의 끈질긴 애원과, 그의 아버지에게 소년에 대한 마음을 다 말하겠다는 등의 협박 때문에 그 뒤로도 여러 번 연락을 한 적은 있었다.

소년이 아무리 이성적으로는 확실히 끊어내야 한다고 결심해도 마치 마약과도 같은 여자의 중독성과 마력에 쉽사리 의지를 관철할 수가 없었다. 그는 아직 너무 어렸고 여자는 정신적으로 그의 첫 여자였다.

하지만 이제는 정말 끝을 낼 때가 온 것임을 그도 직감적으로 알았다. 더 이상 이 이상한 관계를 질질 끌었다가는 결국 둘 다 파멸하고 말 것이란 불길한 예감이 들었다. 소년은 자신을 붙잡고 애원하는 여자의 아름다운 얼굴에서 눈을 돌렸다. 아름답고 고혹적이며 신비하기 이를 데 없었던 얼굴이 이제는 마치 괴물처럼 느껴졌다. 머리칼 한 올 한 올이 꿈틀대는 뱀의 머리 같은 메두사. 혹은 뱃사람들을 유혹해 바다로 빠뜨려 죽였던 마녀 세이렌.

소년은 이튼스쿨 연미복 위에 걸쳤던 코트를 어깨에 걸치고 화려한 펜트하우스 아파트 엘리베이터를 타고 로비에 깔린 붉은 카펫을 천천히 걸었다. 카펫에 수놓아진 붉은 꽃잎이, 마치 보름 전에 그의 손바닥을 흠뻑 적셨던 선혈처럼 보여서 등골에 섬뜩함이 느껴졌다.

"10분 뒤에도 나오지 않으면 룸으로 들어옵니다. 아시겠죠."

그는 로비 한편, 보이지 않는 사각지대에서 대기 중인 경호원들에게 휴대폰으로 다시 한 번 지시 사항을 일깨웠다. 불안정한 정신 상태인 여자가 감정이 격앙된 나머지, 소년에게 어떤 일을 행할지 그 자신도 예측이 불가했기 때문이었다. 파리로 함께 떠나자는 레나의 간청에, 소년은 그녀가 묵고 있는 특급 호텔 스위트룸에서 나머지 얘기를 계속할 것을 권했다. 프렌치 시크의 아이콘으로 전 세계 언론을 가장 분주하게 만들었던 여배우는, 만약 자신과 떠나지 않는다면 지금까지 소년과 있었던 일을 부적절한 관계인 것처럼 만들어 전 세계 언론에 공표할 것이라 주장하고 있었다. 특히 그의 아버지 퍼디난드 리오넬의 명성과 이미지에 최대한 타격을 주기 위해 최선을 다할 것이라는 협박도 잊지 않았다. 그와 직접적인 성관계는 없었지만 미성년자를 상대로 지속적인 유혹 및 추파를 던졌다는 사실이 알려지면, 그녀 또한 사회적 매장을 당할 것이란 것쯤은 단단히 각오하고 있다는 말도 덧붙였다.

자신이 가지지 못하면 차라리 누구도 가질 수 없게 망가뜨려버리겠다는 것이 레나 드 파르보아의 지론인 것 같았다. 훌쩍 키가 큰 소년은 이제 한 달 뒤, 크리스마스가 지나고 새해가 밝아오면 열다섯이 될 터였다.

"왔구나."

"……."

도어를 두드리자 곧바로 문 열리는 소리에 이어, 아름다운 여배우는 그의 어깨를 감싸 안고 포옹해왔다. 소년은 잠시 그대로 있다가 그녀의 양어깨를 잡고 슬며시 그의 몸에서 떼어냈다. 그는 그녀를 스위트룸 한가운데 응접실 소파로 이끌고 마주 보고 앉았다.

"마담 파르보아."

소년은 아무리 달콤한 외교적 표현으로 에둘러 말해봤자 소용 없다는 사실을 여러 번의 경험상 익히 알고 있었다. 언젠가부터 저택 내 그들의 만남 장면이 도촬되고 교묘하게 편집되어 그녀의 개인 소장품이 되어 있다는 사실은 소년도 미처 예상하지 못했던 일이었다. 레나 드 파르보아는 그 편집된 영상을 언론에 공개하겠다는 말을 서슴지 않았다. 여차하면 그를 데리고 함께 불길로 뛰어들겠다는 폭탄선언이나 다름없었다. 소년도 그가 할 수 있는 만큼은 최대한 방어할 수밖에 없었다. 하지만 아무리 그라도 아직은 미숙한 14살인지라, 정공법 외 다른 방법을 고안해낼 정도로 세상사 경험이 많지는 못했다.

"제 아버지는 마담의 친구이자 마담의 전남편과도 절친한 관계입니다. 처음부터 당신은 해서는 안 될 일을 저에게 하려고 했었어요. 여기서 조용히 파리로 돌아가지 않으면…… 저도 선택의 여지가 없습니다. 제가 할 수 있는 모든 수단 방법을 동원해 당신을 파멸시킬 수밖에요."

레나의 푸른 눈동자에서 한 줄기 눈물이 뺨을 타고 흘렀다.

"알렉산더! 너는 정말…… 나에 대해 아무런 감정이 없는 거니? 우린 그 누구보다 마음이 통한다고 믿었어. 너만은 나를 이해해준다고 생각했어!"

"저도 처음엔 매료되어 당신에게 휘둘렸죠. 하지만 시간이 지날수록 그 비정상적인 집착과 광기― 내가 관계 의존증의 대상이 되면서 이대로는 더 지속할 수 없다는 생각이 들었습니다. 그게 아니더라도, 어차피 당신이 파리로 돌아갈 때까지의 유한적인 관계 아니었나요."

"동영상…… 다 공개하고 모든 걸 밝힐 거야."

"그렇게 하시죠. 단, 나와 우리 집안이 입을 피해와 명예훼손, 당신은 아마 그 몇 배로 겪어야 할 겁니다. 14살 미성년자를 지속적으로 유혹해 성관계를 시도했으니까요."

"알렉산더, 사랑해……! 제발……! 네가 14살이든, 44살이든, 몇 살이든 나는 아무 상관없어. 너 자체를 사랑해서 미칠 것 같아!"

"전 상관있습니다. 아들 정도 나이인 저에게 이러는 당신이…… 이제는 추한 괴물같이 느껴집니다."

"뭐……?"

"한때 시대를 풍미했고 지금도 여전히 매력적인 당신이…… 왜 이렇게까지 타락했을까요."

담담하게 독설을 내뱉으면서도, 소년의 머릿속은 그녀가 도촬 영상을 어디에 보관해두었을지 생각하느라 빠르게 회전하고 있었다. 노트북? 아니면 USB에 담아 어딘가에 두었을까?

"죽어버릴 거야! 네 눈앞에서 저 아래로 뛰어내려 죽어버릴 거라고!"

"……죽어요."

"뭐라고……?"

"당신에겐 자살 같은 나약한 행위가 더없이 어울립니다. 뛰어내려요."

"네가……!"

소년의 생각은 잠시 중단되었다. 여자가 그에게 발작적으로 달려들어 그의 목을 조르기 시작했다. 그 와중에도 소년은 벽에 걸린 시계를 보고서 그가 룸에 언제쯤 들어왔는지 시간을 가늠해보았다. 이제 2분 정도면 바깥에 대기 중인 경호원들이 마스터키로 문을 열고 들이닥칠 것이다.

"네가 나를 타락시켰어! 이 악마……!"

아름답게 빛났던 그녀의 푸른 눈은 발작으로 희미해져 있었다. 이미 동공이 풀려 있는 것으로 보아, 그가 오기 전 불안함을 씻어내려 약을 한 것 같았다.

"날 타락시킨 악마! 넌 누구도 사랑할 수 없는 괴물이야!"

1분 전, 소년은 도어가 열리기 전까지 속으로 숫자를 세어갔다. 목이 졸리는 통증에도, 그는 저항하지 않고 잠자코 있었다. 그녀가 어떤 식으로든 자신을 해하려 할 것임은 예상하고 있었다. 하지만 그다음에 벌어진 상황은 소년도 전혀 상상하지 않은, 충격 그 자체였다.

"넌 악마야……. 아무도 사랑하지 마……! 불행하게 만들고 말 테니까……!"

호텔의 룸은 12층에 위치해 있었다. 레나는 흐릿한 의식 속에서 생각했다. 세인들은 가벼이 입에 올릴 것이다. 영국의 유서 깊은 명문가의 주인이자 재계의 막강한 거물인 퍼디난드 리오넬 말버러와 친분 있던 유럽의 아이콘이 머리가 이상해져 그의 14살 아들을 해치고 자신도 스스로 목숨을 끊었다고. 하지만 그들은 결코 모른다. 불과 14살의 리오넬 주니어가 어떤 악마적인 매력으로 그녀의 영혼을 타락시켰는지. 그녀는 자신이 원하는 것은 뭐든지 누릴 수 있는 삶을 살고 있었다. 그녀가 하늘 아래 가질 수 없는 것은 없었고 실행할 수 없는 것은 거의 존재하지 않았다.

"……!"

콰당, 소리와 함께 문이 벌컥 열렸다. 곧이어 여러 명의 장정들과 런던 경시청 소속의 남자들이 가냘픈 소년의 목에서 여배우의 손을 강제로 떼어내고 수갑을 꺼내어 손목을 결박했다. 몸부림치던 여자는 자유로운 다리로 활짝 열려진 창밖으로 달려가더니 곧바로 테라스 아래로 떨어져 내렸다. 너무 눈 깜짝할 새 일어난 일이라, 그 자리의 누구도 미처 그녀의 낙하를 막을 재간이 없었다.

"……."

알렉산더는 모든 것을 빠짐없이 지켜보고 있었다. 그녀가 창밖으로 질주해 하늘로 날아오르는 순간을. 시폰 블라우스 자락이 소슬한 바람결에 하늘거리며 나비처럼 짧게 살랑이다 곧 시야에서 멀어지는 것을. 그는 여자의 손마디가 아직 느껴지는 목 언저리를 자신도 모르게 어루만지고 있었다. 미약한 여자의 힘이라곤 믿겨지지 않을 만큼, 강하고 집요한 악력이었다. 방 안에 있던 사람들 대부분이 구급차를 부르고 아래층으로 내려가는 소동 속에, 몇몇 사람들은 그를 둘러싸고 보호와 도움의 손길을 내미느라 바빴다. 그의 아버지 및 다른 가족들도 곧 도착할 것이란 누군가의 외침도 먹먹한 귓가로 들려오고 있었다.

"세상에……. 완전히 미친 여자야!"

"원래 병력이 있었던 게지. 겉으로는 멀쩡하니 누가 짐작이나 했겠어."

전통적인 이튼스쿨의 교복인 검은색 연미복을 입은 채, 소년은 천천히 자리에서 일어났다. 아까까지 목을 조르고 있던 악력 때문인지 목구멍 안쪽에 통증이 일어서 콜록, 하고 기침을 내뱉었다. 일제히 자신에게 달려와 부축하고 몸 상태를 살피는 사람들을, 그는 무감한 눈으로 천천히 훑어보았다.

소년은 아주 어릴 때부터 문제가 생기면 스스로와 주변을 분리시켜 상황을 냉철하게 관망하는 습관이 있었다. 기억도 나지 않는 아기 시절에 어머니는 사고로 돌아가신 뒤였기에, 그는 본능적으로 스스로의 정서를 방어하고 감정을 절제하는 훈련을 자의 반 타의 반으로 익혀왔기 때문이었다.

괴물은 사라졌다. 그를 끊임없이 괴롭히던 괴물은 이제 사라지고 없었다. 소년은 지그시 눈을 감고 괴물에게서 풀려난 해방감을 가슴속 깊이 맛보았다.

〈레나 드 파르보아는 그를 죽이고 자신도 죽을 생각이었던 것으로 추정된다. 그녀는 신원 미확인 미성년자를 향한 부적절한 성적 유혹과 이상 집착, 스토킹 행위로 이미 법원으로부터 소년에게 일정 거리 이상 접근을 금지하는 공식 문서를 전달받을 예정이었다. 차후 '그가 없으면 하루도 더 살 수 없을 것 같다. 다시는 가까이할 수 없다면 차라리 이 세상에 없는 편이 낫다'는 내용의 일기가 호텔룸에서 발견되었다.〉

그날 이후 레나 드 파르보아의 끔찍한 자살이 빚은 세간의 혼란은 한동안 계속되었다. 하지만 막강한 리오넬 가문의 교묘한 언론통제와 철통 보안 탓에, 세간의 그 누구도 신원 미확인의 미성년자가 리오넬 가문의 차기 후계자이자 이튼스쿨의 7학년에 재학 중인 소년이었음은 알 수 없었다.

알렉산더가 모든 이야기를 마쳤을 때, 알렉시스는 혹시 고통이나 흔들림의 빛은 없는지 찬찬히 그의 눈을 들여다보았다. 다행히 번민이나 괴로움의 기색은 일절 찾아볼 수 없었다.

"한 가지만 말해줘, 알렉산더."

"……?"

"그 여자…… 레나 드 파르보아에 대한 정확한 감정이 뭐였어? 당신이 정말로 원했다면 어떻게든 그 여자의 접근을 공식적으로 막을 수도 있었을 거야. 하지만 당신은 그러지 않았어. 결과적으로는 결국 그 여자는 그렇게 자멸해버렸고."

"모르겠어. 그 여자가 날 이성의 눈으로 보기 전에는 그녀와 함께 있는 게 즐거웠다는 건 부정할 수 없어. 그 여자와 음악회나 전시회에 가고 여러 가지 다양한 경험들을 하면서, 그때까지 내가 속해 있던 안전한 테두리를 벗어나 뭔가 다른 세계를 접한다는 새로움이 있었지. 그때까지만 해도 나이나 성별을 뛰어넘어 뭔가 통한다는 느낌이 분명 있었어. 하지만 시간이 지날수록 나를 통해 아버지를 보고 있었거나, 사랑할 누군가가 절실히 필요해서 여러 남자에게 집착했던 거라 생각해."

"……이젠 그때 일을 떠올려도 괜찮은 거야?"

"너는? ……놀라지 않았어?"

"아니, 당신만 괜찮으면 돼."

그녀는 이미 알고 있었다. 결혼 초반의 불안정한 기류 속에서 한참 표류하고 있을 때, 리오넬 일가의 누군가로부터 사건의 전말을 들은 지 이미 오랜 시간이 흐른 뒤였다. 그녀는 기다리고 있었을 뿐이었다. 알렉산더가 본인의 입으로 그 일을 말해줄 때까지.

가장 예민한 질풍노도의 시기에 겪었던 끔찍한 일이 정신적인 트라우마로 남았을 게 분명한 만큼, 그리고 그의 향후 인생에 적지 않은 영향을 끼쳤을 수도 있는 만큼 알렉산더가 본인의 입으로 당시의 정황을 털어놓을 수 있다는 사실은 그가 그 사건에서 비로소 정신적인 해방을 얻었다는 뜻이기에, 그가 구구절절 털어놓지 않아도 그녀는 미루어 짐작할 수 있었다.

모성애도 미처 느껴보지 못한 10대 초반의 소년에게, 레나 드 파르보아란 존재는 어떤 의미에서는 첫사랑과도 같았을 것이다. 그녀가 어린 알렉산더에게 보였던 광기 어린 집착과 의존 성향은, 그 이후로 그가 여자들을 단순히 욕망을 채우는 도구로서 치부하고 사랑이란 감정에 대해 냉소적인 시각을 갖게끔 자연스레 유도한 것 같았다.

하지만 반대로, 그는 자신이 정말 사랑하게 된 대상에게는 스스로도 깨닫지 못하는 사이 레나 드 파르보아와 똑같이 행동하고 있었다. 자신의 모습이 레나의 일그러진 광기와 거울처럼 투영되어 마치 데칼코마니와 같은 형상을 이루고 있다는 사실을 그는 미처 알지 못하고 있었다.

알렉산더가 지금까지 그녀를 힘들게 해왔던 지독한 독선과 소유욕, 집착과 통제력은 언젠가 스스로 인정했듯이 타고난 천성에다 레나와의 일에서 받은 영향이 더해진 게 맞을 것이다. 특히 도덕성의 결여만큼은 크든 작든, 레나 드 파르보아와의 사건이 무의식적으로 작용했기 때문일 것이다.

"하지만 그때…… 방 안에 CCTV 자체가 없었다는 사실이 나중에 확인됐고 따라서 그녀가 말했던 CCTV 영상은 어디에서도 발견되지 않았지. 그걸로 모든 게 종결됐다는 환희와 안도감을 느낀 것은 사실이야."

그는 가라앉은 목소리로 말을 이었다.

"난 역시 어딘가 결여된 인간일지도 몰라. 모두들 말했어. 그런 일을 겪고도 어떻게 그렇게 침착하고 담담할 수 있는지. 내가 얼마나 강한 정신력의 소유자인지. 하지만 그들은 잘못 이해하고 있었어. 나는 정말로 그녀의 죽음 앞에서 아무것도 느끼지 못했어……! 슬픔이나 동정, 연민 같은 감정은 티끌만큼도 없었어. 단지, 해방되어 다행이고 나와 내 집안에 더 이상 해를 끼치지 못하리라는 안도감- 그게 다였어."

"괜찮아, 모든 인간의 공감력이 동일한 면에서 같지는 않아."

대신 당신은 아이들을 너무 좋아해서 넘어져 울기만 해도 안타까워하잖아. 당신이 누군가 끔찍한 강도, 테러, 피습, 살인을 당했다는 소식을 뉴스에서 전해들을 때 아무런 감정도 느끼지 못하고 어차피 일어날 일은 일어난다 생각하는 무감하고 냉정한 사람인 건 알고 있어. 하지만 유아 학대 같은 사건을 접하고 비분강개해 사형선고를 강력히 주장하는 것 역시 당신이란 사람이야.

알렉시스는 자신이 이미 모든 것을 알고 있었다는 사실은 밝히지 않고서, 그의 목을 조용히 감싸 안았다. 그녀는 그의 총상이 아물 때까지 당분간 아무 생각 하지 않고 알렉산더 곁에 머무를 생각이었다. 알렉시스는 그를 떠날 생각이 없었다. 적어도 그의 상처가 완전히 회복될 때까지는.

9화. 폭풍 전야, 달콤한 시간

"여기는 어디죠?"

"레이캬비크 항구 선착장 근처……. 지하 창고를 개조한 곳이야."

빛 한 줄기 들어오지 않게 창문을 천으로 가리고 못을 박아둔 것을 제외하면 창고는 그럭저럭 간이침실용으로 잘 개조되어 있었다. 침대와 탁자, 창문 없는 화장실 등 며칠을 지내기에 필요한 것은 다 있었지만 조심스러운 빅토르의 손에 의해 조금이라도 무기가 될 수 있는 것들은 죄다 치워진 상태였다.

"그럼 그다음 부분 계속 말해주세요. 저를 가장 잔인한 방법으로 죽이라고 했다는 말 다음에 씨앗, 이란 말은 무슨 뜻이에요? 둘러댈 생각 하지 마세요. 그 정도 러시아어는 충분히 알아들을 수 있어요."

"얘야……."

"그럼 아저씨는 마음을 바꾸기 전, 도대체 절 어떤 가장 잔인한 방법으로 죽이려고 한 거죠? 총살은 너무 쉬운 방법이니까 의뢰인이 만족하지 못할 테고, 강간? 화형? 사지 절단? 한번 말해보세요!"

소녀는 격앙된 감정과 분노에 휩싸여 나이답지 않은 위압감을 전신에서 내뿜고 있었다. 가늘고 고운 목소리도 점차 거칠고 공격적으로 변해갔다.

"아저씨가 절 그렇게 죽이지 않아줘서 제가 고마워할 줄 아셨어요? 결국 아저씨나, 그 의뢰인이나 저에게는 똑같은 인간이에요! 정말 아저씨가 딸 제냐에게 떳떳한 아빠이고 싶었다면, 돈 같은 건 생각하지 말고 저를 바로 풀어줬어야 해요! 아저씨 양심도 그렇게 말하고 있지 않나요? 딸 제냐가 나중에라도 이 사실을 알게 되면 과연 뭐라고 할까요? 아빠를 어떤 눈으로 보게 될까요?"

"......."

소녀의 노호에, 빅토르는 잠시 얼빠진 표정을 짓다가 고개만 푹 수그렸다. 아직 어린 소녀였지만 아이의 말에 어디 하나 반박할 구석이 없었기 때문이었다. 게다가 딸 제냐를 생각하면, 사실은 이런 부도덕한 범죄를 통해서 거금을 마련해 그 아이를 데려오더라도 결국 딸 앞에 떳떳하지 못할 것이다.

"내일 원하는 대로 송금 확인될 때까지 저에게 아무 말도 걸지 말고 내버려두세요."

소녀의 냉정한 말투에 빅토르는 조용히 자리에서 일어나 바깥으로 나갔다. 소녀가 좋아하는 슬라브 교향곡의 낡아빠진 테이프 플레이어는 그대로 둔 채였다.

그 뒤로 저녁 식사를 가져다주며 빅토르가 조심스레 말을 걸어보았지만 아이는 그를 완전히 무시하고 일절 대꾸하지 않았다. 그가 쟁반을 발치에 놓고 조용히 방을 나서려 할 때였다. 사락, 소리를 내면서 뭔가가 그의 바지 주머니에서 떨어져 내렸다. 소녀가 본능적으로 입을 열어 알려주려 했지만, 남자는 전화벨 소리에 휴대폰을 귓가에 대고 방 밖으로 나갔다.

"……."

소녀는 바닥 깔개 위에 소리 없이 떨어진 종잇조각을 집어 들었다. 꼬깃꼬깃 접혀진 종이를 펼쳐보니 신문 기사 하나가 오려진 것이었다. 얼마 전 영국 왕실 행사 사진 때 국내외 귀빈들이 한자리에 모여 있는 외신 보도 기사 사진으로 별달리 특별한 것은 없었다. 하지만 그 한구석에 붉은색 펜으로 크게 동그라미 쳐진 인물이 한 명 있었다. 그 인물은 물론, 그 옆에 장식되어 있는 깃대와 깃발은 분명 소녀도 잘 알고 있는 것이었다.

"음……. 콘, 그만해. 비스콘……."

귓가를 간질이는 따스한 혀와 숨결에, 알렉시스는 반대로 돌아누우며 잠결에 중얼거렸다. 하지만 강제로 몸을 다시 돌아눕히는 누군가의 광폭한 손길에 더 잠을 이루지 못하고 억지로 눈을 떠야만 했다.

"비스콘?"

알렉산더는 아직 눈꺼풀이 반쯤 감겨 있는 그녀의 양어깨를 움켜잡고 사납게 흔들어댔다.

"누구야? 그게?"

누가 들어도 남자인 게 분명한 비스콘이란 이름에, 알렉산더는 짐승처럼 으르렁거리며 그녀를 거듭 채근했다.

"누구냐고, 비스콘이!"

"……기억 안 나? 내가 사랑했던 비스콘티 공작."

"아……. 그 개."

그제야 생각난 듯, 알렉산더는 양어깨를 아프도록 잡았던 손을 이내 놓았다. 눈에 의기충천 담겨 있던 노여움은 어느새 흔적도 없이 사라져 있었다. 예전에, 그녀가 어릴 때 스페인 헤네스 저택에서 키웠던 그레이트 피레니즈 대형견의 이름이 비스콘티 공작이라고 말했던 적 있었다. 앉으나 서나, 심지어 침대에 누워 있을 때도 항상 그녀 옆에 바짝 붙어 있어서 알렉산더에게 꼭 비스콘티 공작 같다고 말한 적도 있었다. 달콤한 오수에서 강제로 깨어난 게 불만인 듯, 알렉시스는 조금 신경질적인 얼굴로 침대에서 몸을 일으켰다.

"잠결에 개 이름 좀 불렀다고 그렇게 잡아먹을 것처럼 닦달해?"

"그놈도 수컷이었잖아. 하여간에 남자 이름은 절대 입에 올리지 마."

"퍼디난드 리오넬 말버러 공작님, 해링턴 아주버님, 아서 숙부님, 로이드 숙부님, 시모네, 알베르토…… 모두 보고 싶다."

알렉시스는 남자 이름 줄줄이 입에 올렸는데 어쩔 거냐는 눈길로 그를 노려본 뒤, 창 너머로 아직도 눈이 펑펑 내리고 있는 런던 시가지를 내려다보았다. 알렉산더는 언제 그랬냐는 듯, 오만한 자세로 다리를 꼬고 앉아 침대 옆 협탁에 쌓여 있는 서류 더미에 시선을 집중했다. 하지만 실상은 알렉시스의 뒷모습과 서류 양쪽을 번갈아가며 보기 바빴다.

"알렉스, 근데 왜 깨웠어?"

"심심해서. 의료진도 곧 올 거고."

"의료진 혼자 못 만나?"

"다 남자라면 오히려 더 자게 했겠지, 다 여자거든."

"그게 왜?"

"앞으로 너 없이는 다른 여자와 한 공간에 있지 않을 거니까. 최대한."

"⋯⋯."

알렉시스는 픽 터져 나오려는 웃음을 간신히 참고 손목의 시계를 확인했다. 20분 뒤에는 리오넬가 전담 닥터팀 중, 여성 주치의 한 명이 간호사 두 명을 대동하고 그들의 펜트하우스를 방문할 것이다. 알렉산더의 오른쪽 복부와 허리 사이 총상을 꿰맨 실밥이 오늘 제거될 예정이었다.

한 달여의 시간 동안 그의 회복은 놀랄 만큼 빠르게 진전되었다. 알렉시스가 곁을 내내 지키고 있어서인지, 그의 타고난 체력 덕분인지 아니면 둘 다인지 정확한 요인은 알 수 없었지만 주치의는 마지막 당부를 아끼지 않았다. 다행히 급소는 비껴갔고 보기보다 총상도 그리 깊지 않아서 후유증도 거의 없겠지만 당분간은 절대 무리하면 안 된다는 주의를 여러 번 반복한 뒤 의료팀은 현관 너머로 사라져 갔다. 알렉시스는 방금 의사의 당부를 명심하라며 알렉산더의 가운을 꼭 여미며 흐트러진 검은 곱슬머리를 한쪽으로 쓸어주었다.

"머리 감을래?"

"수상해."

"뭐가?"

"실밥도 다 풀었는데, 머리 정도는 내가 감을 수 있잖아. 왜 그렇게 친절해? 무슨 속셈 있는 거 아니야?"

"……난 원래 친절해, 알렉스."

"그 정도는 아니었어."

"……."

알렉시스는 땅이 꺼져라 한숨을 내쉬고는 그에게 위협적인 눈길을 던졌다.

"눈밭에 한번 굴려줄까? 실밥 다 풀었어도 아직은 내상 조심해야 되는데……."

"구르는 건 좋은데."

알렉산더는 그녀에게 팔을 두르고 숨도 못 쉴 정도로 꼭 끌어안았다.

"눈밭은 나중에……. 지금은 여기서."

그가 그녀의 몸을 번쩍 안아 들고 침대에 내려놓자, 알렉시스는 정색하며 그를 힘껏 밀어내었다.

"아직은 안 돼! 앞으로 일주일은 일절 무리하지 말라는 의사 말 못 들었어?"

"적당히 하면 돼."

"당신은 애초에 적당히, 란 말뜻을 모르잖아. 좋게 말할 때 그만해!"

"하지만 한 달 넘게 수도승처럼 살았어."

그녀의 완강한 만류에, 알렉산더는 금세 침울한 표정이 되고 말았다. 아까까지 담당의를 대하던 고압적인 태도와 카리스마 넘치는 눈빛은 도대체 어디로 간 것인지.

아, 이 남자를 어떡하면 좋을까.

"앞으로 딱 일주일 뒤에……. 알았지?"

그녀를 강아지처럼 애절하게 바라보던 알렉산더의 눈은 비서가 업무 보고로 전화를 걸어온 순간, 그 즉시 냉혹한 눈빛으로 돌변했다. 알렉시스는 그가 통화할 동안 고용인들과 저녁 준비를 하기 위해 다이닝 키친 쪽을 향했다.

앞으로 딱 일주일, 그가 완전히 회복되었다 안심될 일주일 뒤까지 그녀는 조용히 그의 곁을 지키기로 마음먹었다.

엿새 후, 알렉시스는 휴대폰을 숨기고 방음이 완벽한 피아노룸의 한구석에 앉았다.

"열차 티켓은 준비됐나요? 저와 미스 톰슨 둘만 갑니다."

그녀는 목소리를 한껏 죽이고 몇 가지 사항을 더 확인했다.

"같은 목적지행 비행기도 예약해놓는 것 잊지 마시고요, 탑승자 명단에 일단 이름은 올려두는 게 좋으니까. 마지막으로 다시 한 번 강조합니다. 알렉산더……."

알렉시스는 목소리에 또박또박 힘을 주어 말했다.

"제가 돌아올 때까지 절대 따라올 수 없도록 막아야 한다는 점…… 확실히 해주세요."

다시 돌아올 수도, 혹은 돌아오지 못할 수도 있다. 하지만 알렉산더는 이미 자신 때문에 한 번 목숨을 잃을 뻔했다. 그녀는 남자를 방패 삼아 등 뒤에 숨어 보호받는 여자가 아니었다. 어차피 모든 일은 그녀 자신의 존재에서 시작해 그녀 손으로 매듭지어야할 것이다. 한 달 전 알렉산더가 총격을 받는 순간, 그녀의 잃어버린 기억의 파편들은 거짓말처럼 머릿속에 흘러들어와 자리매김하고 있었다. 그 사실을 누구에게도 말하지 않은 채 −알렉산더에겐 더더욱− 알렉시스는 그녀가 세상에 존재하고 있는 사실 자체를 증오하고 무로 돌리려 하는 인물을 똑바로 대면할 생각이었다.

"오늘 딱 일주일째 되는 날이야."

"아직 초저녁이야…… . 알렉산더!"

경호원 한 대열을 거느리고 회사에서 돌아온 알렉산더는 코트를 벗자마자 곧바로 알렉시스의 손목을 붙잡고 침실 안으로 끌고 들어가기 바빴다.

"부부 관계에 정해진 시간이 있나? 영국 헌법에 명시돼 있어?"

한 달 남짓하고도 일주일을 도 닦는 심정으로 기다려온 알렉산더는 그날 저녁, 혹시 상처가 또 재발하진 않을까 걱정될 정도로 폭주하기 시작했다. 그녀의 알몸에 구석구석 입 맞추고 애무할 때까지만 해도 그는 최대한 자제심을 발휘하려는 것 같았다. 하지만 매초 시간이 흐를수록 보이지 않는 힘에 압도당하기라도 하듯, 알렉산더의 움직임은 격정에 휘몰아치는 폭풍과도 같았다. 상처가 덧날까 진심으로 염려된 알렉시스가 여러 차례 만류해도 그는 말을 듣지 않았다.

"좀 천천히…… . 제발 좀, 이 바보……!"

간간이 흐르는 신음 사이사이, 아무리 꾸짖고 달래도 알렉산더는 움직임을 늦추지 않았다. 오히려 그녀의 호소에 더 자극받은 것처럼 격렬하게 허리를 밀었다. 그는 자기가 얼마나 힘이 센지 전혀 자각이 없는 것 같았다. 아무리 개과천선이 진행 중인 것 같아도, 그의 야수성과 소유욕은 반대로 더 강도를 높여가는 것만 같았다. 알렉시스는 아랫입술을 깨물고 몸 안쪽 깊은 곳을 집요하게 부딪쳐오는 격렬한 감각을 견뎠다. 거센 파도처럼 살짝 밀려났다 다시 덮쳐오는 그의 욕망의 몸짓은 멈출 줄을 몰랐다.

얼마나 시간이 흘렀는지도 모른 채 그의 몸이 잠시 정지하자 그녀는 꽉 감았던 눈을 떴다. 속눈썹이 파르르 떨리며 희미한 경련마저 일어나고 있었다. 알렉산더는 뒤로 조금 물러나 그녀의 몸에서 자신을 빼낸 뒤, 알렉시스의 몸을 뒤집어 침대 위에 무릎 꿇고 엎드리게 만들었다.

"그대로 있어."

그의 쉰 목소리는 요청이라기엔 다소 거칠었고 명령이라기엔 너무 부드러웠다. 그녀의 탄탄한 엉덩이가 아래로 내려오지 않도록 두 손으로 허리를 받쳐 든 채, 그는 아직도 수그러들 기미가 보이지 않는 뜨거운 분신을 다시 입구에 가져다 댔다. 그녀가 숨 돌릴 틈도 없이 곧바로 세차게 삽입한 알렉산더는 깊이, 더 깊이 그녀의 속살을 밀어젖히며 돌진해 들어갔다. 알렉시스가 그 충격에 허리를 뒤틀며 상반신을 낮게 엎드리자, 그는 가느다란 허리를 양손으로 꼭 붙잡고 격렬한 피스톤질을 재개했다.

그는 그녀의 목덜미 뒷부분에 뜨거운 입술을 묻었다. 몸속 보드랍고 여린 속살들이 그의 것에 바짝 밀착해 조여오는 강렬한 쾌감이 전신을 내달리고 있었다. 붉고 뜨겁게 달아오른 욕망이 숨도 못 쉴 만큼 격렬하게, 때로는 애태우듯 천천히 그녀의 몸 안을 자유자재로 드나들었다. 한 달 전, 전용기 안에서 사랑을 나눈 이후 지금까지의 공백 기간을 한꺼번에 메우려는 기세로 그는 야수처럼 사납게 그녀의 몸을 탐하고 또 탐했다.

알렉시스는 손가락이 파고들 기세로 시트자락을 꽉 거머쥐고 버렸다. 그대로 녹아버릴 것 같은 쾌감과 얼얼한 통증 사이에서 그녀는 정신을 놓지 않으려 애써야 했다. 그대로 의식을 잃었다가는 알렉산더가 송두리째 자신을 삼켜버릴 것만 같았다. 하지만 그가 다시 자신의 몸을 마주 보도록 눕히고 더 깊이, 더 세게, 더 빠르게 움직이기 시작하자 알렉시스는 자포자기하고 말았다. 알렉산더가 짧은 포효를 토하며 절정에 도달한 순간, 그녀도 머릿속이 하얗게 바래는 전율과 함께 의식을 놓고 말았다.

"……"

알렉산더는 잔뜩 거칠어진 숨을 고르며 알렉시스의 헝클어진 머리칼을 쓸어 올리고 얼굴 여기저기 입을 맞췄다.

"……사랑해."

하지만 그녀는 완전히 의식을 잃고 있어 그의 말을 들을 수가 없었다. 런던에서 그렇게 헤어진 뒤 처음으로 제대로 입 밖으로 내뱉은 고백이었다. 하지만 알렉산더는 조바심 내지 않기로 했다. 앞으로 시간은 무궁무진하게 많았다. 얼마든지, 마음껏, 그녀가 질릴 정도로 들려줄 수 있다.

한바탕 격렬하게 사랑을 나눈 뒤에도 아직 시간은 8시가 넘지 않았다. 날이 샐 때까지 마음껏 그녀를 안을 수 있다 생각하니 그는 신이 나 껑충껑충 뛰고 싶은 기분이었다. 그때 휴대폰 벨 소리가 정적 속에 울려 퍼졌고, 알렉산더의 얼굴은 칼날 같은 표정으로 급격히 변화되었다.

"코스마초크."

"보스, 준비는 다 되었습니다."

"좋아, 그럼 이틀 뒤 거기서."

"알겠습니다."

그가 휴대폰을 내려놓은 뒤에도 한동안 알렉시스는 깨어나지 않았다. 그녀의 규칙적인 숨소리가 잠시 동안 곤두섰던 그의 신경을 달래주는 것 같았다.

"좀 떨어져."

"……."

"더우니까 저리 좀 가라고, 알렉스!"

눈을 뜬 알렉시스가 아직 어두컴컴한 창밖을 확인하고 제대로 잠을 청하려 했지만 도무지 그럴 수가 없었다. 알렉산더의 부상 이후로 항시 20도 이상을 유지하는 방 안의 온기에, 조금 전의 열기에다 찰싹 달라붙어 떨어질 줄 모르는 알렉산더의 온기까지 더해 그녀는 한여름 같은 더위를 느꼈다. 그녀의 호통에, 그는 즉시 몸을 떼었다. 하지만 진이 빠져 엎드려 있는 그녀의 알몸을 자신과 마주 보도록 똑바로 눕히기 위해서였다. 그녀는 그의 눈 속에 이글이글 타오르는 욕망의 섬광을 보고 경악을 금치 못했다.

"설마…… 또?"

"아직 한 번밖에 못 했는데."

"……."

그녀가 기가 막혀 말문이 막히자 그는 담담히 말을 이었다.

"이제 슬슬 임신도 해야 되니까."

"임신은 내 몸이 하지, 당신이 대신 해줄 것도 아니잖아!"

"난 이제 곧 서른하나야. 적어도 마흔 전엔 입학식에 참석하고 싶어."

그녀가 말대꾸할 새도 없이, 그는 다시 한 번 온 힘을 다해 맹렬히 공격해왔다. 전쟁과도 같은 사랑을 나누었다는 말이 꼭 맞을 정도로 그들은 내일이 다시 오지 않을 것처럼 격렬하게 서로의 존재를 확인해갔다.

왜 이렇게 슬픈 걸까. 이렇게 함께 있어도……. 이렇게 부서질 듯 안고 있어도, 이렇게나 한마음 한 몸으로 하나가 되었는데 왜 이렇게 아련한 슬픔과 미칠 듯한 그리움에 가슴 저리는 것일까. 둘은 가슴 한구석, 미처 채워지지 않는 듯한 안타까운 마음에 누가 먼저랄 것도 없이 꼭 껴안고 더 깊은 환희의 나락으로 떨어져 갔다. 알렉산더는 그만의 각오를, 알렉시스는 그녀만의 각오를 각각 마음속에 새기고 있기 때문일 터였다. 그들은 날이 밝기 전, 마지막 달콤한 잠에 빠져들기 전에 두 번 더 사랑을 나누었다.

"알렉스, 일주일만 더 쉬어. 그 뒤에 생각해도 늦지 않아."

그가 어딘가에서 걸려온 전화를 받고 몇 마디 짤막한 지시 사항을 내린 뒤였다. 그의 말만으로는 상세한 내용을 짐작할 수 없였지만 알렉시스는 마치 통화를 듣기라도 한 것처럼 조용히 속삭였다.

"그냥 아무 생각 하지 말고 완전한 회복만 생각해. 회사도 해링턴 아주버님이 잘하고 계시니까 조금 더 쉬어도 되잖아. 실밥 뽑았다고 다 나은 게 아니야."

"하지만 가만히 못 있겠어."

여러 가지 이유가 있었지만, 자신이 무방비로 눌러앉아 방심하고 있는 동안 혹시라도 알렉시스가 어디론가 훌쩍 떠나버릴까 하는 두려움이 가장 컸다.

"알렉시스, 누차 강조하지만 지금 범인의 윤곽은 거의 잡혀 있어. 그러니까 제발 저번처럼 단독 행동은 하지 마."

"응."

그녀가 너무나 선선히 그러마고 답하자 그는 오히려 더 불안한 느낌이 들었다. 알렉산더는 아무리 그녀에게서 긍정적인 대답을 들어도 절대 안심할 수 없을 것만 같았다.

"설마 이상한 생각 하고 있는 건 아니지? 모든 게 해결된 뒤에…… 정말로 끝낼 생각을 하고 있는 건 아니겠지?"

정말로 이 결혼을 끝낼 생각을 하고 있는 건 아니지? 날 떠나려는 건 아니지?

"우리 일은 나중에 얘기해, 알렉산더. 그러기로 했잖아."

알렉시스는 대답을 회피하는 대신에 시트에 감싸인 그의 몸을 꼭 끌어안고 넓은 가슴에 얼굴을 묻었다. 조바심에 춤추는 그의 심장박동이 그녀의 가슴속에 스며들어왔다.

"훗……."

"왜 웃어?"

"옛날에 비스콘티 공작 배에 얼굴을 대고 심장 소리를 듣던 생각이 나서."

"또 그놈의 개 얘기야?"

"후후후……."

"그렇게 웃지 마, 어쩐지 무서워."

"후후후, 후후……."

알렉시스는 하지 말라는 소리에 일부러 더 크게 귀신처럼 웃었다.

"알렉시스."

곧이어 들려오는 알렉산더의 물음에 그녀의 심장은 덜컥 내려 앉았다.

"……날 사랑해?"

알렉시스는 단 한 번도 상상해본 적이 없었다. 그의 입에서 자신을 향해 이런 물음이 던져질 줄은. 그가 자신을 대신해 총상을 입었을 때만 해도 그녀는 확신할 수 없었다. 하지만 이제는 그녀 역시 알 것 같았다. 그의 마음을, 그리고 자신의 마음을. 하지만 지금은 조금 더 물러서 있어야 할 것 같았다. 마음껏 진심을 표현하기에는, 아직 그녀가 짊어진 운명의 무게가 덜어지지 않은 채였다.

당신은 사랑을 믿지 않잖아. 그리고…… 나도 그렇다고 생각하잖아.

알렉시스는 그렇게 대답하려 꼭 다문 입술을 떼었다. 그 의미심장한 대답은, 한 달 전 그녀가 이스탄불에서 그에게 자신을 사랑하는지 물었을 때 알렉산더가 돌려주었던 답을 본뜬 것이었다.

'넌 사랑을 믿지 않잖아. 그리고…… 나도 그렇고.'

"알렉시스."

그녀의 오랜 침묵에, 알렉산더는 조바심이 난 듯 그녀의 이름을 다시 한 번 속삭이듯 불렀다.

"알렉산더, 아직 시간은 많아. 모든 것이 끝나면…… 그때 얘기해."

그의 몸 근육 하나하나가 경직되는 기색에, 알렉시스는 그의 등을 부드럽게 쓸면서 달래듯 속삭였다. 할 수만 있다면, 그의 모든 불안과 강박증을 영국 밖으로 송두리째 가져가고 싶었다. 그녀 없는 동안, 그녀가 돌아오기 전까지 그가 부디 평안하게 기다릴 수 있도록.

10화. 진실

　런던에서 스위스의 제네바로, 다시 최종 목적지로 기차를 타고 1시간 남짓 더 가야 하는 그녀들의 여정은 길고도 짧았다.

　알렉시스는 여러 가지 잡화품을 판매하는 역 안의 드러그스토어를 향해 큰 체구의 여성과 나란히 걷고 있었다. 그녀는 자신의 곁을 든든하게 지키고 있는 충실한 경호원 윌라 톰슨을 흘끗 돌아보았다. 알렉시스가 아무리 만류해도, 윌라는 목적지까지 동행할 의지를 절대로 굽히지 않았다.

　모든 정황을 일일이 파악하고 있지는 못했어도 윌라 톰슨은 지난 3년여간 알렉시스를 바로 곁에서 지켜본 사람이었다. 그녀가 다른 누구도 말려들지 않게 애쓰며 혈혈단신 어떤 위험 속으로 자진해서 뛰어들고 있다는 사실은 직감만으로 충분히 알 수 있었다. 윌라는 알렉시스가 런던으로 돌아갈 때까지 단 한순간도 그녀 곁을 떠날 생각이 없었다. 경호원의 의지는 이미 알렉시스에게도 명확히 전달된 바였다.

"윌라, 여기 좀 보고 있을게요. 카운터에 가서 먼저 이것들부터 계산해줄래요?"

경호원이 그녀의 지갑을 받아 들고 등을 돌리자 알렉시스는 하나둘까지 세고 곧바로 외마디 비명을 질렀다. 널찍한 매장 안에 쩌렁쩌렁 울려 퍼지도록, 그녀는 고함을 연달아 지르며 명연기를 펼치고 있었다.

"여기, 도둑이야! 소매치기예요! 저 여자가 방금 내 지갑을 빼갔어요!"

영어를 알아들은 덩치 큰 남자들이 부리나케 달려와 윌라를 제압하는 순간, 알렉시스는 재빨리 뒤돌아 가게 밖으로 쏜살같이 달렸다. 윌라에게 건넨 지갑에는 윌라의 영국 내 신분증과 여권, 충분한 현금이 준비되어 있었다. 충실한 경호원에겐 정말로 미안한 일이었지만, 그녀가 자신 때문에 다치기를 원하지 않았던 알렉시스 나름의 배려였다.

그녀는 플랫폼을 향해 전력 질주한 뒤 가장 구석진 모퉁이로 숨었다. 스위스는 치안이 가장 뛰어난 관광 대국이었다. 역 내 경찰이 조사를 해서 윌라가 무사히 풀려날 때까지는 적어도 30분 정도 소요될 것이라 짐작되었다. 앞으로 10분 뒤에는 기차가 도착하고 그로부터 10분 뒤에는 최종 목적지를 향해서 출발할 예정이었다. 알렉시스는 단거리 질주로 미친 듯이 뛰어대는 심장을 진정시키며 천천히 플랫폼 안으로 들어서는 기차를 바라보았다.

중앙역에서 지상으로 걸어 나온 그녀의 눈앞에는 노란 차양들이 눈길을 사로잡는 예쁜 호텔이 자리하고 있었다. 그곳의 랜드마크 호텔이라 할 수 있는 그랜드 호텔 스위스 마제스트(Grand Hotel Suisse Majest)의 외관은 그야말로 가장 그 나라답다 할 수 있었다.

그곳은 스위스의 남쪽에 위치한 따뜻한 휴양도시로 유럽의 상류층, 북미의 연예인이나 부호들이 제각기 앞다투어 별장을 사들이고 망중한을 즐기는 곳으로 이미 잘 알려진 곳이었다.

알렉시스는 스위스 마제스트 호텔의 아담한 싱글룸에 들어서서 테라스 창가의 커튼을 젖혔다. 동화 속 호수처럼 파란색을 띤 레만호가 바로 눈앞에 펼쳐져 있었다. 곧 비가 오려는지, 이제 정오가 조금 지났을 뿐인데도 호수 수면에는 아련한 물안개가 끼어 있었다. 하늘이 조금 더 어두워진 뒤에는 물안개가 한층 더 짙고 신비한 빛을 발할 것 같았다. 아무것도 하지 않고 호텔 테라스에서 이 레만호만 바라보고 있어도 남은 하루를 보내기엔 충분할 것 같았다.

하지만 그녀에겐 할 일이 있었다. 지금 알렉시스의 마음에는 관광객의 눈으로 이 아기자기 어여쁜 도시를 둘러볼 한 점의 여유조차 없었다. 앞으로 마주할 인물에 대한 생각 때문인지, 초연해 보이는 외양과는 달리 그녀는 신경이 지극히 날카로운 상태였다. 그래서인지 창 밑에서 그녀의 그림자를 시종일관 지켜보고 있는 누군가의 존재에 대해 전혀 눈치채지 못하고 있었다. 그 누군가가 프로 중의 프로인 이유도 있었다.

알렉시스는 사방이 불어로 되어 있는 표지판과 손안의 구글 맵을 번갈아 바라보며 천천히 걸었다. 문득문득 눈에 띄는 비수기철 관광객 무리에도 불구하고, 몽트뢰 본연의 고요한 평화와 호젓함이 도시 곳곳에 배어 있었다. 레만호 저 멀리로 알프스산맥이 희미한 윤곽을 그리며, 다른 한편에는 시옹성(Chateau de Chillon)이 한 폭의 그림처럼 맑디맑은 물 위에 떠 있었다.

눈앞의 아름다운 광경을 잠시 음미하는 동안, 그녀는 누군가의 얼굴을 자연스레 떠올리고 있었다. 지금 그와 함께 있다면, 평범한 커플처럼 그와 이 길을 나란히 걸으며 그림 같은 정취를 나눌 수 있다면. 언젠가는 그런 날이 올 수 있을까, 알렉시스는 자문해보았다.

알렉시스는 어린 시절에는 뭔가 엄청난 일들만이 기적이라 불린다고 생각했었다. 하루하루 평범하게 살아가는 사람들이 어느 날 우연히 구매했던 수백만 파운드의 복권에 당첨된다거나, 긴 세월 뇌사 상태에 빠졌던 누군가가 주위의 포기 속에서 기적적으로 깨어나거나, 오랜 시간 가뭄으로 고통받던 지역에 며칠간 신의 선물처럼 단비가 내린다거나, 바다 없는 나라 몽골에서 성장해 자라온 사람들이 처음으로 바다를 눈앞에서 보게 된다거나 하는 그런 거대한 일들만이 기적이라 여겼던 적이 있었다.

하지만 그녀는 지금 비로소 실감했다. 기적이란 아주 작은 소망이 현실로 다가와 손안에 잡히는 행복이란 것을. 그녀가 미처 깨닫지 못했던 사이, 그와 매일매일 조금씩 나누었던 아주 작은 순간들이 바로 행복이었다는 사실을.

반드시 이런 외국의 호숫가가 아니더라도, 매일매일 거닐었던 런던의 거리를 그와 함께 거닐던 순간. 눈이 첩첩이 쌓인 예배당의 뾰족한 첨탑을 내려다보면서 저 눈이 자연스럽게 녹기까지 얼마의 시간이 걸릴지 지나가듯 나누었던 담소. 그의 귀가 시간에 맞춰 가기 위해 일부러 하이드 파크의 나뭇잎이 우거진 고목 아래 서 있었던 순간. 저녁 식탁에 서로 마주하며 하루 있었던 일들을 나누거나, 일몰의 하늘을 함께 바라보았던 순간. 길가의 이름 모를 고양이가 다리를 감싸올 때, 털 알레르기로 기침하는 그를 보며 놀렸던 순간들. 고요하게 밝게 빛나는 별들을 템스 강가에서 함께 바라보던 순간. 어느 날 밤은 초승달이었다가 다음 날 밤은 크고 둥근 달 아래 서로의 사랑을 확인했던 순간들.

지금 생각해보면 얼마나 행복했던 순간들이었는지, 온몸의 혈관이 행복과 충만감에 가득 차 전율했던 그 모든 순간들. 알렉산더와 함께했던 모든 순간들.

물론 그는 그녀에게 용서할 수 없는 일들을 감행했었다. 있었던 일을 없었던 것처럼 스스로를 기만할 수는 없었기에 그 사실은 부정할 수 없었다. 그렇기에 그녀는 그를 사랑하는 마음과는 별개로, 그와 함께할 수 없는 것이다.

알렉시스는 문득 혼자만의 생각과 발걸음을 동시에 멈추었다. 부유층의 저택과 별장들이 즐비한 거리 한 귀퉁이에 다다른 순간, 사진에서 이미 확인한 저택의 정문이 그 위용을 드러내고 있었기 때문이다.

화려한 금장을 입힌 커다란 게이트만 보아도, 저택의 소유주가 얼마나 큰 부를 누리고 있는지는 충분히 짐작되었다. 한때 일반 서민들은 상상조차 할 수 없는 엄청난 사치와 부를 누렸던 인물이 저택 안 깊숙이 몸을 담고 있었다. 물론 지금도 그 인물이 가진 재정적인 힘은 압도적이었지만, 한 시절 그 인물에게 허용되었던 무소불위의 권력은 한 나라의 국고를 암암리에 좌지우지할 수 있을 정도였다. 하지만 그 끝이 없던 권력도 세월이 지나고 점차 저하되는 민심에 따라 바닥으로 점점 추락하고 있었다. 알렉시스가 벨을 누르자 게이트 바로 안쪽 작은 건물의 문이 열렸다.

"알렉시스 브로디 리오넬입니다. 런던에서 만나러 왔다고 전해주세요."

대문 철창 사이로 그녀의 신분과 저택 소유주와의 관계를 전해 들은 경비원은 먼저 저택 본관에 확인하려는 듯 다시 건물 안에 들어갔다. 한참 뒤 웅장한 게이트가 열리더니 다른 경비원이 그녀에게 공손히 인사를 건넨 뒤 앞장서서 걷기 시작했다. 잘 손질된 정원을 가로질러 웅장한 저택 앞까지 다다르자, 집사로 보이는 초로의 신사와 여러 명의 고용인들이 저택 현관 앞에서 그녀를 맞이했다.

저택을 방문한 것은 처음이었지만 알렉시스는 내부 구조나 인테리어에 감탄할 심적 여유가 거의 없었다. 웬만한 소궁정이라 해도 과언이 아닐 만큼, 화려하고 압도적인 저택 안에는 부귀영화와 사치의 잔재가 고스란히 남아 있었다. 벽에 걸린 명화와 소품, 앤티크들만 내다 팔아도 일반인 한 가구를 평생 먹여 살릴 수 있을 정도였다. 알렉시스는 레만호가 한눈에 내려다보이는, 그 도시에서 가장 자릿값이 비쌀 거라 예상되는 테라스 옆 응접실로 안내되었다.

"오랜만에 인사드립니다. 1년 만에 뵙네요."

〈알렉산더, 언젠가 말했던 그 소설 기억나? 알베르토 모라비아의 『로마의 여자』 나의 존재 그 자체에 고통받고 괴로워하는 사람. 그 사람을 만나서 내가 세상에 존재하는 이유에 대해 매듭짓는 것은 다른 누구도 대신할 수 없는, 오직 나만이 해야하는 일이야. 당신이 같이 가준다면 너무나 큰 힘이 되겠지. 하지만 나는 남자를 방패 삼아 등 뒤에서 보호받길 원하는 여자가아니야. 당신은 이미 나 때문에 한 번 목숨을 잃을 수도 있었어.이번엔 내가 당신을 지켜줄게. 내가 돌아올 때까지 조용히 기다려줘.

알렉산더, 사랑해. 세상 누구보다 더 사랑해. 지금 생각해보면처음 만났을 때부터 당신을 사랑했던 것 같아. 참 이상하지? 그렇게 나에게 지독하고 못되게 굴었는데. 그렇게 사랑하는데도 내가조금 더 빨리, 당신의 마음속 깊은 곳까지 들어가지 못해서 미안해. 당신은 다른 여자 일로 나에게 더할 수 없는 상처를 주었어.그 일을 알고부터 아마 내 마음은 당신으로부터 조금 멀어졌을 거야. 분명히 멀어졌을 거야. 하지만 실제로 얼마나 멀어졌는지 실감은 할 수 없어. 내가 애초에 당신을 사랑하는 마음이 너무 커서,조금 멀어진 정도로는 그 차이를 실감할 수 없나 봐. 이 마음 그대로 돌아갈게. 기다리고 있어줘.〉

알렉산더는 알렉시스가 또박또박 단정한 글씨체로 쓴 메모를그대로 손안에 넣고 꽉 쥐었다. 구겨진 종이 가장자리가 손안에 박혀들 것 같았다. 그의 손마디 하나하나가 엄청난 악력에 하얗게 핏기를 잃어가고 있었다. 시간을 확인해보니 그가 깨어나기 전 제네바행 첫 비행기를 타고 갔다면 벌써 4시간이나 흘러 있다는 말이었다.

"……."

수 초간 미친 사람처럼 머리칼을 쥐어뜯던 그는 벌판처럼 널찍한 펜트하우스 한가운데 거실을 가로질러 현관으로 다가갔다. 하지만 예상처럼 문은 밖에서 견고히 잠겨 있었고 그 앞에 서 있던 검은 양복의 남자 넷이 알렉산더의 움직임을 정중히 제지했다. 그들은 하나같이 190센티미터 이상의 거구에, 동작 하나만으로도 웬만한 특수부대 맞먹는 노련함이 엿보이는 프로 중의 프로였다. 그 넷은 알렉산더 주위를 에워싼 채, 손끝 하나 대지 않고도 그를 매우 효과적으로 제압하고 있었다.

"미스터 리오넬, 오늘 단 하루만 집 안에 계시면 됩니다."

"……비켜."

"죄송합니다. 저희는 보스의 명령에 따를 뿐입니다."

"……."

심장이 터질 정도로 뛰고 있는 흥분 상태에서도, 알렉산더는 이성의 끈을 완전히 놓지는 않았다. 그들 말대로 눈앞의 남자들은 전달받은 명령에만 충실할 뿐이었다. 이들을 상대해봐야 아무 소용 없다.

"그럼 너희 보스에게 연락해, 당장! 그 정도는 해줄 수 있겠지."

그가 이를 갈며 으르렁대자 장정 중 한 남자가 곧바로 휴대폰을 들어 어디론가 전화를 걸었다. 미처 신호가 떨어지기도 전에 알렉산더는 남자의 손에서 휴대폰을 낚아채 귀에 가져다 댔다.

"피오렌티 경, 좋게 말할 때 내 말을 들으시죠. 지금 당장 경의 애들 내 눈앞에서 다 치워주십시오! 지금 당장!"

─리오넬.

"지금 당장! 제 아내가 위험에 처해 있을지도 모른단 말입니다! 프랜시스가…… 경의 아내가 지금 그런 상황이라면 경은 어떻게 하실 겁니까? 이렇게 병신처럼 넋 놓고 있겠습니까!"

알렉산더는 이제 이성을 잃고 거의 울부짖다시피 하고 있었다. 마르첼로 피오렌티는 수화기 너머로 소리 없이 침만 꿀꺽 삼켰다. 전화기 너머로 전해지는 상대편의 맹수 같은 포효에 오금이 저릴 만큼 두려움을 느끼고 있었다.

두바이 아틀란티스 호텔 개축 행사에 초청도 받아 갔었고 그동안 가족 모임에서 여러 차례 만나 알렉산더와는 적당히 허물없는 사이가 되어 있었다. 하지만 그럼에도 나이 어린 그에게서 느껴지는 원초적인 카리스마는 마르첼로 피오렌티조차 감히 어쩌지 못할 만큼 강렬하고 압도적이었다.

통화상이니 다행이라 속으로 안도의 한숨을 내쉬며, 피오렌티는 용기를 쥐어짜내 자신보다 한참 어린 야수 같은 남자를 달래려 애썼다.

─리오넬, 좀 진정해봐. 알렉시스는 윌라 톰슨과 동행하고 있고 그녀는 모르고 있겠지만 내가 따로 붙인 특수 경호원도 있어.

"내가."

알렉산더는 이가 부서져나갈 것처럼 악물고 내뱉었다.

"내가 없는데 다 무슨 소용이야!"

짐승 같은 포효에 이어 그는 이제 거의 애원에 가까운 절규를 흘리고 있었다.

"내가 가야 해! 제발…… 프랜시스에게 말해. 내가 가야 한다고……. 가지 않으면 알렉시스는 어떻게 될지 몰라!"

―알렉시스는 자네가 아직 완치되지 않았다고 했고…… 더 이상 자네를 위험에 노출시키지 않겠다고 했어.

"빌어먹을……! 지금 누가 누굴 생각한다는 거야! 마르첼로 피오렌티! 당장 이자들을 내보내고 문을 열지 않으면 두고두고 후회할지도 몰라. 내가 이 넷 중 적어도 하나는 죽일 거니까. ……그래도 괜찮은가?"

―…….

그의 광폭한 목소리와 미친 사람 같은 눈빛에, 그 자리에 있던 경호원 네 명이 일제히 뒤로 몇 발짝 물러섰다. 피오렌티도 음성만으로도 그런 낌새를 느꼈는지 아주 잠시 침묵이 흐르는가 싶더니, 이어서 귀에 익은 프랜시스의 목소리가 전화선 너머로 들려왔다.

―알렉산더, 진정해.

"진정하게 생겼어? 지금 당장 날 내보내든가, 당신 조카가 개죽음당하는 걸 보든가 둘 중 하나 선택해, 선택하라고! 지금 당장!"

―…….

"리오넬가 이름을 걸고 맹세하겠어. 내가 이러고 있는 동안 알렉시스에게 무슨 일이라도 생기면 피오렌티, 브로디 일족 죄다 몰살시키는 데 내 평생을 걸겠어!"

프랜시스는 너무 무서워서 화도 내지 못했다. 그녀나 그녀의 친정에게 손을 뻗기도 전에, 알렉산더가 지금 당장 그 자리의 충실한 경호원 넷 중 하나를 정말 저세상으로 보낼 것만 같았다.

─……앨리가 어디로 갔는지는 알고 있지?

"그런 건 걱정할 필요 없고 이자들에게 내 휴대폰부터 내놓으라고 해. 전용기까지 날 데려가라 하고."

그 직후 모든 상황은 눈 깜짝할 새 속전속결로 진행되었다.

프랜시스의 남편 마르첼로 피오렌티의 고용인들은 본래 그 악명이 높았다. 그들은 하나같이 현직 마피아가 아닐까 싶을 만치 저돌적이고, 라틴계 특유의 다혈질적인 면에 프로로서 받은 우수한 능력이 더해져 웬만한 요원들은 당해낼 수 없었다. 게다가 고용주인 피오렌티 가문에 지독히 충성스러워, 그들에게 있어서 피오렌티 핵심 일원들의 명령은 반드시 수행해야 할 절대적인 것이었다. 하지만 지금 이 순간만큼은 넷 다 고용주가 자연스레 바뀐 것마냥 행동하고 있었다. 알렉산더 리오넬의 군더더기 없는 명령 하나하나에 그들은 마치 약속이나 한 듯이 착착 움직이고 있었다.

알렉산더는 그 자신의 전용기보다 피오렌티 소유의 것이 더 가까운 곳에 위치해 있다는 걸 알고 주저 없이 해당 장소로 향했다. 거의 혼절하기 직전까지 화를 내고 에너지를 소모해서인지 복부 쪽의 상처가 희미하게 쓰라려왔다. 하지만 알렉산더는 전혀 개의치 않고 있었다.

알렉시스는 레만호가 한눈에 내려다보이는, 그 도시에서 가장 자릿값이 비쌀 거라 예상되는 테라스 옆 응접실로 안내되었다.

"오랜만에 인사드립니다. 근 1년 만에 뵙네요."

"어머나…… 세상에! 우리 손녀 아니니? 오랜만이구나! 잘 지냈니?"

"네, 덕분에요."

알렉시스의 맑은 청회색 눈이 실내인데도 한껏 멋을 낸 70대 중반의 노부인을 마주 보았다. 젊은 시절에는 굉장한 미모를 자랑했을 게 분명한, 곱게 나이 든 얼굴과 세련된 차림에서는 고귀한 출신임을 명백히 알려주는 기품이 흐르고 있었다.

그러나 눈만은 그 사람의 정체를 숨길 수 없다고 했던가. 혹은 알렉시스가 상대방의 참모습을 비로소 깨닫고 마주해서인지도 몰랐다. 따뜻하고 인자한 말투 아래, 손녀를 바라보는 그녀의 눈 깊은 곳에는 분명 차디찬 한기가 흐르고 있었다. 어딘가 섬뜩한 기운마저 감돌았다. 왜 예전에는 그것을 눈치채지 못했을까. 혜안을 갖기에는 너무 어렸고 어수룩했던 탓일까. 알렉시스는 오히려 마음이 차분해지는 걸 느끼며 다시 한 번 또박또박 힘주어 말했다.

"덕분에 잘 지냈습니다, 이사벨 할머님."

"그래, 요즘은 통 연락도 잘 안 되었을 텐데 미안하구나. 너도 알다시피 난 거동이 시원찮아 여기서 쭉 요양 중이니……. 너무 오랜만이야, 그렇지?"

알렉시스는 입가에 띤 잔잔한 미소를 잃지 않은 채, 한마디 덧붙였다.

"적어도 할머님 쪽에서는 오랜만이 아니신 걸로 압니다. 그동안 제 사진들을 많이 봐오셨을 테니까요."

이사벨 루치아의 입가에 자리했던 미소는 한순간 사라졌다. 어머니가 부르봉 왕가를 이어받은 스페인 왕실 직계 출신인 그녀는 자수성가한 전 남편 페드로 헤르난데즈 헤네스가 사고로 죽은 뒤, 쭉 스페인 바르셀로나의 개인 자택과 스위스 몽트뢰 별장 사이를 오가며 지내오고 있었다. 한때 무소불위의 권력을 자랑하며 하늘 아래 불가능한 게 없었던 이사벨은 지금 칠십다섯 생애, 처음으로 자신에게 정면으로 도전해오는 20살 여자를 마주 보고 있었다. 아니, 정확히 말하자면 해가 바뀐 지 며칠 지나 있었기에, 스물하나일 터였다.

"실례를 무릅쓰고 본론으로 바로 들어가겠습니다. 할아버지와 제 외할머니를 45년 전에, 그리고 친할머니와 제 친부모님을 17년 전에 죽음으로 이끈 사람이 바로 이사벨 할머님…… 맞으신가요?"

알렉시스는 그 어느 때보다 맑고 투명한 눈으로 마주 앉은 노부인의 눈을 주시했다.

"그리고 제가 태어난 순간부터 가장 최근, 두 달 전의 총격전까지, 지금까지 저 또한 제거하기 위해 끊임없이 애쓰신 분도 할머님. 맞으신가요?"

"……나는 네가 아까부터 무슨 말을 하는지 도무지 모르겠구나."

노부인의 얼굴에 서서히 웃음기가 다시 돌아오고 있었다. 하지만 찻잔을 든 한 손이 미세하게 떨리고 있는 것을 알렉시스는 놓치지 않았다. 이사벨 루치아는 내심 동요하고 있었다, 그것도 아주 많이.

"세상에, 세상에……."

프랜시스 브로디 피오렌티는 호화로운 브로디가 응접실 중앙을 분주히 오가며 이미 모든 정황을 다 들은 뒤에도 두 손을 꽉 맞잡고 분노와 경악으로 몸을 사시나무 떨 듯 떨고 있었다. 평소의 호들갑이 오히려 애교 수준일 만큼, 그녀가 보이는 감정의 격앙은 극심했다. 그만큼 방금 알게 된 사실이 충격적이란 반증일 터였다.

"나는 아직도 뭐가 뭔지 모르겠어, 프랜. 다시 한 번 설명해봐!"

그녀의 남편 마르첼로 피오렌티는 널찍한 소파가 어린이용 의자처럼 보일 만치 커다란 체구를 깊이 파묻고 아내를 시종일관 재촉해댔다.

"그래, 복잡하지만 잘 들어봐. 한 번에 이해가 갈지 모르겠지만……."

"프랜, 솔직히 머리는 내가 더 좋지 않아? 참 내……."

"그런 헛소리, 이번만 봐준다. 지금은 정신이 없어서……."

목이 바짝바짝 타들어가던 프랜시스는 탁자 위에 놓인 홍차를 마치 생맥주를 들이켜듯 단숨에 넘겼다.

"우리 앨리, 알렉시스 브로디의 외가 쪽에서 마드리드에 본거지를 둔 헤네스 일가 알잖아. 헤네스 그룹의 위상은 실로 대단했어. 알렉시스의 호적상 할머니 이사벨 루치아가 스페인 왕실 직계

혈족이기 때문이었지. 물론 친할아버지 페드로 헤르난데즈 헤네스가 자수성가로 일으켜 세운 헤네스 인터내셔널의 재계상 위엄도 한몫했지만. 45년 전 당시 페드로 헤네스는 커다란 스캔들로 추문에 휩싸이게 됐잖아, 알고 있지?"

"그래도 어찌 보면 그 스캔들 덕분에 지금의 알렉시스가 있는 거잖아. 페드로가 허울뿐인 정략결혼 생활에 지쳐서 우연히 한국에서 만난 지나 리(Gina Lee, 이지나)를 만났고. 그들 사이에 태어난 아이가 알렉시스의 어머니 안토니아 헤네스고."

"맞아, 결국 이사벨과 페드로는 이혼했지만 이사벨의 방해로 지나 리와 페드로가 정식 재혼을 못해서 끝내 법적으로는 묶이지 못하게 됐었지. 그런데 안토니아가 태어난 뒤 페드로와 지나 리가 타고 있던 차량이 갑자기 원인불명 폭발을 일으켜 둘 다 죽었어. 나중에야 페드로의 유언장이 발표되어 지나 리가 비록 고인일망정 두 번째 헤네스가 여인으로 등록되었지. 딸 안토니아도 그때 정식으로 안토니아 헤네스가 될 수 있었고."

"맞아, 원래는 안토니아도 같이 그 차를 탔어야 했는데 그때 아파서 소아병원에 입원해 있었다며. 안토니아가 그때 안 탔기에 망정이지 그랬으면 그녀도 함께 죽었을 거고 결국 지금의 알렉시스도 태어나지 못했을 거잖아."

"마르첼로, 그게 이상하다는 거야."

"뭐가?"

"마치 그 세 명이 함께 차량에 탈 타이밍을 노려서 누군가 폭발을 꾀한 것 같지 않아?"

"뭐?"

"사고는 거기서 끝나지 않아. 더 들어봐. 안토니아 헤네스는 영국 케임브리지로 유학을 가게 됐고 거기서 우리 큰오빠 고든 브로디를 만나게 됐어. 둘은 운명처럼 결혼했고. 그게 20년 전 일이야. 그런데 그 둘 사이에 우리 알렉시스가 태어나고 딱 2살 되었을 때 그 비극이 일어났어. 우리 엄마 레오노라와 고든 오빠, 안토니아 셋이 전용기를 타고 가다가 역시 원인불명으로 전용기가 폭파한 거야. 그때 알렉시스도 타기로 되어 있었는데 어쩌다 보니 그때는 나랑 작은오빠가 며칠 더 데리고 있기로 해서 그 애는 안 탄 것이었거든! 우연치고는 너무 절묘하지 않아?"

"……."

마르첼로는 그제야 앗, 소리를 내면서 무릎을 탁 쳤다.

"그런데 어떻게 당시에 경찰들은 그 두 사건의 연결 고리를 생각하지 못했지? 원인 불명이란 것도 왜 제대로 밝혀지지 않고?"

"이 답답한 아저씨야, 그때는 지금처럼 과학적인 수사가 발달되어 있지 못했잖아. 게다가 당시 수사도 왜인지 흐지부지 서둘러 종결되는 분위기였다 하고. 마치 눈에 보이지 않는 엄청난 세력이 배후에서 압력을 넣고 있었던 모양새였어. 알렉시스는 그 후로도 세 차례 큰 사고를 당할 뻔한 적이 있었고, 6년 전에는 우리 가족들만 쉬쉬하며 덮고 있었던 그 일이 있었어."

"그래, 단기 기억상실증으로 원인은 충격에 의한 정신적 트라우마로 진단이 내려졌다면서……."

"알렉산더는 그 애와 결혼하고 얼마 지나지 않아 처음부터 쭉 조사해왔어. 모든 수사를 뒤집어엎고 처음부터 제로 베이스에서 시작해서. 짐작건대 6년 전의 기억도 거의 돌아온 것 같아."

"그럼 지금 알렉시스는……?"

"직접 이 모든 일의 배후를 확인하러 간 거야. 얼마 전부터 그 애는 알렉산더의 업무용 휴대폰을 도청해 그가 원래 예정대로라면 내일 스위스로 갈 것을 미리 알아낸 거야. 그리고 자기가 먼저 선수 쳐서 그자를 만나러 간 거지!"

"내가 지금 생각하고 있는 그 배후…… 당신이 생각하는 그 사람 맞아?"

"아마 그럴걸. 만약 그 모든 게 그 늙은 여우 짓이었다면 아마 그자는 여생을 평생 감옥에서 썩어야 될 거야. 다행히 아직 유럽에는 공소시효 따위 없으니까."

"맙소사…… 그럼 그 여자가 페드로 헤네스와 지나 리뿐만 아니라 프랜 당신의 어머니와 오빠, 그리고 알렉시스의 어머니까지 모두……!"

마르첼로 피오렌티는 소파에서 벌떡 일어나 격앙된 감정으로 가늘게 떨고 있는 아내를 품에 꼭 안았다. 한 여자의 무시무시한 집착과 질투심, 뼛속 깊은 증오, 타인의 생명을 벌레처럼 여기는 특권 의식이 아내에게 지극히 소중했던 이들의 목숨을 잔인하게 짓밟았고 앞으로도 짓밟고자 했던 것이다. 마르첼로는 그의 처조카가 지금 이 시간, 소시오패스와도 같은 무서운 여자와 같이 있을 수도 있다는 사실에 몸서리가 쳐졌다.

부디 알렉산더가 일분일초라도 빨리 쫓아가 알렉시스 곁에 있어주기만을 바라고 또 바랐다.

이런 납치 행각에 끔찍한 살인 의뢰까지 도맡고, 그의 딸 제나에게 어떻게 떳떳한 아빠일 수 있겠냐고 소녀가 분노를 터뜨린 지 몇 시간 이 지난 뒤였다.

그 뒤로 저녁 식사를 가져다주며 빅토르가 조심스레 말을 걸어보 았지만 아이는 그를 완전히 무시하고 일절 대꾸하지 않았다. 그가 쟁 반을 발치에 놓고 조용히 방을 나서려 할 때였다. 사락, 소리를 내면 서 뭔가가 그의 바지 주머니에서 떨어져 내렸다. 소녀가 본능적으로 입을 열어 알려주려 했지만, 남자는 전화벨 소리에 휴대폰을 귓가에 대고 방 밖으로 나갔다.

"……."

소녀는 바닥 깔개 위에 소리 없이 떨어진 종잇조각을 집어 들었 다. 꼬깃꼬깃 접힌 종이를 펼쳐보니 신문기사 하나가 오려진 것이었 다. 얼마 전 영국 왕실 행사 사진 때 국내외 귀빈들이 한자리에 모여 있는 외신 보도 기사 사진으로, 별달리 특별한 것은 없었다. 하지만 사진의 한구석에 붉은색 펜으로 크게 동그라미 쳐진 인물이 한 명 있 었다. 그 인물은 물론, 그녀 옆에 장식되어 있는 깃대와 깃발은 분명 소녀도 잘 알고 있는 것이었다. 'PLUS ULTRA'라는 단어가 화려한 금 장 무늬 양쪽을 각각 한쪽씩 차지하고 있었다. 그리고 기사 아래엔 누군가가 휘갈겨 쓴 것 같은 글씨가 자리해 있었다.

〈Please protect your little girl from her.〉

"……?"

사진의 인물과 그 아래 쓰인 글귀를 보는 동안, 소녀의 두뇌는 바 삐 돌아가기 시작했다. 도대체 이 메시지가 던져주는 게 무슨 의미인 지 잠시 생각하던 소녀는 놀라움에 숨을 크게 들이켜고 말았다. 소녀는 심장이 쿵, 내려앉는 충격과 함께 고개를 설레설레 저었다.

뭔가 잘못된 거야. 분명히…….

작은 종잇조각만으로 속단할 순 없었다. 하지만 그녀는 14살의 소녀치고는 지극히 예리한 직관력의 소유자였다. 소녀는 종잇조각을 바닥에 내려놓고 바들바들 떨리는 두 손을 꽉 모아 잡았다.

바로 그때 고막을 찢는 엄청난 굉음이 그녀의 귀를 때렸다. 뭔가 폭발하는 것 같기도 하고, 마치 배가 커다란 바위에 부딪혀 좌초되기 직전의 소리 같기도 했다. 소녀는 본능적으로 종잇조각을 양말 속에 넣은 채 자리에서 벌떡 일어났다. 이어서 빅토르가 부리나케 방 안으로 뛰어 들어와 창고에 불이 났으니 빨리 탈출해야 한다고 소녀를 다급하게 이끌었다.

"서둘러! 빨리……! 이걸 쓰고!"

소녀는 그가 건네는 마스크로 코와 입을 가렸지만 눈 안을 불시에 침범해 들어오는 연기와 환한 빛에 눈살을 잔뜩 찌푸렸다. 더 이상 뭔가 묻고 답할 시간이 그들에겐 없었다. 빅토르의 경악에 찬 눈빛 하나만으로도 소녀는 사태의 심각성을 깨닫고 남자의 손에 이끌려 미로 같은 지하 창고 복도를 이리저리 달렸다. 어디선가 매캐한 연기 냄새와 뭔가 타들어가는 소리가 가까이서 들려왔다.

빅토르가 커다란 창고 안 막다른 벽에 다다라 몸을 힘껏 부딪치자 요란한 소리를 내면서 채 굳지 않은 시멘트 덩어리가 그들 몸에 마구 떨어져 내렸다. 창고 한 귀퉁이가 공사 중이었는지 조금씩, 조금씩 허물어져 내렸다. 흙먼지와 시멘트 덩어리로 머리부터 발끝까지 온통 더러워진 둘은 벽과 연결되는 지하도를 향해 다시 전력으로 질주했다.

그때, 고막이 찢어질 듯 또 다른 폭발음이 소녀의 귓가에 웅웅 울렸다. 마치 액션 영화의 한 장면 속에 들어와 있는 것 같았다. 하지만 소녀는 숨이 목까지 차도록 달리는 중에도, 이것이 실제 상황임을 똑똑히 인지하고 있었다. 그녀는 지금 본인의 목숨이 경각에 달려 있다는 사실을 명확히 직시했다.

지하도 밖으로 나간 순간, 폐허와 같은 공사장이 나왔고 구석에 주차되어 있는 낡아빠진 트럭 한 대가 그들의 시야에 들어왔다. 빅토르는 빛과 같은 속도로 차 문을 열어 그 자신과 소녀의 몸을 밀어 넣고 재빨리 시동을 걸었다. 곧이어 소방차와 구급차의 요란한 사이렌 소리가 평화로운 레이캬비크 도시 안에 포효처럼 울려 퍼졌다. 소녀가 뒤를 돌아보자 시내와 멀지 않은 레이캬비크 선착장 쪽 커다란 건물 하나가 시뻘건 불덩이로 변해서 활활 타고 있었고 그 주변은 아비규환을 이루고 있었다.

불은 빠른 속도로 옆 건물로 옮겨붙어 그 일대는 삽시간에 엄청난 아수라장으로 변모해갔다. 지극히 고요하고 평화로운, 전 세계 1, 2위의 치안을 자랑하는 레이캬비크 시민들로서는 마른하늘에 웬 날벼락인가 하는 심정으로 원인 모를 폭발을 지켜볼 게 틀림없었다.

"아무래도 의뢰인이 알아버린 모양이야……. 내가 널 여기 숨겨두고 있었다는 걸……! 언젠가 추적해올 것은 각오했지만 네 삼촌의 송금보다 하루 더 빨리 찾아내고 말았구나."

빅토르는 속도위반 따위는 괘념치 않고 레이캬비크 밖으로 최대한 빨리 차를 몰았다. 소녀는 눈이 멀 듯한 충격이 조금씩 가시는 걸 느끼면서 어디선가 들려오는 종소리, 그리고 뾰족한 첨탑이 시야에 들어왔다 스쳐가는 광경을 차창 밖으로 조우했다. 푸르디푸른 하늘에 울려 퍼지는 맑고 청아한 종소리, 신의 영광과 거룩함을 오롯이 담고 있는 교회당의 높은 첨탑. 소녀는 밝은 햇살 아래서 처음으로 대면하는 납치범의 옆얼굴을 바라보았다.

"어디로 가는 거예요?"

"어디든, 이 도시에서 최대한 멀리 가야 해……."

소녀의 머리 한편에는 아직도 아까 보았던 종잇조각 속의 사진이 뚜렷이 남아 있었다. 그녀는 한 손을 흙먼지 풀풀 날리는 양말 속에 넣어보았다. 아직 사진은 그대로 있었다. 소녀는 아직도 충격에서 채 가시지 않은 마음에, 빅토르에게 묻고 싶은 마음이 굴뚝같았다. 하지만 지금은 그가 적당한 은신처를 찾을 때까지 기다려야 한다고 소녀의 어린 이성이 말하고 있었다.

설마, 아닐 거야. 그럴 리가 없어, 그럴 리가……!

그들이 한참 동안 인적 없는 도로를 질주하던 중, 어느덧 황금빛 석양에 이어 화산재와 용암의 잔재가 뒤덮인 땅 위에 서서히 어둠이 내려오고 있었다.

"……잘됐구나. 여기서는 차라리 어두운 게 도주하기 좋단다."

언젠가 지리 시간에 잠깐 스치고 지나갔던 지식 한 끄트머리가 소녀의 뇌리에 떠올랐다. 아이슬란드는 불과 얼음의 땅이라는 말처럼, 땅에서 얻는 천연 지열로 국토에 전기가 공급되기 때문에 에너지가 넘치는 섬이었다. 그 대신, 불필요한 전기 사용은 최대한 줄이기 위해서 하이웨이를 포함한 대부분의 도로에는 가로등이 거의 없었다. 간간이 보이는 농가나 비닐하우스, 간이식당과 휴게소의 불빛 외에는 도로는 완전히 암흑과 같다는 소리였다.

"얘야, 아니…… 알렉시스라고 불러도 되겠니?"

"네."

"네가 날 원망하고 있다는 건 잘 안다. 그게 당연하고…… 하지만 절대 널 죽게 내버려두진 않을 테니까 안심해라. 절대로 그자들에게 널 넘겨주지 않을 테니까."

"……."

"휴게소가 나타나면 바로 네 삼촌에게 연락하겠다."

"제냐 때문인가요."

"그럴지도 모르지……."

그는 핸들을 잡은 손을 늦추지 않은 채 러시아어와 영어를 조금씩 섞어가며 떠듬떠듬 말했다.

"돈도…… 더는 욕심내지 않기로 했어. 네 말이 맞다, 알렉시스. 내가 너희 삼촌에게서 50만 유로를 받는다고 해도 그 돈으로 제냐 앞에 떳떳하게 나타나 그 애를 데려올 순 없을 것만 같다."

"최소한 범죄 조직에서 제대로 빠져나올 수 있도록…… 삼촌께 뭔가 방법이 없을지 요청해볼 거예요. 아저씨를 위해서가 아니라…… 제냐를 위해서."

"……고맙구나."

곧이어 도로 끝에서 명멸하는 희미한 불빛을 발견한 그들은 휴게소 겸 간이식당 앞에 차를 세우고 조심스레 내렸다. 간단한 식사를 하고 더러워진 옷들을 식당 내 휴지와 수건으로 대강 닦아낸 그들은 어둑어둑한 식당 안에 잠시 앉아 있었다. 그때 탁자 옆을 스쳐가던 점원에게 빅토르는 혹시 지도가 있으면 잠시 보여줄 것을 청했다. 대략적인 목적지를 정하고자 하는 것 같았다. 소녀는 잠시 묵묵히 있다가 남자가 지도에 원을 그리고 뭔가 끄적끄적 쓰는 것을 물끄러미 바라보았다.

"아저씨, 혹시 왼손잡이예요?"

"응? 어…… 그래."

소녀는 갑자기 빅토르가 지도 옆 메모지에 뭔가 휘갈겨 쓴 것을 낚아채서 자신의 눈앞에서 그것을 뚫어져라 바라보았다. 소녀의 심장이 쿵, 쿵 미친 듯이 뛰면서 갑자기 호흡이 가빠지기 시작했다.

"제 생각이 맞았어요. ……그건 아저씨였어요!"

"무슨……?"

"Please protect your little girl from her, 당신 가족인 소녀를 이 여자로부터 보호하시오. 이거, 이거…… 아저씨가 쓴 거 맞죠? 분명히 아저씨 필체예요!"

소녀는 갑자기 흥분한 목소리로 양말 속 깊이 숨겨두었던 종이를 꺼내어 남자의 얼굴 앞에 들이밀었다. 즉, 소녀 자신을 사진 속에 표시한 여자로부터 보호해야 한다는 의미였다.

"아저씬…… 처음부터 의뢰인이 누군지 알고 있었어요! 그리고 절런던의 할아버지 댁에 보내면서 이 쪽지를 같이 동봉할 생각이었죠?"

"알렉시스……."

빅토르는 소녀가 저도 모르게 언성을 높이며 식당 안의 몇 안 되는 손님들의 이목을 끌자, 당황한 나머지 소녀를 달래며 바깥에 주차된 차로 돌아가려 이끌었다. 조카와 잠시 다툼이 있었다고 주변에 엉거주춤 고개를 숙인 그는 주차된 차 안으로 소녀를 태우고 재빨리 시동을 걸었다. 그는 그제야 자신이 은연중에 종이쪽지를 떨어뜨렸단 사실을 짐작할 수 있었다.

"얘야, 나는 네가 끝까지 모르기를 바랐다……! 영국의 네 가족들이 널 잘 보호해줄 거라고 생각했단다……!"

"……."

소녀는 양쪽 귀를 틀어막고 고개만 세차게 저었다. 이 세상이 흔적도 없이 완전히 멸망해버리고 사신이 휩쓸고 지나간 텅 빈 지상에 오직 홀로 남겨진 기분이 이런 것일까. 아무도 믿을 수 없었다. 그 누구도 믿을 수 없는 잔혹한 현실만이 그녀의 영혼을 단단히 사로잡고 놓아주지 않았다. 누군가에게 있어서, 소녀는 존재 자체가 죄악인 인간이었다.

하지만 그 잔인한 운명을 감내하고 의연하기에 그녀는 아직 너무나도 어렸다. 하지만 소녀는 어린 나이에 이미 한 가지를 깨우쳤다. 지나치게 슬프고 둔중한 충격은 오히려 눈물마저 나올 수 없게 만든다는 사실을. 그때 소녀는 그들이 탄 트럭이 눈에 띄게 속력을 높이는 걸 느꼈다.

"……안전벨트 꽉 매고 붙잡으렴. 아무래도 꼬리를 잡힌 것 같구나."

남자의 음성에는 생사를 건 절박함이 짙게 배어 있었다.

곧이어 사이드미러로 컴컴한 하이웨이 속에서 명멸하는 작은 라이트 불빛이 그들을 향해 빠르게 질주하고 있는 것이 보였다. 색깔을 알 수 없는 커다란 차량이 그들을 향해 맹렬한 기세로 추격해오고 있었다. 목숨이 경각에 달려 있는 추격전과 도피전이 동시에 벌어지는 가운데, 그들을 태운 트럭 아래쪽에 뭔가 둔탁한 충격이 느껴지며 덜컥, 차가 휘청거리는 게 느껴졌다. 트럭의 뒷바퀴가 총탄을 맞은 것 같았다.

"젠장……!"

그때 다행인지 불행인지 건너편에서 관광객을 태운 대형 버스 한 대와 미니밴이 나란히 달려오고 있었다. 이리저리 중심을 잡지 못하고 휘청거리던 트럭은 두 번째 미니밴이 그 옆을 스치고 지나가자마자 재빨리 차선을 바꿔서 그 뒤에 차를 세웠다. 하지만 정묘한 타이밍으로, 추격 차량은 미니밴과 부딪혀 귀를 찢는 마찰음을 일으키며 그 자리에 정지하고 말았다. 재빨리 차에서 내려선 소녀와 남자는 언덕 위로 올라가 피신하려 했다.

하지만 그때였다. 콰광, 엄청난 폭발음 소리와 함께 소녀와 남자의 몸은 아주 잠깐 허공에 둥실 떠오르는가 싶더니 거센 파편들 아래로 내려앉았다. 귀가 한순간 멍해지며 몸 여기저기가 긁히고 짓눌린 듯 아파왔다. 관광객을 태운 버스 몇 대가 연달아 도착하며 고요했던 도로변은 순식간에 아수라장이 되어버렸다.

"빅토르…… 아저씨……."

가까스로 정신을 수습한 소녀가 고개를 들자 피에 젖은 빅토르의 얼굴, 그 너머로 언덕의 잔해와 폭발한 차에서 치솟는 연기, 그들에게 신속히 다가오는 구원의 손길들이 흐릿하게 보였다. 어둠 속을 찢는 구급 차량의 소리가 멀리서 들려오자 빅토르는 소녀에게 쥐어짜는 듯한 목소리로 뭔가 중얼거렸다.

"알렉시스, 얘야……. 우리 딸 좀 부탁한다……. 제냐…… 예쁘게 니아……."

그 뒤로 그는 뭔가 더 중얼거렸지만 소녀는 더 들을 수가 없었다. 그대로 까마득히 정신을 놓아버린 그녀가 다시 깨어난 곳은 일주일 뒤, 런던 교외의 브로디 저택 안이었다.

개인 병실처럼 꾸며진 커다란 방, 침대 위에서 눈을 뜬 소녀는 지난 보름간의 기억이 전혀 없었다. 내내 혼수상태였던 일주일을 제외해도, 그녀가 모스크바 붉은 광장에서 감쪽같이 사라진 이후의 닷새에 대한 기억도 전혀 파악되지 않았다. 정신과 분야 최고 권위자들이 여러 번에 걸쳐 정밀 검사 및 심리 테라피도 시행했지만, 하나같이 소녀가 정말로 기억이 없다는 진단을 내릴 수밖에 없었다.

'뭔가, 정신적인 충격이 너무 커서 스스로를 보호하기 위해 부분적으로 기억이 상실된 것 같습니다.'

프랜시스의 요청에 의해, 그녀가 잠든 사이 성폭행 검사도 은밀히 시행됐지만 아무 폭행도 당하지 않은 것으로 판명되었다. 게다가 상황을 목격한 아이슬란드 지역민들과 관광객들의 증언에 따르면, 차가 폭발하기 직전 소녀를 데리고 있던 남자가 그녀를 넘어뜨려 그 위를 덮었다고 했다. 납치범이 소녀를 구하기 위해 스스로의 목숨까지 버렸다니 브로디가 일원들은 도무지 상황을 이해할 수가 없었다.

더 구체적인 정황 증거를 찾기 위해 소녀가 런던으로 이송되기 전, 아이슬란드의 병원으로부터 보내진 옷가지들도 런던 경시청은 샅샅이 조사했었다. 특별한 것은 아무것도 발견되지 않았다. 단지 소녀의 양말에서 너덜너덜 찢겨진 작은 종잇조각 하나만이 단서라면 단서였다.

⟨Please protect this little girl from……. (……로부터 당신 가족인 이 소녀를 보호하세요.)⟩

중간에 찢겨진 종잇조각은 지저분한 흙먼지와 얼룩에 찌들어 있어서, 예전에 발행됐던 신문의 한 조각이라는 것 그리고 누군가가 휘갈겨 쓴 글의 한 부분뿐, 더 이상 아무것도 알아낼 수가 없었다.

그 뒤 모든 일은 눈 깜짝할 새에, 그리고 마치 처음부터 그렇게 결정되어 있었던 것처럼 일사천리로 진행되었다.

소녀는 퇴원한 뒤 며칠 후부터, 한 학년 더 위로 월반해 세인트 마가렛 사립 여학교 8학년으로 전학해 다니게 되었고 악셀 브로디의 저택에서 프랜시스 고모와 베네딕트 큰삼촌 등 가족들의 보호하에 지내게 되었다. 그녀의 할아버지 악셀 브로디는 단 한마디로 그녀의 운명을 결정지었다.

"내 아들의 딸이야. 내 손녀니까 이제부터는 우리가 데리고 있기로 했다."

마치 처음부터 그곳에서 자란 양, 소녀에 대한 브로디가 일원들의 태도는 허물없었고 그녀도 매우 빨리 영국에서의 새 생활에 적응해 나갔다. 조부 악셀 브로디는 거의 대부분의 시간을 이탈리아의 사르데냐 섬에서 지냈고 간혹 소녀와 만나게 되어도 그다지 별 관심을 보이지 않았다. 카를로스 헤네스 숙부와 친오빠처럼 자란 루카와 간간이 전화 통화로 안부를 물으며, 그들에 대한 그리움을 달래던 소녀는 기묘한 이질감을 종종 느꼈다. 뭔가 그녀의 인생에서 중요한 것을 잊고 있다는 느낌이 아주 가끔 들었다. 하지만 시간이 흐를수록 그 기이한 느낌도 점차 자취를 감추었다. 당시 소녀에게 일어났던 일에 대해 언급하는 사람은 그 누구도 없었기 때문이다.

'가엾기도 하지. 상상할 수 있는 가장 잔인한 방법으로 죽이라니……. 어떻게 저 어린애를, 씨앗을…….'

씨앗을……. 그것은 씨앗, 즉 쎄먀(Семя)가 아니었다. 그것은 가족, 혈연, 피붙이란 의미의 쎄미야(Семья)였다.

'가엾기도 하지. 상상할 수 있는 가장 잔인한 방법으로 죽이라 니…… . 어떻게 저 어린애를, 그것도 한 가족을…….'

알렉시스는 당시의 충격으로 자신도 모르게 기억을 봉인시켰다. 그리고 처음에 그녀가 이해했던 의미로서 그 문장을 조금씩 떠올려 가고 있었다. 그래서 처음에 발음상 잘못 이해했던 씨앗, 즉 쎄먀 (Семя)란 단어로만 당시 빅토르의 말을 기억해냈다. 처음부터 쎄 미야(Семья)란 올바른 단어가 수면 위에 떠올랐다면, 그녀는 더 빨리 모든 실마리를 잡았을지도 몰랐다.

하지만 어떤 면에서, 알렉시스는 정확히 그녀가 기억해내야 할 순 간에 이사벨 헤네스의 존재를 유추해냈다. 만약에 그녀가 초반에 이 사벨 루치아, 전 미세스 헤네스가 그 모든 비극의 근원임을 밝혀냈더 라면 그 후에 발생한 더 큰 위험성의 존재는 미처 간파하지 못하고 스쳐갈 수 있었기 때문이었다.

"저는 모든 것을 다 알고 왔습니다. 저 혼자 여기까지, 하지만 제 가족들은 제가 여기 있다는 걸 모두 잘 알고 있지요."

이사벨 루치아는 그들 곁에 조금 떨어져 서 있는 남자를 향해 살짝 턱짓해 보였다. 그것을 신호로, 집사인 듯 보였던 남자는 조 용히 물러나 응접실의 문을 닫고 사라졌다. 이사벨 루치아가 이제 슬슬 본색을 드러내려 하고 있었다.

"그래, 알렉시스."

노부인의 얼굴에 다시 웃음이 서서히 걷혀갔다.

"너는 세상에 태어나지 말았어야 할 아이였거든. 그래서 내가 다시 저세상으로 보내주려 한 거야, 네 외할머니와 네 어미처럼."

"제 친할머니…… 지나 리가 당신의 남편을 빼앗았기 때문인가요."

"그래, 페드로는 그 더러운 동양인 사이에 사생아도 낳았지. 그 사생아는 너를 낳았고. 내 남편과 동양 계집년의 피, 둘 다 흐르는 존재들은 흔적도 없이 이 하늘 아래에서 없애버려야 했어."

노부인의 입에서 차분하게 흘러나오는 독설들을, 알렉시스는 표정 없이 조용히 듣고 있었다. 하지만 어느새 한 줄기의 눈물이 그녀의 뺨을 타고 소리 없이 떨어지고 있었다.

"세간에선 정략결혼이라 여겼지만 난 스페인 왕실 친척의 힘을 빌려 그와의 결혼을 강행했어. 그를 진심으로 사랑했지. 하지만 그는 단 한 번도 나를 봐준 적이 없었어. 그러다…… 우연히 가게 된 한국에서 지나 리라는 근본도 모르는 고아 계집년을 만나 사생아까지 낳았지. 내가 왜 이혼을 해줄 수밖에 없었는지 아니? 페드로가, 아니 필경 그 동양 계집이 부추겼겠지만─ 내가 그때까지 스페인 왕실의 힘을 빌려 암암리에 했었던 모든 부정부패를 전 유럽에 공표하겠다고 협박했기 때문이야."

알렉시스 역시 당시의 스페인 왕정이 얼마나 무한한 권력을 누렸는지 익히 들어 잘 알고 있었다. 정재계에 뻗어 있는 온갖 조작과 어두운 마수, 언론 통제까지 공공연히 행하던 왕정의 세력과 위신은 현재 인터넷의 발달과 추락한 민심으로 상당 부분 떨어져 있었다.

"당신은…… 할머님은 저에게 다정하게 대해주셨어요. 아주 가끔 만날 때, 단 한 번도 저에게 그런 깊은 증오를 내비친 적이 없었죠."

"너도 알다시피 나는 헤네스가 스캔들의 희생자이자 고귀한 인품의 로열패밀리로 살아야 했으니까. 앞으로도 쭉 그렇게, 아니 내가 무덤으로 들어간 뒤까지도."

노부인은 한 점의 흐트러짐도 없이 완벽히 넘겨 묶은 은회색 머리를 거만하게 치켜들었다. 알렉시스는 예전에 그녀의 젊은 시절 사진을 본 적이 있었다. 스페인 왕실 공주의 사촌이라기보다, 공주 그 자체인 것처럼 눈부시게 아름다운 모습이었다.

"나는 바람난 남편에게 버림받은 가련한 수 에스포사 리알(Su Esposa Real : 왕족 혈연의 귀부인)이니까. 고귀한 신분에 맞는 성품과 몸가짐을 항상 보여야 하는 특별한 존재이니까."

차분히 말을 잇는 이사벨의 눈에서는 깊이를 알 수 없는 적의가 선연했다. 알렉시스는 그 생생한 증오에 숨이 막혀 죽을 것만 같았다. 그러나 상대방의 증오에 대한 두려움보다는, 자신도 모르게 스스로의 존엄성과 품격을 유지하는 데 더 정신력을 쏟고 있는 그녀였다.

"구역질 나니까 감히 날 할머님이라고 부르지 마라. 너와 나는 혈관에 흐르는 피부터가 완전히 다른 종자야. 너는 세상에 태어나지 말았어야 했어. 네 어미부터가 그렇지만, 아니 애초에 신은 왜 동양인처럼 열등한 민족을 창조하여 페드로가 그 작은 나라에서 그 몹쓸 여자를 만나게 했는지."

이사벨은 태연자약한 음성으로 알렉시스의 외할머니 지나 리에 대해 섬뜩한 발언을 이어갔다.

"너도 그때 전용기에서 네 부모와 함께 죽어버렸어야 했는데."

노부인은 17년 전 브로디가 소유의 전용기에 알렉시스의 친할머니인 레오노라 브로디와 그녀의 부모 라이언 고든 브로디와 안토니아 헤네스가 탔다가 원인 불명의 폭발 사고로 세상을 떠났던 일을 언급하고 있었다.

"할아버지가 당신을 버리고 제 외할머니와 사랑에 빠지고…… 그사이에서 제 어머니가 태어나고 그리고 제가 세상에 존재하게 되고…… 모든 게 다 할아버지에게서 느꼈던 배신감 때문인가요? 제 외할머니에서부터 시작된 혈연의 고리를 끊어놓는 게 목적이었던 건가요."

또렷한 음성으로 말을 잇는 알렉시스의 눈에서는 한 줄기 눈물이 소리 없이 흘렀다.

"그 때문에 다른 사람들까지…… 저희 친할머니와 아버지의 목숨마저 아무렇지도 않게…… 그렇게 무참한 살인을 자행했던 건가요?"

"브로디 여사에 대해서는 매우 유감이야. 하지만 네 아버지 라이언 브로디는 네 어미와 결혼하는 짓을 자행함으로써 자신의 존재감을 실추시켰어. 고귀한 명문가의 피를 이어받은 영국인이 어떻게 그렇게 스스로의 얼굴에 더러운 진흙탕을 뒤집어쓸 수 있었는지……."

노부인은 딱하다는 듯이 쯧, 혀를 찼다. 연극조로 설레설레 내젓는 그 모습에, 알렉시스는 생전 처음으로 누군가를 죽이고 싶다는 강렬한 미움을 느꼈다. 하지만 곧 자신의 증오조차 눈앞의 여자에게 소모될 가치는 없을 거라 결론 내렸다. 우아하고 기품 넘치는 귀부인은 지독한 속물근성을 넘어서서, 뿌리 깊은 선민의식에 사로잡힌 나머지 본인의 계급에 속한 이들 외에는 벌레만도 못한 하찮은 존재들이라 여기고 있었다.

그녀가 지극히 사랑했던 남편 페드로에게서 느낀 배신감과 비참함은, 같은 여자인 알렉시스 역시 공감하지 못하는 것은 아니었다. 다른 예를 들 것도 없이, 알렉시스 본인도 알렉산더의 과거 때문에 고통받고 괴로워하다 결국 그를 떠나기로 결심한 바 있었다. 사랑하는 이의 외도와 배신이, 상대의 마음을 얼마나 이루 형언할 수 없는 지옥 속에 꼼짝없이 가두고 숨도 쉴 수 없게 옥죄는지 그녀도 이미 경험한 바 있다.

그러나 눈앞의 여자는 자신의 고통 때문에, 스스로가 감내할 수 없는 괴로움 때문에 무고한 사람들까지 아무렇지도 않게 희생시켰다. 절대로 용서할 수 없는 죄악을 저지르고도 저렇게 태연자약한 얼굴로 있을 수 있는 사람인 것이다. 알렉시스는 노부인이 가장 두려워할 일이 무엇인지 충분히 짐작할 수 있었다. 자신이 가진 모든 부와 권력, 명예를 잃는 것이겠지만 그중에서도 어떤 것이 이사벨 루치아에게 가장 큰 응징이 될 것인가 그녀는 생각해보았다. 죄를 뉘우칠 정도로, 속죄할 수 있을 정도의 커다란 대가.

"당신이 할아버지에게서 받은 고통, 제 외할머니를 향한 악의…… 모두 다 이해한다고는 할 수 없지만 저도 사랑하는 이가 있는 지금, 어느 정도는 공감할 수 있어요. 하지만 이미 40년도 더 전의 일이에요. 당신은 지금까지 그 커다란 증오의 감정을 마음속 깊이 품고 지금까지 하루하루 살아온 건가요?"

알렉시스는 말하는 내내, 노부인에 대한 동정을 아주 조금 느껐다. 이 얼마나 불쌍하고도 불행한 인생이란 말인가! 시간이 지날수록 응어리진 감정이 퇴색하고 재생되기는커녕, 오히려 반대로 증오가 더 큰 증오를 낳고 급기야는 되돌릴 수 없을 정도로 뿌리 깊은 원한이 되어버렸다.

재력, 미모, 권력— 세상이 부러워해 마지않는 모든 것을 가지고도 이사벨 루치아는 스스로가 만든 마음의 감옥 속에 갇혀 살아온 것이다. 스스로의 영혼을 좀먹고 더 강하게 파고드는 쇠사슬에 자신의 마음을 묶고서, 그 오랜 시간 점점 더 나락으로 추락해왔다.

"어떤 상처는 절대 회복될 수 없어. 아무리 시간이 흐르고 흘러도 그 상처가 아물거나 옅어지는 게 아니라 오히려 더 뚜렷해져 가지. 내 경우 그랬단다."

"……."

노부인은 알렉시스도 익히 잘 알고 있는 그 말을 차분히 읊조렸다. 과거에 다른 사람의 입에서 똑같은 말을 들은 적이 있었다.

"역시 그랬군요."

"……?"

"역시 제가 짐작했던 대로예요."

알렉시스의 눈물 어린 청회색 눈동자에는 범접할 수 없는, 잔인하고도 신비로운 빛이 떠올랐다. 뜻 모를 말을 하던 그녀는 어조를 바꿔서 노부인을 향해 당찬 어조로 물었다.

"두렵지 않나요? 저는 이제라도 당신의 그 무서운 범죄를 세상에 다 알리고 당신이 최소한의 벌이라도 받을 수 있게 할 겁니다."

"그럴 수 없을걸?"

노부인은 코웃음치고 탁자 옆에 놓여 있던 전화기 옆 벨을 눌렀다. 곧이어 처음에 자리를 물렸던 초로의 남자가 성큼 응접실로 들어섰다. 집사인 게 분명해 보이는, 단정한 슈트 차림의 그는 기계같이 무감정한 표정을 띠고 노부인에게 공손히 고개 숙여 보였다. 그녀가 죽으라고 하면, 당장에라도 바닥에 쓰러져 죽는 시늉이라도 할 것 같았다.

"앙헬, 지시한 대로 처리해."

등을 곧게 펴고 소파에서 천천히 일어서는 노부인은 작은 고갯짓 하나, 손동작 하나, 몸가짐 하나하나에 기품이 넘쳐흘렀다.

"너는 그럴 수 없을 거야. 왜인지 아니?"

이사벨 루치아의 얼굴은 동물적인 야만성과 의기양양한 승리감이 묘하게 교차되어 있었다.

"넌 여기서 죽을 거니까. 네 시신은 저 창 너머로 보이는 레만 호 아래 가라앉은 채 며칠 뒤 발견될 거고, 사고임을 입증해주는 목격자들도 생기게 될 거란다. 더러운 피를 가진 아이야, 이제 그 여자에게서 질기게 이어져오던 근본 모를 피도 여기서 드디어 끝나게 되겠구나! 내가 지금까지 널 진작 저세상에 보낼 수 있었던 기회는 무궁무진했어. 하지만 왜 지금까지 이렇게 오래 끌어왔는지 알고 있니?"

노부인의 다음 말에 알렉시스의 전신에 차가운 전율이 흘렀다.

"그냥 죽이면 아무 의미가 없으니까. 최대한 고통스럽고 잔인하게…… 그렇게 보내고 싶었거든. 그 어리석은 러시아인에게 명했듯이."

"그래서 정말 유감이야. 이렇게 간단히 매듭짓게 되어…….
하지만 어쩔 수 없겠지. 모든 걸 알아버린 널 1초라도 빨리 제거
해야 할 테니까."

여자는 탐욕에 젖은 눈을 빛내며, 마지막으로 선심을 베풀겠다
는 듯 한마디 더 던졌다.

"이걸로 모든 게 끝나겠구나. 물론 내 원한을 갚는 의미도 있
지만…… 이제 헤네스 그룹의 주식도 안전하게 지켜지게 될 테니
얼마나 다행인지. 천한 네가 감히 페드로의 지분 일부를 상속받는
다니 말도 안 되는 소리지. 앙헬, 한 발로 깔끔히 끝내."

응접실이 피로 물들기 전에 노부인이 재빨리 현장을 피하려던
찰나였다. 앙헬이라 불렸던 초로의 남자는 품에서 권총을 꺼내 들
어 여자를 향해 겨눴다. 하지만 총구가 향한 대상은 노부인이 전
혀 예상하지 못했던 방향에 있었다.

"세뇨라(Senora : 스페인어로 Mrs) 미세스 루치아."

"거기 그대로 서 계십시오, 세뇨라 루치아."

알렉시스는 집사로 추정되는 중년의 남자가 들어서자 곧바로
다음에 벌어질 상황을 본능적으로 알았다. 그녀는 재빨리 응접실
의 구조를 살피며 소파 뒤로 피했다가 테라스 창문을 깨고 바깥으
로 도주하면 어떨까 가늠해보았다. 하지만 이사벨 루치아는 아마
그런 가능성을 염두에 두고, 그녀의 시신이 창 바로 아래 펼쳐져
있는 레만호 바닥에서 발견될 거라 장담했을 것이다. 짐작건대,
비교적 높은 언덕 위에 자리한 응접실 바로 아래가 호수의 수심이

가장 깊은 부분일 것이다.

알렉시스는 만약 그녀가 여기서 죽더라도 알렉산더가 모든 정황을 면밀히 파악해 이사벨 루치아의 악행을 세상에 낱낱이 알릴 수 있을 것임을 믿어 의심치 않았다. 바로 그때, 응접실이 피로 물들기 전에 노부인이 재빨리 현장을 피하려던 찰나였다.

"세뇨라 루치아."

앙헬이라 불렸던 초로의 남자는 품에서 권총을 꺼내 들어 여자를 향해 겨눴다. 하지만 총구가 향한 대상은 노부인이 전혀 예상하지 못했던 방향에 있었다.

"거기 그대로 서 계십시오, 세뇨라 루치아."

남자의 음성은 단호한 가운데 어딘가 애잔한 느낌이 있었다. 실제로 그의 얼굴 역시, 근엄하고 무감한 동시에 노부인을 향한 기묘한 감정이 뒤섞여 있는 표정이었다. 권총을 들고 팔을 뻗은 그의 손은 한 치의 떨림도 없었다. 하지만 감정을 최대한 절제하려는 듯, 총신을 쥔 손가락 마디마디는 하얗게 경직되어 있었다.

"이제 그만하십시오, 세뇨라."

"앙헬? 너……."

"그 말대로야, 이사벨 루치아. 이제 적당히 해두시지."

집사의 등 뒤로 응접실 문이 활짝 열렸다. 연장자에 대한 예우 따위는 일절 없는 무례한, 그리고 그 자리의 모두가 너무나도 잘 알고 있는 음성이 드넓은 거실 한가운데 커다랗게 울려 퍼졌다. 닉네임처럼 악마와도 같이, 단호하면서 잔혹한 목소리. 그리고 알렉시스가 사랑하는 사람. 이 세상 누구보다 더 사랑하고 있는 남자. 그녀가 남기고 온 쪽지에 그렇게 공언했던 단 한 사람.

"곧 ICPO(International Criminal Police Organization : 국제형사경찰기구)가 와서 데려갈 거야. 범죄자가 있어야 할 곳으로."

건장한 남자의 등 뒤로 검은 슈트 차림에 선글라스를 착용한 남자 여럿이 삽시간에 널찍한 응접실을 에워쌌다. 그는 블랙의 안토니오 드 마테이스 키톤 정장 위에 옷깃마다 쇼메가 장식된 외투를 걸친 차림새였다. 흠잡을 데 없이 잘생긴 남자는 오만한 얼굴로 눈앞의 노부인을 향해 천천히 발걸음을 옮겼다.

이사벨은 갑자기 뒤통수를 얻어맞은 충격에 경악의 표정을 감추지 못하고 있었다. 모든 것이 이내 발치 아래 무너져 내릴 것임을 그녀의 직감은 이미 알고 있었다. 하지만 앞으로 다가올 끔찍한 말로보다, 그녀는 지금 눈앞에서 조용히 다가오고 있는 남자의 존재에 전신을 부들부들 떨고 있었다. 마치 호랑이 우리에 산 채로 던져진 느낌이 지금 같을까. 노부인은 두려움에 손끝도 까딱할 수 없었다. 사람의 가면을 쓰고 자신에게 다가오고 있는 사신을 마주하는 공포에, 마치 온몸이 얼어붙은 것처럼 그 자리에 잠자코 서 있을 뿐이었다.

"세뇨르 앙헬 곤잘레스는 이사벨 루치아가 페드로 헤네스와 이혼할 때부터 40년간 충실한 심복으로 손발 노릇을 해왔지. 하지만 그것도 이제 끝이야."

"세뇨라 루치아, 당신의 악행을 멈출 길은 이것뿐이라 생각했습니다……. 당신이 점점 더 악마가 되어가는 모습을 더는 지켜볼 수가 없었습니다. 그리고 제가 오직 당신에게 충성하게 만들기 위해…… 제 가족을 위험에 빠뜨리려 하는 것조차 저는 감내하려 했습니다. 하지만 이제 더는 그런 당신을 두고 볼 수 없습니다."

"앙헬…… 설마 알고 있었나……?"

이사벨 루치아는 섬뜩한 눈으로 충실했던 심복을 노려보았다. 앙헬 곤잘레스가 40년 전, 아직 20대 초반이었던 이사벨 자신에게 연모의 감정 같은 것을 품고 있다는 것은 어렴풋이 알고 있었다. 하지만 그는 단지 그녀의 곁에 있는 것 외에는 아무것도 바라지 않았다. 이사벨은 그런 앙헬의 마음을 최대한 이용하려 마음먹었다. 실제로도 거리낌 없이 이용해왔고 심지어 그가 오로지 자신만 바라볼 수 있도록, 그래서 그녀의 수족과 다름없이 언제까지나 곁에 있을 수 있도록 앙헬의 가족마저 제거하려 했었다.

"저는 그때 가족이 죽은 걸로 세뇨라에게 보고했었습니다. 하지만 해외로 도피시켜 조용히 숨어 살게 했죠. 지금도 다들 평안히 잘 살고 있습니다……."

앙헬 곤잘레스는 노부인을 향해 겨누고 있던 총신을 천천히 내려놓았다.

"그렇지 않으면, 제 부모님…… 제 형과 여동생을 세뇨라가 또다시 노렸을 테니까요."

초로의 신사는 나직하게 말을 이었다.

"세뇨라 루치아가 그렇게까지 하지 않았어도…… 저는 언제까지고 세뇨라 곁에 있었을 겁니다. 하지만 이제는 더…… 이대로는 더 안 될 것 같았습니다. 저도 이제는 모든 것을 내려놓고…… 40년의 세월을 뒤로하고 제 인생을 가겠습니다."

"……."

"발뺌해도 소용없어. 세뇨르 곤잘레스가 미리 설치해둔 CCTV에 이사벨 루치아, 당신이 스스로 인정한 악행이 죄다 기록되어 있으니까."

집사의 선언에 넋 놓고 있는 노부인을 향해 남자는 악문 잇새로 차갑게 내뱉었다. 그의 시선은 이사벨 루치아에게서, 그녀의 맞은 편에 있는 또 다른 여자에게로 천천히 옮겨갔다. 이제 막 20대에 접어든 여자는 소녀라기엔 성숙하고 여인이라기엔 어딘가 앳되어 보였다. 그의 강렬한 시선과 여자의 것은 정면으로 맞부딪쳤다. 한 순간 소리 없이, 그러나 뭔가 한마디 말로 표현하기에는 너무나 벅 찬 무언가가 둘의 시선 사이에 흘렀다.

"더러운 피, 천한 태생……?"

남자는 씹어뱉듯이, 눈앞의 노부인을 뚫어지게 노려보았다. 눈 빛만으로도 살인을 자행할 수 있을 정도로 무시무시한 증오와 경 멸이 그 눈에 고스란히 담겨 있었다. 섬뜩한 광기마저 느껴질 정 도의 위압감이 그 자리의 모두를 얼어붙게 만들었다.

"잘도 지껄이던데. 정작 천하고 더러운, 구역질 나게 만드는 존재는 바로 본인인데. 저 여자는!"

남자의 한 손이 조금 전 시선을 교환했던 젊은 여자를 향했다.

"너 같은 것보다 수천 배는 더 이 세상에 존재할 가치가 있어! 너 따위 것과는 감히 비교도 할 수 없는 존재라고! 고귀한 스페인 왕실 직계? 별 웃기는 개소리를 다 듣겠군……."

생전 처음으로 치욕과 수치, 모욕감을 동시에 느낀 노부인은 눈앞의 현실을 믿을 수 없어 그저 몸만 부들부들 떨 뿐이었다. 남 자의 등장 이전까지 시종일관 기품을 잃지 않던 이사벨 헤네스는 그의 잔인한 다음 말이 떨어지기가 무섭게 외마디 비명을 지르고 말았다.

"페드로 헤르난데즈 헤네스가 소유했던 주식 지분도 이젠 죄다 저 여자 차지가 될 거야. 기분이 어때?"

미친 듯이 발작하며 추하게 발악하던 노부인은 제 풀에 혼절해 응접실 바닥에 쓰러지고 말았다. 아무도 그녀에게 다가가 상태를 살피려 하지 않자, 그래도 오랜 세월을 함께한 의리 때문인지 앙헬 곤잘레스가 조심스레 노부인에게 다가가 몸을 똑바로 눕혀주었다.

곧이어 ICPO(국제형사경찰기구) 차량과 구급차가 동시에 도착하는 바람에 고요하던 저택은 한동안 소란이 끊이지 않았다. 앰뷸런스를 타고 온 의사의 말에 따르면, 원래 심장이 약한 편이었는데 갑작스런 충격에 발작이 일어난 모양이었다.

국제경찰 몇 명이 동행한 채 이사벨을 실은 구급차가 황급히 병원으로 향했을 때에야 마치 영화의 한 장면 같았던 폭풍의 순간들이 조금 잠잠해지는 것 같았다. 그제야 검은 슈트 차림의 경호원들은 저택 현관 홀 앞에서 약속이나 한 듯 일제히 자리를 물렸다. 극적으로 재회한 두 남녀가 잠시라도 둘만의 시간을 보내게 하려는 나름의 배려였다.

"어떻게 이렇게 빨리 왔어? 고모부네 힘이 생각보다 약했었나……. 프랜 고모가 그렇게 호언장담했었는데."

"내가 그 이탈리아 나부랭이들보다 못하다 이 말이야?"

알렉시스는, 알렉산더가 그녀를 향해 다가와 한 손을 위로 치켜들었을 때 반사적으로 눈을 감고 말았다. 지금까지 그가 그녀를 때린 적은 한 번도 없었다. 결혼 초반, 자신의 소유물 다루듯 거칠게 대하고 강제로 안은 것은 일상다반사였고 심지어 감금까지 일삼았던 그였다. 하지만 그녀에게 손찌검을 한 적은 단 한 번도 없었다. 비록 그만의 무지막지한 언행들은 상식적으로 용납되기 어려웠지만, 적어도 폭력만은 그 나름의 기준에서 절대 일어날 수 없는 일인 모양이었다.

그럼에도 그녀는 본능적으로 눈을 감았다. 그의 한 손이 그녀의 머리를 거세게 끌어당기고 다른 한 팔이 허리를 휘감아왔다. 알렉산더 특유의 시가 향 섞인 체취가 그녀의 몸속 세포 하나하나를 깨우는 것만 같았다. 그녀를 영원히 잃었을지도 모른다는 생각에, 알렉산더의 심장은 미친 듯이 뛰고 있었다.

"넌 정말 지독하게 말을 안 들어. 그렇게 단독 행동 하지 말라고 신신당부했는데……."

알렉산더는 그녀를 안은 팔에 으스러질 정도로 힘을 주었다.

"넌 처음부터 그랬어. 정작 중요한 순간, 내 말을 듣는 법이 없었어."

"……숨 막혀, 알렉산더."

"안 죽어."

"포옹으로 질식당한 세계 최초가 되고 싶진 않은데……."

"이 바보! 어떻게 그렇게 무모할 수가 있지? 너 같은 여잔 정말 세상에 다신 없을 거야!"

그는 그제야 몸을 조금 떼고 그녀의 얼굴을 잡아먹을 듯 노려보았다. 알렉산더는 진심으로 화를 내고 있었다. 동시에 그녀를 얼마나 사랑하는지 몸속 모든 세포가 실감하고 있었다. 알렉산더는 온몸으로, 그리고 온 마음으로 새삼 다시 깨달았다. 그 자신의 목숨마저 내던질 수 있을 정도로 알렉시스를 세상 그 누구보다 사랑하고 있다는 사실을. 알렉시스가 마침내 진심으로 그의 곁을 떠날지도 모른다고 생각했던 순간, 그는 그동안 그의 무의식이 이미 알고 있었던 진실을 강렬하게 통감하게 된 것이다. 생각해보면 그는 처음 본 순간부터 알렉시스를 사랑해왔다.

"알렉시스."

그는 그녀의 양 뺨을 감싸 쥐고 쉰 목소리로 말했다.

"사랑해."

알렉산더는 그녀의 대답을 기다리지 않고 조금씩 숨을 고르며 연달아 말했다.

"내가 조금 더 빨리, 네 마음속 깊은 곳까지 들어가지 못해서 미안해. 나는 다른 여자 일로…… 너에게 더할 수 없는 상처를 주었어. 그 일을 알고부터 아마 네 마음은 조금 멀어졌을 거야. 분명히 멀어졌을 거야. 하지만 실제로 얼마나 멀어졌는지 실감할 수 없게…… 조금 멀어진 정도로는 그 차이가 실감이 나지 않을 정도로, 아니 네가 내 과거를 완전히 머릿속에서 지울 수 있을 정도가 될 때까지 내 사랑을 입증할게. 이 마음 그대로 평생 곁에 있겠어. 제발 곁에 있게 해줘."

'알렉산더, 사랑해. 내가 조금 더 빨리, 당신의 마음속 깊은 곳까지 들어가지 못해서 미안해. 당신은 다른 여자 일로 나에게 더할 수 없는 상처를 주었어. 그 일을 알고부터 아마 내 마음은 조금 멀어졌을 거야. 분명히 멀어졌을 거야. 하지만 실제로 얼마나 멀어졌는지 실감은 할 수 없어. 내가 애초에 당신을 사랑하는 마음이 너무 커서, 조금 멀어진 정도로는 그 차이를 실감할 수 없나

봐. 이 마음 그대로 돌아갈게. 기다리고 있어줘.'

알렉시스는 자신이 런던에 남기고 왔던 쪽지를 최대한 인용해 자신의 마음을 표현하고자 하는 그의 의도를 느낄 수 있었다. 그녀는 대답 없이 그의 먹먹한 검은 눈만 바라보았다.

"알렉스."

그녀는 행복감에 차오르는 마음을 애써 억누르며 뺨을 감싸 쥔 그의 큰 손에 자신의 손을 겹쳤다.

"우리 이야기는 모든 게 다 끝난 뒤 하기로 했었지? 조금 더 기다려줘."

"무슨 말이야? 이제 모든 게 다 끝났어. 저 빌어먹을 여자는 이제 모든 죗값을 톡톡히 치를 거고 오늘은 단지 시작일 뿐이야."

"아직…… 남았어."

"그게 대체 무슨 소리야? ……일단 이 불쾌한 곳에서 나가자."

"아직. 누군가 올 거야. 거의 도착할 시간이 다 되어가."

알렉시스는 손목시계를 들여다보았다. 그녀는 제네바에서 몽트뢰로 향하던 순간부터 이미 누군가에게 문자를 보낸 터였다. 단, 알렉시스 자신의 휴대폰 번호가 아닌 다른 번호를 발신인으로 하는 것은 잊지 않았다. 이제 누군가가 저택에 곧 도착할 예정이었다.

"아직 모든 게 끝난 것이 아니야."

"너 설마……. 너 이미 다 알고 있었어? 차차 알리려고 했었는데."

알렉산더는 허를 찔린 표정으로 고개를 설레설레 내저었다.

"새삼스럽지만, 넌 정말 예측 불가능한 여자야. 전생에 스파이 아니었나."

농담조로 말을 뱉던 알렉산더는 이내 심각한 표정이 되어 그녀의 안색을 살폈다.

"너…… 괜찮은 거야?"

"응."

알렉시스는 금방이라도 눈물이 쏟아질 것 같은 표정으로 그녀를 감싸 안는 그의 팔에 기대었다. 곧 사신이 들이닥칠 것을 각오하기라도 하듯 비장한 얼굴이었다.

"괜찮아, 원래 추억이란 따뜻하고 포근한 것이지만…… 동시에 마음속을 아프게 헤집고 갈가리 찢어놓는 것이기도 하니까."

알렉시스는 담담하게 말하고 조금 전 생사의 갈림길이 오갔던 응접실 한가운데로 그를 이끌고 함께 자리에 앉았다. 누군가가 도착할 시간이 임박해오고 있었다. 이사벨 루치아가 병원으로 실려 간 지 채 20분도 지나지 않은 시간이었다.

"알렉스, 부탁이 있어. 반드시, 꼭 들어줘야 해."

"뭔데."

"그 사람이 오면…… 내가 모든 이야기를 하게 해줘. 옆에서 아무 말도 하지 말고 끼어들지 말고 가만히 있어줘. 내 마지막 부탁이야."

"마지막 부탁이라니, 무슨 말이야?"

"오늘의 마지막 부탁. 모든 진실이 낱낱이 드러나는 최초의, 그리고 최후의 날."

"……사람 놀래지 좀 마. 마지막 부탁이라니, 심장 내려앉는 줄 알았잖아."

알렉산더는 못마땅한 표정이었지만 그녀의 부탁을 거스르지 않을 작정인 것 같았다. 마침내 주인공이 도착했을 때, 알렉시스는 조용히 자리에서 일어나 가까이 다가갔다.

11화. 진실 너머, 진실

마침내 주인공이 도착했을 때, 알렉시스는 조용히 자리에서 일어나 가까이 다가갔다. 그리고 항상 그랬듯이 그 사람을 따스하게 포옹하며 인사말을 건넸다.

눈앞의 남자는 알렉산더보다 키가 10센티미터 이상 작고 다소 여린 체격이었으나 한눈에 보기에도 범상치 않은 재력을 과시한 차림새였다. 베르사체 캐주얼 슈트와 모자는 남자의 세련된 외양을 한껏 더 돋보이게 해주고 있었다. 짙은 석양을 연상케 하는 눈은 어딘가 보호 본능을 일으키는 데가 있었고, 비슷한 노을빛을 띤 풍성한 머리칼은 귀밑까지 내려와 있었다. 자신의 출신 배경에 은근히 프라이드가 배어 있는 몸가짐, 태도는 이사벨 루치아의 그것과 꽤 닮아 있었다.

"오랜만이야, 사촌."

"시스……?"

루카는 알렉시스, 그리고 그녀 옆에서 선명한 적의를 드러내는 남자와의 뜻밖의 조우에 놀라움을 감추지 못했다. 하지만 그의 금빛 눈에는 순수한 당혹감 이상의 무언가가 있었다.

"어떻게…… 여기 온 거야?"

그들의 맞은편 소파에 몸을 묻으며 루카는 무심한 듯 물었다. 하지만 재빨리 실내를 훑어보는 그의 눈은 누군가를 찾느라 분주해 보였다.

"이사벨 할머님은 지금 안 계셔."

"아……. 그래? 난 할머님이 부르셔서 왔거든. 그런데 너는 대체 무슨 일로 여기 온 거야? 오랜만에 할머님을 뵈려고?"

"할머님이 부르신 게 아니야."

"……?"

"내가 불렀어, 루카."

루카는 이해할 수 없다는 표정으로 눈앞의 사촌을 응시했다. 곁에서 도사견처럼 눈을 번뜩이고 있는 남자의 엄청난 카리스마에 눌린 탓인지, 루카는 긴장한 기색이 역력했다. 보이지 않는 불안과 불편함이 그를 동시에 짓누르고 있는 것 같았다.

"무슨 말이야, 난 오전에 할머님에게서 문자를 받고 곧바로 여기 왔는데—"

"중요한 일이 있으니 몽트뢰로 오거라, 루카. 문자가 이렇게 되어 있지?"

"……."

"어떤 상처는 절대 회복될 수 없어. 아무리 시간이 흐르고 흘러도 그 상처가 아물거나 얕아지는 게 아니라 오히려 더 뚜렷해져 간다— 이사벨 할머님도 아까 내게 하셨던 말이야. 이건 우리가 비밀의 방에 숨을 때마다 네가 가끔 했던 말이야. 기억해?"

"……."

잠시 동안의 거실에는 숨 막힐 듯한 정적만 흘렀다. 무거운 침묵을 둘러싼 공기를 깨고 먼저 운을 뗀 것은 알렉시스였다.

"루카, 너는 내가 기억도 하기 전부터 항상 내 곁에 있었고 내 친오빠나 다름없었어. 정말 그랬어. 내가 14살 때 런던으로 옮겨 살기 전까지."

"그래, 우리는 남매나 같았지. 아니, 사실상 남매였어. 실제로 그렇게 자랐어."

"맞아, 그런데……."

알렉시스는 루카의 아름다운 벌꿀색 눈동자를 들여다보았다. 그렇게 하면 마치 그 심연 아래 감춰진 진실을 바닥까지 파헤칠 수 있을 것처럼.

"나에게 왜 그랬어, 루카?"

"……."

그 둘은 서로를 뚫어지게 바라보았다. 마치, 온 세상이 종말을 맞아 단둘만이 남겨진 것 같은 적막만이 영원처럼 흘렀다. 남매처럼 자란 둘은 서로를 너무나 잘 알았다. 그러나 한편으로는 서로의 진심에 대해 전혀 무지한 상태로 있어왔다. 적어도 그들 중 한쪽은 최근까지 그래왔다.

"난 이미 알고 있어. 내가 결혼한 뒤로 이사벨 할머님은 더 이상 직접 손을 쓰실 필요가 없었지. 단지 방관만 하셨을 뿐이야. 네가 나서서 더 적극적으로 진행하기 시작했으니까, 루카."

"그 거울을 조용히 오랫동안 들여다보면 반드시 찾아온대."

"뭐가? 유령이?"

"응, 오른쪽에서는 그 사람을 뒤쫓아 과거의 유령이, 왼쪽에서는 그 사람을 찾아 미래의 유령이 온대."

"아…… 무서워! 왜 하필 지금 그런 이야기를 하는 거야!"

"루카는 겁이 너무 많아."

"보통 이런 상황에서 그런 이야기를 들으면 겁나는 게 당연하지 않아?"

"그래도 루카는 나보다 어른이잖아. 5살이나 더. 괴담은 괴담일 뿐이야. 유령 같은 것도 없고…….."

12살 남짓한 남자아이와 그보다 5살 어린 7살 여자아이는 어둠 속에서 조용히 속삭였다. 소녀가 최근에 읽은 일본 괴담집의 한 부분을 인용하자 소년은 끔찍하다는 얼굴로 몸서리를 쳐댔다. 7살짜리 소녀가 읽기에는 지나치게 잔혹한 내용의 괴담집이었지만 소녀의 내면은 그 잔혹의 정도를 이미 초월하고 있었다.

그들이 웅크리고 앉은 어둠 속은 그들이 소위 '비밀의 방(The chamber of secret)'이라 부르는 밀실 같은 공간이었다. 마드리드의 헤네스 본가 저택은 1900년대 초반에 지어진 고성에 수십 차례의 이노베이션 작업을 거쳐 모던한 리조트풍으로 개조한 아름다운 대저택이었다.

하지만 20세기 초반 유럽의 성들처럼 지하와 구석구석엔 미처 허물지 않고 남겨놓은, 미로처럼 복잡한 통로 같은 것들이 있었다. 현대 건축 스타일상으로는 지극히 불필요한 여분의 공간들이었지만 그 또한 고풍스런 멋이라 생각했는지 페드로 헤르난데스 헤네스는 굳이 그런 밀실 같은 공간들을 없애려 하진 않았다. 덕분에 아주 어렸을 때부터 드넓은 저택과 포도원이 딸린 부지 안에서 뛰어놀던 아이들에게는 흡사 탐사와 같은 색다른 즐거움이 있었다.

4층으로 이루어진 헤네스 저택은 전체적으로 하얀색을 띤, 앤티크하면서도 모던한 스타일로 저택 본관의 통유리 창과 테라스 너머로 프론트 가든 내 에메랄드색 수영장을 굽어보는 외관이었다. 수십 명의 인파가 모여 가든파티를 해도 될 정도로 드넓은 잔디와 파티오, 저택 뒤편 부지에는 직접 와인을 생산하는 포도밭이 찬란한 태양 아래 활짝 기지개를 펴고 있었다.

저택 안에는 고용인들의 거처를 제외한 열다섯 개 남짓한 침실과 층마다 자리한 네 개의 서재, 여러 개의 집무실과 학습실, 놀이방, 그 외에도 실내 수영장과 홈시어터 설비가 완벽히 구비된 엔터테인먼트룸, 끽연실, 체스룸 등이 갖춰져 있었다. 침실과 방마다 딸린 욕실은 화이트와 다크오크색이 절묘한 조화를 이루었고 침실 내 테라스와 이어진 창문은 하나같이 아치형 모양이었다.

내빈객들을 맞이하는 은은한 베이지색 중앙 홀을 지나 저택의 가장 뒤쪽, 지하로 내려가는 계단을 내려가면 다시 더 깊은 지하로 이어지는 동굴 같은 나선계단이 이어져 있었다. 그 아래는 지도가 필요할 정도로 복잡다단한 구조로 이루어져 있었다. 헤네스 저택에서 수십 년간 일해온 고용인들조차 지하 2층이 정확히 어떤 구조로 되어 있는지 모를 정도였다. 지하 2층의 공간은 주로 식품 저장고나 부지에 딸린 포도원에서 직접 공수한 포도로 와인을 만들고 숙성시키는 용도로만 쓰이고 있었다.

그리고 최근에 우연히 발견된 밀실 공간 역시 나름대로 잘 활용되고 있었다. 어린 두 아이가 숨바꼭질을 하다 발견한 나무 문은 몇백 년 전에 만들어진 것 같았다. 문을 열고 들어선 미로 같은 지하 통로 끝에는 부지 내 포도원의 지상과 곧바로 연결되어 있었다.

아이들은 어린 마음에 보물이라도 발견한 듯 환호했고 앞으로는 그곳을 자신들만의 비밀 공간- 비밀의 방으로 만들자고 약속했다. 공간 안에는 메마른 돌바닥뿐이었지만 일부러 그렇게 설계한 것처럼 한편은 계단으로 이루어져 있었다. 소녀의 말처럼, 실제로 몇백 년 전 죄수들을 가둬두던 지하 감옥으로 사용된 곳일 수도 있었다.

그들 둘은 최근 비밀의 방에 부쩍 더 자주 숨게 되었다. 소년의 친어머니 비올레타 헤네스의 발작이 요즘 더 잦아졌기 때문이었다. 그리고 때마다 증상은 더욱더 심각한 상태로 고조되었다. 비올레타 헤네스는 알코올 중독과 마약으로 인해 스스로의 심신을 갉아먹고 점점 피폐해지고 있었다. 해가 떠 있는 동안 그녀가 발작을 일으킬 때는, 그들은 으레 비밀의 방에 들어가 발작이 진정되거나 소년의 아버지가 도착할 때까지 숨어 있곤 했다.

그리고 어느 날, 비올레타는 미친 여자처럼 광분한 상태로 아들을 찾아 온 저택을 돌아다니기 시작했다.

"루카! 루카, 어디 있어! 내 아들, 루카! 엄마랑 같이 가자! 난 더 이상 여기 살 수 없어……. 더 이상 이 집에서 살고 싶지 않아! 여긴 저주받았어!"

마치 다른 인격체에 정신을 송두리째 넘겨준 것 같았다. 소년과 소녀는 영혼 없는 육체가 단지 죽음만을 뜻하는 게 아님을 아주 어릴 때부터 몸소 겪어야만 했다. 아름답고 불행한 헤네스가 안주인은 이성을 잃은 상태에서도 가까스로 아들의 침실을 기억해낸 모양이었다. 곧이어 침실의 잠긴 문고리를 철컥철컥, 돌리는 소리가 나더니 짐승의 울부짖음 같은 울음과 끔찍한 비명소리가 방문 너머에서 울려오기 시작했다.

"루카! 루카! 거기 있잖아! 왜 문을 열지 않는 거야! 이 엄마가 이대로 저주받아 죽어도 괜찮니? 응?"

여인의 흐느낌과 오열 소리는 그들의 고막을 찢어놓을 기세로 섬뜩하고 무시무시하기 이를 데 없었다. 고용인들조차 섣불리 그녀에게 다가가지 못하는 것 같았다. 이미 예전에 정신병원 시설에 보내야 했을 상태였지만, 스페인 명문가 중의 명문가란 위신과 체면 때문에 헤네스 일가 사람들은 최대한 집 안에서 치료하며 상태가 호전되길 바라고 있던 차였다. 하지만 아무래도 그런 바람은 한낱 부질없는 희망일 뿐인 것 같았다. 이대로 있다가는 비올레타의 손에 누군가 크게 다치고 말 터였다.

"……."

소년은 있는 힘을 다해 양손으로 귀를 틀어막고 울고 있었다. 소녀는 아무 말도 하지 않고 소년에게 바짝 다가붙어 그의 머리를 꼭 끌어안았다. 아름답고 총명하며 상냥했던 소년의 어머니가 친정집에서 대대로 내려왔던 간질병의 유전자를 고스란히 물려받아 지금에야 그 징후를 보일 줄 누가 예상이나 했을까. 카를로스 헤네스와 비올레타 마르케스는 이사벨 헤네스의 집요한 강행에 의한 집안 간 정략결혼으로 이루어진 커플이었다.

마르케스는 스페인뿐 아니라 인접국 포르투갈, 몰타, 마그레브 5개국(리비아, 튀니지, 알제리, 모로코, 모리타니)에까지 그 권력의 입김이 닿아 있는 가문이었다. 그 기세등등한 권력에 매료된 이사벨 헤네스가 큰아들 카를로스와 마르케스가의 차녀 비올레타를 결혼시키기 위해 수단과 방법을 가리지 않았음은 암암리에 잘 알려진 사실이었다. 카를로스는 당시 바르셀로나의 유능한 변호사와 열애 중이었으나 이사벨의 절대적인 명령을 거역하지 못했다. 이해관계만으로 이루어진 결혼 생활이 양쪽에 행복할 리 만무했다.

헤네스가의 명예를 실추시킬 빌미를 언론에 제공할 뻔했던 쪽은 주로 비올레타 쪽이었다. 그녀는 결혼 전부터 쭉 사랑해왔던 연인과 밀회를 즐기다 이사벨에게 꼬리를 잡혀 옛 연인과 강제로 이별할 수밖에 없었다. 그 뒤로는 이 남자, 저 남자 전전하며 혼외 관계를 즐기다가 결국은 마음 둘 곳이 없었는지 알코올과 마약에까지 손을 대어 더 이상 수습 불가능한 상태가 되고 말았다.

세상 모든 평범한 사람들이 동경하고 부러워할 드넓은 부지와 화려한 대저택, 그 외관 뒤로 소년과 소녀는 서로를 의지하며 하루하루 지속되는 불안정한 나날을 버틸 수 있었다. 서로의 존재를 위안 삼으며 둘만의 정신적 연결 고리로 이어지는 동안 시간은 화살처럼 흘렀다.

소년이 열아홉, 소녀가 열네 번째 생일을 막 넘겼을 무렵, 그 비극적인 사건은 일어났다. 비올레타 가르시아 마르케스 헤네스는 불과 마흔셋의 나이에 유명을 달리하게 되었다.

헤네스가 대저택 한편에 구금되다시피 갇혀서 지내던 비올레타는 고용인이 잠시 틈을 보인 사이 방 밖으로 탈출해 저택에 불을 질렀다. 그녀는 평소에, 저주받은 헤네스 저택 따위 불타서 없어지고 그들 모두 함께 타죽어야 마땅하다고 소리치곤 했다. 실제로 자신의 주장을 실행에 옮긴 셈이었다. 그녀가 머물러 있던 저택 별관 건물만 화재로 소진되었고 본관 쪽으로는 불길이 번지지 않아 큰 피해도 없었다. 다행히 저택 안에도 가족들이 아무도 없었고 고용인들 역시 누구도 크게 다치지 않았지만, 4층 꼭대기에서 뛰어내린 비올레타는 목이 부러져 즉사하고 말았다. 이사벨의 입김 아래, 언론에는 단순한 실족사였다고만 짧게 보도되었다. 장례식장에서 이사벨 할머님이 아버지 카를로스에게 여러 번 반복해 말했던 것을 남자는 소녀에게 그대로 들려주었다.

'그 애를 이 가문에 끌어들인 게 내 인생 최대의 실수였어. 마르케스 가문에 그런 미친 피가 흐르고 있을 거라 누가 상상이나 했겠니. 그나마 유일하게 잘한 일 하나는 루카를 낳았다는 거지.'

"시스, 난 엄마가 그렇게 사지가 뒤틀려서…… 잔디에 누워 있던 광경을 절대 잊지 못할 것 같아. 나는……!"

"루카."

소녀는 소년보다 한층 더 어른 같은 목소리로 말했다.

"루카, 잊으려고 애쓰지 마. 시간이 흐를수록 자연히 잊게 될 거야. 기억 속에서 점점 흐릿해지고…… 아주 희미해질 거야."

"어떤 상처는 절대 회복될 수 없어. 아무리 시간이 흐르고 흘러도 그 상처가 아물거나 옅어지는 게 아니라 오히려 더 뚜렷해져가지……. 난…… 영원히 엄마의 마지막 모습을 지울 수 없을 것 같아……!"

내 어머니 비올레타가 꼭 로체스터의 미친 전 부인과 같았다고 생각하겠지. 제인 에어의 로체스터 부인 말이야. 저택을 송두리째 불지르고 로체스터를 장님으로 만들어버린 그 광기에 사로잡혔던 부인. 제인 에어는 거액의 유산을 상속받은 신분으로 다시 돌아와 모든 것을 잃은 로체스터를 사랑의 기적 같은 힘으로 감싸 안고 영원히 함께하기로 결심하지. 그건 소설이니까 그런 거야. 샬로트 브론테가 시대를 앞서간 페미니즘을 표방한 소설 작품이니까 그런 거라고. 현실은 그 광폭한 로체스터 부인 때문에 모든 걸 잃고 비참하게 죽어가는 로체스터, 그리고 그런 그를 잊고 상속받은 유산으로 부유하게 살아가는 제인 에어. 그게 현실인 거야.

　"난 이미 알고 있어. 내가 결혼한 뒤로 이사벨 할머님은 더 이상 직접 손을 쓰실 필요가 없었지. 단지 방관만 하셨을 뿐이야. 네가 나서서 더 적극적으로 진행하기 시작했으니까, 루카."

　"다 알았구나, 시스. 다 알아버렸어."

　남자는 체념한 듯 혼잣말처럼 중얼거렸다. 그는 웃고 있었다. 비웃음이나 일그러진 웃음이 아닌, 언제나처럼 밝고 화사한 미소를 짓고 있었다. 언젠가는 이런 순간이 올 줄 익히 예상하고 있던 듯한, 여유로운 모습이었다.

　"루카, 왜 그랬어?"

　너는 이사벨 할머니가, 내가 런던 브로디가로 옮겨가 살게 된 뒤 두 번 사고사를 일으켜 날 죽이려 한 것을 알면서도 방관했고, 알렉산더와 결혼하기 전후에 그에게 여러 번 사진을 보내어 우리 결혼을 파탄으로 이끌려 애썼고, 에딘버러 학회에 일부러 미카엘을 불러서 일부러 마주치게 했고 사람을 시켜 계단 아래 내가 떨어지게 만들었어. 일리나 소콜로바의 사진을 보낸 것도 바로 너였지. 협박성 메일로 날 아이슬란드로 유도하고, 레이캬비크에 사람을 보내 날 해치려 하고, 런던에 도착하자마자 나대신 알렉산더에게 총상을 입힌 것도……

"모두 다 너였어. 루카 지안카를로 헤네스, My dear cousin."

"역시 넌 총명해, 시스. 나의…… 시스. 하지만 여기까지야."

루카가 거기까지 말했을 때, 건장한 체격의 무시무시한 인상의 남자가 압도적인 카리스마를 뿜으며 실내에 성큼 발을 디뎠다.

"드미트리 코스마초크……?"

알렉산더가 얼마 전 이스라엘 특수부대 모사드 출신인 라파엘 블레즈 레핀스키와의 친분을 이용해 개인적으로 고용했던 스페츠나츠 알파, 러시아 소속 대테러 특수부대의 최정예 중 톱으로 활약했던 인물이었다.

"알렉산더 리오넬, 댁이 고용했던 스페츠 알파 요원이었지? 하지만 지금은 내 직속 부하야. 원래 용병은 돈에 따라 움직이기 마련이니까, 배신은 아니지……."

루카는 자리에서 일어나 태연한 얼굴로 두 남녀를 향해 총구를 들이대고 있는 남자 옆에 가서 섰다.

"시스, 내가 모르고 있을 거라 생각했겠지만…… 할머니가 너와 얘기하고 심장 발작으로 병원에 실려 갔다는 사실은 이미 잘 알고 있어. 너만큼 똑똑진 못하겠지만 나도 여기저기 심어놓은 정보망이 적진 않으니까. 이 장면도 죄다 CCTV로 녹화되고 있겠지?"

그가 고개를 까딱해 보이자 곁에 서 있던 코스마초크가 무시무시한 기세로 소음총을 치켜들고 응접실의 여기저기, CCTV가 설치되어 있을 만한 곳은 죄다 난사해 삽시간에 아수라장을 만들어 버렸다. 아무리 알렉산더라도 총구 앞에서는 어쩌지 못하고 곁의 알렉시스를 보호하듯 감싸 안을 수밖에 없었다.

"코스마초크, 아무리 돈에 의해 배신을 밥 먹듯 하는 용병 쓰레기라지만…… 적어도 상도덕은 지켜야 하잖아?"

"닥쳐, 리오넬. 피도 눈물도 없이 철저히 제 잇속만 챙기는 악덕 사업주인 주제에…… 감히 누구더러 상도덕 운운, 개소리를 지껄이는 거야?"

드미트리 코스마초크는 가소롭다는 듯 껄껄 웃으며 옛 고용주를 마음껏 조롱했다.

"이걸로 오히려 잘됐어. 너희 둘 다 한꺼번에 처리할 수 있으니까. 고용인들 눈치채지 못하게 잠자코 드미트리 앞에 서서 걸어. 조금이라도 엉뚱한 생각 했다가는……. 드미트리가 사람 회뜨는 게 전문인 건 리오넬 네가 더 잘 알고 있겠지?"

루카와 드미트리는 두 남녀에게서 휴대폰을 압수한 뒤 그들을 저택 후문 앞에 세워진 검은 밴으로 이끌었다. 어디론가 인적이 드물거나 완전범죄가 보장될 만한 장소로 데려가 죽일 작정인 것 같았다. 알렉시스는 전신에 오한이 일 정도로 두려운 심경을 가까스로 억눌렀다. 죽음에 대한 공포심 속에서도 그녀는 곁에 나란히 선 알렉산더의 안위가 염려되어 견딜 수 없었다. 루카만이라면 그녀가 어떻게 해볼 수 있을지 모르나, 전 스페츠 알파 요원의 악명에 대해서는 그녀도 익히 들어본 바가 있었기에 감히 손끝 하나 까딱할 수조차 없었다. 50대를 훌쩍 넘은 나이에도, 그는 여전히 숨 쉬는 살인 병기나 다름없을 것이다.

루카는 두 남녀의 손목을 각각 묶은 뒤 운전수 자리와 매직미러로 가로막힌 뒷좌석에 자신과 알렉시스가, 맨 뒷좌석에 알렉산더와 드미트리 코스마초크를 앉혔다. 차가 시동을 걸어 어디론가 출발하자 알렉시스는 조심스럽게 입을 열었다. 처음에는, 애초에 알렉시스 혼자만이 타깃이었던 만큼 알렉산더는 상관없으니 안전히 보내달라 간청하려 했었다. 하지만 이미 알렉산더가 그의 악행을 다 알아버린 이상, 그 역시 살려둘 루카가 아니었다.

"루카, 대체 이유가 뭔지 말해줘."

정말 이유가 궁금하기도 했지만 지금은 어떻게든 시간을 벌고자 알렉시스는 애썼다. 물에 빠져 지푸라기라도 붙잡고 싶은 심정이었다. 하지만 루카는 그런 그녀의 심중을 간파했는지 실소를 머금을 뿐이었다.

"조용히 해, 시스. 그 예쁜 입에 재갈까지 물리고 싶지는 않아."

"……"

그들은 몬트뢰 시내를 벗어난 교외의 한적한 숲 한가운데 도착했다. 일을 마치면 다시 루카 일행을 데리러 오기로 했는지, 운전사는 그들이 차에서 내리자마자 쏜살같이 시야에서 사라져갔다. 차가 들어갈 수 없는 숲 경사로를 조금 더 걸은 그들 앞에 곧이어 헛간 또는 창고 같은 허름한 목조건물이 하나 시야에 들어오고 있었다. 알렉시스는 건물이 오래된 나무로 만들어진 것을 보고 직감적으로 알았다.

불이다.

루카는 화재 신드롬이 있었다. 예전에 그 어머니가 헤네스 저택에 불을 지르고 자살해 죽은 이후, 루카는 아주 작은 불씨만 봐도 온몸의 세포가 살아 숨 쉬는 것처럼 묘한 흥분감을 느낀다고 했었다. 오히려 공포심을 느끼는 게 일반적인 경우일 것이다. 하지만 루카는 그 반대급부로 화재에 대한 기묘한 환상을 갖게 되었다. 넘실넘실 타오르는 붉은 불길을 계속해서 바라보고 있으면 마치 마약에 취한 듯한 몽롱한 기분이 된다고 했던 그였다.

그는 정말로 여기서 알렉산더와 그녀를 불태워 죽일 생각인 걸까? 도대체 그가 그녀에게 그렇게까지 살인 충동을 느끼게끔 만들었던 동기는 무엇이었을까? 알렉시스는 죽음의 공포 속에서도 그것이 너무나 알고 싶었다.

"루카, 알렉산더는 그냥 한 번에 보내줘. 최대한 고통스럽지 않게. 아니면…… 기억을 잃게 만드는 방법을 알고 있으면 차라리 그렇게 해서 돌려보내줘. 내 유일한 마지막 소원이야."

"뭐라고……? 아하하……. 하하하─"

루카는 마치 세상에서 가장 재미있는 농담을 들었다는 듯 박장대소를 터뜨렸다.

아, 그가 저렇게 미친 듯이 웃고 '미안해, 사실은 이 모든 게 연극이었어. 많이 놀랐지?'라고 말해준다면 얼마나 좋을까.

알렉시스는 신에게 간절히 빌고 또 빌었다. 그녀가 말한 것처럼 차라리 알렉산더만이라도 무사했으면, 하고 모든 영혼을 다해 바라고 또 바랐다. 지금 이 순간, 사신이 나타나 그녀의 영혼을 조건으로 알렉산더를 살려주겠노라 한다면 그녀는 기꺼이 그럴 수 있을 거라 생각했다.

"루카, 세상에 완전범죄란 없어. 제발 여기서 멈춰줘. 그럼 네가 날 해치려 했던 지난 일들은 더 이상 문제 삼지 않겠어."

"미안해, 시스."

루카는 눈 하나 깜짝하지 않고 코스마초크의 엄호하에 그녀와 알렉산더를 열려 있는 창고 안에 밀어 넣었다. 코스마초크는 기름이 들어 있는 걸로 보이는 플라스틱 통 두 개를 어딘가에서 가져와 창고 안쪽으로 들여놓고 있었다.

"대신…… 네가 말한 대로 최대한 고통 없이 함께 가게 해줄게. 저쪽은 이미 정신이 반쯤 나가 있는 것 같은데?"

두려움에 떨고 있을망정 의연한 알렉시스와는 달리, 알렉산더는 뒤로 손목이 묶인 채 고개를 푹 수그리고 말없이 부들부들 떨고만 있었다.

"정말 꼴사납군. 그 천하의 알렉산더 리오넬도 죽음 앞에서는 어쩔 수 없나 보지?"

루카는 쿡쿡 웃음을 터뜨리며 곁에 선 험상궂은 남자에게 뭔가 손짓해 보였다. 드미트리 코스마초크가 품에서 다른 총을 꺼내어 실탄을 장전하자, 알렉시스는 루카의 의도를 눈치챘다. 그들 둘을 먼저 총으로 쏘아 죽인 뒤 화재로 시신을 처리할 생각임이 틀림없었다.

"드미트리, 처리해."

"그러죠, 보스."

루카의 명령에 시원스레 대답한 코스마초크는 새로이 장전한 장총을 어깨 높이 들어 올렸다.

12화. 새로운 시작을 위해

　루카의 명령에 시원스레 대답한 코스마초크는 새로이 장전한 장총을 어깨 높이 들어 올렸다. 그리고 그의 고용주에게 장총을 가볍게 휙 던졌다. 총신은 허공 위를 짧게 날아오르더니 곧이어 누군가의 손에 풀썩 떨어졌다.

　"굿 잡, 드미코스!"

　드미트리 코스마초크의 애칭인 듯한 이름을 부르며, 그의 보스는 총신을 올바른 자세로 고쳐 쥐었다. 무거운 장총이 그의 손안에서 흡사 깃털처럼 보였다. 알렉산더는 방아쇠를 재빨리 루카 지안카를로 헤네스에게 겨누고 오만한 눈빛으로 고갯짓해 보였다.

　"거기 쓰레기, 뭐 하고 있어? 손들지 않고."

　"뭐…… 이건 도대체……. 어, 어떻게……!"

조금 전까지 시종일관 여유를 잃지 않고 있던 루카의 안색은 단번에 새파래졌다. 아니, 새파랗게 질리다 못해 아예 시체처럼 창백한 빛으로 급속히 바뀌어가고 있었다. 그는 상황을 뻔히 두 눈으로 보고도 아직 사태를 파악하지 못하고 있었다. 단숨에 상황을 역전시킨 알렉산더는 그런 루카를 보고 한심한 듯 혀를 찼다.

"아무래도 헤네스가 양질의 유전자는 페드로에서 대가 끊긴 모양이야. 아, 잘못 말했군."

그는 망연자실한 표정으로 루카 옆에 서 있는 여자를 가리켜 보였다.

"손녀 한 명에게만 집중됐다, 라는 게 정확하겠지."

알렉시스는 가까스로 의연함을 가장했던 가면을 벗어던지고 그 자리에 털썩 주저앉고 말았다. 그녀뿐 아니라 알렉산더의 죽음마저 임박했다는 생생한 위기감과 극도의 긴장감이 일시에 풀린 것 같았다.

"헤네스, 물론 난 돈에 의해 움직이는 용병이야. 하지만!"

드미트리 코스마초크는 험상궂은 눈빛으로 눈앞의 금발 남자를 죽일 듯이 노려보았다.

"적어도 돈에 영혼을 팔아넘기는 쓰레기는 아니야! 날 너 같은 개쓰레기 부류로 취급하지 마!"

그래도 분에 차지 않았는지, 러시아 전 요원은 사납게 침을 탁 뱉었다. 그의 입에서는 차마 입에 담을 수조차 없는 욕설들이 한동안 계속해서 쏟아져 나왔다. 루카는 다리에 힘이 풀려버렸는지, 이미 주저앉아 있던 알렉시스 옆에 무릎을 굽히고 허물어져 내렸다. 눈은 이미 빛을 잃은 지 오래였다. 그는 모든 것을 잃게 될 거라는 절망감과 패배감에 풍성한 금빛 머리칼을 마구 쥐어뜯기 시작했다.

잠시 후 짝, 하고 매서운 마찰음 소리가 숲 속 고요한 적막을 일시에 깨뜨렸다. 허공에 울리는 그 사나운 소리에 깜짝 놀랐는지 새들이 일제히 날개를 펼치며 위로 날아올랐다. 남자는 위협적인 얼굴로 여자를 향해 한 발 성큼 내디뎠다. 창고 건물 앞에서 잠시 대치해 있는 두 남녀는 이제 손만 뻗으면 닿을 거리까지 서로 가까이 다가서 있었다.

"무슨 짓이야, 갑자기."

"……."

"왜 때려."

"이런 천하에 둘도 없는 얼간이에 멍청이……!"

"……."

알렉산더는 기가 막힌다는 눈으로 알렉시스를 멍하니 쳐다보았다. 느닷없이 거세게 얻어맞은 충격보다 그녀의 폭언에 더 놀란 것 같았다. 자신이 드미트리 코스마초크와 사전에 꾸며놓았던 계획은 한 치의 빗나감도 없이 정확히 맞물렸고 방금 루카 지안카를로 헤네스는 국제경찰 ICPO(국제형사경찰기구)의 차에 태워 본부로 이송시킨 직후였다. 이제 모든 게 해결된 거나 다름없었다. 이사벨 루치아는 심장 발작 상태에 따라 늦든 빠르든 감옥행이 결정될 것이고 루카 헤네스 역시 알렉시스를 노렸던 동기만 제대로 밝혀진다면 곧 제 할머니와 같은 운명이 될 터였다.

모든 것은 인과응보의 원칙에 따라 일사천리로 진행될 예정이었다.

"어떻게 나까지 속일 수가 있어?"

"적을 속이려면 아군부터 속여라, 동양의 어느 책에선가 읽은 적이 있어. 어쨌든 계획대로 모든 일은 잘됐잖아?"

코스마초크는 스페츠나츠 시절부터 거의 국수주의에 가까운 러시아 민족주의자였다. 조국을 향한 충성심과 슬라브 민족으로서의 자긍심 또한 대단하여, 그에게는 실상 두 부류의 사람만이 존재할 뿐이었다. 크게는 러시아인이냐, 아니냐. 좀 더 세분화해보자면 비러시아인 중에서도 또 두 부류로 나뉘었다. 러시아에 우호적인가, 아닌가. 그는 전형적인 러시아인답게 의리를 중시하고 다혈질적인 기질이 넘치는 사내였다.

루카 지안카를로 헤네스가 알렉산더 리오넬에게서 약속받은 금액의 두 배를 제안했을 때, 그는 속으로 코웃음 치며 단칼에 거절하려 했었다. 어차피 리오넬에게서 받을 거금만으로도 자신이 원하는 모든 것을 누릴 수 있을 거라 생각했기에 쓸데없이 더 욕심 내고 싶지는 않았다. 헤네스나 리오넬 같은 엄청난 재벌과는 한참 거리가 멀었지만, 현역에서 은퇴한 지 오래인 지금은 아들 하나, 딸 둘, 지금껏 함께 늙어온 아내와 좀 더 좋은 집으로 옮겨 안정된 노후를 보내는 것만이 그의 소소한 희망이었다. 리오넬에게서 받을 돈은 그들 부부의 노후 생활은 물론, 딸 둘을 결혼시키고 아들을 원하는 대학에 보내주고도 남을 터였다.

그래서 그는 의리, 정확히 말해서는 더 승산이 있는 쪽을 선택하기로 마음먹었다. 루카의 제안을 받아들이는 척하면서, 드미트리 코스마초크는 알렉산더 리오넬과 은밀한 작전을 세워서 결국 이사벨 루치아와 루카 헤네스 둘 다 일망타진하는 데 성공한 것이다.

"내가 얼마나 심장이 바짝바짝 타들어 갔는지 알기나 해?"

알렉시스의 맑은 청회색 눈은 녹색에 가까운 빛으로 이글이글 타오르고 있었다. 알렉산더는 그녀가 지금처럼 폭풍같이 분노하는 모습을 난생처음 본 것은 아니었다. 예전에 격렬하게 몸싸움을 벌이면서 이미 여러 번 접한 적이 있었다. 하지만 그때와는 또 다른 경우라서인지, 오랜만에 맞닥뜨려서인지 가슴 한편이 서늘해지는 느낌이었다. 확실히 결과는 바람직했지만 그녀의 말처럼, 알렉시스가 얼마나 공포에 떨고 두려워했을지 그는 충분히 짐작할 수 있었다.

그는 한 대 더 맞을 각오를 하고 두 팔 벌려 알렉시스를 꼭 끌어안았다. 이번만은 그도 할 말이 없었다. 자신의 품에서 알렉시스가 아무리 저항하고 밀쳐내려 발악해도 그는 절대 풀어주지 않았다. 잠시 후 그녀의 몸부림이 잦아들자 그녀의 전신을 꼭 조이고 있던 알렉산더의 팔도 조금 느슨해져 갔다.

"미안해, 하지만 네가 살아 있어 다행이야. 우리 둘 모두⋯⋯ 무사해서 얼마나 다행인지."

"⋯⋯."

"저 빌어먹을 헤네스 개자식은 반드시 내 손으로 숨통을 끊어 줄 테니까."

"거참⋯⋯. 이제 슬슬 갑시다? 언제까지 여기 이러고 있어야 하는지……."

갑자기 옆에서 들려오는 누군가의 목소리에, 알렉산더는 그녀를 얼싸안고 있던 팔을 내렸다. 드미트리 코스마초크가 저만치 떨어진 나무 등걸 위에 쪼그리고 앉아 먼 산을 바라보며 담배 연기만 하염없이 내뿜고 있었다.

"사랑싸움은 이제 리옹에 도착해서 하십쇼. 가는 길에 하시든가요, 보스."

ICPO(국제경찰형사기구)의 본부는 프랑스 리옹에 있었고, 알렉산더가 런던에서 빌려온 마르첼로 피오렌티의 전용기로는 불과 2시간 정도 소요될 것이었다. 루카 헤네스가 여러 가지 형식상의 절차를 거쳐 리옹 본부로 압송되려면 며칠 더 걸릴 수도 있었다. 어쨌든 알렉산더는 그의 죄목을 낱낱이 파헤쳐 최소한 종신형은 받게 만들 생각이었다. 혹시라도 그가 정신병적 요인을 들이대 가벼운 처벌을 받거나 요양소로 보내진다면, 그는 다른 조치를 취할 것이라 은밀히 계획하고 있었다. 애초에 감옥이나 요양소는 예기치 못했던 사고가 얼마든지 심심찮게 일어날 수 있는 장소다.

"알렉산더, 일단 리옹으로 가. 당신도 알겠지만, 진실은 아직 수면 아래 있으니까."

알렉시스는 조금 화가 가라앉은 듯, 먼발치에서 대기하고 있는 밴 쪽으로 앞서서 다가갔다. 처음에 루카가 그들을 끌고 올 때와 동일한 차량, 운전사였다. 그 또한 알렉산더의 계획 중 일부였던 것이다. 코스마초크는 차 안에서 부부의 사생활을 존중해주기 위해 운전석 옆자리로 다가가 앉으며 씨익 웃었다.

"보스, 다시 태어나시면 꼭 특수부대에 자원하시길 바랍니다. 저 정도 전설은 아니지만 보스도 꽤 뛰어난 전략가가 되실 것 같습니다. 저야 뭐, 보스가 이끄는 대로 움직인 기마에 불과하지만, 제가 지킨 의리를 생각해서 보너스도 두둑하게 챙겨주시겠죠?"

"나중에 아내에게 부탁해보지."

알렉산더는 뒷자리에 다가가 앉으며 무심한 어조로 한마디 흘렸다.

"루카 그 자식이 은근슬쩍 빼돌리고 있었던 조부 페드로 헤네스의 유산 상속분, 그 나머지를 다 돌려받으면 미세스 리오넬은 나보다 더 부자가 되어 있을지도 모르니까."

ICPO(국제형사경찰기구)의 고색창연한 본부 건물 안에서 알렉시스는 수사관에게 조금 색다른 요청을 시도했다.

"제가 루카와 얘기할 수 있게 해주세요. 부탁드립니다."

"저희 중 한 명이 동석하겠습니다."

"그럼 그는 입을 열지 않을 거예요. 밖에서 청취하시면 안 될까요."

"……좋습니다, 매직미러 너머로 지켜보겠지만 조금이라도 이상한 낌새가 느껴지면 저희를 부르십시오."

입이 붙은 듯 시종일관 묵비권만 행사하고 있는 루카에겐 아무도 찾아오지 않았다. 헤네스 그룹 전담 변호사는 그의 사건을 맡을 것을 거부하고 헤네스가와의 계약을 정식으로 해지했다고 전해들은 바 있었다. 루카의 아버지 카를로스 헤네스 역시, 아들의 뜻하지 않은 체포 소식과 대략적인 전말을 전해 듣고 뇌졸중으로 병원에 혼수상태로 입원해 있는 상태였다. 그 외 일가친척들은 더 이상 그와 연관되고 싶지 않았던 듯, 일제히 연락 두절 상태였다. 아직 언론에는 아무것도 공표된 것이 없었지만, 프랜시스 피오렌티와 알렉산더는 조만간 알렉시스의 존재는 철저히 숨기고 이사벨 루치아와 루카 헤네스의 권력 남용 및 수차례에 걸친 살인 등 그간의 악행을 낱낱이 만천하에 드러낼 생각이었다.

알렉시스는 수사관의 동의하에, 숨소리 하나까지 죄다 청취되고 있을 회색빛 방 안에 들어섰다. 조금이라도 무기가 될 만한 물건은 죄다 치워진 상태였고 방 안에는 커다란 철제 테이블, 의자 두 개, 맞은편 벽에는 커다란 거울이 걸려 있었다. 이쪽에서는 단지 거울일 뿐이지만 건너편에서는 수사관 몇 명과 프랜시스 고모, 그리고 알렉산더가 방 안을 뚫어져라 주시하고 있을 것이다. 알렉산더는 아무리 방 안이 공개되어 있어도 그녀가 루카와 단둘이 대치하는 상황 자체를 극구 말리고 저지하려 했지만 알렉시스의 고집을 꺾을 수는 없었다.

"루카."

알렉시스는 책상을 사이에 두고 사촌의 맞은편에 앉았다. 며칠간 제대로 먹지도, 마시지도 못하고 옷만 캐주얼한 복장으로 갈아입은 차림의 루카는 모든 걸 체념한 것 같은 표정이었다.

하지만 그는 고집스럽게도 수사관의 취조에 전혀 응하려 들지 않았다. 이미 물리적인 증거와 증인들은 충분하고도 넘쳤기에, 이대로라면 그는 검찰에 넘겨져 재판에 회부되고 적절한 형을 받게 될 터였다. 수차례의 일급 살인미수 외에도, 알렉시스를 해치려던 과정 중 무고한 민간인 몇 명이 살해되기도 했으므로 실제로 일급 살인 죄목도 추가되어 있었다. 여러 가지로 죄질이 매우 나빠 최소 종신형이나 무기징역을 선고받게 될 가능성이 농후했다.

"이유를 말해줘, 이사벨 루치아…… 네 할머니를 생각해서라도. 아직 병원에 혼수상태 중이시라고 들었어."

이사벨 루치아란 이름이 알렉시스의 입에서 떨어지기 무섭게, 루카의 초점 없던 눈에 생기가 돌았다. 하지만 그 생기는 그녀가 예상했던 것과는 매우 다른 종류의 것이었다.

"이사벨 할머니? 내가 왜 그 늙은 암캐 따윌 생각해야 하지? 그 여자가 아직도 살아 있단 말이야?"

"뭐……?"

알렉시스는 경악에 찬 눈으로 눈앞의 미청년을 바라보았다. 그의 입에서 흘러나온 신랄한 독설을 믿을 수가 없었다. 거울 너머 방 안의 동태를 살피고 있던 수사관 및 알렉산더 일행 역시, 내내 입을 다물고 있던 루카가 입을 열자 더욱 촉각을 곤두세우기 시작했다.

"이사벨 그 암캐가 심장 발작으로 병원에 실려 갔다는 말을 듣고 내가 어떤 생각을 한 줄 알아? 아, 이번에야말로 심장이 멈춰버리면 좋을 텐데! 그럼 드디어 그 늙은 괴물에게서 해방되는 건데! 그렇게 바랐고 지금도 바라고 있어."

"너…… 이사벨 할머니에게 둘도 없는 손자였잖아! 그 사람 역시 너에게만은 끔찍했고. 그녀는 심지어 돌아가신 할아버지에게서 내가 받은 유산 지분조차 모두 네 것이 되어야 한다고 생각했었어."

"우리 어머니가 왜 그렇게 비참하게 죽었는지 알아? 결국은 그 늙은 스페인 화냥년 때문이었어! 그 늙은 여우년이 자기 아들…… 아버지 카를로스에 대한 집착과 독점욕 때문에 우리 어머닐 질투하고 교묘하게 괴롭혔다고! 할아버지가 네 할머니 지나 리를 한국에서 만나게 된 이후로 이사벨 할머니의 소유욕과 광기는 곧바로 남편에게서 아들로 옮겨가게 됐어. 어찌 보면 네 외할머니에게도 큰 책임이 있지."

"……그래서 날 해치려고 한 거야?"

알렉시스는 들릴 듯 말 듯한 음성으로 물었다. 그게 이유의 전부일 리는 없다고 생각하는 그녀였다.

"물론 그건 아니지."

루카는 일부러 애태우기라도 하려는 듯 더 말을 잇지 않고 소리 죽여 웃기만 했다. 그가 큭큭 웃을 때마다 가녀린 어깨가 흔들려 아담한 체구가 한결 더 앙상해 보였다. 알렉시스는 항상 동화 속 왕자나 황태자처럼 고귀하고 화려한 모습만을 보여왔던 사촌에 대한 연민이 잠깐 일었으나 이내 흔들리는 마음을 다잡았다. 루카 때문에 그녀는 세상에서 가장 소중한 사람을 잃을 뻔했던 것이다. 그 사실만으로도, 알렉시스는 절대로 루카를 완전히 용서할 수는 없다고 생각했다.

"시스, 기억 나? 네가 영국으로 옮기기 전까지…… 나 역시 여름방학마다 널 따라서 런던에 머물렀어. 거기서 미카엘 할스트롬을 알게 되어 바이올린 듀오를 처음 결성했고……. 기회 될 때마다 그와 각종 행사에서 듀오 연주를 선보였었지."

"……."

알렉시스는 그가 갑자기 미카엘 할스트롬 이야기를 꺼내자 영문을 몰랐지만 묵묵히 그의 다음 말이 이어지기를 기다렸다.

"나는 미카엘을 좋아했었어, 쭉. 물론 그는 나 같은 동성애자가 아니니까 언젠가는 다른 여자와 정상적인 연애를 할 거라 예상했지. 그때는 나도 자연스레 마음을 접을 거라 생각했고. 하지만 그는 항상 너만을 보고 있었어. 널 따라 옥스퍼드에 진학한 이후로도 미카엘은 너에 대해 일편단심이었지."

그는 사촌을 향해 일그러진 미소를 지어 보였다. 섬뜩하기 이를 데 없는 웃음이었다.

"시스, 내가 미카엘을 포기하고 그 후 좋아하게 된 사람이 누군지 알아?"

"……아니."

"네 남편, 알렉산더 리오넬."

"……."

알렉시스는 순간 숨을 들이켰다. 평정을 가장한 태도로, 그녀는 루카의 광기 어린 눈을 마주 보았다. 혹시라도 자신을 괴롭히기 위해 충동적으로 급조한 게 아닐까 그의 반응을 면밀히 주시했다.

"농담하지 마, 루카."

"농담으로 보여?"

루카는 책상을 사이에 두고 그녀를 향해 몸을 더 앞으로 내밀었다.

"내가 런던에 올 때마다 크리스티 경매장이나 기타 여기저기 행사에 적극적으로 참여했던 거 기억 안 나? 일부러 리오넬의 이름이 참석자 리스트에 올라 있던 행사들만 찾아다녔어. 너와도 여러 번 함께 다녔지. 내키지는 않았지만. 물론 그 역시 나 혼자만의 마음일 뿐이었어. 미카엘과는 완전히 다른 타입이었고."

알렉시스는 눈앞의 남자가 늘어놓는 말들을 전혀 이해할 수 없었다.

그는 정말로 알렉산더를 그런 눈으로 보고 있었던 걸까?

"물론 그 역시 나와 같은 부류가 아니니 헛된 희망을 품고 있진 않았어. 단지…… 한 가지 사실만을 위안으로 삼으며 먼발치에서나마 지켜보고자 했었지. 희대의 플레이보이인 그가 평생 동안 절대 한 여자에게 안착하지 않을 거라는 사실. 하지만 내가 불변이라 생각했던 진리는 산산이 부서지고 말았어. 바로 너 때문에."

"그래서 그 이후로 쭉 나를 노렸다…… 이 말이야?"

"네가 행복해지는 건 옳지 않다 생각했거든. 네가 나처럼 화려한 생활 뒤로 엉망진창으로 망가지며 불행하게 살아가고 있었다면, 난 언제까지나 널 내 여동생 시스로 사랑하고 아껴주었을 거야."

"루카, 그렇게 불행했어? 세상 모든 이들이 부러워하는 모든 걸 다 손에 쥐고서도…… 그렇게 조금도 행복할 수 없었어?"

네 할머니 이사벨 루치아처럼.

알렉시스는 진심으로 그에게 깊은 동정과 연민을 느꼈다. 그가 20살을 넘기고부터 여러 남자들을 전전하며 그 누구와도 지속적인 관계를 유지할 수 없었다는 사실은 그녀도 익히 알고 있었다. 루카는 항상 연인 혹은 일시적인 동성애 파트너와 항상 위태위태한 만남을 이어가곤 했었다. 그는 일종의 관계 의존증 혹은 관계 중독증에 심각하게 노출되어 있었다. 어쩌면 최근에는 알코올이나 마약에까지 의존하고 있을지 모르는 일이었다. 하지만 그 정도 증상은 결코 루카의 일급 살인에의 무의지를 뒷받침해줄 수 없을 것이다.

"아직도 모르겠어? 내 모든 불행은 모두 다 너 때문이란 걸……. 그래서 이사벨 그 늙은 여자가 한 짓을 알면서도 난 잠자코 있었던 거야. 그 할멈은 네 외할머니에, 친조모, 친부모까지 죄다 죽이고 6년 전 너도 납치돼 살해되게끔 그 모든 일을 꾸몄지. 아쉽게도 네 경우엔 번번이 실패로 돌아갔고. 그래서 내가 이번엔 팔 걷어붙이고 나서야겠다 결심한 거야."

"……."

"왜 항상 너야, 시스?"

그는 정말로 궁금하다는 듯이 그녀를 향해 묻고 있었다.

"왜 번번이 너만 선택받고 너에게만 행복할 기회가 주어지는 거지? 아무리 생각해도 너무 부당해. 신은 공평하지 않아. 이대로 난 감옥에서 영원히 썩고 너는 세상에서 가장 행복한 여자로 평생 살게 되겠지. 페드로 할아버지의 유산 상속분까지 덤으로 손에 쥔 채."

루카는 그녀에게서 시선을 떼지 않고 천천히 자리에서 일어났다. 알렉시스는 그가 자신을 향해 덤벼들 때까지만 해도 마치 홀린 듯이 루카의 눈만을 뚫어져라 주시하고 있었다. 그의 사악

한 의도를 알아챘을 때 그는 이미 그녀의 목덜미를 장악한 뒤였다.

"너 혼자 행복하게 되는 건…… 반칙이잖아?"

루카는 양 손목이 수갑에 채워진 상태에서도 힘을 주어 그녀의 목을 조르고 있었다. 하지만 알렉시스가 미처 고통을 느끼기도 전에, 방문이 부서질 듯 열리더니 누군가의 거친 손길이 루카의 목덜미를 잡아채 뒤로 집어 던졌다.

"이런 개…… bloody asshole! you mother fucker!"

그 뒤로도 차마 귀에 담기조차 민망한 욕설들의 향연이 난무하게 펼쳐졌다. 영어로 가능한 가장 최악의 욕설, 그 진수를 보여준 알렉산더는 벽에 냅다 집어 던진 남자를 향해 성큼 다가섰다. 너무 눈 깜짝할 새라 수사관들도 그를 말릴 경황이 없었다. 하지만 알렉산더는 머리에 피가 거꾸로 솟는 분노 속에서도, 피의자에게 함부로 주먹을 날리는 경솔한 행동은 하지 않았다.

겁에 잔뜩 질린 루카가 방어 본능에 따라 그에게 주먹을 먼저 들이대자, 알렉산더는 기다렸다는 듯이 그의 주먹을 한 번에 제압했다. 그는 그의 허약한 주먹을 오른손 안에 가볍게 잡아 넣었다. 그리고 억지로 그가 손가락을 쫙 펼치게 만든 뒤 그 사이사이로 자신의 손을 깍지 꼈다. 다음 순간 루카의 입에서는 사람의 소리로는 절대 들리지 않는 외마디 고성이 흘러나왔다.

"으아악, 아악- 제, 제발!"

알렉산더는 루카의 손에 깍지 낀 채, 자신의 손에 으스러져라 힘을 주고 있었다. 드미트리 코스마초크처럼 특수부대 출신은 아니었지만, 그는 성장 환경상 어릴 때부터 자신의 몸은 스스로 보호할 수 있도록 각종 호신술을 익혀왔었다. 그중에서 어린 알렉산더가 가장 마음에 들어 했고 언젠가 꼭 써먹어볼 기회가 생기길 바랐던 기술이 있었다. 사람의 손에 깍지를 끼어 관절 마디마디 가장 약한 부분을 찾아내 꺾어버리는 기술이 그것이었다. 알렉산더는 한 번에 꺾지 않고 조금씩, 조금씩 교묘하게 힘을 가했다. 한방에 보내버리면 그 통증이 덜할 것이기에.

"제발! 제발— 바이올린…… 바이올린 켜야 해, 제발 손만은! 제발……. 으아악!"

루카는 이제 쥐어짜는 듯한 신음과 흐느낌, 그리고 다시 외마디 비명을 오가며 눈앞의 남자에게 애원하고 있었다.

"……좋아했던 남자에게 소중한 오른손을 짓밟히는 기분이 어때? 헤네스."

"아악! 으아아악—!"

"어차피 재능도 거기까지라 프로로 전향도 못하고 집구석 가업에 기어들어간 거잖아?"

알렉산더가 마지막으로 힘을 주자, 루카는 처절한 울부짖음과 단말마의 비명을 지르며 그만 정신을 놓아버리고 말았다. 그의 몸이 힘없이 흔들리자 알렉산더는 마치 더러운 벌레라도 떼어내듯 가차 없이 손을 떼어냈다.

"여기 유리 조각 하나라도 있었다간 혈관까지 죄다 절단됐을 줄 알아. 더러운 놈."

그리고 한 치의 흐트러짐 없는 얼굴로 재킷 주머니에서 손수건을 꺼내 자신의 왼손을 슥슥 닦아냈다. 그 자리에 있는 모두는 질렸다는 표정으로 리오넬 총수를 물끄러미 응시하고만 있었다. 베테랑 중의 베테랑인 수사관들조차, 둘 중에 어느 쪽이 악인이었는지 순간적으로 구별하지 못하겠다 되뇔 정도였다.

"이거 정당방위입니다. 저쪽이 먼저 공격한 거, 똑똑히 보셨겠죠."

할 일을 마친 그는 수사관들이 뒤처리를 하는 동안, 알렉시스가 프랜시스의 품에 안겨 앉아 있는 의자로 다가왔다. 목을 조르자마자 곧바로 자신이 방 안에 들이닥쳐 루카를 제지했기 때문인지, 다행히 그녀의 목에 별다른 이상은 없어 보였다. 하지만 정신적인 충격이 컸던 모양인지 알렉시스는 전신에 희미하게 경련을 일으키고 있었다.

"알렉시스, 괜찮아?"

"알렉산더, 일단 호텔로 돌아가서 앨리를 쉬게 해주자! 안색이 너무 창백해."

프랜시스의 말이 떨어지기 무섭게, 그녀의 휴대폰이 요란하게 울렸다. 발신인이 남편 마르첼로임을 확인한 그녀는 재빨리 통화를 시작했다.

"뭐? ……그래, 알았어."

단지 그 말만을 내뱉은 프랜시스는 알렉산더와 알렉시스 모두를 번갈아 바라보며 담담히 말했다. 하지만 어쩐지 비장함이 엿보이는 목소리였다.

"이사벨 루치아가 방금 몽트뢰 병원에서 운명했다는 전갈이야. 루카 헤네스가 한 일들은 모두 본인의 지시였고 자신의 손자는 결백하다는 유언을 남겼다고 해."

"……."

그 유언의 내용이 사실이 아님은 그 자리의 모두가 알 수 있었다. 이사벨 루치아는 철저히 자신의 혈연만을 사랑해왔고 마지막까지 보호하려 애썼다. 지난 45년간 남편의 배신에 대한 증오를 끊임없이 불태우며 무고한 사람들의 목숨마저 앗아간 스페인 왕실의 후손인 그녀는 결국 일흔다섯의 나이로 유명을 달리하게 되었다. 이사벨 루치아는 어찌 보면 참으로 가엾은 여인이었다. 세상 사람들이 부러워 마지않는 모든 것을 가지고도 그녀는 단 하루도 진정으로 행복할 수 없었던 여자였다. 게다가 자신이 금지옥엽 세상에서 가장 소중한 존재로 생각했던 손주마저 사실은 그녀를 증오하고 멸시해왔었다.

수중에 가진 게 많지 않더라도 사람은 얼마든지 행복을 누릴 수 있었다. 일상의 반복 속에서 작은 기쁨을 발견하고 소중한 순간들을 음미하며, 본인에게 주어진 상황과 운명 아래서 그저 최선을 다해 살아갈 수 있는 존재가 인간이란 것이기에.

알렉시스의 눈에서는 까닭 모를 눈물이 흘렀다. 프랜시스는 알렉시스의 어깨 위로 재킷을 걸쳐주며 알렉산더와 함께 그녀를 ICPO 본부 바깥으로 이끌었다. 알렉산더는 마치 부서질 듯 연약한 유리 인형을 다루듯, 알렉시스를 조심스레 차 뒷좌석에 앉히고 그도 옆에 다가앉았다. 프랜시스는 운전사 옆에 올라탄 뒤 마치 혼잣말처럼 큰 소리로 중얼거리고 있었다.

"휴……. 이제 루카 헤네스의 범행 목록에는 구금 중 살인미수란 죄목이 하나 더 추가되겠네. 내일 일제히 보도 기사가 뜰 거야. 지난 반세기에 걸쳐 암암리에 이루어져왔던 헤네스가의 비리 및 스페인 왕실의 무소불위 권력을 등에 업고 각종 범죄행위들을 자행해온 이사벨 루치아 및 그녀의 손자 루카 지안카를로 헤네스에 대해서."

"힘…… 주지 않았어요."

"뭐?"

뜻 모를 알렉시스의 중얼거림에 알렉산더와 프랜시스는 그녀의 얼굴을 빤히 들여다보았다.

"손에는 힘이 들어가 있지 않았어. 단지 목을 조르는 척했을 뿐……."

"……."

마치 약속이나 한 듯이 알렉산더와 프랜시스의 시선이 교차했다. 단순한 사실 이상을 전달하는 의미심장한 메시지가 그녀의 짧은 말 속에 담겨 있었다. 하지만 루카가 그동안 수차례 그녀의 목숨을 노려온 것은 부정할 수 없는 사실이었다. 만약 그의 계획대로 만사가 진행되었다면 지금쯤 알렉시스는 몽트뢰 숲에서 한 줌의 재로 변모해 있을 것이다. 알렉산더는 상상하는 것만으로도 온몸의 피가 거꾸로 솟는 것 같았다.

설령 루카 헤네스가 차후 진심으로 속죄한다 해도, 모든 것은 인과응보의 원칙에 따라 진행되는 게 옳았다. 하지만 그때만 해도 알렉산더는 꿈에도 모르고 있었다. 그 인과응보라는 원칙에 그 자신의 과거도 포함되어 있다는 사실을.

알렉시스는 꼬박 이틀을 내리 잔 뒤 비로소 눈을 떴다. 마치 죽음과도 같은 긴 잠에서 깨어나 새로운 세상을 맞은 듯한 기분이었다. 하지만 그녀를 반겨준 것은 밝은 아침 햇살이 아니라 창 너머

어둑어둑해지는 하늘, 그리고 호박색 석양이었다. 어딘가 처연한 노을빛을 바라보자 알렉시스는 문득 사무치는 고독과 외로움에 몸을 떨었다. 커다란 킹사이즈 침대 위 흐트러진 시트 위에는 그녀만이 홀로 누워 있을 뿐, 아무도 없었다.

"알렉산더……."

알렉시스는 갑자기 엄마가 사라져버린 어린아이 같은 심정이 되어 그의 이름을 불렀다. 자신을 홀로 버려두고 어디로 가버린 건 아닌지, 절박한 초조함이 그녀를 사정없이 덮쳐왔다.

"알렉산더! 알렉스-! 어디 있어!"

온몸이 흠씬 두들겨 맞은 것처럼 욱신욱신 아파서 좀처럼 침대에서 몸을 일으킬 수도 없었다. 알렉시스는 천천히 상반신을 일으키며 남자의 이름만 소리쳐 불렀다. 어딘가 애달픈, 말로 형용할 수 없는 애잔함이 짙게 깔린 부름이었다. 그녀가 이미 알고 있기 때문인지도 몰랐다. 언젠가 그 순간이 올 것임을 알고 있기에. 아무리 이렇게 외쳐 불러도 자신의 부름이 그의 귓가에 닿지 않을 순간이 올 것임을.

"알렉시스!"

거실에 있었는지 그녀가 목 놓아 외치는 소리를 듣고 알렉산더는 한달음에 방으로 들이닥쳤다.

"왜 그래? 어디 안 좋아? 악몽이라도 꾼 거야?"

근심 가득한 그의 눈을 마주하고서야, 알렉시스는 비로소 마음을 놓을 수 있었다. 알렉산더는 어디에도 가지 않고 그녀 가까이에 있었다. 그녀는 그의 머리를 감싸 안고 자신에게로 끌어당겼다.

"아니······. 당신이 옆에 없어서. 어디 멀리 간 줄 알았어."

"······바보."

"어디 가지 마. 내 옆에서 절대 떨어지지 마. 아무 데도 가지 마······.

적어도 오늘만은, 오늘 밤만은.

알렉산더는 엄마 품에서 꼭 붙어 한시도 떨어지지 않으려는 아기를 달래려는 엄마처럼, 품 안의 알렉시스를 마주 안고 다독였다. 평소에는 전혀 상상할 수조차 없는 그녀의 유약한 모습이었다. 이제까지 겪었던 엄청난 일들이, 지금에야 일종의 트라우마 증세처럼 잠깐의 혼란이 한꺼번에 찾아온 듯했다. 하지만 이 또한 하나의 과정일 것이다. 가슴의 응어리와 큰 상처가 해갈되기 위해 필요한 시간.

"······."

그의 목덜미에 다가오는 그녀의 숨결이 너무도 달콤하고 아련해서 견딜 수가 없었다. 이런 순간에조차 본능이 거침없이 고개를 들이밀고 있었다. 처음부터 그녀에 대해서만은 알렉산더 자신도 이성을 발휘할 수 없었다. 3년 전, 그녀를 처음 본 순간부터 그의 몸은 알렉시스의 모습을 보는 것만으로도 본능에 충실해지곤 했다. 영원과도 같은 수 초의 시간이 흘러갈 때마다 그의 흥분은 점차 고조되어가고 있었다. 그녀도 알렉산더의 신체적 변화를 어렴풋이 느낀 듯 그에게서 살짝 몸을 떼었다. 하지만 그를 밀어내지는 않았다.

"······괜찮아?"

그녀의 물음에, 알렉산더는 가라앉은 음성으로 되물었다.

"뭐가?"

"총상. 상처······. 완전히 아물긴 했겠지만 원래 복부 총상은 후유증이 더 무서운 법이니까."

"아무렇지도 않아."

"······."

"그럼 괜찮지? ······앨리."

"뭐가?"

"알잖아, 아니까 상처가 괜찮냐고 물은 거잖아."

대답을 듣지도 않고, 그는 알렉시스를 단숨에 베개 위로 쓰러 뜨려 자신의 커다란 몸으로 그녀의 몸을 덮었다. 알렉시스는 숨을 크게 들이켰다가 천천히 뱉었다. 숨쉬기 곤란하지 않을 정도로 강하게 눌러오는 그의 다부진 몸에, 그녀는 저항하지 않고 순순히 응했다.

"읏······!"

하지만 그의 몸이 조금씩 실려오는 무게감, 하얀 목덜미를 찍어 누르는 뜨거운 입술, 그의 단단한 욕망이 그녀의 다리 사이에 더 세게 밀착해오는 야릇한 쾌감에, 알렉시스도 흥분을 참지 못하고 앙탈하듯 몸을 뒤척이기 시작했다. 그 작고 소란스런 움직임은 알렉산더를 더더욱 흥분시켰고 그의 욕망을 더 크게, 힘차게 팽창 시켰다. 두 쌍의 다리가 한데 얽혀들었다. 그녀의 란제리 잠옷을 거칠게 아래로 끌어내린 그의 두 손은 시야에 드러난 희디흰 피부의 풍만한 젖가슴을 거침없이 감싸 쥐었다. 그의 손 아래, 그녀의 우윳빛 살결은 어느새 연분홍빛을 띠는가 싶더니 붉게 물들어 그의 욕망을 더욱 부채질했다.

그는 목덜미와 쇄골이 만나는 에로틱한 살갗에 뜨거운 입술을 묻었다. 알렉시스가 고개를 젖히고 낮은 신음을 흘리자, 그의 입술은 그녀의 것을 찾아 도톰하고 보드라운 입술을 살살 쓸다가 맛보고 살짝 깨물기를 반복했다. 이윽고 그의 촉촉한 혀가 본격적으로 그녀의 입술 사이를 비집고 들어가 마구 탐색을 감행하기 시작했다. 마치 정처 없이 바다 위를 표류하던 배가 드디어 정박지를 찾은 것마냥, 그의 혀는 그녀의 것을 찾아내 곧바로 힘차게 빨아올렸다. 혀가 혀를 정신없이 휘감고 빨아 당기는 동안, 그의 손가락은 그녀의 드러난 어깨 맨살을 애무하다 서서히 아래로 내려와 가슴살의 실크 같은 감촉을 마음껏 즐기고 있었다. 탄력 있게 솟아오른 가슴은 그의 강한 손가락 힘 아래서 완전히 무방비 상태나 다름없었다.

"아! 으응……"

그가 두 손으로 가슴을 받쳐 올려 꽉 움켜잡자, 그의 입술 안에 사로잡혀 갇혀 있던 그녀의 입에서 단말마의 신음이 울렸다. 그의 엄지가 단단해진 연분홍빛 정점을 빙글빙글 돌리며 꾹 누르자 그녀의 허리가 움찔 튀어 올랐다. 그는 마침내 그녀의 입술을 자유롭게 놓아주었다. 그의 입술과 혀는 이제 젖가슴으로 옮겨가, 가슴 언저리까지 온통 타액으로 흥건해질 때까지 그녀의 풍만한 가슴을 거칠게 공략하고 유린해댔다. 오뚝 솟은 젖꼭지를 번갈아가며 입 안에 물고 살살 굴리다가 그녀가 신음을 내지를 때까지 힘껏 핥았다 빨기를 반복하고 있었다. 촉촉하고 보들보들한 혀끝이, 혓바닥 한가운데가 젖꼭지의 연약한 살결을 훑고 지나갈 때마다 알렉시스는 미칠 듯한 전율에 몸을 떨었다.

이미 몸 한가운데가 그에게 정복당한 것처럼, 온몸에 힘이 빠지고 머리는 몽롱해져가고 있었다. 이러다가 가슴 한가운데, 정점의 감각이 없어지진 않을까 걱정될 정도로 그는 젖꼭지의 돌기를 사정없이 물고, 핥고 빨아대었다. 전신에 경련을 일으키며 허리를 뒤트는 알렉시스의 얼굴은 새빨갛게 달아올라 열병을 앓는 환자같이 보일 지경이었다.

"······아직 시작도 안 했는데."

그의 애무에 이미 녹을 대로 녹아내린 그녀의 반응에, 알렉산더는 만족스런 얼굴로 놀리듯 말했다. 신음을 참으려는 듯 아랫입술을 살짝 깨물며 숨을 헐떡이는 그녀의 모습이 너무나 아름답고 사랑스러워, 그는 당장이라도 그녀 안에 들어가고 싶어 미칠 것 같았다. 더 이상은 그의 깊은 곳 짐승의 고삐를 잡아당겨 자제할 필요가 없었다. 하지만 그는 삽입하는 대신, 그녀의 남은 잠옷을 한 번에 벗겨낸 다음 그녀의 탄력 있는 엉덩이를 움켜쥐고 허공에 조금 들어 올렸다.

알렉시스가 그의 의도를 미처 알아차리기도 전에, 그녀는 갑자기 몸속에 와 닿은 야릇한 쾌감에 신음을 내질렀다. 그의 뜨거운 혀가 그녀의 매끄러운 복부 아래, 이미 촉촉해진 동굴 안을 비집고 들어가 은밀한 안쪽을 거침없이 탐색하고 있었다. 커다랗고 뜨거운, 촉촉하고 물컹한 살갗이 몸속을 관통해 자유로이 휘젓는 그 감각은 이전에도 알렉시스를 미치게 만들었다.

전신에 밀려오는 강렬한 쾌감과 전율로, 그녀는 이번에는 정말로 정신을 놓아버릴 것만 같았다. 날카롭게 벼려진, 그러나 그녀의 몸에 닿는 순간 뜨거운 정염으로 화하는 칼이 몸 안을 공략하고 있는 것 같았다. 그녀가 절정 비슷한 감각에 다다라 몸이 축 늘어진 상태에 이르자 알렉산더는 몸을 일으켜 이제까지 그의 혀가 맛보았던 은밀한 동굴 안에 손가락을 밀어 넣었다. 그는 본격적으로 그녀의 몸을 탐할 준비에 들어가고 있었다.

"아…… 앗, 아!"

그의 손가락이 동굴 속을 파고들어 몸 안을 가르자 알렉시스는 몸을 크게 뒤틀며 앓는 소리를 냈다. 알렉산더는 손가락을 하나에서 두 개, 세 개로 점차 늘렸다. 그녀의 좁은 내벽이 꽉 조이며 그의 손가락에 달라붙는 감촉이 미칠 정도로 좋았다. 알렉산더는 더 참지 못하고 애액으로 촉촉이 젖어든 손가락을 일시에 뺐다. 그리고 바지를 속옷까지 한 번에 벗어 던지고 터질 듯한 자신의 분신을 이미 뜨겁게 달아오른 입구에 갖다 대었다.

하지만 그는 좀처럼 삽입하지 않고 감질나게 애만 태우기 시작했다. 그의 꿈틀대는 분신은 장난치는 것처럼 촉촉한 동굴 입구를 톡톡 두드리다가 갈라진 틈을 거세게 비벼대고 문지르기만 할 뿐, 좀처럼 그 안으로 들어갈 생각을 하지 않았다. 그는 분명히 안으로 들어오고 싶어 폭발하기 직전이었다. 광폭한 욕망이 가득한 눈빛이 그 사실을 뚜렷이 보여주고 있었다.

"알렉시스, 말해."

"……나도 당신을 원해."

"그게 아냐."

알렉산더는 가볍게 고개를 저었다. 자제하는 게 너무나 힘든 듯, 그의 헝클어진 앞머리엔 어느새 땀이 배어나고 있었다. 이 악물고 인내심을 최대한 발휘하는 남자의 얼굴은 너무나 섹시하고 매혹적이었다. 아름다웠다. 너무도 사랑스러웠다.

"알렉산더, 사랑해."

"……."

그는 만족한 표정으로 그녀에게 고개 숙여 입을 맞췄다. 달콤한 키스 중간중간, 그 역시 그녀에게 같은 말을 되돌려주었다. 입술에 각인시키려는 것처럼 여러 번 반복해서 속삭였다. 그는 그녀의 혀를 휘감은 채, 자신의 분신을 동굴 속 깊은 곳에 묻었다. 단 한 번의 빠른 움직임으로 여체를 정복한 남성은 뒤로 잠깐 물러났다가, 다시 거침없이 연약한 속살을 파고들었다. 크고 단단한 묵직함이 몸 안을 일시에 가득 채우자 알렉시스는 짜릿한 통증과 그 뒤를 잇는 환희의 전율에 몸을 떨었다.

두 남녀는 관능적인 몸짓을 끝없이 함께 나누었다. 쾌락과 관능의 물결 속에 하나로 얽힌 두 몸은 파도에 휩쓸려 왔다가 뒤로 물러나는 움직임을 반복했다. 알렉산더는 그녀의 길고 흰 목덜미에 끊임없이 입술을 누르고 핥으며 점점 더 허리에 힘을 주고 있었다. 알렉시스의 군살 없이 날씬한 복부와 맞닿은 그의 탄탄한 근육은 점점 더 강하게 리듬을 타고 있었다.

그의 헐떡임, 그녀의 신음은 듣기 좋은 불협화음을 이루며 어두운 침실 안을 가득 채워갔다. 심장이 미친 듯이 뛰었다. 서로의 심장 뛰는 소리가 들릴까 싶을 만큼 격정적인 움직임에 정신을 잃을 것만 같았다. 사랑하는 사람과 한 몸이 되는 것은 이 얼마나 기적 같은 일인지. 사랑하는 사람 역시 자신을 똑같이 사랑하고 있다는 게 얼마나 놀라운 은총인지. 마침내 극한의 환희가 찾아들었고 두 남녀는 서로의 몸을 더 꼭 부여잡고 절정의 순간을 만끽했다.

알렉산더가 마침내 욕망을 분출하고 난 뒤에도 알렉시스는 숨을 고른 채 그를 꼭 안고 있었다. 뭔가 조금 이상하다는 걸 느꼈는지, 알렉산더는 그녀의 어깨를 잡고 눈물 젖은 얼굴을 들여다보았다. 하지만 슬픔이나 고통의 눈물은 분명 아니었다.

"왜 울어."

알렉산더는 자신이 너무 거칠게 밀어붙였나 하는 생각에 덧붙였다. 그의 커다란 한 손은 알렉시스의 땀에 젖은 앞머리를 부드럽게 쓸고 있었다.

"……내가 너무 거칠었나."

"응, 하나도 변한 게 없어. 아니…… 예전보다 더 거칠어졌어."

알렉시스는 촉촉하게 젖은 눈으로 웃음 지었다.

"그래서 더 좋아."

그의 근본적인 소유욕과 정복욕은 이전과 조금도 달라진 게 없었다. 적어도 사랑을 나눌 때만은 분명히 그랬다.

일주일 뒤.

"저는 고 오드리 헵번이나 다이애나 왕세자비 같은 인물이 결코 아닙니다. 그렇게 될 수도 없고요. 단지…… 제 것이 아니라 생각되는 것을 제 손안에 쥐고 싶지 않을 뿐입니다. 돌아가신 페드로 헤르난데즈 헤네스 할아버님께서 제 앞으로 남기신 지분은 제 것으로 여겨지지 않습니다. 저를 손녀로 인정하고 염려해주신 고인의 마음만 감사히 받고 살아가겠습니다."

런던 내 모든 국내 및 외신 기자들은 한 여자에게 집중적으로 플래시 세례를 터뜨리고, 서로 뭔가 질문을 던지기 위해 고함을 지르며 아수라장과 다름없는 진풍경을 연출하고 있었다. 하지만 알렉시스는 더 이상의 질문을 정중히 사양하고 인터뷰석 뒤로 조용히 사라졌다. 그녀는 곧바로, 리오넬가 및 브로디가 언론 전담 직원들에게 더 이상 자신과 언론과의 직접적인 접촉은 없도록 해달라는 요청을 전달하는 걸 잊지 않았다. 항상 그래왔지만, 지금은 특히 세상의 주목과 관심으로부터 최대한 멀리 떨어져 있고 싶었다.

그녀는 방금 자신의 헤네스 기업 지분을 모두 난민구호기구, 아동복지기구, 세계인권위원회 등 전 세계의 여러 NGO 단체에 기부할 의사를 밝히고 최근 헤네스가의 커다란 스캔들에 대해서는 철저히 침묵을 지켰다. 한때 헤네스가의 안주인이었던 이사벨 루치아가 친정인 스페인 왕실의 권력을 등에 업고 생전에 저질렀던 온갖 비리 및 악행들, 심장 발작으로 인한 그녀의 갑작스러운 죽음, 그리고 최근 그녀의 손자 역시 동성애와 마약 등과 연루된 범법 행위 및 살인미수, 살인 교사 등 각종 일급 살인죄를 감행해왔던 전말이 밝혀진 것에 대해 알렉시스는 단 한마디도 입에 담지 않았다.

알렉산더는 든든한 보호자인 양 그녀의 어깨를 감싸 안고 기자들로 여전히 북새통인 홀 안을 빠져나왔다. 알렉시스가 잠깐 걷고 싶다고 하여, 알렉산더와 그녀는 템스 강변이 한눈에 내려다보이는 호텔 내 VIP 공중 정원 안을 천천히 거닐었다. 런던답지 않게 청명한 늦겨울 햇살이 어지럽기 그지없는 그녀의 마음을 달래주는 것 같았다.

헤네스 일가는 이사벨 루치아와 루카 헤네스의 추문으로 커다란 스캔들에 휩싸이게 되었다. 헤네스 그룹의 주가 역시 큰 폭으로 하락할 뻔했지만, 사주인 카를로스 헤네스의 동의하에 헤네스 기업은 루이비통 모엣 헤네시 LVHM 그룹 휘하에 들어가는 쪽으로 결정되었다. 아들의 범죄 행각으로 충격을 받은 카를로스는 병원에 장기 입원 중으로, 현재로서는 면회 자체를 일절 거부하는 중이라 알렉시스도 그를 만나볼 기회가 당분간 없을 것 같았다. 루카에 대한 재판은 아직 진행 중이었지만 최소 20년형이나 무기징역을 선고받을 것이라 언론에 회자되고 있었다.

"방금 넌 한 나라 1년 예산 정도의 거액을 스스로 포기했어. 정말 후회 안 해?"

"그 거액을 제대로 누리기 위해서 하루에 몇만 달러씩 소비하며 살 수는 없잖아. 사람 사는 것은 결국 다 똑같아."

특정한 한 개인에게 편중된 지나친 부는 결국 그 사람의 인생에 크게 득 될 게 없다― 알렉시스가 이전부터 입버릇처럼 말해오던 지론이었다. 이미 브로디가의 지분과 주식에서 나오는 수입만으로도 평생 원하는 건 다 하고도 남을 정도라고 그녀는 담담히 말했다.

"미스터 드미트리 코스마초크에게 보너스는 확실히 챙겨드리겠다고 말해줘."

생각난 듯 덧붙이던 그녀는 설핏 웃으며 알렉산더를 향해 물었
다.

"혹시 당신이 아쉬운 건 아니지? 경영자로서…… 솔직히 헤
네스 그룹, 탐나지 않았어?"

"전혀, 라고 한다면 거짓말이겠지. 적어도 예전엔 그랬어. 하
지만 지금은 그룹 따위 아무 상관없어."

너만 옆에 있다면.

알렉시스는 그가 굳이 소리 내어 말하지 않아도 알렉산더의 눈
빛을 읽을 수 있었다. 그리고 이제는 믿을 수 있었다. 그 눈빛이,
그 말이 모두가 진실이라는 것을.

"알렉스, 그동안 잊고 있었는데…… 어떻게 알았어? 루카에
대해서…… 이사벨 루치아에 대한 것도 그렇지만."

알렉시스는 그의 업무용 휴대폰 도청을 통해서, 알렉산더가
몽트뢰에 가서 이사벨 루치아와 대치할 계획임을 미리 알고 선
수를 친 것이었다. 그 사실은 둘 다 이미 알고 있었다. 하지만 루
카에 대한 것까지 알렉산더가 미리 파악하고 있으리라곤 예상하
지 못했다. 알렉시스 자신도 막연한 직감만 가지고 있었던 것이
다.

"전에 네가 마드리드에 무단으로 갔을 때 어떤 경로로 간 건
지, 무슨 일로 갔던 건지 넌 끝내 침묵으로 일관했지. 그 일이 내
내 마음에 걸렸어. 헤네스 집안에 분명 무슨 일이 생겨서 갑자기
가게 된 것은 확실한데, 대체 그 집의 어떤 치부를 감추기 위해 입
을 다물고 있는지에 생각이 미쳤어. 네가 그렇게까지 비밀을 지

켜줘야 할 헤네스 일원이라면 루카밖에 없을 거다— 자연히 거기까지 짐작했고."

"맞아, 그때 이사벨 루치아의 연락을 받고 그 사람의 전용기로 마드리드에 갔었어. 루카가…… 애인으로부터 결별 선언을 듣고 자살을 시도했었어. 두 번째였어. 루카는 지나친 관계 의존증으로 누구와도 건강한 연인 관계를 유지하지 못했지. 이사벨 루치아에게서 루카가 손목을 그었다는 연락을 받고 난 곧바로 마드리드로 날아갔어. 그때는 루카가 죽을지도 모른다는 생각에 다른 아무것도 생각할 수 없었거든……."

"거기서 조사가 그쳤다면 나도 루카에 대해 의심을 품지 않았을 거야. 하지만 뭔가 자꾸 의혹이 들어서 그놈의 과거와 일상을 속속들이 파헤치게 했지. 그 결과 미카엘 할스트롬 때문에 네게 품었던 적의가 추론된 거고. 어느 기간 동안, 루카가 가는 곳마다 할스트롬이 있었고 자연히 동성애자인 그가 할스트롬에 대해 뭔가 집착하고 있다 생각된 거지."

"루카는…… 실제로 날 죽일 기회가 많았어. 정말 마음만 먹었다면."

"설마 이제 와서 그 자식을 용서할 생각은 아니겠지?"

"그때…… 이미 말했듯이 취조실에서 그는 내 목을 조르는 척 연기했어. 내 짐작이지만, 나와 더 마주하고 있는 게 괴로워서 일부러 요원들의 주의를 끌기 위해 그랬던 것 같아. 그리고 몽트뢰 숲의 창고. 거기서 불을 지를 목적으로 코스마초크를 시켜 가져오게 한 오일 플라스틱 통……. 그 통에는 사실 기름이 한 방울도 없었다고 해."

"……."

"어떻게 생각해, 알렉스?"

"그렇다고 그놈이 네게 한 짓들이 없었던 일로 되지는 않아. 레이캬비크에서의 암살 미수나 런던 히드로 공항에서의 저격만으로도, 그에겐 너를 향한 살의가 충분히 입증돼."

"……."

잠시 침묵을 지키던 알렉시스는 조용히 입을 열었다.

"나에 대한 것은 용서할 수 있어. 루카가 숱하게 망설였던 순간들ㅡ 단지 그 사실만으로도. 하지만…… 알렉산더 당신에 대해서는 절대 용서할 수 없어."

차분하지만 단호한 음성이었다. 그녀의 눈에 깃들어 있는 아픔은 여러 갈래로 교차되어 있었다.

"당신을 정말로 잃을 뻔했던 건…… 내 마음이 평생 용서할 수 없어."

알렉시스는 2개월 전 런던 히드로 공항에서 루카의 수하가 그녀를 향해 발사했던 총탄, 그 저격에 알렉산더가 대신 죽을 뻔했던 순간을 말하고 있었다. 짐작건대 루카는 남은 일생을 평생 철창 안에서 보내게 될 것이다. 어릴 때부터 친오빠처럼 함께 자라왔던 그에게 안타까운 감정과 동정이 전혀 없을 수는 없었다.

하지만 그는 알렉시스 자신의 목숨과도 같은 이를 죽일 수도 있었다. 그녀의 존재 자체에 대한 미움은 알렉시스 자신도 어떻게 할 수 없었다. 하지만 그 때문에 루카가 자신에게 있어서 가장 소중한 존재를 해칠 뻔했다는 사실이 그녀를 지극히 냉정하게 만들고 있었다. 그 일만 아니었다면, 알렉시스는 남매와도 같았던 루카를 위해서 적정선의 선처를 청원했을 것이다.

"이제 모든 건 끝났어, 알렉시스. 앞으로 네 일만…… 우리 일만 생각해."

"알렉산더, 내가 세상에 존재한다는 사실만으로도…… 그렇게 오랜 세월 상처받고 괴로웠던 사람이 있었어. 그 사람 때문에 우리 부모님, 그리고 친할아버지, 친할머니, 외할머니 모두 비참하게 돌아가셨어. 그 사실이 나를 평생 붙잡고 놓아주지 않을 것 같아."

알렉산더는 말없이 그녀의 어깨를 끌어당겨 자신의 품에 감싸 안았다. 따스한 그의 체온, 익숙한 체취와 숨결, 규칙적인 심장 박동 소리, 그 모두가 알렉시스를 조금은 안심시켜주는 것 같았다.

"알렉산더, 이제는 알겠어?"

그녀는 들릴 듯 말 듯한 목소리로 물었다.

"사랑하는 이로부터 배신당하는 일이 얼마나 큰 상처가 되는지. 이사벨 루치아는 페드로 할아버지를 진심으로 사랑했어. 그것만은 거짓이 아닐 거야. 할아버지를 너무 사랑한 나머지 그 충격과 배신감으로, 자신의 인생뿐 아니라 무고한 사람들의 인생까지 죄다 비극으로 만들어버린 거야. 물론 할아버지 입장에서는 처음부터 애정 없는 정략결혼이었고 이사벨 루치아의 일방적인 감정이라고는 해도……. 난 지금 이사벨 루치아의 입장에서만 말하고 있는 거야. 물론 그녀가 저지른 끔찍한 죄악은 절대 용서될 수 없겠지만."

"알렉시스."

알렉산더는 그녀가 무슨 말을 하고 싶어 하는지 너무나도 잘 알고 있었다.

"다시는 그런 일 없어. 맹세해. 변명인 건 알지만, 그때는 몰랐어. 내 어디가 잘못되어 있었는지. 널 얼마나 사랑하는지. 그리고 너 역시 그랬다는 걸."

"맞아, 그랬어."

알렉시스는 그의 어깨에 코를 묻고 그만이 가진 체취를 몸속 깊이 빨아들였다.

"알렉산더, 사랑해."

그의 심장박동 소리가 세상에서 가장 듣기 좋은 음악같이 그녀의 심장을 두드리고 있었다.

"내가 세상에서 가장 바라는 일 단 한 가지만 말하라면……. 바로 알렉산더 당신이 행복해지는 거야. 그리고 한 가지 더 고를 수 있다면, 그런 당신 옆에서 내가 머물 수 있는 것. 나 역시 행복하게, 당신과 함께……."

"내가 하고 싶은 말을 네가 방금 다 했어. 그리고…… 우린 두 가지 다 가질 수 있어. 우리 둘 다, 언제까지나."

"아니, 그럴 수 없어."

알렉시스는 고개 들어 그의 얼굴을 정면으로 바라보았다. 알렉산더는 어째서 그녀의 맑은 눈에 아직도 깊은 슬픔이 깃들어 있는지 이해할 수 없었다.

어째서? 모든 게 끝났는데, 이제 둘이서 영원히 행복해질 날들만 기다리고 있는데.

알렉산더는 말로 형용할 수 없는 무언가, 불길한 예감에 그녀가 말을 잇기만 기다리고 있었다.

"내 두 번째 소망은 이뤄질 수 없어."

"뭐……?"

그녀의 어깨를 감싸 안고 있던 알렉산더의 손에 무서울 정도로 거센 힘이 들어갔다.

"무슨 소리야."

설마 정말로 날 떠나려는 건 아니겠지. 나를 놓을 생각은 아니겠지. 그렇게 널 사랑한다 했는데, 널 위해 내 목숨도 기꺼이 바칠 수 있다 생각했는데.

그의 검은 눈에 폭발할 듯 섬광이 어렸다. 알렉시스의 어깨를 감싸 안았던 손은 이제 옷 속을 파고들 듯 무시무시한 악력으로 변해 있었다. 그리고 그 손은 그녀에게도 선연히 전해질 만큼 떨리고 있었다.

"알렉시스, 여전히 날 믿지 못해? 내가 사랑한다고, 내 목숨보다 더 널 사랑한다고 그렇게 맹세했는데!"

"믿어, 이제는 믿어."

"그날, 런던에 도착했을 때 그 당시로 다시 시간을 되돌린다 해도 나는 똑같이 할 거야! 너 대신 몇 번이라도……. 수십 번, 수백 번이라도 네가 살 수 있다면 상관없어!"

"알아, 알렉산더. 당신이 나 대신 총상으로 쓰러졌을 때, 그때 비로소 알았어. 당신도 나와 같은 마음이라는 걸……."

"그런데 왜! 어째서 우리가 함께할 수 없다는 거야? 이제 넌 행복해질 일만 남았어! 충분히 행복해질 권리가 있고, 내가 평생 동안 그렇게 만들어줄 거야!"

알렉시스는 그의 어깨 너머로 살얼음판이 덮인 템스 강을 내려다보았다. 이제 2월도 슬슬 중순으로 접어들려 하고 있었다. 알렉시스는 봄이 오기 전에 그동안 미뤄왔던 일을 하리라 마음먹었다. 그러나 그 전에 그녀는 알렉산더와 이별을 고해야만 했다.

"리셋하고 싶어. 아니, 해야만 해."

"……"

"알렉산더, 당신과의 모든 순간순간들이 행복했고 심지어 고통스러웠던 때마저도 소중해. 결국 그 모든 시간을 거쳐 지금의 우리가 있게 된 거니까. 하지만 그 일만은, 할 수만 있다면 기억에서 완전히 지워버리고 싶어. 당신이 훨씬 전에 만났던 여자들에 대해서도 가끔은 심장이 저릿한데……. 정식으로 교제할 동안에, 그리고 결혼을 선언한 바로 그다음 순간에조차 다른 여자를 마주한 사실이 내게 얼마나 큰 상처가 되었을지 조금은 헤아려줘. 특히 결혼을 언급한 그날, 내가 나가자마자 호텔에 여자를 불렀던 일은…… 언제까지나 내 가슴에 상처로 남을 것 같아."

"뭐든 할게! 네 가슴속에서 그 상처가 없어질 수만 있다면, 뭐든 하겠어!"

"그 어떤 것으로도 안 돼, 알렉산더. 인위적인 방법으로는 없어지지 않아."

"제발……. 알렉시스!"

알렉산더는 철저히 무너지고 있었다. 그는 폭주하기 직전의 야수와도 같은 표정으로 알렉시스의 어깨를 으스러져라 움켜쥐고 있었다. 이번에야말로 그녀를 영원히 잃을지도 모른다는 생각에 알렉산더의 가슴은 걷잡을 수 없이 무너지기 시작했다. 눈앞이 실제로 캄캄해지는 깊은 절망감이 어떤 것인지 그는 온몸으로 그 고통을 맛보고 있었다.

"곁에 있게만 해줘! 제발……. 제발!"

알렉산더는 다시금 깨달았다. 자신이 그녀에게 무슨 짓을 했는지를. 길고 긴 시간이었다. 동시에, 짧다면 짧은 3년여의 시간이었다. 그녀를 얼마나 사랑해왔는지 모든 세포가 다시금 실감하고 있었다. 그 자신의 목숨마저 내던질 수 있을 정도로 그는 그녀를 누구보다, 세상의 그 무엇보다 더 사랑하고 있었다. 그녀가 넉 달 전 혼자 아이슬란드로 떠난 뒤, 마침내 진심으로 그의 곁을 떠나려 한 사실을 알게 된 순간, 그는 그의 무의식이 이미 인지하고 있었던 진실을 강렬하게 통감했었다.

생각해보면 처음 본 순간부터 알렉시스를 얼마나 사랑해왔는지, 단지 자신이 지나치게 오만하고 어리석어 그 사실을 인정하지 않았을 뿐임을 그는 뼈에 사무치게 각성했었다. 소유욕과 집착에 사로잡혀 사랑하는 여자에게 얼마나 지독한 짓을 해왔는지, 아무런 죄책감 없이 다른 여자들을 기꺼이 안았고 어차피 알렉시스의 대용품이라 생각해 아무 거리낄 게 없다고 생각한 것이 얼마나 끔찍한 행위였는지 왜 진작 깨닫지 못했는지 새삼 스스로를 저주하고 또 저주했었다. 그런 주제에 알렉시스가 다른 남자와 친밀하게 대화만 나눠도 그는 불같이 질투하며 그녀를 세상과 더 차단하고 분리시키려 했다.

그 사실을 깨달은 이후로, 알렉산더는 혼신의 힘을 다해 알렉시스의 마음을 돌려놓는 데 성공했다고 장담하고 있었다. 그러나 그녀는 지금 또다시 그를 죽이겠다고 선언하고 있는 것이다.

"알렉시스…… 난 살 수 없어……. 네가 날 떠나면. 이대로 날 죽일 셈이야? 나는 절대, 죽는 한이 있어도 절대 널 보내지 않을 거야!"

알렉산더는 한동안 더, 그녀를 달래려도 보고 협박하려고도 해봤지만 결국 역부족임을 인정할 수밖에 없었다. 그는 상처받은 야수와도 같은 눈을 하고 그녀를 죽일 듯이 노려보고 있었다.

"나도 당신을 보내지 않아, 알렉산더. 나는 당신과 헤어지려는 게 아니야. 다시 시작하려는 거야, 당신과."

알렉시스는 자신에게서 멀어지려는 그의 몸을 더 바짝 당겨 안았다.

"나는 이 시간 이후로, 내가 꼭 해야만 하는 마지막 일을 하기 위해 어딘가로 떠날 거야. 그 일을 해야만 비로소 이 모든 것을 매듭짓게 되는 거라 믿으니까."

"어디로. ……무슨 일인지는 몰라도 내가 함께할 수 없어? 어째서? 도대체 왜!"

알렉시스는 입술을 꼭 깨물고 그의 고통스런 얼굴을 마주 보았다. 사랑하는 사람을 이렇게 괴롭게 만드는 스스로가 미워서 도저히 견딜 수가 없었다. 하지만 그녀는 이렇게 할 수밖에 없었다.

"알렉산더, 당신도 나와 다시 시작하고 싶다면 스스로 나를 찾아. 전담 수색대나 사람을 시키지 말고, 당신의 재력과 정보력을 동원하지 말고 날 찾아와. 그럼 그때는 다시 시작할 수 있을 것 같아. 만약 나를 찾아내면, 그건 당신이 진정으로 나를 이해하고 있다는 의미이니까."

"……."

"알렉산더, 난 기다릴 거야. 언제까지나. 아무리 시간이 흐르고 흘러도……. 나는 거기 영원히 있을 거야, 당신이 날 찾아줄 때까지."

"……."

알렉시스는 마음이 찢어질 듯 아프고 괴로워 미칠 것만 같았다. 그녀의 눈에서도 어느덧 눈물이 뺨을 타고 흐르고 있었다. 사랑하는 사람을 왜 이렇게 아프게 할 수밖에 없을까. 정말 이 방법밖에 없는 것일까. 하지만 그녀는 새싹 같은 작은 희망을 가슴 속에 품고 있어, 온전히 비참하지만은 않았다.

그는 반드시 자신을 찾아올 것이다. 그가 아는 알렉시스가 마지막으로 어떤 일을 해야 하는지, 이 모든 비극의 매듭을 어떻게 지을 것인지 그는 분명히 알아낼 것이다. 그가 바로 나이며, 내가 바로 그이기 때문에.

"내게 다른 남자는 절대로 없어. 알렉산더 리오넬, 단 한 명뿐이야. 영원히."

"……."

"미안해, 알렉산더……. 당신을 너무 사랑해서 이러는 거야. 내 사랑이 너무 지독해서……."

당신을 너무 사랑해서 이렇게 할 수밖에 없어. 지금까지 나는 당신의 집착과 소유욕을 탓했지만, 사실은 내 집착이 더 지독하게 강하다는 걸 깨달았어. 다시 리셋해서 당신을 온전히 가지고 싶어. 나만의 것으로 영원히.

알렉시스는 손을 뻗어 그의 눈물을 닦아주었다. 그리고 자신의 눈물도 훔쳐내며, 그의 뇌리에 명확히 각인시키려는 것처럼 다시 한 번 또박또박 말했다.

"기다리고 있을게, 알렉산더. 나는 당신이 찾아올 것이라 믿어."

Find me, please.

"하지만 너무 오래 기다리게 하지는 말아줘. 당신이 매일매일 보고 싶어 미칠 테니까."

I will miss you every single moment.

"알렉산더, 사랑해. 이 세상 누구보다도. 그 무엇보다도. 영원히."

I love you more than anyone even after I die.

"어떻게…… 어떻게 이렇게까지 잔인할 수가 있지? 너는 세상에서 가장 지독한 여자야……. 알렉시스. 하지만 반드시 널 찾아내겠어. 찾아내서…… 다시는 내게서 벗어나지 못하게 할 거야."

늦겨울의 싸늘한 바람이 부드럽게 물결치는 그의 검은 머리칼을 스치고 지나갔다. 도시 한가운데를 뚫고 지나가는 바람이 한순간 그의 심장을 어루만지는 것 같았다.

"제발."

알렉시스는 눈물로 가득 찬 미소를 활짝 지어 보였다.

"그렇게 해줘, 알렉산더."

13화. 감사의 인사

이것은 우리의 또 다른 새로운 시작이 될 거야.

내 심장은 결국은 당신이 나를 찾아와 데려갈 것이라 말하고 있어.

단지 시간문제일 뿐. 왜인지 알아? 당신은 바로 나고, 나는 바로 당신이기 때문이지.

우리는 하나가 되기 위해 태어난 거야.

러시아, 이르쿠츠크(Иркутск, Russia).

"와~ 드디어 이르쿠츠크에 왔다!"

"엄마, 우리 그럼 바이칼 호수엔 언제 가?"

"아까 아빠가 말씀하셨잖아. 내일 버스 타고 알혼 섬에 갈 거라고."

"여기 가이드북에는 이렇게 돼 있어. '시베리아의 진주 바이칼 호수의 33개 섬 중에서 가장 큰 섬인 알혼 섬에서 보는 밤하늘의 별잔치를 감상하는 것을 추천한다.'"

"그런데 가이드 아저씨는 어디 가신 거야? 대절버스 타러 가야 되는데!"

알렉시스는 공항 대합실에 앉아 뒤쪽에서 신나게 떠들어대는 한 동양인 여행자 무리의 대화에 저도 모르게 웃음 지었다. 한국어는 매우 서툴렀지만 희한하게 아이들의 말은 조금 알아들을 수 있었다. 아마도 억양이 명확하고 발음도 또박또박 천천히 하는 편이라 그런 것 같았다. 한국과 중국은 2월 중순이 음력 설날로 황금연휴라고 예전에 얼핏 들은 적이 있었다. 그래서인지 공항 안에는 동양인 관광객들이 여러 그룹으로 나뉘어 옹기종기 모여 있었다.

이르쿠츠크 국제공항은 작은 소도시의 공항답게 시골 대합실과 같은 투박함과 정겨움으로 가득 넘쳤다. 2월 중반도 넘어서인지 봄기운이 얼핏 느껴지는 쌀쌀함이 그리 춥게 다가오진 않았다. 알렉시스는 평범한 방문자로 보이는 수수한 윈터 재킷 차림새에, 소형 캐리어를 가볍게 끌고 중앙시장으로 가는 차량 안에 올랐다. 러시아에서는 정식으로 등록된 택시보다 일반인이 임시로 운영하는 차량들을 찾는 편이 훨씬 더 빨랐다. 불법이지만, 원래 러시아란 나라가 안 되는 것도 없고, 되는 것도 없는 곳이었다. 알렉시스는 러시아어로 짧은 요금 흥정을 하고 목적지를 말했다.

"미국인? 러시아어 꽤 잘하네!"

"영국에서 왔어요. 아저씨도 영어 잘하시는데요."

러시아, 특히 이르쿠츠크 같은 시베리아 지역에서는 영어가 잘 통하지 않는지라 알렉시스는 조금 의외인 듯이 웃었다.

"캐나다에서 살았거든. 저~ 기 맨 동쪽 핼리팩스에서 10년 넘게 어업을 했었어. 지금은 은퇴해서 고향으로 왔지만. 우리 마누라랑 아들네, 며느리, 손자, 손녀 다 모여 살고 있지. 그나저나 중앙시장 가는 거 보니까 리스트비얀카로 가는 모양이네? 바이칼 호수 보러?"

"그것도 있지만, 러시아 친구가 리스트비얀카에 살고 있어서 만나러 가는 거예요."

"호! 영국에서 친구를 만나러 이 시베리아까지……. 엄청 친한 친구인가 봐? 혹시 애인?"

"전 이미 결혼했어요. 남편은 영국에 있고요."

알렉시스는 약지에 다시 끼워져 있는 다이아몬드 결혼반지와 페트라에서 알렉산더가 주었던 투어멀린 반지를 눈으로 훔쳤다.

"아주 중요한 친구를 만나러 가요. 이름은 예브게니아."

"아, 여자였구만? 난 또……. 그나저나 아직 어려 보이는데 벌써 결혼했다니."

그들이 담화를 나누는 동안, 어느새 차는 중앙시장에 도착해 있었다.

"그냥 내리쇼. 아가씨가 워낙 예뻐서 그냥 요금 받은 걸로 하지. 어차피 정식 택시도 아니었고."

초로의 러시아 남자가 사람 좋은 웃음을 지어 보이며 극구 사양하자, 알렉시스는 손녀에게 주라고 영국에서 가져온 선물들 중 하나를 꺼내 억지로 손에 쥐여주었다. 운 좋게도, 중앙시장에 도착하기가 무섭게 마치 그녀를 기다리고 있었던 것처럼 리스트비얀카행 미니버스가 막 출발하려 하고 있었다.

리스트비얀카(Listvyanka)는 매우 고즈넉한 작은 마을로, 신화로 가득한 바이칼 호수 근처에는 슬라브족보다는 토착민 부랴트 민족들이 더 많이 모여살고 있었다. 어찌 보면 정말 볼 것 없는 작은 지역이었다. 도시라기보다는 오히려 읍내나 마을이란 말이 더 어울릴 정도로, 시골의 정취가 담뿍 묻어나오는 분위기였다. 러시아 특유의 투박함까지 더해 아기자기함이나 예쁜 것과는 거리가 상당히 먼 마을이기도 했다. 하지만 리스트비얀카가 특별한 이유는, 세계에서 가장 크고 신비한 바이칼 호수 때문이었다.

알렉시스는 체르스키 전망대로 올라가는 길에, 그녀가 이 먼 시베리아까지 찾아온 목적을 위해 마을 학교에 먼저 들렀다. 작은 도시답게 마을에는 단 하나의 초등학교가 자리해 있었다. 알렉시스는 미리 연락한 대로, 한 여교사의 안내를 받아 7학년 교실 복도로 조심스럽게 걸어갔다.

"아이는 어떻게……. 학교에서 잘 지내고 있는지 실례가 안 된다면 여쭤봐도 될까요."

"제냐는 전 학년에서 가장 뛰어나고 특히 음악에 큰 재능을 보이고 있답니다. 상급학교 진학은 이르쿠츠크나 예카테린부르크 같은 좀 더 큰 도시로 보내는 게 좋을 것 같은데……. 집에서 그럴 형편이 될지는 잘 모르겠어요."

"……."

점심시간이 거의 끝나가는 듯, 복도와 교실 안은 깔깔대고 웃으며 이리저리 뛰어다니는 귀여운 아이들로 적당한 소란이 벌어지고 있었다. 여교사가 누군가를 외쳐 부르자, 한 금발의 인형 같은 소녀가 볼이 발갛게 상기된 얼굴로 복도로 뛰쳐나왔다. 교사가 그녀를 향해 뭐라고 조용히 속삭이자, 소녀는 영문 모를 표정을 하더니 교사와 알렉시스를 따라서 복도 끝의 다른 방으로 들어가 앉았다. 외부 손님을 맞는 곳인 듯, 작고 아담한 응접실 테이블에는 알렉시스를 위한 차가 이미 준비되어 있었다. 교사가 알렉시스를 향해 살짝 고개를 끄덕여 보인 뒤 문을 닫고 사라졌다.

"……."

아이는 난생처음 보는 어른 여자 앞이라 그런지 조금 어색해하는 것 같았다. 하지만 알렉시스가 러시아어로 간단한 안부 인사를 하며 선물 상자가 여러 개 담긴 가방을 건네주자 그제야 얼굴에 있던 긴장감을 일시에 걷어냈다.

"친구들과 나눠가져도 돼. 마음에 들었으면 좋겠다."

"Девушка, а вы кто? (언니는 누구세요?)"

"내 이름은 알렉시스 리오넬이야. 너희 아버지…… 친아버지에게서 네 이야기를 많이 들었단다."

예브게니아 미하일 가브릴로프. 그것이 소녀의 공식적인 이름이었지만, 그녀의 본명은 예브게니아 빅토르 드카첸코였다. 러시아에서는 아버지의 이름을 미들네임으로 썼고 예브게니아는 통칭 제냐라고 간략히 불린다. 제냐는 바로 그의 하나뿐인 소중한 딸이었다. 6년 전 이사벨 루치아로부터, 알렉시스를 유괴하여 세상에서 가장 잔인한 방식으로 죽일 것을 사주받은 빅토르 드카첸코가 한시도 잊지 못하던 어린 딸.

하지만 빅토르는 쟁쟁한 권력을 등에 지고 평생 놀고먹을 수 있을 거금을 약속한 의뢰인의 명에 따르는 대신, 알렉시스를 죽이지 못했고 결국에는 그의 목숨을 내던져 그녀를 구하기까지 했었다. 알렉시스 자신의 모습에, 그의 어린 딸 제냐를 투영시켰기 때문에 그는 도저히 그녀를 죽일 수 없었노라 말했다. 현재 자신이 양부모와 살고 있다는 사실을 소녀도 이미 알고 있다 들었기에, 알렉시스는 거리낌 없이 말할 수 있었다.

"돌아가신 네 친아버지가 날 아주 많이…… 도와주셨단다. 그래서 너에게 대신…… 고맙다고 말하러 온 거야."

"제 친아빠가 언니를 도와줬다고요?"

"응."

하지만 소녀는 태어나고 얼마 되지 않아 바로 양부모에게 보내졌다고 들었다. 그로부터 이미 14살이 된 지금은, 친아버지에 대한 기억은커녕 별다른 감흥이 일지 않는 게 당연할 것이다. 그럼에도, 알렉시스는 커다란 푸른 눈망울을 마주 보며 부드럽게 웃었다. 그리고 한마디, 어딘가 처연한 느낌이 드는 목소리로 덧붙였다.

"Твой отец спас мне жизнь. Дал мне вторую жизнь в обмен на свою жизнь. (너희 아빠는 내 생명의 은인이야. 그의 목숨을 대가로 나에게 두 번째 인생을 주었단다.)"

"음…… 제 친아빠가 언니를 구해줬다는 거예요? 그럼 정말 생명의 은인?"

알렉시스는 고개를 끄덕였다. 소녀의 아버지가 그녀 대신 죽었다는 말까지 하기엔 아이가 너무 어려 보였다. 알렉시스는 참으로 기이한 인연이다 싶었다. 그녀가 빅토르 드카첸코에게 생명을 빚진 것은 14살 때였다. 그리고 빅토르의 딸 제냐는 지금 14살이었다.

"그래서 그 은혜를 너에게 대신 갚고 싶어, 제냐."

알렉시스는 제냐에게 다가가 소녀의 하얗고 보드라운 두 손을 꼭 잡았다. 소녀는 조금 놀란 것 같았지만, 그녀에게 잡힌 손을 빼내지는 않았다. 제냐는 총명해 보이는 두 눈을 알렉시스에게 고정하며 그녀가 하는 말을 계속 경청하고 있었다.

"Я стану вашей семьей. Где бы ты ни была, я буду с тобой.(내가 네 언니가…… 너의 가족이 되어줄게. 네가 어디서 무얼 하든 항상 내가 지켜줄게.)"

"언니가 제 언니가 되어준다고요? 음…… 왜요? 아, 돌아가신 제 친아빠의 은혜를 갚기 위해서?"

"맞아."

"좋아요. 제게도 언니가 생기면…… 아마 친아빠도 천국에서 좋아하실 거란 생각이 들어요. 그런데 언니는 영국에서 왔잖아요? 전 여기 있고……. 그럼 너무 멀지 않아요?"

알렉시스는 천진난만한 소녀를 마주 보며 환하게 웃었다. 아이는 생각보다 훨씬 더 사랑스럽고 좋은 아이였다. 예전에 빅토르가 말한 것처럼 양부모가 여유로운 집안 형편은 아닐지언정 그녀를 친딸처럼 따스하고 애정 넘치는 환경에서 자라게 한 것만은 분명해 보였다.

"난 오늘부터 당분간 여기서 지낼 거란다. 리스트비얀카에서."

알렉산더가 나를 찾아올 때까지.

"그러니까 우린 앞으로 가끔 만날 수 있어. 네가 피아노를 아주 잘 친다고 들었어. 언니도 피아노를 아주 좋아해. 가끔 만나서 같이 연주하지 않을래?"

"좋아요!"

알렉시스는 익명의 경로를 통해서 그녀가 나중에 모스크바나 러시아 제2의 도시 상트페테르부르크로 정식으로 음악 공부도 할 수 있게 학비와 생활비를 전면적으로 지원할 생각이었다. 인근의 노보시비리스크나 예카테린부르크보다는 문화와 예술이 가장 활성화된 대도시가 아무래도 제냐에게 훨씬 더 큰 교육의 장이 되어줄 터였다. 만약 가능하다면, 소녀를 이렇게 잘 키운 양부모에게도 도움을 주고 싶었다.

"내게 다른 남자는 절대로 없어. 알렉산더 리오넬, 단 한 명뿐이야. 영원히."

"……."

알렉시스는 그의 눈물을 훔쳐내며, 알렉산더의 뇌리에 명확히 각인시키려는 것처럼 다시 한 번 또박또박 말했다.

"기다리고 있을게, 알렉산더. 나는 당신이 찾아올 것이라 믿어."

Find me, please.

"너무 오래 기다리게 하지는 말아줘. 당신이 매일매일 보고 싶어 미칠 테니까."

I will miss you every single moment.

"알렉산더, 사랑해. 이 세상 누구보다도. 그 무엇보다도. 영원히."

I love you more than anyone even after I die.

알렉산더는 입 밖으로 튀어나오려는 말을 안으로, 안으로 깊이 삼켰다.

만약 내가 못 찾으면? 그럼 우린 평생 이대로인 거야? 영원히?

못 찾아도 상관없다 생각했기 때문이었다. 어차피 그는 두 가지 가능성을 이미 머릿속에 떠올리고 있었다. 그가 아는 알렉시스라면 이 모든 비극의 근원을 매듭짓기 위해, 그녀가 세상에 존재하는 의미를 다시 찾기 위한 마무리 단계를 밟고자 할 터였다.

좋아, 알렉시스. 너는 분명 그 둘 중 한 곳으로 향할 거야. 나는 그 양쪽 모두에서 널 찾으면 돼. 네가 원한 대로, 내 재력과 정보력에 의지하지 않고 오직 내 힘으로만, 내 능력으로만 너를 찾겠어, 알렉시스. 사랑 없이는 살아도 네가 없으면 난 안 되니까. 너는 나이고, 너는 바로 나이기에.

알렉시스의 체르스키 전망대행은 당분간 별장 주인에 의해 금지되었다. 그녀가 현재 높은 곳에 리프트를 타고 올라갈 상태가 절대 아니라고, 잔소리 많고 정 넘치는 러시아 노파는 알렉시스를 극구 만류했다. 하지만 바이칼 호수를 가장 한눈에 잘 볼 수 있는 최적의 장소는 전망대의 정자였다. 물론 리프트를 타고 내린 뒤에도 조금 더 언덕길을 올라야 하고, 경사가 조금 가파르긴 했지만 그렇게까지 위험한 경로는 아니었다.

"율리아 바바(러시아어로 할머니), 난 괜찮아요. 잠시만 다녀올게요."

"글쎄, 안 된다면 안 돼! 이반, 못 가게 해! 어서!"

할멈의 호통에, 이반이라 불린 큰 시베리아허스키가 다가와 알렉시스의 손등에 코를 비벼댔다. 율리아의 말대로 정말 그녀를 못 가게 막아서는 것보다는, 뭔가 먹을 것이 없나 기대하고 왔든가 그녀에게 애교를 부리러 온 게 뻔했다.

"그냥 이 앞에 나가서 잠깐 바람 쐬면 되잖아! 영국 제부쉬카(러시아어로 아가씨, 처녀)들은 원래 하나같이 다 그렇게 무쇠 고집이야?"

"저 처녀 아닌데…… 아시잖아요."

알렉시스는 노파의 꾸지람에 더는 거스르지 못하고 두꺼운 외투 위에 커다란 망토를 하나 더 둘러쓴 뒤 밖으로 나갔다. 이반이 꼬리를 살랑살랑 흔들며 얼씨구나 그녀의 뒤를 따랐다. 호수라기보다 드넓은 바다처럼 보이는 호수 위에 떠 있는 여러 척의 배들이 그녀의 눈에 들어왔다. 눈앞에 펼쳐진 바이칼 호수는 심연을 알 수 없이 깊어 보였다. 그 시리도록 푸른 물색이 알렉시스의 눈을 거쳐 영혼 속까지 청명하게 씻어주는 느낌이었다.

그녀는 원래 물과 매우 친밀한 성정이었다. 어렸을 때부터 바다나 호수, 강을 가까이하길 천성적으로 무척 즐겼다. 물에게는 그녀의 마음을 끌어들이는 뭔가가 있었다. 모든 신화의 원천이 물이듯, 바이칼 호수에도 많은 영웅, 민속 신화와 전설들이 전해지고 있었다. 호수를 사이에 두고 몽골 땅과 인접해 있어서인지 몽골인의 외양과 더 닮아 있는 부리야트족의 신화들이 가장 대표적인 것들이었다.

알렉시스는 저 멀리 보이는 샤먼 바위를 물끄러미 응시했다. 부리야트족은 동양의 영향을 받아서 여러 샤머니즘과 민속신앙에 그 뿌리를 두고 있었다. 그래서인지 러시아 사람들은 신화나 초현실적인 이야기를 매우 좋아한다고 들은 적이 있었다.

"……."

알렉시스는 자신의 존재감을 알아달라는 듯 앞발로 일어서서 무릎을 긁어대는 이반의 머리를 쓰다듬어주었다. 이렇게 그녀가 혼자 있는 시간이면, 유독 더 선명히 떠오르는 한 사람의 얼굴이 있었다.

알렉시스는 매일매일, 매 순간마다 알렉산더를 생각했다. 그가 너무도 그리웠다. 그가 보고 싶어 미칠 것 같았고, 때로는 숨을 쉴 수 없을 정도로 괴로웠다. 아주 가끔은, 자신의 선택을 후회한 적도 있었고, 지금이라도 전화기로 달려가 그에게 전화하고 싶은 충동에 전신에 경련이 일 지경이었다. 처음 몇 주 동안은 별장 사람들 몰래, 밤마다 호수를 바라보며 혼자 흐느끼곤 했다. 알렉산더가 너무나 그리워 그를 떠올리는 것만으로도 목이 메고 가슴이 찢어질 듯 아팠기 때문이었다.

빨리 와, 알렉산더. 내가 이렇게 기다리고 있어. 그리고 한 명 더 있어. 당신을 기다리고 있는 사람.

알렉시스는 숄을 두른 복부로 손을 가져가 소중하게 감싸 안고 어루만졌다. 그녀가 임신한 사실을 알게 된 것은 불과 일주일 전이었다. 임신 2개월째라고 동네의 여의사는 진단을 내렸고, 산

모, 태아 모두 건강하지만 첫 임신인 만큼 모든 것에 각별히 주의하라고 조언을 아끼지 않았다. 그래서 별장 주인인 율리아 바바도 마치 친손녀가 임신한 것처럼 그렇게 호들갑을 떨어댔던 것이다.

러시아 사람들은 처음에는 불친절하다 싶을 만치 무뚝뚝하기 그지없었지만, 어느 정도 친해지면 마치 가족처럼 정이 넘쳤다. 별장의 손님인데도 불구하고 항상 율리아 바바의 일을 도와주다 보니 주인 가족과도 어느새 한 식구처럼 지내고 있었다. 하지만 그녀가 임신한 걸 알고부터, 율리아 바바는 그녀가 조금이라도 무게가 있는 것을 들거나 오래 서 있기라도 하면 호통과 잔소리를 아끼지 않았다.

"알렉산더, 빨리 와……. 어서."

아직 날 찾고 있어? 이제 나흘 뒤면 당신이 세상에 태어난 걸 축하해야 할 날인데, 당신은 언제 여기 와서 저 바다 같은 호수를 나와 함께 바라볼 수 있을까?

그녀의 눈가에 투명한 눈물이 고였다. 지금까지 있었던 수많은 일들이 주마등처럼 그녀의 머리를 스쳐가고 있었다. 그를 이해할 수 없어 괴롭고 아팠던 순간들도 분명 많았다. 하지만 그에게 마음을 열어가면서, 그 역시 조금씩 그녀에게 다가오면서 행복하고 즐거웠던 순간들이 훨씬 더 많았다.

알렉시스는 이제야 비로소 알 것 같았다. 왜 세상은 그렇게도 사랑, 사랑을 외쳐대고 갈구하는지. 사랑하지 않으면 사람은 살 수 없기 때문이었다. 누군가를 영혼으로 사랑하게 되면서 삶의 의미, 존재의 가치를 함께 알아가며 더 인간답게 변화할 수 있기 때문이었다. 불완전한 두 사람이 만나서 서로의 영혼이 하나가 되는 일. 그래서 사람을 변화시키는 것은 지혜도, 지식도, 부도 아닌 바로 사랑이라 했던 것일까.

자신이 사랑하는 이 역시 자신을 사랑하는 것 또한 참으로 기적과도 같은 일이었다. 하지만 사는 동안 모두가 그런 기적을 경험할 수 있는 건 아니었다. 이사벨 루치아는 혼자만의 사랑으로 결국 그런 비극을 만들어냈고, 스스로도 평생 불행한 삶을 살았다. 알렉시스는 새삼 신에게 감사한 마음이 들었다. 이제는 알렉산더 역시 자신을 진심으로 사랑한다는 사실에 한 치의 의심도 없었다.

하나님, 그와 제가 서로 사랑하게 해주셔서 감사합니다.

그로부터 며칠 뒤, 바야흐로 봄기운이 완연한 화창한 날 알렉시스는 차이콥스키의 백조의 호수를 들으며 비트를 썰고 있었다. 러시아 전통 수프인 보르시를 만들어보려는 생각이었다. 알렉산더도 보르시를 좋아했었는데. 그는 그녀처럼 러시아 음식에 매료되진 않았지만, 보르시는 꽤 입에 맞아 했었다. 오늘은 그의 서른한 번째 생일이기도 했다. 며칠 전부터, 알렉시스는 그가 어떻게 생일을 보낼 것인지 내내 궁금했다. 무엇보다, 함께 생일을 보낼 수 없다는 사실이 짙은 아쉬움과 안타까움으로 다가오고 있었다.

알렉시스가 향신료를 꺼내려 찬장으로 향할 때, 구석에서 엎드려 졸고 있던 이반이 갑자기 크게 짖으며 벌떡 일어섰다. 누군가 방문객이 온 모양이었다. 하지만 매일 들르다시피 하는 동네 사람들이나 우편배달부라면 이반이 이렇게 낯을 가리며 짖어댈 리가 없는데 조금 이상했다. 톡톡, 소리에 고개를 돌려보니 율리아 할머니가 살짝 열려 있는 중앙 홀 거실의 창문을 두드리며 그녀에게 손짓을 해 보이고 있었다.

"누가 찾아왔어, 제부쉬카."

알렉시스는 심장이 갑자기 쿵, 내려앉는 느낌에 쉽사리 발을 떼지 못하고 있었다. 프랜시스 고모나 가족들 중 다른 누군가일 수도 있었다. 그들이 먼저 그녀를 찾아낸 것일 수도 있었다. 하지만 알렉시스는 왜인지, 율리아 바바의 말을 듣는 순간 심장이 덜컥 하고 내려앉는 느낌에 몸을 떨었다. 기묘한 예감이 들었다.

누구일까. 설마…… 그일까? 내가 이 세상에서 가장 사랑하는 단 한 사람. 바로 그가 온 것일까.

알렉산더, 설마 당신이야? 드디어 온 거야? 당신이 날 만나기 위해 31년 전 세상에 태어난 그날에 딱 맞춰서…… 이제야 나를 찾아온 거야?

끼익, 문이 열리는 소리가 들렸다. 알렉시스는 서서히 집 안으로 스며드는 방문객의 그림자 쪽으로 시선을 돌렸다. 봄이 무르익은 바깥의 상쾌한 공기 한 자락이 호수의 청명한 내음과 함께 그녀의 코끝을 살짝 간질였다.

에필로그 1화 : 셋(Three)

　끼익, 문이 열리는 소리가 들렸다. 알렉시스는 서서히 집 안으로 스며드는 방문객의 그림자 쪽으로 시선을 돌렸다. 봄이 무르익은 바깥의 상쾌한 공기 한 자락이 호수의 청명한 내음과 함께 그녀의 코끝을 살짝 간질였다.

　"앨리 언니!"

　"제냐, 어서 와!"

　알렉시스는 빅토르 드카첸코의 딸 제냐를 반가이 맞이했다. 마음 한편은 실망감으로 조금 가라앉았지만 그녀는 그런 감정을 일절 드러내지 않고 소녀를 반갑게 맞았다.

　"언니가 좋아하는 초르늬 흘렙(Чёрный хлеб : 러시아 흑빵) 가져왔어요! 엄마가 이거 다 갖다 드리래요."

　소녀는 흑빵이 한가득 들어 있는 바구니를 건넸다. 알렉시스는 만면에 미소를 지으며 고개 숙여 소녀의 이마에 입을 맞췄다. 그리고 고개를 들었을 때, 그녀는 조심성 없이 바구니를 손에서 떨구고 말았다.

"언니, 그리고 누가 언니를 만나고 싶다고 해서 제가 모셔왔…… 앗! 빵이 다 떨어졌어요! 이반, 야, 그거 다 먹으면 안 돼!"

수십 개의 빵 덩어리가 바닥에 이리저리 흩어지는데도 알렉시스는 거기에 신경 쓸 겨를이 없었다. 제냐의 계속되는 고함 소리가 그녀의 귓가에서 웅웅 울렸다.

"수상한 사람인가 해서 안 데려오려고 했는데 언니랑 같이 찍은 사진을 보여주더라고요. 결혼사진이라서……. 그래서 남편이 맞는 것 같아서 같이 왔어요, 언…… 니?"

제냐는 빵을 줍다 말고 알렉시스의 얼굴을 멍하니 올려다보았다. 그녀는 울고 있었다. 눈물이 방울방울 뺨으로 흘러내렸지만, 미처 닦을 생각도 하지 않고 하염없이 눈물만 흘리고 있었다. 하지만 슬프거나 비통해서 흘리는 눈물은 아닌 것 같았다.

소녀는 망연자실 여인의 눈물을 물끄러미 바라보았다. 그리고 자신이 데려온 장신의 남자 역시 번갈아 보았다. 그는 한눈에 보기에도 엄청나게 비싸 보이는 윈터코트 차림으로 여자를 향해 천천히 걸어오고 있었다. 그리고 어쩐지 목이 멘 음성으로 소녀도 잘 아는 이름을 중얼거리고 있었다.

"알렉시스."

그리고 남자는 한 번 더 말했다.

"앨리."

다음 순간, 소녀는 마치 영화의 한 장면과도 같은 풍경에 넋을 잃고 홀린 듯 두 남녀를 향한 시선을 고정시켰다. 두 사람은 마치 한 폭의 그림 같았다.

여자는 두 달 전 소녀가 처음 만났을 때부터 지금까지 본 사람들 중 가장 아름다운 사람이었다. 화장기 전혀 없이, 율리아 할머니가 만든 꽃무늬 홈드레스에 카디건만 걸치고 있어도 마치 그렇게 연출한 것처럼 화보 속 모델 같은 사람이었다. 남자도 결코 그에 뒤지지 않았다. 영국에서 왔다는 남자는 소녀가 지금까지 본 러시아 장정들 못잖게 키가 크고 건장한 체격이었다. 그리고 짙은 눈썹과 빨려들 듯 검고 깊은 눈동자는 소녀가 가끔씩 TV를 통해 보던 할리우드 영화 속 배우 같았다. 그렇게 잘생긴 남자는 처음 본다고 소녀는 생각했었다.

알렉시스 언니와 남자는 마치 몇십 년 만에 본 것처럼 서로 꼭 끌어안았다. 숨 막힐 정도로 부둥켜안은 두 남녀는 도무지 떨어질 생각을 하지 않고 있었다.

소녀는 어린 나이에도, 어쩐지 기묘한 감동을 느끼고 조용히 숨을 죽였다. 뭐라고 말로 표현할 수 없는 가슴 뭉클한 감동에, 제냐는 감히 숨도 크게 쉬지 못하고 있었다. 이제 거실에는 시베리아허스키 이반이 흑빵 조각을 찾아 바닥에 엎드려 코를 킁킁거리는 소리만 간간이 정적을 깨고 있었다. 그때 앙칼진 누군가의 고함이 귀청을 찢을 듯 거실 곳곳에 울려 퍼졌다.

"이봐, 이봐! 떨어져! 그렇게 꼭 안고 힘을 주면 어떡해? 아기가 숨을 못 쉴 거 아니야!"

제냐의 언질로 이미 그가 아가씨의 남편임을 알고 있던 율리아노파는 러시아어로 새된 고함을 질렀다. 부부니까 몇 분이든 몇 시간이든 며칠이든 꼭 붙어 떨어지지 않는 건 알 바 아니었지만 태중의 아기는 보호해야 한다는 사명감에 불타는 것 같았다. 하지만 러시아어를 거의 모르는 남자는 갑자기 나타난 노파의 방해에 영문을 모른 채 미간을 좁혔다.

"이 할머니 뭐야……. 내가 널 해친다고 오해라도 하는 건가?"

"아냐, 알렉산더. 일단 앉아."

알렉시스는 노파에게 러시아어로 몇 마디 중얼거려 달랜 뒤, 알렉산더를 소파로 이끌어 앉혔다. 그리고 자신도 그 옆에 가까이 앉았다.

맙소사. 그녀는 어떻게 이런 시골 아낙 같은 차림을 하고서도 이렇게 예쁠 수가 있지? 화장기 하나 없이 투명한 우윳빛 뽀얀 피부와 붉은 기 도는 입술, 홍조가 살짝 드리워진 뺨은 실크처럼 부드러워 보였다. 어깨 한쪽으로 길게 늘어뜨린 적갈색 머리카락은 창 너머 비쳐오는 햇빛을 받아 눈부시게 찰랑이고 있었다. 한 달 전 런던에서 헤어진 이후로, 오히려 더욱 아름다워진 것 같았다. 하지만 알렉산더 자신은 꽤 수척해져 있었던 모양이다.

"알렉스, 왜 이렇게 말랐어? 몸은 그대로인 것 같은데…… 얼굴이 핼쑥해."

"알면서 묻는 거야? 왜일 것 같아?"

알렉산더는 예의 그 으르렁거리는 소리를 내며 그녀의 얼굴을 바짝 잡아당겼다. 그의 따스한 손바닥이 그녀의 양 뺨을 부드럽게 감쌌다. 알렉시스는 꿈에서 끊임없이 그리고 또 그리던 그의 거친 음성이 너무나 반가워 설핏 웃었다. 그녀는 그의 목을 끌어안고 익숙한 체취와 시가 향을 맡다가 그의 입술에 입을 맞추었다. 그 둘만 있는 게 아니라서인지, 적당한 선에서 자제하는 것 같았다.

"어떻게 찾았어? 정말 당신 스스로 알아낸 거야? 인터폴이나 레핀스키, 코스마초크 힘을 빌리지 않고……."

"처음엔 한국으로 갔었어. 네가 혹시 외할머니 지나 리의 혈연이나 가족을 찾지 않을까 해서. 하지만 자꾸 한국은 아닌 것 같다는 직감이 들었지."

알렉산더는 그녀를 더 바짝 끌어당겨 안았다.

"내가 아는 너라면, 여기 올 거라는 데 비로소 생각이 미쳤어. 빅토르 드카첸코의 딸, 저 아이."

그는 이반을 끌어안은 채 그들을 먼발치서 물끄러미 보고 있는 금발 소녀에게 눈길을 주었다.

"저 아이를 찾을 거라 생각했지. 너의 존재. 삶의 의미─ 결국은 저 아이의 아버지, 빅토르 드카첸코가 네 생명을 구해서 지금 넌 아직 살아 있고, 저 애에게 어떤 식으로든 보답해주고 싶었을 거야. 그렇지?"

"……."

알렉시스는 대답 없이 다시 한 번 그에게 입을 맞추었다. 그토록 그리웠던 그의 온기, 그의 손길, 숨결, 목소리, 눈, 얼굴. 그 모든 것이 지금 그녀 곁에 있었다. 지금 이렇게 알렉산더가 자신과 함께 마주하고 있다는 사실이 기적 같았다.

"맞아. 제냐의 아버지는 날 두 번이나 구해주었지. 두 번째는 나와 그 자신의 목숨을 맞바꾸어 날 살렸고."

알렉산더는 다시는 놓치지 않겠다는 듯, 그녀를 안은 손에 힘을 주었다. 그러자 어김없이 아까 난리를 치던 러시아 노파가 다시 그를 향해 뭐라고 사납게 소리쳐댔다.

"대체 왜 저래? 내가 남편인 거 모르는 거야?"

"율리아는 알고 계셔. 단지…… 당신이 너무 힘을 주면 아기가 숨을 못 쉴까 봐 걱정해주시는 거야."

"아기?"

"……"

"아기?"

"……"

알렉산더는 얼간이가 된 것처럼 똑같은 말을 되풀이하더니 잠시 멍하니 있다가 자리에서 벌떡 몸을 일으켰다. 소파의 용수철이 천장까지 닿을 듯한 기세였다. 그는 허리를 굽혀서 알렉시스의 복부에 조심스럽게 손을 가져다 댔다. 아직 부풀어 오르지도 않았고, 이렇다 할 움직임도 느껴지지 않았다.

"아직은 별로 티가 안 날 거야. 이제 겨우 두 달 됐어."

"두 달?"

"응. 나도 여기 도착해서야 알게 됐어. 입덧이 좀 있었거든."

"두 달……"

그녀는 런던에서 별거를 선언하기 직전, 담당의를 만나 피임용 루프를 제거했다고 말했다. 그리고 그 이후로 여러 번 그들은 사랑을 나누었다. 그가 총상을 당하기 전 전용기 안에서, 충분한 회복기를 가진 뒤 한 번, 몽트뢰에서 루카를 경찰에 넘기고 런던에 돌아와 일주일간 하루에도 몇 번씩 미친 듯이 사랑을 나눴던 기억이 알렉산더의 뇌리에 스쳐가고 있었다.

"알렉시스……."

"그래서 율리아 할머니는 태아를 염려해서 그러시는 거야. 평소에도 저렇게 꾸중을 많이 하셔."

"알렉시스…… 앨리."

"……."

"우리 아기야. 드디어…… 우리 아기야."

"그래, 우리 아기야."

알렉시스는 또다시 같은 말을 반복하는 알렉산더를 보면서 미소 지었다.

"앨리, 사랑해. 널 절대…… 다시는 놓치지 않아."

그는 다시 자리에 앉아 그녀의 두 손을 꽉 잡았다. 마음 같아서는 꼭 끌어안고 싶었지만 러시아 노파가 눈을 부릅뜨고 지켜보고 있어서 그럴 수는 없었다.

"내가 분명히 말했지? 네가 떠나기 전에, 널 찾아내기만 하면 다시는 마음대로 날아갈 수 없게 꽁꽁 묶고 가둬두겠다고."

그는 어느새 얼빠진 표정을 거두고 예전에 그녀가 알던 오만한 얼굴로 돌아와 있었다. 하지만 알렉시스는 그의 서릿발 같은 음성에도 전혀 긴장하지 않았다. 이제는 그가 그녀를 신뢰하고 있음을 확신하고 있었으므로. 알렉시스 자신이 그를 얼마나 사랑하는지, 알렉산더 자신이 너무나 잘 알고 있었으니까.

"응, 기억해."

"넌 내 거야, 영원히. 이제 절대로 안 놔줘."

그녀의 팔목을 붙잡은 손에 엄청난 힘이 느껴졌다.

"응."

"앨리, 사랑해. 미치도록 사랑해. 너무 보고 싶었어……. 미칠 것만 같았어."

"나도 사랑해, 알렉스. 나도…… 당신이 너무 보고 싶었어. 한순간도 당신이 그립지 않은 적이 없었어."

알렉산더는 노파가 뭐라고 하든 말든 이제 개의치 않았다. 그는 알렉시스를 꼭 부둥켜안고 정신없이 입술을 탐했다. 노파의 꾸지람에 이반이 컹컹 짖는 소리까지, 거실 안은 아수라장을 방불케 했지만 두 남녀는 아무것도 보이지 않았다. 아무것도 들리지 않았다. 서로의 존재 외에는.

에필로그 2화 : 하나(One)

10개월 뒤, 런던.

12월에 태어난 아기들은 꼭 25일이 정확한 탄생일이 아니더라도, 그 전후에 태어났을 경우 크리스마스 베이비라고 불리는 일이 흔했다. 크리스마스를 보름 앞두고 태어난 아기는 여러 겹으로 두껍게 쌓인 강보 안에서 세상모르고 잠들어 있었다.

아이의 엄마는 혹시나 아기가 깰까 싶어 조용조용 강보를 요람 위에 내려놓았다. 아기는 눈을 떴을 때 훨씬 더 사랑스럽고 귀여웠지만, 누굴 닮았는지 잠시도 가만있지 않는 성격은 가끔 엄마와 유모를 지치게 만들기 일쑤였다. 이제 겨우 솜털이 자라나기 시작한 아기의 머리털은 붉은색을 띤 밝은 갈색이었다. 하지만 초록빛을 띤 검은색 눈은 한 쌍의 새까만 진주와도 같았다. 샬럿 할머님과 퍼디난드 리오넬은 아기가, 당시 아기의 아버지와 놀랄 만큼 똑같다고 입을 모아 감탄했었다. 실제로 그들은 30년 전 아기 아버지의 사진을 보여주었고, 그녀 역시 그들 말에 동의하지 않을 수 없었다. 그 사진 한 장만으로도, 아기와 아버지는 부자지간이 틀림없었다.

침실 창 너머로, 빌라 진입로를 미끄러지듯 들어오는 검은색 롤스로이스 팬텀이 그녀의 눈에 선연히 들어왔다. 혹시나 아기를 깨울까 싶어서, 아기의 엄마는 조용히 방을 나와 현관으로 총총걸음을 옮겼다. 하지만 차에서 내린 남자가 한발 더 빨랐다. 아기의 엄마가 긴 로비를 지나 채 문까지 닿기도 전에, 어느새 안으로 들어온 남자는 조심성 없이 성큼성큼 큰 걸음으로 들어와 그녀를 목청껏 불렀다.

"앨리! 알렉시스!"

이름의 주인공이 미처 대답하기도 전에, 남자는 이번에는 다른 누군가의 이름을 소리쳐 불렀다.

"조슈아! 조쉬-!"

"그렇게 주의를 줬는데 또……!"

현관으로 다가간 알렉시스는 손가락을 입가에 갖다 대며 제발 조용히 하라는 손짓을 해 보였다. 하지만 남자는 그녀의 경고는 아랑곳하지 않았다. 그는 마치 몇 년 만에 이산가족을 만나기라도 하는 것처럼, 그녀를 꼭 끌어안고 입술과 뺨 여기저기 정신없이 입을 맞췄다. 아침에 봤었는데 왜 이렇게 기쁘고 즐거운 것인지. 언제나 그랬지만, 그녀 없는 하루는 너무 길었다. 그녀가 그리워 미칠 것만 같았다.

"알렉스, 잠깐……. 잠깐!"

그의 열렬한 입맞춤에, 알렉시스는 고개를 저으며 나무라듯 그의 어깨를 가볍게 쳤다.

"지금 저 소리 안 들려? 내가 들어올 때 항상 조심하라고 했잖아……!"

그녀의 원망 섞인 눈길에, 알렉산더는 그제야 복도 가장 안쪽에서 들려오는 소리가 들리는 모양이었다. 와앙, 하고 서럽게 누군가를 찾아대는 우렁찬 울음소리가 복도 너머 여기까지 들려오고 있었다. 그들 둘 다, 예전에 알렉산더 역시 갓난아기 시절에 얼마나 울음소리가 컸는지 집안 사람들이 걸핏하면 깜짝깜짝 놀라곤 했었다고 들은 적이 있었다. 샬럿 할머님이 그의 어린 시절을 회상할 때마다 빼놓지 않고 입에 올리셨던 것들 중 한 가지였다.

"조쉬가 깨버렸잖아. 겨우 잠들었는데."

"저 녀석도 아예 같이 데려갈까?"

"안 돼. 이런 날씨에 시내에 데려가기엔 일러. 날이 좀 풀리면 몰라도……. 그러니까 제발 집에 들어올 땐 조용히 해줘."

"매번 잊어버리는 데 난들 어떡하겠어."

다시 아기 침실로 되돌아가는 아내의 핀잔에, 알렉산더는 어깨만 으쓱할 뿐 별반 죄책감을 느끼지 않는 표정이었다. 언제나처럼 오만하고 거칠 것 없는 얼굴이었다. 하지만 그녀를 뒤따라 방에 들어온 순간, 그의 표정은 다시 삽시간에 변했다.

"조쉬!"

그는 아빠가 왔다며, 큰 소리로 울어대는 아기를 눈 깜짝할 새 자신의 품으로 안아 들었다. 아기를 안는 손길이 이젠 제법 능숙해져 있었다. 그의 품에 안기는 순간, 놀랍게도 조쉬는 울음을 멈추었다. 대신 눈물이 그렁그렁한 눈으로 그를 탐색하듯 빤히 바라보았다. 그리고 자신을 안아 든 남자의 입술이며 꺼끌꺼끌한 턱, 얼굴 여기저기를 앙증맞은 손으로 더듬기 시작했다. 마치 남자가 자신의 아빠임을 새삼 검증하는 것 같았다. 알렉산더가 이마에 입을 맞추자, 조쉬는 기분이 좋아진 듯 몸을 흔들며 까르르 소리 내어 웃었다.

"어차피 금방 그치는데, 뭘. 우리 아들은 아빠 바보니까. 그렇지, 조쉬?"

알렉산더는 입가에 의기양양한 웃음을 머금고 옆에 선 여자를 바라보았다. 마치 나는 아들 바보, 아들은 아빠 바보, 하고 선언하는 것 같았다. 장난기 가득한 통쾌함이 만면에 가득 번진 그의 얼굴이 그 어느 때보다 행복해 보였다.

알렉시스는 못 말리겠다는 얼굴로 손목에 찬 시계를 들여다보았다. 트라팔가 광장의 크리스마스트리 조명 점화가 시작될 시간이었다. 원래는 딱 제시간에 도착하기 위해 이 시간에 출발할 예정이었지만, 이제 조쉬가 다시 잠들기까지 얼마나 기다려야 할지 모를 판국이었다.

"오늘 밤은 포기하자, 알렉산더. 1월 1일 런던 퍼레이드도 있으니까."

"안 돼! 결혼 2년 만에 처음으로 제대로 맞는 크리스마스인데. 작년에는 이럴 여유가 없었잖아."

그의 말대로였다. 작년 이맘때쯤, 알렉산더가 그녀 대신 총상을 입었고, 그의 부상이 온전히 회복될 때까지 둘은 런던의 펜트하우스 안에서 꼼짝없이 두문불출해야 했었다.

"조쉬는 윌슨 부인과 에밀리에게 맡기면 되잖아. 적어도 오늘 밤만은."

알렉시스는 그의 눈에 깃든 단호함을 보고 결국 알렉산더의 뜻에 따를 수밖에 없다고 결론 내렸다. 윌슨 부인, 그리고 집안 살림 이것저것 도맡아 살펴주는 에밀리는 그녀가 누구보다 믿을 수 있는 베이비시터였다.

'역시 런던처럼 빨간색이 잘 어울리는 도시는 없어. 런더너 (Londoners) 특유의 정열과 센스.'

언젠가 프랜시스 고모가 이탈리아 밀라노 본가에서 장시간 체류하다 오랜만에 런던에 돌아와 탄식처럼 말했던 적이 있었다. 그 말이 맞았다. 굳이 런던의 명물 빨간색 2층 버스와 공중전화 부스가 아니더라도 런던은, 특히 겨울철 런던의 도심만큼 붉은색이 잘 어울리는 곳은 없었다. 트라팔가 광장의 거대한 크리스마스트리를 중심으로 알록달록 거리를 메운 형형색색의 장식품과 조명들 중, 빨간색은 유독 압도적이었다. 핏빛 섬뜩한 느낌이 아니라, 따스하고 훈훈한 아름다운 붉은색의 향연이었다.

런던의 겨울밤은 아름다운 색색의 장식과 즐거워 보이는 인파들로 행복에 넘쳤다. 두 사람 역시, 다른 커플들과 마찬가지로 두 손을 꼭 맞잡고 런던의 매혹적인 야경 한가운데를 천천히 거닐고 있었다.

"어때? 나오길 잘했지?"

"은근히 로맨틱한 거 좋아하는 것 같아. 새삼 느끼는데……

결혼하고 그렇게 변한 걸까?"

"내가?"

"아냐? 실리적인 일 아니면 절대 하지 않던 사람이었잖아."

그는 확실히 예전에는 낭만이니 로맨틱이니, 그런 것들과는 완전히 거리가 먼 사람이었다. 감성이란 것 자체가 존재하지 않는 냉혹한 염세주의자처럼 사고하고 행동하는 그였건만, 지금의 알렉산더 리오넬은 최근 매우 다른 사람 같았다. 사람들이 스스로 25일이라 정한 날에 자기만족을 위한 의식을 행할 뿐이다, 사람들 많은데 복잡하게 뭐하러 가느냐, 예전의 그라면 분명 트라팔가 광장 트리 점화식에 대해 그렇게 냉소적으로 말했을 게 뻔했다. 그는 날 때부터 서민 취향과는 완전히 거리가 먼 부류 중의 한 사람이었다.

확실히 그는 그녀가 알던 모습과는 상당히 다른 면모를 매일매일 조금씩 선보이고 있었다. 그리고 알렉시스는 그런 그가 싫지 않았다. 전혀, 전혀 싫지 않았다.

"내일 몇 시에 가기로 했어?"

그들은 크리스마스 마켓이라 통칭되는 버로우 마켓 옆의 야외 펍(Pub)에 나란히 옆에 앉아 소탈한 마켓 분위기를 만끽하고 있었다. 발아래에는 옛날식 난로가 몸을 덥혀주었고 2층 테라스 차양 너머, 화려한 다운타운 밤 조명이 코앞에서 춤을 추었다. 영국을 대표하는 스타 셰프 제이슨 올디버의 모습도 저 멀리 일행들과 다른 자리에 앉아 있는 게 눈에 띄었다.

"점심때. 당신은 저녁에 올 거야?"

그의 물음에, 알렉시스는 생각난 듯 대답했다.

내일은 오랜만에 조슈아와 함께 브로디 본가에 가기로 한 날이었다. 따뜻한 이탈리아 남부의 사르데냐 섬에서 요양 중이던 악셀 브로디, 그녀의 할아버지가 외손자를 보고 싶어 엄동설한에도 불구하고 겨울 동안은 본가에서 지내기로 했기 때문이었다.

"더 이를 수도 있어. 일 끝나고 바로 갈 거니까."

"……"

"혹시 긴장돼?"

"……"

그의 물음에 알렉시스는 희미한 전율이 몸속을 통과하는 걸 느꼈다. 아, 이제 그는 나에 대해 아무것도 모르는 것이 없어. 당신이 온전히 내 것이 되길 원해서, 가슴이 찢어지는 고통을 달래며 1년 전 당신을 떠나 혈혈단신 러시아로 날아갔었지. 당신이 누구보다 나를 잘 이해하고 내 마음, 내 영혼을 송두리째 알아주길 바랐던 염원. 당신 못잖은 내 소유욕과 집착은 이제야 그 종착역에 이른 것일까.

"이젠 내 눈빛만 봐도 다 아는 것 같아. 내가 무슨 생각하는지……"

"나만큼 널 잘 아는 사람은 없어. 너도 마찬가지고."

알렉시스는 동의의 뜻으로 잠자코 침묵만 지켰다. 조금은 어둑한 듯, 은은한 실내등 아래 둘의 얼굴은 서로에게 더 신비하게 비쳤다.

"앨리."

알렉산더는 바짝 기대앉은 그녀의 뺨을 손등으로 부드럽게 쓸다가 턱을 들어 올려 자신을 마주 보게 했다. 지금까지와는 달리,

어딘가 결연함마저 깃든 진지한 표정이었다.

"악셀 경은 널 진심으로 손녀로 생각해. 예전엔 어땠을지 몰라도 지금은 확실히."

"……."

"네가 스페인에서 런던으로 옮겨 와 살게 된 이후로는, 그는 그 나름대로 널 지켜주었어. 브로디 본가 안에서 보호받으며 살지 않았다면…… 이사벨 손에 네가 어떻게 됐을지 몰라."

"……알아."

알렉시스는 그녀의 턱을 살짝 잡은 그의 손을 떼어내 꼭 잡았다. 그가 뭘 말하고자 하는지, 어떤 것을 염려하고 있는지 그녀는 너무나 잘 알았다.

"할아버지가 조쉬를 보고 싶다고 하셨어. 난 그것만으로도 충분해. 나와 당신의 아이를 보러 일부러 런던에 돌아오신 것만으로도, 난 과거를 훌훌 털고 다시 시작할 수 있어. 걱정하지 마."

그동안 악셀 브로디는 알렉시스의 존재를 철저히 부정하려 했었다. 사랑하는 처와 아들을 일시에 잃은 분노와 슬픔을, 혼자 살아남은 그녀에게 쏟아붓고 브로디 일가로 인정하려 하지 않았다. 하지만 남남처럼 타국에서 살아가던 그녀가 유괴를 당하고 생명을 잃을 뻔한 끔찍한 일을 겪게 된 직후, 그의 얼음 같았던 마음은 조금씩 풀려가고 있었다. 물론 그녀가 마드리드에서 런던 브로디 본가로 옮겨와 살게 되었을 때도, 단 한 번도 그녀를 제대로 봐준 적은 없었다. 한 번도 눈을 마주치고 따스한 말 한마디 건네거나 손녀처럼 대해준 적이 없었다.

그러다 알렉시스가 브로디가에서 살게 된 지 불과 반년도 지나지 않아서, 그는 건강상의 문제로 따뜻한 사르데냐 섬에서 살다시 피 하게 된 것이다. 당시 알렉시스는 혹시 그녀 때문은 아닐까 내 심 자책한 적도 있었다. 할아버지가 날 보기 싫으셔서, 나와 한집 에서 사는 게 괴로우셔서 사르데냐로 가신 건 아니었을까. 하지만 이제 그런 과거는 모두 훌훌 털어버릴 것이다. 방금 알렉산더에게 직접 말했던 것처럼, 그녀는 다시 시작할 수 있었다. 할아버지와 그동안 못다 한 많은 이야기를 나누고, 조쉬와도 많은 시간을 보 내실 수 있게 하리라.

"조쉬뿐 아니라 이젠 당신도 있잖아. 내 편. 내 동지."

알렉시스의 아름다운 얼굴에 맑은 웃음이 번져갔다. 그제야 알 렉산더는 걱정을 덜어버린 듯, 그녀의 이마에 부드럽게 입을 맞췄 다.

"본가로 출발할 때, 도착해서도 전화하는 거 잊지 마."

"어차피 운전기사와 경호원이 있는데 꼭 그렇게 해야 돼?"

"말 안 들을래?"

알렉산더는 조금도 변함없는 소유욕을 드러내 보였다. 아니, 어떤 면에서는 오히려 예전보다 더 강렬한 지배 본능을 보이는 그 였다. 이전에는 난폭하고 노골적인 방식이었다면 지금은 훨씬 더 은밀하고 우회적인 스타일로 바뀌었을 뿐, 그의 타고난 구속 본능 이 여전히 온 신경을 그녀에게 집중하고 있음을 알렉시스는 잘 알 고 있었다.

"안 들으면?"

"진작에 들을걸, 하고 후회하게 만들어주겠지."

"그 전에 도망가버리지, 뭐."

"넌 이제 어디든 못 가. 조쉬가 있는데 어딜 도망갈 수 있겠어."

"조쉬랑 둘이 함께 도망갈 수도 있는데— 그런 생각은 안 해봤어?"

"어디든 가봐. 바로 찾아서 마구 혼내줄 테니까."

"아, 하지 마— 숨 막혀!"

알렉산더는 으름장을 놓으며 그녀를 더욱 품에 바짝 끌어안았다. 알렉시스는 깔깔 소리 내 웃으며 목 뒤로 둘러진 그의 팔에 자신의 손을 얹었다. 이마에 와 닿는 거친 턱의 감촉, 단단한 팔에서 느껴지는 온기, 특유의 시거 향 섞인 체취가 너무나도 좋았다.

"안 되겠어, 빨리 다시 임신시켜야지. 둘째는 딸이어야 되는데."

"아직 일러! 지금은 조쉬만으로도 충분히 벅차……."

"적어도 다섯은 낳을 건데 차라리 빨리 다 낳아버리는 게 편하지 않겠어?"

"다섯?"

"그 이상도 괜찮고."

그는 기겁하는 알렉시스의 흰 목덜미에, 장밋빛 뺨에, 보드라운 입술에 차례차례 입을 맞췄다. 마치 자신의 말을 각인처럼 찍어 증명이라도 하듯, 그녀의 입술을 그녀의 살갗을 더욱 힘주어 눌렀다.

"다섯 아이 다 데리고 도망가긴 어려울 테니까."

"하아……."

그의 입술이 집요해질수록 알렉시스도 숨이 가빠지고 있었다. 차가운 밤공기 속에서도 그녀의 얼굴이 홍조를 띠며 발갛게 달아오르기 시작했다. 그가 그녀의 몸 안에 일으키는 뜨거운 불꽃은 발아래 활활 타오르는 난로와는 비교도 되지 않았다. 알렉시스는 살짝 벌린 자신의 입술 사이를 부드럽게 스쳐가는 그의 달콤한 입술을 느꼈다. 그녀는 그가 변하기를 바라지는 않았다. 그가 지금처럼 자신을 온전히 신뢰하고, 점점 더 그 믿음이 깊어가는 한 둘은 괜찮을 거라고 그녀의 본능이 속삭이고 있었다.

매일매일 달콤한 장밋빛 나날만 이어질 것이라는 환상 따윈 없었다. 여느 부부들처럼 그들도 가끔은 다투고 각자의 이해를 넘어선 벽에 부딪혀 출구를 찾아 헤매기도 할 것이다. 그게 현실이고 삶이었기에. 하지만 다툼과 반목은 언제나 금세 그 끝에 이를 것이고, 그들은 언제 그랬냐는 듯 서로의 존재를 애틋하게, 간절히 확인하고 갈등은 최선의 타협에 이르게 될 것이다. 조쉬, 그리고 앞으로 그들에게 신이 선물할 또 다른 아이들과 함께.

"넌 내 거야, 앨리. 내가 장담했잖아. 1년 전에…… 널 찾아내면 다시는 내게서 벗어나지 못하게 할 거라고."

'너는 세상에서 가장 잔인한 여자야…… 알렉시스. 하지만 반드시 널 찾아내겠어. 찾아내서…… 다시는 내게서 벗어나지 못하게 할 거야.'

"제발."

알렉시스는 그때와 똑같이, 그를 향해 활짝 미소 지어 보였다.

"그렇게 해줘, 알렉산더."

I love you more than anyone even after I die.

-마침-

작가 후기

정현종 시인의 〈방문객〉이라는 시의 문구를 미루어 생각해보면, 참으로 그렇습니다.

사람이 누군가를 만나 그 존재를 자신의 인생 중 한 부분으로 받아들인다는 것은 사실 엄청난 일이 아닐 수 없습니다. 그 누군가가, 일생에 단 한 번뿐인 사랑이라면 그 의미가 갖는 무게는 더 말할 나위가 없습니다. 우리의 인생 중 한 부분이 아니라, 밀려오는 큰 파도에 뒤덮인 모래사장과도 같이, 아예 새로운 인생 그 자체가 되어버릴지도 모릅니다.

첫 소설인 이 글을 연재하기 시작했을 때, 극 중 두 남녀는 각자의 이유로 꽤 혹독한 비판을 받았습니다. 알렉산더처럼 일그러진 소유욕과 집착으로 점철된 인물이 왜 남자 주인공이어야 하는가, 그런 남자에게 수동적으로 휘둘리는 알렉시스 역시 이해가 가지 않는다는 의견이 많았습니다.

그런 반응들을 보면서 가끔 저 스스로에게 묻곤 했습니다. 이 두 남녀의 이야기를 통해서 저는 과연 무엇을 말하고자 하는 걸까, 단순히 이런 남자 주인공을 판타지의 한 대상으로 내세워 사랑에는 다양한 여러 형태가 존재한다는 것을 표방하고 싶었던 건가, 나름 많은 고민의 시간을 가졌습니다. 물론 사랑의 방식에는 정답이 없고 한 가지 이상의 다양한 방식이 존재한다는 믿음에는 변함이 없습니다.

그러다 알렉시스를 목숨마저 위협받는 절체절명의 위기에 밀어 넣게 되면서 문득 깨달았습니다. 처음에는, 이전에 경험하지 않았던 사랑을 깨닫게 되고 진실한 사랑을 알게 되면서 점차 변화하는 남자 주인공을 그리고 싶었던 마음이었습니다. 하지만 전개가 거듭될수록, 이 이야기는 단지 그 이상의 무언가를 만들어나가고 있었습니다.

그것은 누군가를 마음으로 사랑하게 된다는 것은 정현종 시인의 말처럼, 그 사람의 과거까지 오롯이 받아들이고 깊이 이해하게 된다는 진실에 다름없었습니다. 저는 그런 사랑 이야기를 쓰고 싶었던 것 같습니다.

두 남녀의 마음, 앞으로의 미래, 왜 그녀가 그를 떠날 수 없는 것인가, 현재의 모든 혹독한 아픔들이 결국 어떻게 먼 훗날 과거에 대해 살뜰히 보살펴줄 고행의 시간으로 거듭날 것인지를, 결국은 현실의 그를 만든 과거에 대해서도 포용하고 감싸 안을 수밖에 없는 것임을, 그 모든 것이 결국은 사랑으로 귀결되는 그런 이야기를 말입니다.

알렉산더는 알렉시스를 만나기 전부터 그녀의 운명에 내내 도사리고 있었던 어둠에 기꺼이 맞서서 대립합니다. 알렉시스 역시, 과거의 트라우마에 의해 자연히 형성된 알렉산더의 심연의 어둠에 맞서서 악전고투를 벌입니다. 제목인 『ALX, ALX』는 Alexis, Alexander(알렉시스, 알렉산더)의 줄임말이자, 매우 달라 보였던 두 사람이 결국은 서로의 과거와 현재, 다가올 미래를 모두 하나로 감싸 안고 진정한 부부의 길을 간다는 의미이기도 합니다.

부부란, 서로 마주 보는 것보다 결국 나란히 한곳을 바라보는 것이라고 어디선가 읽은 기억이 납니다. 과연 그 결과에 수긍해주실지 여부는 마지막 에필로그까지 다 읽으신 분들의 판단에 맡기겠습니다.

마지막으로, 요령 없고 투정만 많았던 초보 작가를 끝까지 어르고 다독이면서 출간까지 한결같이 이끌어주신 와이엠북스 편집팀분들께 이 자리를 빌려 정말로 감사하고 죄송했다는 말씀 드리고 싶습니다. 첫 자식 같은 첫 소설, 『ALX, ALX』와 이렇게 소중한 인연을 맺게 되어 진심으로 기쁘게 생각합니다.

마지막으로 본문 중 러시아어 자문에 많은 도움을 준 제냐에게 감사를 드립니다.

-피오렌티 드림.